Geographisches Institut

(4-cm-Karte) Meßtischblatt 5154.

Berg der Dogon

Felsbrücke

Christliche Mission

Absturzstelle

Umdruckausgabe, hergestellt von Giesecke & Devrient, Leipzig.

Thomas Thiemeyer
Chroniken der Weltensucher
Der gläserne Fluch

Alle Bände der Reihe
Chroniken der Weltensucher:

Die Stadt der Regenfresser
Der Palast des Poseidon
Der gläserne Fluch

Thomas Thiemeyer

Chroniken der Weltensucher

Der gläserne Fluch

Alexander von Humboldt war einer der bedeutendsten Naturforscher des
ausgehenden 18. und beginnenden 19. Jahrhunderts. Seine Reisen führten ihn
weit über Europa hinaus nach Zentralasien, Lateinamerika und in die USA.
Er starb im Jahr 1865, ohne Nachkommen zu hinterlassen.
Der in diesem Roman vorkommende Carl Friedrich von Humboldt
ist eine reine Erfindung des Autors.

ISBN 978-3-7855-6577-3
1. Auflage 2011
© 2011 Loewe Verlag GmbH, Bindlach
Dieses Werk wurde vermittelt durch die Literarische Agentur
Thomas Schlück GmbH, 30827 Garbsen
Umschlagillustration Rahmen: Dirk Steinhöfel
Umschlagillustration Innenmotiv: Thomas Thiemeyer
Umschlaggestaltung: Christian Keller
Karte: Thomas Thiemeyer
Printed in Germany (007)

www.weltensucher-chroniken.de
www.loewe-verlag.de

Für Leon

Prolog

Westafrika, Oktober 1893 ...

Richard Bellheim war nicht leicht zu beeindrucken, dafür hatte er schon zu viel gesehen und zu viel erlebt.

Doch in diesem Augenblick fühlte selbst er sich wie verzaubert.

Die Sonne war hinter der verborgenen Stadt aufgegangen und überflutete die Säulen und Dächer des Tempels mit goldenem Licht. Der sanfte Ostwind vertrieb die Wolkenschleier und ließ die Lehmbauten hervortreten wie eine Fata Morgana. Ein Greifvogel zog weite Kreise darüber, während seine lang gezogenen Schreie in den Schluchten rund um den Tafelberg verhallten. Der Völkerkundler schloss die Augen.

Er hatte es geschafft.

Die Tafelberge von Bandiagara waren ein sagenumwobener Ort. Den Überlieferungen zufolge hatte hier oben einst ein Volk gelebt, das ein unerklärliches Wissen über die Sterne und Planeten besessen hatte. Ein Volk, das auf rätselhafte Weise in dieses Land gekommen und dann wieder verschwunden war. Unzählige Legenden rankten sich darum, manche von ihnen so seltsam, dass sie unmöglich wahr sein konnten. Doch Bellheim war kein Mann, der schnell aufgab.

Ihm eilte der Ruf als bedeutendster Völkerkundler Afrikas voraus, und das aus gutem Grund. Er war weiter gereist und tiefer in die Geheimnisse fremder Völker eingedrungen als je ein Mensch vor ihm.

In der Ferne rechts und links von ihm ragten weitere Erhebungen aus der Ebene. Jede von ihnen mehrere Hundert Meter hoch. Reisende hatten stets mit Ehrfurcht und Zurückhaltung von ihnen gesprochen. Düster und Unheil verkündend sahen sie aus, beinahe wie eine Warnung. Doch der Völkerkundler war zu weit gekommen, um jetzt noch umzukehren. Wenn Angst und Furcht seine Ratgeber gewesen wären, hätte er Berlin vermutlich nie verlassen. Abgesehen davon würde er ja bald heimkehren. Dann ging es nach Hause und zurück in die Hörsäle, wo er dem staunenden Publikum berichten würde, welche Wunder der Schwarze Kontinent beherbergte.

Den Hut weit in den Nacken geschoben, sah er sich erst einmal um.

Feigen und Granatapfelbäume spendeten Schatten und machten das Gehen in der verlassenen Stadt angenehm. Zikaden summten, und hin und wieder flatterte ein Falter durch sein Blickfeld.

Einen Moment lang ließ er den Anblick auf sich wirken, dann marschierte er los. Durch die Umfriedungsmauer, an den verwahrlosten Gärten vorbei und die Stufen hinauf, die zum Haupteingang des Tempels führten. Hier musste er für einen Augenblick pausieren. Die schwere Steintür war fest verschlossen. Fenster gab es keine und so konnte er nur erahnen, was im Inneren auf ihn wartete. Es dauerte jedoch nicht lange, bis er den Mechanismus entdeckte, mit dem sich die Tür öffnen ließ. Bellheim nahm seinen ganzen Mut zusammen und zog an dem Riegel. Ein tiefes Rumpeln war zu hören. Jahrhundertealter Staub rieselte aus der Türfüllung, als die schwere Steinplatte zur Seite glitt. Kalte, abgestandene Luft schlug ihm entgegen. Es roch nach Staub und Erde. Ein leichter Blütenduft war zu erkennen, doch das konnte auch Einbildung sein. An solchen Orten spielten einem die Sinne schon mal einen Streich. Der Völkerkundler schlug den Kragen hoch und krempelte seine Ärmel runter.

Das Innere war in ein geheimnisvolles Halbdunkel getaucht. Oben in der Kuppel war ein Loch, das mit einer Scheibe aus durchsichtigem Material verschlossen war. Glas oder Bergkristall vielleicht. Im fahlen Licht, das durch die Öffnung fiel, tanzten Myriaden von Staubteilchen. Seine Augen benötigten eine Weile, um sich an die seltsamen Lichtverhältnisse zu gewöhnen.

Der Tempel war verlassen. Seit Ewigkeiten hatte ihn niemand betreten. Auf dem mit Sand bedeckten Boden wäre jeder Fußabdruck sofort zu sehen gewesen. In der Mitte des Tempels – dort, wo der Lichtstrahl auftraf – erblickte Bellheim eine Aufwölbung. Etwa eins fünfzig breit und einen halben Meter hoch. Sie war größtenteils mit Sand und Staub bedeckt, doch an manchen Stellen war ein feines grünes Schimmern zu erkennen. Es war eine Art Kugel, die im Sand vergraben war, und sie schien von innen heraus zu leuchten. Vorsichtig trat er näher.

Das Knirschen seiner Sohlen hallte von den Wänden wider. Wieso nur hatte er das Gefühl, von Dutzenden von Augen beobachtet zu werden? Ein feines Wispern lag in der Luft.

Bellheim ging weiter, bis er die Aufwölbung erreichte. Jetzt war es deutlicher. Unter dem Sand schimmerte etwas Grünes. Er ging in die Hocke und fegte die Kristalle mit der Hand beiseite. Der Untergrund war glatt und glänzend.

Was um alles in der Welt war das?

Eingefasst in schwarzen Onyx mit einem Ring aus Gold in der Erde verankert lag ein grüner Stein, dessen Oberfläche seltsam geschmolzen wirkte. Das Material war transparent, als würde es sich um ein spezielles Glas handeln. Aber Glas war es gewiss nicht. Ein Smaragd vielleicht? Oder ein anderer Edelstein? Vielleicht aus dem Inneren der Erde …

Bellheim hielt den Atem an. Ihm war plötzlich ein verrückter Gedanke gekommen. Was, wenn es sich um den *gläsernen Fluch* handelte? Der Völkerkundler kannte die Sage aus den Überlieferungen der Dogon, er hatte ihr aber nie viel Bedeutung beigemessen. Doch jetzt stand er hier und dieses Ding lag vor ihm auf dem Tempelboden. Mythos und Wirklichkeit verschmolzen zu einer Einheit. Wenn es tatsächlich stimmte und dies der sagenumwobene Smaragd aus den Tiefen des Weltraums war, von dem in den alten Geschichten die Rede war, dann wäre dies der sensationellste Fund seit dem Schatz des Priamos, den Schliemann Jahre zuvor in Troja gefunden hatte. Ein

Objekt, dessen Bedeutung für die Wissenschaft gar nicht zu bemessen war. Es würde ihn weit über die Grenzen von Deutschland hinaus bekannt machen, und nicht nur das: Es wäre ein Schatz, nach dem sich so mancher die Finger lecken würde. Nicht, dass er arm war, aber dieses Ding würde ihn *reich* machen. Reich, weit über seine kühnsten Vermutungen hinaus.

Bellheim versuchte seine fiebrigen Gedanken zu ordnen. Für einen Transport war der Kristall zu groß, abgesehen davon, dass er fest in der Erde verankert zu sein schien. Aber vielleicht konnte er ja ein Stück davon abbrechen.

Er zog seinen kleinen Geologenhammer aus der Umhängetasche und begann vorsichtig zu klopfen. Ein metallisches Klingeln drang an sein Ohr. Das Material schien unglaublich hart zu sein. Noch einmal schlug er zu, diesmal kräftiger. Wieder nichts.

Er wollte schon aufgeben, als ein fremdartiges Geräusch zu hören war. Es klang wie der Wind in den Bäumen. Wie das Rauschen eines weit entfernten Meeres. Aber hier gab es kein Meer und Wind gab es auch nicht. Die Luft stand still unter der Kuppel.

Bellheim stand auf.

Irgendetwas stimmte nicht.

Es dauerte eine Weile, bis er erkannte, was es war.

Es war der Boden.

Im schummrigen Licht des Tempels sah er, wie der Sand von lauter grünen Kristallen durchdrungen wurde. Sie krochen umeinander, wuselten hierhin und dorthin, als wären sie lebendig. Bellheim hörte ein feines Knistern begleitet von einem Geruch, den er nur unter Mühen identifizieren konnte.

Es roch verbrannt, wie nach einer elektrischen Entladung.

Er nahm ein paar von diesen Kristallen und hielt sie ins Licht. Die kleinen Körnchen sirrten und tanzten auf seiner Hand, dass ihm vom Zusehen ganz schwindelig wurde. Wunderschön sahen sie aus, wie lebendige Smaragde. So schön, dass er sie am liebsten eingesteckt und mitgenommen hätte.

Mit einem Mal bohrte sich eines der Körnchen in seine Hand. Es brannte und stach, dann war es verschwunden. Nur ein roter Fleck blieb auf seiner Haut zurück. Der Forscher stieß einen Schrei aus und schüttelte seine Hand, aber das Ding kam nicht wieder zum Vorschein. Plötzlich spürte er ein Brennen in den Beinen. Er hob die Füße. Mit Entsetzen sah er, wie die Steinchen seine Stiefel durchdrangen. Immer mehr von ihnen kamen zum Vorschein. Das Leder wurde von Tausenden von nadelfeinen Stichen durchdrungen, bis es ganz dunkel und porös war.

Keuchend und vor Panik wild mit den Armen rudernd sprang er zurück. Er taumelte ein paar Schritte, dann geriet seine Flucht ins Stocken. Seine Füße fühlten sich an, als wären sie festgewachsen. Der Sand kochte regelrecht – fast so, als wäre Bellheim in einen gigantischen Ameisenbau geraten. Er wusste nicht, was schlimmer war: das Brennen, das seine Beine emporkroch, oder die

Erkenntnis, dass diese Kristalle tatsächlich *lebendig* waren.

Mit einem verzweifelten Schrei versuchte er die Tür zu erreichen, aber es war zu spät. Der Sand ließ ihn nicht mehr gehen. Er stolperte, strauchelte und fiel vornüber. Dann schlugen die Wogen über ihm zusammen.

Teil 1
Der Fremde

1

Berlin, zwei Monate später …

Klirrende Kälte drang von draußen in die Schreibstube. Die Fensterscheiben waren mit Eisblumen überzogen, die im Licht der Morgensonne wie Diamanten funkelten. Schneeflocken tanzten am Haus vorbei, landeten auf Ästen und Zweigen und überzogen die antiken Statuen in Humboldts Garten mit weißem Zuckerguss.

Oskar fror. Seine Füße fühlten sich an, als würden sie in der Erde stecken, daran konnte auch das Feuer im Kamin nichts ändern, dessen Knacken und Knistern wie eine entfernte Ankündigung von Silvesterfeuerwerk klang. Vor ihm lag ein Stoß Schreibpapier, links ein Bogen Löschpapier, rechts von ihm stand ein Tintenfass nebst Federkielhalter. Die Hände in fingerlosen Handschuhen steckend, saß er da, presste die Zähne zusammen und versuchte, dem Unterricht die nötige Aufmerksamkeit zu schenken.

Heute Morgen stand Latein auf dem Programm. Ein Fach, mit dem Oskar schon an normalen Tagen seine Probleme hatte. Doch heute war kein normaler Tag. Heute war Heiligabend.

Er erinnerte sich, dass sie im Waisenhaus an diesem Tag immer Lieder gesungen und die Weihnachtsgeschichte vorgelesen bekommen hatten. Natürlich waren da auch

Fräulein Braunsteins Haferkekse gewesen. Trockene, harte Taler, bei denen man das Gefühl bekam, man hätte Gips zwischen den Zähnen. Doch in den Jahren danach, als er auf der Straße gelebt hatte, gab es nicht mal die. Als Taschendieb hatte er sich weder Tannenbaum noch Kerzen oder Geschenke leisten können. Der einzige Unterschied zu normalen Tagen bestand darin, dass er etwas mehr abgreifen konnte, weil die Leute unaufmerksam und ihre Taschen voller Geld waren.

Wenn man es recht betrachtete, so war das heute sein erster richtiger Heiliger Abend. Und an so einem Tag wurde von ihnen verlangt zu lernen? Dabei gab es noch so viel zu tun: Einkäufe machen, das Haus in Ordnung bringen, den Baum schmücken, Geschenke verpacken. Die Zeit reichte jetzt schon kaum aus. Es gab zwar kaum einen Tag, an dem kein Unterricht stattfand, aber konnte Humboldt nicht mal eine Ausnahme machen? Gewiss, der Forscher hatte ihn vor wenigen Wochen adoptiert, nachdem sich seine Vermutung, Oskar sei sein leiblicher Sohn aus einer Verbindung mit der Schauspielerin Theresa Wegener siebzehn Jahre zuvor, als sehr wahrscheinlich erwiesen hatte. Er war jetzt sein Vater und gesetzlicher Vormund. Und das ließ er ihn jeden Tag spüren. Oskar löste den obersten Knopf seines steifen Hemdkragens. Er war es gewohnt, seinen eigenen Weg zu gehen. Bis er von Humboldt auf der Straße aufgelesen worden war, hatte er sich immer selbst durchgeschlagen. Er hatte ein armes, aber freies Leben geführt, und es fiel ihm schwer, sich den Regeln und Pflichten in diesem Haus unterzuordnen. Warum hatte der Forscher seine Mutter damals alleingelassen und warum hatte er erst so spät die Suche nach ihm aufgenommen? All das waren Fragen, auf die Oskar bisher noch keine zufriedenstellende Antwort erhalten hatte. Und jetzt sollte er auch noch Latein lernen. Als wenn er das jemals benötigen würde.

Die eine Hand auf den Rücken gelegt, die andere mit dem Zeigestab kreisförmige Bewegungen vollführend, schritt Carl Friedrich von Humboldt vor seiner Klasse auf und ab. Er deklinierte die Beugung des Substantivs *Dominus* und tat dies mit einer Stimme, deren gebetsmühlenartige Langsamkeit einen in Tiefschlaf versetzen konnte.

»Dominus, domini, domino, dominium, domine.«

Humboldt drehte sich um, sodass die Dielen unter seinen Stiefeln knarrten. »Domino, domini, dominorum, dominis ...«

Die wasserblauen Augen auf den Boden gerichtet, die buschigen Brauen gesenkt, schwang der Forscher seinen Stab wie einen Taktstock. Seine imposante Erscheinung warf düstere Schatten gegen die Wand.

Oskar spürte eine unwiderstehliche Müdigkeit in sich aufsteigen. Er dachte daran, in was für einen seltsamen Haushalt er hineingeraten war. Am Nachbartisch saß seine Cousine, Charlotte, die Nichte des Forschers. Ihr Federkiel kratzte eifrig über das Papier, während sie jedes einzelne Wort gewissenhaft notierte. Oskar betrachtete ihre gewölbte Stirn, die kleine Nase und die sanften Lippen. Die Wintersonne zauberte einen Schimmer auf ihre blonden Haare und ließ sie wie einen Engel aussehen. Doch der Anblick täuschte.

Charlotte war alles andere als ein Engel. Sie war vorlaut, nachtragend und schnippisch. Eine junge Frau, die genau wusste, was sie wollte und wie sie es bekam. Außerdem musste sie immer das letzte Wort haben. Mochte der Himmel wissen, warum er jedes Mal so blöd grinsen musste, wenn er sie ansah.

Ein paar Tische weiter hockten Bert, Maus, Willi und Lena, seine Freunde, mit denen er auf der Straße gelebt hatte. Der Forscher hatte sie in sein Haus geholt, weil er Oskar beweisen wollte, dass er es gut meinte. Humboldt war gewiss kein Heiliger, aber er hatte ihnen allen eine Chance gegeben, und das war etwas, wofür Oskar ihm dankbar war. Seit seine Freunde hier lebten, war das Haus mit Stimmen und Gelächter erfüllt. Während sie ihren Dienst verrichteten, schlitterten sie lachend und lärmend durch die Flure, ganz so wie die verzauberten Tiere in Hauffs Märchen vom Zwerg Nase. Die Stille und Einsamkeit, die vorher hier geherrscht hatten, waren wie weggefegt. Was hätten sie für einen Spaß haben können, wären da nicht diese strengen Unterrichtsstunden, mit denen Humboldt sie Tag für Tag quälte.

Eliza war die gute Seele des Hauses. Auf Haiti geboren und von dunkler Hautfarbe, war sie des Forschers Gefährtin und Vertraute und stand ihm bei all seinen Abenteuern zur Seite. Eliza verfügte über geheimnisvolle Fähigkeiten, die an Zauberei grenzten. Zum Beispiel konnte sie mit anderen Menschen Verbindung aufnehmen, nur mittels Gedankenkraft. Oskar hatte keine Ahnung, wie sie das anstellte, aber es klappte. Er hatte es mehr als einmal selbst erlebt.

Dann war da noch die Kiwidame Wilma. Auch heute leistete der Vogel den Kindern beim Unterricht Gesellschaft. Er hatte seinen kleinen Sprachtornister umgeschnallt, mit dem sich seine Vogellaute in Worte übersetzen ließen, aber Wilma redete nie viel. Ihr Vokabular war äußerst einsilbig und beschränkte sich meistens auf Befindlichkeiten wie »Hunger«, »Durst«, »müde«, »fröhlich«, »traurig« und so weiter. Nichts, worauf sich eine längere Unterhaltung stützen ließ. Trotzdem: Es war verblüffend, dass ein Vogel überhaupt sprechen konnte. Diese erstaunliche Fähigkeit wurde durch ein besonderes Vitaminpräparat ausgelöst, das Wilma täglich einnahm und das auch ihren natürlichen Tag-Nacht-Rhythmus veränderte. Statt eines rein nachtaktiven Vogels – so wie ihre Verwandten in Neuseeland – hatte Wilma ihren Schlafzyklus an den der Menschen angepasst. Sie war eine treue Begleiterin und bei allen Abenteuern Humboldts mit dabei.

Das waren alle, die unter diesem Dach wohnten. Ein recht kleiner Haushalt, verglichen mit anderen Häusern Berlins.

Oskar warf seinen Freunden einen verborgenen Blick zu. Sie hatten gerade erst angefangen, Lesen und Schreiben zu lernen, trotzdem durften sie dem Unterricht beiwohnen und versuchen, hinter das Geheimnis dieser schwierigen Sprache zu dringen. Ihr Bildungsstand war noch viel geringer als seiner. Wie schafften sie es nur, trotzdem so interessiert auszusehen? War es Furcht?

Mit Humboldt einen Streit vom Zaun zu brechen, war in etwa so sinnlos wie Feuer mit Öl löschen zu wollen. Der Forscher konnte bei Arbeitsverweigerung ausgesprochen hitzig reagieren. Der Gedanke ließ Oskar lächeln. Vielleicht würde ein ordentliches Feuerchen ja die Kälte aus seinen Gliedern vertreiben. Er wollte gerade seinen Aufschrieb fortsetzen, als er bemerkte, dass ein Tropfen Tinte von seinem Federkiel gefallen und auf dem Notizzettel gelandet war. Die Flüssigkeit zog eine hässliche Spur quer über das geneigte Pult. Ehe sie auf seine Hose tropfen konnte, brachte er blitzschnell seine Beine in Sicherheit. Dabei stieß er mit dem Knie gegen Charlottes Tisch. Es gab ein Rumpeln und ein Poltern, dann fiel das Tintenfass hinab. Die schwarze Flüssigkeit spritzte einen Meter weit über das Eichenparkett.

»Himmel, pass doch auf!« Charlotte sprang auf und blickte entsetzt auf ihr Kleid. »Schau dir das an. Das wollte ich heute Abend tragen.«

Humboldt trat zwischen die beiden und funkelte Oskar streng an. »Was ist denn hier los?«

»Es tut mir leid«, stammelte Oskar. »Ich war in Gedanken. Mir war kalt und ich habe nicht auf meine Schreibfeder geachtet.«

Humboldt musterte die Pfütze am Boden und kräuselte die Lippen. »Hol einen Lappen und wisch das weg. Charlotte, du gehst zu Eliza. Sie weiß am besten, was zu tun ist. Ihr anderen: Es gibt keinen Grund zu lachen. Ich möchte, dass jeder die Deklination des Wortes Domina – *Herrin* – niederschreibt, und zwar Singular und Plural. Und ein bisschen plötzlich, wenn ich bitten darf.«

Oskar holte Eimer und Lappen und begann, die Tinte aufzuwischen. »Müssen wir denn wirklich Deklinationen machen?«, maulte er. »Ich meine, heute ist Heiligabend. Alle bereiten sich auf das Fest vor. Überall herrscht Festtagsstimmung, nur bei uns nicht. Es gibt noch eine Menge Dinge zu erledigen«, ergänzte er schnell, als er die steile Falte zwischen den Brauen des Forschers bemerkte.

»Heiligabend ist keine Ausrede«, erwiderte Humboldt. »Zumindest der Vormittag ist ein Werktag wie jeder andere. Ihr seid nicht die Einzigen, die heute arbeiten müssen. An den Feiertagen erlasse ich euch den Unterricht, aber heute wird bis Punkt zwölf gearbeitet. Und damit Ende der Diskussion.«

Aber Oskar ließ nicht locker. »Können wir denn nicht wenigstens etwas Spannendes machen? Etwas aus dem Bereich Geografie, Biologie oder Chemie? Selbst an der Universität gibt es spezielle Weihnachtsvorlesungen. Hab ich jedenfalls gehört«, fügte er kleinlaut hinzu.

»Was passt dir denn nicht an Latein?«

Oskar tauchte den Lappen in den Eimer und wrang ihn aus. »Es ist so langweilig. Eine tote Sprache, die kein Mensch mehr spricht.«

»Wenn du dich da mal nicht irrst«, erwiderte der Forscher. »Latein ist die Sprache der Naturwissenschaften. Ohne vernünftige Sprachkenntnisse wirst du nie in der Lage sein, die Nomenklatur der Arten korrekt zu lesen oder neue Spezies einzuordnen. Abgesehen davon lassen sich mit Latein alle anderen Sprachen, insbesondere die romanischen, viel leichter erlernen. So, und jetzt weiter im Text.« Er wollte sich wieder der Tafel zuwenden, doch Oskar hatte noch nicht aufgegeben.

»Ich frage mich, wozu wir dann das Linguaphon haben«, sagte er. »Wenn wir die Sprachen dann doch lernen müssen.«

»Wie soll ich das verstehen?«

»Ich rede von unserem Übersetzungsapparat. Warum sollen wir Sprachen erlernen, wenn wir ein solch fantastisches Gerät besitzen? Es kann jede Sprache übersetzen, sogar solche, die uns bisher noch völlig unbekannt sind. Selbst Wilma hat mit seiner Hilfe das Sprechen erlernt. Warum nicht das Linguaphon benutzen und die gesparte Zeit für andere Dinge einsetzen?«

Humboldt stemmte die Hände in die Hüften. »Das Erlernen einer Sprache kann niemals durch ein technisches Gerät ersetzt werden. Es ist in erster Linie eine Schulung für logisches Denken und strukturiertes Handeln«, erwiderte Humboldt. »Es hilft euch, Klarheit in eure Köpfe zu bringen. Abgesehen davon – was, wenn der Strom ausgeht oder eine Panne eintritt? Technik ist anfällig, besonders in solch entlegenen Gegenden, wie wir sie bereisen. Ihr wollt doch nicht etwa in irgendwelchen Kochtöpfen enden, nur weil ihr versäumt habt, euer Sprachzentrum zu trainieren?« Er reichte Oskar die Hand und zog ihn auf die Füße. »Komm«, sagte er. »Setz dich, damit wir fortfahren können.«

Oskar kam sich vor wie ein Idiot. Wie hatte er nur annehmen können, einen Schlagabtausch mit seinem Vater zu gewinnen? Humboldt war ein Mann, der gewohnt war zu bekommen, was er wollte, ein geborener Sieger. Es lag in seiner Natur zu gewinnen. Genau wie in der seines Vaters, des berühmten Naturforschers Alexander von Humboldt. Vorausgesetzt, man nahm die Behauptungen des Forschers über seine Herkunft für bare Münze.

Oskar räumte Eimer und Lappen weg, ging zum Tisch zurück und rutschte wieder auf seinen Platz. Er hatte gerade entschieden, diesen Heiligen Abend zu einem der schlechtesten seines Lebens zu erklären, als ein heftiges Pochen an der Haustür zu hören war.

Humboldt zögerte, blickte hinaus, dann verließ er den Raum. »Hat man denn nicht für eine Minute Ruhe in diesem Haus?«

2

Charlotte schaute aus dem Küchenfenster und entdeckte einen Reiter der Preußischen Post. Blauer Uniformrock mit rotem Besatz, eine eng anliegende Hose mit Seitenstreifen, auf dem Kopf eine Mütze mit rotem Rand. Sein Pferd keuchte und schäumte, dass man glauben konnte, er wäre den ganzen Weg bis raus zum Plötzensee in scharfem Galopp geritten.

Charlotte schob den Vorhang zur Seite. »Sieht nach einer Eilzustellung aus.«

Eliza, die gerade versuchte, Charlottes Kleid mit Gallseife von den Tintenspritzern zu befreien, hob den Kopf.

»Wie kommst du darauf?«

»Schau dir den Brief an. Solche Umschläge werden nur für dringende Angelegenheiten verwendet.«

Das Kuvert war länglich, von hellgelber Farbe und mit rotem Siegellack verschlossen.

»Bin gleich wieder da.« Charlotte eilte zur Tür, wo Humboldt den Mann bereits begrüßte. Der Postbote hatte seine Mütze abgenommen und verbeugte sich.

»Herr Donhauser?«

»Ganz recht.«

Charlotte bemerkte, wie ihr Onkel bei der Erwähnung seines bürgerlichen Namens die Lippen zusammenpresste. Sie wusste von den Hinweisen, dass er tatsächlich von Alexander von Humboldt abstammte, doch bis jetzt war der Anspruch keinesfalls bewiesen. Ein Thema, über das man besser schwieg.

»Ich habe eine Einladung für Sie.« Die Messingknöpfe mit dem kaiserlichen Reichsadler blinkten in der Morgensonne. »Wenn Sie den Erhalt bitte hier bestätigen würden.« Er reichte dem Forscher ein amtlich aussehendes Dokument nebst Stift. Humboldt setzte sein Zeichen unter das Papier und nahm den Brief in Empfang.

»Und hier noch ein Brief an Fräulein Charlotte Riethmüller. Sind Sie das?«

»Ja.« Charlotte nahm das Kuvert entgegen. »Muss ich auch irgendetwas unterschreiben?«

»Nein danke, nicht nötig.«

Humboldt griff in die Tasche und drückte dem Eilboten ein paar Pfennige in die Hand.

»Oh, vielen Dank.« Der Mann verbeugte sich. »Ich wünsche Ihnen noch einen angenehmen Tag. Besinnliche Weihnachtstage.« Mit diesen Worten schwang er sich auf sein Pferd und galoppierte zurück.

Humboldt machte kehrt und ging zurück ins Haus. Durch die offene Tür der Schreibstube konnte Charlotte die neugierigen Gesichter der Straßenkinder erkennen.

»Was ist es?«, drängte Charlotte. »Wer schreibt uns?«

»Uns?« Der Forscher warf ihr einen ironischen Blick zu. »Soweit ich lesen kann, steht nur mein Name auf dem Brief.«

Charlotte ließ nicht locker. »Aber er stammt von der Universität, das erkenne ich an dem Siegel. Also gilt er höchstwahrscheinlich uns allen.«

»Meinst du?« Er zog humorvoll eine Braue in die Höhe.

Seit er dem Universitätsbetrieb aus Protest den Rücken gekehrt hatte, war hier in seinem Haus eine Art private Forschungsgemeinschaft entstanden. Ein Institut zur Aufklärung und Lösung ungewöhnlicher, um nicht zu sagen *unmöglicher* Fälle. Den ersten Fall hatten sie gelöst, als sie in Peru ein bisher unbekanntes Volk mit mechanischen Fluggeräten entdeckt hatten, einen zweiten, als sie das Mittelmeer von einer Gefahr in Form riesenhafter Maschinenwesen befreit hatten. Beide Fälle hatten in der Presse hohe Wellen geschlagen. Wenn ihnen die Universität also eine Einladung schickte, dann vermutlich nur deshalb, weil die Kunde von ihren Taten den Weg bis in die oberste Etage gefunden hatte und die Herren Dekane es sich nicht länger leisten konnten, sie zu ignorieren.

»Jetzt komm schon«, drängelte Charlotte. »Mach ihn auf.«

Humboldt marschierte in sein Arbeitszimmer, nahm einen Brieföffner zur Hand und schlitzte den Umschlag auf. Er zog den Brief aus wertvollem Büttenpapier heraus und faltete ihn auf. Die Stirn tief in Falten gelegt, überflog er den Inhalt. Plötzlich hellte sich seine Miene auf. »Bellheim!«, rief er aus. »Das darf doch nicht wahr sein.«

»Wer?«

»Richard Bellheim. Einer der führenden Experten auf dem Gebiet der Völkerkunde. Wir haben eine Zeit lang zusammen studiert. Ein fabelhafter Kerl. Ich habe ihn seit einer Ewigkeit nicht gesehen.«

»Was ist geschehen?«

»Ich war viel unterwegs, wie du weißt, und er ebenso. Als Afrikaspezialist war er vermutlich längere Zeit auf Expedition. Das ist aber nicht seine Handschrift. Vermutlich handelt es sich um eine offizielle Einladung.« Er drehte den Brief um. »Ah, hier haben wir es ja. Zwei Jahre Sahara und Sahelzone.« Er pfiff durch die Zähne. »Ganz schön lange Zeit.«

»Und was steht in der Einladung?«

»Wie es aussieht, hält er einen Sondervortrag in drei Tagen. Man hat uns zwei Eintrittskarten beigelegt.«

Charlotte schaute in den Umschlag und, tatsächlich, da waren sie. Wunderschön gedruckt und mit goldenem Rand. »Ich habe sie. Was steht noch in dem Brief?«

Humboldt rückte seine Brille zurecht. Sein fröhlicher Ausdruck wurde zusehends ernster.

»Was denn? Spann mich nicht so auf die Folter.«

»Wie es aussieht, wird auch der Kaiser da sein. Hier steht, es wird ein Empfang mit allerhöchsten militärischen Ehren. Nur der Hofstaat und besondere Würdenträger werden geladen sein.« Mit Bedauern in seinem Gesicht ließ er den Brief sinken. »Schade. Ich wäre gern hingegangen.«

»Wie meinst du das?«

Humboldt schenkte ihr ein trauriges Lächeln. »Weißt du das wirklich nicht? Deutschland liefert sich seit einigen Jahren einen Wettlauf um die besten Kolonien. Der afrikanische Kontinent wird dabei zwischen den Imperialmächten aufgeteilt, als wäre er eine Geburtstagstorte.

Es geht zu wie auf einem Basar. Jeder nimmt sich einfach, was er kriegen kann, ohne die Einheimischen um Erlaubnis zu fragen. Ein trauriges Kapitel der deutschen Geschichte, aber natürlich von hohem nationalen Interesse.« Er stieß die Worte aus, als hätten sie einen unangenehmen Beigeschmack. »Wenn Bellheim in Anwesenheit des Kaisers über Nordafrika redet, dann wird es vermutlich um die Möglichkeit neuer Kolonien gehen.« Er faltete das Papier und steckte es weg. »Tut mir leid, kein Interesse. Ich werde zusehen, dass ich mich im neuen Jahr mit ihm treffe. Unter vier Augen und in ungezwungener Atmosphäre.«

»Aber der Kaiser …« Charlotte blickte ihren Onkel mit großen Augen an. »Ich habe Wilhelm noch nie aus der Nähe gesehen.«

»Das wird dir auch an diesem Abend kaum gelingen«, erwiderte der Forscher. »Vermutlich wird er von einer ganzen Armee von Sicherheitsbeamten abgeschirmt. Abgesehen davon: So imposant ist er auch wieder nicht.«

»Das ist doch egal. Stell dir all die interessanten Leute vor. Die schmucken Anzüge und Uniformen und die rauschenden Kostüme. Ich habe so etwas noch nie erlebt. Bitte, lass uns hingehen. Bitte, bitte.«

Humboldt verdrehte die Augen. »Tu mir das nicht an. Ich verabscheue solche Veranstaltungen. Nichts gegen einen guten Vortrag, aber diese Veranstaltung riecht nach Staatsempfang. Da wird gedienert, gebuckelt, gekrochen und geschleimt. Jeder wird zusehen, dass er möglichst nah an Wilhelm und seine Gattin herankommt. Das hat nichts mit Forschung zu tun. Eher mit Politik, und Politik ist ein schmutziges Geschäft.«

»Komm schon, bitte.« Charlotte ließ nicht locker. »Immerhin hat er an dich gedacht. Steht sonst noch etwas in der Einladung?«

»Warte mal ...« Humboldt drehte den Brief um. »Hier ist eine Notiz, aber wie es aussieht in einer anderen Schrift. Sie stammt von ... ach, verdammt.« Er hielt die Karte ins Licht und schob seine Brille hoch. »Ich muss dringend mal zum Optiker. Kannst du das lesen?«

Charlotte nahm den Brief. »Hier steht ein Name. *Gertrud Bellheim.* Seine Frau?«

»Möglich, aber ich kenne sie nicht. Er muss geheiratet haben, als ich fort war. Was schreibt sie?«

»*Sehr geehrter Herr von Humboldt, im Namen meines Mannes möchte ich Sie und Ihre Begleitung ganz herzlich zum Vortrag am 27.12. um 20:00 Uhr in den Großen Hörsaal der Friedrich-Wilhelm-Universität einladen. Ich weiß, dass Sie sich nahegestanden haben und dass es ihm viel bedeuten würde, Sie an diesem Abend persönlich zu sehen. Bitte tun Sie mir den Gefallen und reden Sie ein paar Worte mit ihm. Dafür wäre ich Ihnen überaus dankbar. Hochachtungsvoll, Gertrud Bellheim*«

Humboldt nahm ihr den Brief aus der Hand und überflog die Zeilen noch einmal. »Seltsam«, murmelte er.

»Was meinst du?«

»Warum schreibt er nicht selbst? Und warum tue ich ihr einen *Gefallen*, wenn ich ein paar Worte mit ihm rede? Das klingt, als würde sie sich Sorgen machen.«

Charlotte nickte. »Du hast vollkommen recht. Es klingt tatsächlich sehr seltsam. Ich finde, du solltest der Sache auf den Grund gehen. Das wird dir allerdings nur gelingen, wenn du dort erscheinst. Und ich mit dir.« Sie schenkte ihrem Onkel ein verführerisches Lächeln.

Der Forscher zog eine Braue in die Höhe. »Sagst du das, weil es dich wirklich interessiert oder weil du zu dem Empfang willst?«

Er hielt den Brief näher ans Gesicht, in dem vergeblichen Bemühen, ihm weitere Geheimnisse zu entlocken, doch irgendwann gab er auf. »Also gut«, seufzte er. »Du hast gewonnen.«

»Danke!« Charlotte umarmte ihren Onkel und drückte ihm einen Kuss auf die Wange. »Du bist der Beste.«

Die Tür zur Schreibstube ging einen Spalt weit auf. Ein sommersprossiges Gesicht mit roten Zöpfen lugte hervor. Es war Lena. »Was ist denn jetzt mit dem Unterricht, Herr von Humboldt? Kommen Sie noch mal zurück, oder sollen wir unsere Sachen zusammenräumen?«

»Ihr könnt zusammenräumen«, sagte der Forscher. »An Unterricht ist sowieso nicht mehr zu denken. Helft Eliza in der Küche, füttert die Pferde, danach könnt ihr den Baum schmücken. Und vergesst nicht, vorher das Klassenzimmer aufzuräumen und die Tafel zu wischen. Ich will, dass alles blitzblank ist, ehe wir Bescherung machen.«

»Juhuu!« Ein stürmisches Gerenne und Getrampel war zu hören. Kichern und Lachen schallte zu ihnen herüber.

Humboldt strich sich über die Stirn. »Wenn ich gewusst

hätte, was ich mir da für einen Sack Flöhe einhandle, hätte ich mir die Sache mit Oskars Freunden vielleicht noch mal überlegt.«

»Ich bin sicher, du wirst das verkraften«, sagte Charlotte. »Es tut dir gut, wieder zu unterrichten. Seit die Kinder bei uns sind, höre ich dich viel öfter lachen.«

»Ist das so?« Er seufzte. »Na, Hauptsache, die Arbeit leidet nicht darunter. Was ist denn mit deinem Brief? Du hast ihn noch gar nicht geöffnet.«

»Ja richtig.« Charlotte blickte auf das Kuvert in ihrer Hand. In der Aufregung hatte sie ganz vergessen nachzuschauen, von wem er stammte. Auf der Rückseite fand sie einen Absender. *Maria Riethmüller, Kurhotel Heiligendamm.*

»Er ist von Mutter«, sagte sie.

Ihre gute Laune war mit einem Mal wie weggeblasen.

3

Sir Jabez Wilson war bereits zu Lebzeiten eine Legende. Von Königin Victoria für seine Verdienste um die Erforschung des Nachthimmels geadelt und von seinen Kollegen ebenso geschätzt wie gefürchtet, galt er als Großbritanniens bedeutendster Sammler extraterrestrischer Funde. Er war das, was man in Fachkreisen als *Meteoritenjäger* bezeichnete, und sein Hunger nach seltenen Steinen war grenzenlos. So groß, dass er gelegentlich seine Manieren vergaß.

»*Was* hat er gesagt? Wiederhol das noch mal.«

Sein Assistent, Patrick O'Neill, erbleichte. »Monsieur Lacombe von der astronomischen Fakultät Paris lässt ausrichten, er werde Ihnen auf keinen Fall eine Abschrift des Dokuments zukommen lassen. Er sagte, da könne er Ihnen ja gleich seine ganze Sammlung zum Geschenk machen. Er hoffe jedoch inständig, Sie mögen seinem Gastvortrag am Observatorium diesen Freitag beiwohnen. Er werde bei dieser Gelegenheit auch auf das Dokument zu sprechen kommen.«

»Dieser unverschämte Patron!« Wilson sprang auf. Seine Kehle war vor Wut wie zugeschnürt. »Er glaubt wohl, er kann mich auf den Arm nehmen. Ich bin doch keiner seiner Lakaien, die er herumscheuchen kann, wie er will. Er ist hier auf *meinem* Grund und Boden. Na warte, dem wird das Lachen schon noch vergehen.«

O'Neill wich zurück. Wilson war ein Stier von einem Mann. Kompakt, gedrungen, mit breiten Wangenknochen, niedriger Stirn und einem grauen Haarschopf, der zu einem Pferdeschwanz zusammengebunden war. Ein Mann, der schon durch seine reine physische Präsenz jeden einschüchtern konnte. Sein auffälligstes Merkmal war, dass er nur ein Auge besaß. Das linke hatte er bei einer Auseinandersetzung mit Eingeborenen in Patagonien verloren, als diese ihm den Zugang zu einer Fundstelle verweigerten und ihn und seine Männer stattdessen mit Steinschleudern angegriffen hatten. Aus Rache hatte er ihr Dorf dem Erdboden gleichgemacht.

Um sein fehlendes Auge zu ersetzen, hatte Wilson einen Meteoriten zurechtschleifen lassen und diesen in den Hohlraum in seinem Schädel eingesetzt. Die silbrig glänzende Kugel schien in alle Richtungen gleichzeitig blicken zu können.

Wilsons geheime Vorliebe galt dem Iridium, einer äußerst seltenen Spielart des Platin, wie man sie des Öfteren in Meteoriten fand. Seine Härte machte es zu einer idealen Komponente besonders widerstandsfähiger Legierungen. Legierungen, wie sie in Präzisionsmessgeräten wie Uhren oder Sextanten Verwendung fanden. Kein Wunder, dass es als ungemein wertvoller Rohstoff galt, wertvoller noch als Diamanten. Allein die Kugel in Wilsons Schädel besaß den Wert eines kleinen Fürstentums.

»Sagen Sie alle Termine für heute Mittag ab, ich bin bei Lacombe.«

»Aber Sir, Ihr Essen mit dem Innenminister …«
»Absagen, habe ich gesagt.«

Wilson schnappte seinen Mantel, band seinen Waffengurt um und stürmte aus dem Zimmer. Was glaubte dieser unverschämte Franzose eigentlich, mit wem er es zu tun hatte? Ihn, Jabez Wilson, abzuwimmeln wie einen lästigen Vertreter? Eher würde die Hölle zufrieren, als dass so etwas geschah.

Mit eiligen Schritten stürmte er die Treppen hinunter. Seine Arbeitsräume lagen im obersten Stock der Königlichen Akademie in Burlington Gardens. Eines der prächtigsten Gebäude von ganz London mit Blick auf die herrlichen Anlagen des Green Parks.

Auf dem Weg nach unten begegnete er etlichen Kollegen und Angestellten, die ihm Respekt zollten.

»Guten Morgen, Sir Wilson.«

»Frohe Weihnachten, Euer Lordschaft!«

»Werden Sie uns heute Abend noch im Athenäum Club beehren?«

Er ignorierte die Zurufe und lief weiter. Seine blank polierten Stiefel klackerten über die Marmorstufen. Er verließ das Gebäude, eilte im strömenden Regen über den Vorplatz und bestieg eine der Kutschen, die draußen warteten.

»Hyde Park Corner 48, aber schnell!«, rief er dem Fahrer zu, dann lehnte er sich zurück.

Oskar war gerade auf dem Weg in sein Zimmer, als ihm Charlotte über den Weg lief. Sie war vollgepackt mit Mappen, Rollen und Bündeln voller Briefe und wirkte ziemlich aufgebracht. Eigentlich hatte er ja vorgehabt, es sich mit einer brandneu erschienenen Ausgabe von Karl Mays gesammelten Reiseromanen in seinem Lesesessel gemütlich zu machen. Er war schon sehr gespannt auf den zweiten Teil von Winnetou, der rote Gentleman, aber jetzt ließ ihn der Ausdruck auf Charlottes Gesicht innehalten. »Was ist dir denn für eine Laus über die Leber gelaufen?«

Charlotte sah ihn entgeistert an. Sie hatte ihn wohl gar nicht bemerkt. Blitzschnell fing sie sich jedoch wieder und sagte: »Ach nichts. War nur eben auf dem Dachboden und habe ein paar Sachen zusammengetragen.«

»Was für Sachen?« Oskar reckte den Hals. Der Dachboden in Humboldts Haus war eine wahre Fundgrube, Kultobjekte aus aller Welt sowie seltene Sammlerstücke. Dinge, mit denen sich ohne Probleme ein kleines Museum füllen ließ. Es stand aber auch eine Truhe dort oben, in der der Forscher Dokumente und Zeugnisse aus seiner Vergangenheit aufbewahrte. Plakate, Tagebücher, Briefe und jede Menge Korrespondenz. Während Oskar mit großer Leidenschaft die Masken und Trommeln betrachtete, hatte Charlotte einen Narren daran gefressen, in der Vergangenheit des Forschers herumzustöbern. Humboldt hatte nichts dagegen und ließ sie gewähren. Ob er allerdings damit einverstanden sein würde, dass sie die Sachen jetzt in ihr Zimmer brachte?

»Was sind das für Dokumente?«, wiederholte Oskar seine Frage. »Soll ich dir tragen helfen?«

»Nein, nicht nötig.« Charlotte drehte sich zur Seite, damit Oskar nicht sah, was sie da durch das Haus schleppte. Trotzdem konnte er einen Blick auf eine Ahnentafel und ein dickes, in Leder gebundenes Buch erhaschen.

»Stammbäume und Fotoalben?«, fragte er. »Was willst du denn damit?«

Er versuchte, an eines der Dokumente ranzukommen, aber sie drehte sich von ihm weg.

»Das geht dich rein gar nichts an!«, zischte sie. »Untersteh dich, dich in meine Privatangelegenheiten einzumischen.«

»Ist ja gut, ist ja gut.« Er hob entwaffnend die Hände. »Ich wollte nur einen kleinen Spaß machen.«

»Mir ist es bitterernst«, sagte sie mit wütender Stimme. »Würdest du mich jetzt bitte durchlassen?«

»Aber klar.« Er trat einen Schritt zur Seite und Charlotte stürmte an ihm vorbei. Dabei fiel ihr ein kleines Buch hinunter. *Familienchronik* stand auf das Leder geprägt. Oskar beugte sich vor und hob es auf. Es war das Buch, in dem Humboldt sämtliche Geburts- und Abstammungsurkunden aufbewahrte. Mit einem ratlosen Blick reichte Oskar Charlotte die wertvollen Dokumente. Sie schnappte danach und steckte sie zu den anderen Sachen. Einen kurzen Moment leuchtete immer noch die Wut in ihren Augen, dann wurde ihr Blick wieder sanfter.

»Danke«, sagte sie. »Bitte verrate mich nicht. Ich bin da einer merkwürdigen Geschichte auf der Spur und ich möchte nicht, dass alle davon erfahren. Versprichst du mir, dass du niemandem davon erzählst?«

Er nickte. »Erfahre ich irgendwann davon?«

»Sobald ich herausgefunden habe, was dahintersteckt. Versprochen.« Mit diesen Worten drehte sie sich um und verschwand in ihrem Zimmer.

4

Unruhig auf den Griff seines Degens trommelnd, blickte Sir Jabez Wilson aus dem Fenster. Das regennasse London zog wie eine Tapete an ihm vorüber. Menschen liefen im Schatten der Gebäude, hielten Aktentaschen oder Regenschirme über ihre Köpfe und sahen zu, dass sie rasch ins Trockene kamen. Überall herrschte geschäftige Weihnachtsstimmung. Die Läden waren geschmückt und allseits standen Straßenmusikanten, die sich mit *Oh, come all ye faithful* oder *Go tell it on the mountain* gegenseitig zu überstimmen versuchten.

Wilson konnte diesem Fest nichts abgewinnen. Der Geruch von Bratäpfeln, Candys und Lebkuchen lag wie eine betäubende Decke über der Stadt. Diese ewige Singerei und diese kuhäugigen Kinder mit ihrem Dauergrinsen. Wenn es nach ihm ging, gehörte dieses Fest abgeschafft.

Die Kutsche erreichte den Park, schwenkte auf Südkurs und steuerte dem Wellington Triumphbogen entgegen. Nur wenige Minuten später hatten sie die Hausnummer 48 erreicht. Wilson sprang aus dem Wagen, drückte dem Fahrer zwanzig Shilling in die Hand und eilte mit gesenktem Kopf über die Straße.

Der zweistöckige Bau in klassizistischem Stil diente der Universität als Quartier für ausländische Besucher und Gäste der Fakultäten. Im Allgemeinen waren die Zimmer immer ausgebucht, doch so kurz vor Weihnachten standen die meisten von ihnen leer. François Lacombe war der einzige Gast. Er bewohnte zwei Räume im Ostflügel, wo er einen Arbeitsbereich eingerichtet hatte. Der französische Astronom hockte auf seinen Informationen wie die Henne auf dem Ei und war nicht bereit, nur ein Jota seines Wissens mit ihm zu teilen. Zwei Anläufe hatte Wilson bisher unternommen, um an die heiß ersehnten Papiere zu kommen. Den ersten freundlich, in dem er persönlich vorstellig geworden war und Geschenke gebracht hatte, einen zweiten schon etwas kühler und in Begleitung seines Assistenten Patrick O'Neill. Dies war der dritte und er würde sich nicht noch einmal abwimmeln lassen.

Der Empfang war gerade nicht besetzt, und Wilson konnte ungesehen das Erdgeschoss durchqueren. Die Treppenstufen waren mit Teppich bespannt, sodass er praktisch lautlos nach oben gelangte. Auf der obersten Treppenstufe angekommen, spitzte er die Ohren. Von irgendwoher erklang Musik. Vorsichtig schlich er den Gang entlang, bis er vor Lacombes Räumen stand. Die Musik kam aus dem Arbeitszimmer und stammte von einem Grammofon. Über die Takte von Johann Strauss' *An der schönen blauen Donau* erklangen geschäftiges Klappern und fröhliches Mitsummen. Merkwürdigerweise erfreute sich gerade dieser Walzer bei Astronomen und Sternenkundlern großer Beliebtheit. Lacombe schien ganz in seine Arbeit versunken zu sein.

In diesem Moment fasste Wilson einen Entschluss. Vielleicht ließ sich das Problem mit einem simplen kleinen Diebstahl aus der Welt schaffen.

Vorsichtig ging er eine Tür weiter, legte seine Hand auf die Klinke und drückte sie ganz sacht nach unten. Die Tür war unverschlossen. Er öffnete sie einen Spalt und blickte hindurch. Lacombes Schlaf- und Ankleidezimmer lag im Dunkeln, nur beleuchtet von einem schmalen Lichtstreifen, der aus dem Arbeitszimmer kam. Rasch schlüpfte er hinein und schloss sie hinter sich. So weit, so gut. Durch den Spalt konnte er sehen, dass Lacombe an einer optischen Bank arbeitete. Offenbar war er damit beschäftigt, sein Teleskop auseinanderzubauen und zu reinigen. Fröhlich pfeifend nahm der Franzose eine Linse aus der Halterung und polierte sie mit einem weichen Stofftuch.

Wilson warf einen Blick in die Runde. Er wusste, dass der Astronom seine Dokumente in einer länglichen Holzschatulle aufbewahrte. In den Regalen waren nur Karten und Bücher. Vielleicht im Kleiderschrank? Er schlich durch den Raum und öffnete den schweren Kirschholzschrank. Die Türen gaben ein erbärmliches Quietschen von sich. Wilson hielt die Luft an. Hoffentlich hatte Lacombe nichts gehört. Doch die Musik lief weiter und auch das Pfeifen hielt an. Rasch durchforstete er das Innere. Nur Hemden, Hosen und Jacketts. Schrecklich unmoderne Sachen, wie sie heute kaum noch ein Mensch trug.

Angewidert fuhr Wilson herum. Wo war nur diese Schatulle? Doch wohl nicht im Arbeitszimmer? Sollte das der Fall sein, hätte er ein mächtiges Problem.

Wieder schlich er an den Türspalt. Als er am Bett des

Forschers vorbeikam, sah er unter der Matratze etwas schimmern. Blank poliertes Nussholz mit Stoßkanten aus reinem Messing. Er ging in die Hocke und untersuchte den Fund. Dieser verdammte Franzose. Bewahrte seine Schatulle einfach unter der Matratze auf. Ganz so, als befürchte er, man könne ihn bestehlen. Wilson grinste. Diese Franzosen hatten schon immer einen Hang zur Dramatik gehabt.

Er zog die Schatulle hervor und öffnete sie. Da waren sie. Drei fleckige und eng beschriebene Blatt Papier. Der einzige Beweis für die Existenz des sagenumwobenen Meteoriten, der als *der gläserne Fluch* in die Geschichtsbücher eingegangen war. Wilson nickte zufrieden und steckte die Papiere ein. Er wollte gerade die Schatulle wieder schließen, als das Licht anging.

»Dachte ich mir doch, dass ich ein Geräusch gehört habe.«

François Lacombe stand in der Eingangstür, die Hände in die Hüften gestemmt. »Darf ich fragen, was Sie da tun, Sir Wilsön?« Er sprach den Namen mit einem näselnden „ö", ganz so, als wolle er ihn absichtlich falsch aussprechen.

»Wonach sieht es denn aus?«

»Ich weiß, wonach es aussieht«, erwiderte der Franzose. »Ich wollte mich nur vergewissern, dass ich keinen Irrtum begehe, wenn ich jetzt das Sicherheitspersonal rufe.«

»Da werden Sie nicht viel Glück haben.« Wilson stand auf und klopfte den Staub von den Hosenbeinen. »An

Weihnachten ist nur die Notbesetzung anwesend. Und Philby ist zu alt, um Ihnen beistehen zu können.«

Lacombes Gesichtsausdruck verfinsterte sich. »Geben Sie mir die Papiere, auf der Stelle. Und dann gehen Sie.«

»Ich glaube, Sie verkennen die Situation. Ich brauche diese Notizen und ich werde sie an mich nehmen, ob Ihnen das nun passt oder nicht. Sie haben einen großen Fehler gemacht, sie mir vorzuenthalten. Damit haben Sie sich einen Feind geschaffen anstelle eines Verbündeten, und das in einem Land, das mit dem Ihren nicht gerade gute diplomatische Kontakte pflegt.«

»Wollen Sie mir drohen?« Lacombes Gesicht war puterrot angelaufen. »Hier, in meinen eigenen vier Wänden? Sie sollten sich lieber vorsehen.« Er machte einen schnellen Schritt zur Seite und packte seinen Degen, der griffbereit in der Ecke neben dem Schrank stand. Es war eine *Pallasch*, eine breitere Variante des klassischen Degens, die hervorragend als Schlagwaffe eingesetzt werden konnte. Mit einer geschmeidigen Bewegung zog Lacombe die Klinge heraus und richtete sie auf den Engländer. »Und jetzt geben Sie mir mein Eigentum zurück.«

Wilson ließ ein Haifischlächeln aufblitzen und schlug seinen Mantel zur Seite. Dort hing sein Degen.

Die Augen des Franzosen wurden größer. Allmählich schien er zu begreifen, dass es nicht so einfach werden würde.

»Bitte, Monsieur, tun Sie das nicht.«

Wilsons Lächeln war wie eingemeißelt. Er zog seinen

Degen und richtete ihn auf den Franzosen. Die Klingen trafen mit einem hellen Klang aufeinander.

»Ich muss Sie warnen, Monsieur!«, zischte Lacombe. »Ich habe unter Napoleon ein Offizierspatent erworben und war 1870 an der Schlacht von Sedan beteiligt.«

»Die die Franzosen mit Pauken und Trompeten verloren haben, wenn ich mich recht erinnere«, sagte Wilson. »Außerdem ist das Ganze über zwanzig Jahre her. Ich frage mich, ob Ihr Degen in dieser Zeit nicht ein wenig eingerostet ist.«

Er führte einen kleinen Scheinangriff durch und ging dann wieder in Ausgangshaltung. »Zumindest Ihre Reflexe sind noch gut«, konstatierte er. »Wollen sehen, wie es mit dem Rest bestellt ist. *En Garde.*« Er nahm Kampfposition ein.

Wilson kannte sich in der Geschichte dieses Kampfsports gut genug aus, um zu wissen, worauf in den Fechtschulen der französischen Armee Wert gelegt wurde. Lacombe versuchte, ihn auf Abstand zu halten. Ausfall, Schritt zurück. Ausfall, Schritt zurück. Sehr elegant zwar und auf offenem Feld gewiss recht wirkungsvoll, aber in einem beengten Raum wie diesem geradezu fahrlässig. Wilson hingegen ließ seinen Gegner so dicht wie möglich herankommen, während er aufpasste, dass er nach hinten immer genug Ausweichmöglichkeit hatte. Er konterte den letzten Ausfallschritt mit einer *Ligade*, bei der sein Degen in der Vorwärtsbewegung einen Kreis beschrieb und an der Klinge des Gegners entlangstrich. Lacombe, der viel zu weit hinten stand, rempelte mit dem Fuß gegen einen Stuhl und kam ins Straucheln. Um seinen Fehler auszugleichen, sprang er schnell zur Seite und entwischte ins angrenzende Arbeitszimmer. Für seine fünfundvierzig Jahre war er immer noch recht behände, doch es mangelte ihm an Kraft. Ein Vorteil, über den Wilson im Übermaß verfügte. Er holte zu einer *Sforza* aus, um Lacombe seine Klinge aus der Hand zu schlagen. Dabei verfehlte er sie knapp und fegte stattdessen das Teleskop vom Tisch. Splitternd und berstend ging es zu Bruch. Lacombe stieß einen Wutschrei aus und drang erneut auf Wilson ein. Mit wilden, unkontrollierten Schlägen versuchte er sich für die Zerstörung seines wertvollen Instruments zu rächen, doch seine Angriffe waren ebenso vorhersehbar wie sinnlos. Mit einer blitzschnellen *Cavation* umging Wilson den Prügelhagel, lenkte die Schläge zur Seite und zwang seinen Gegner dazu, sich vollkommen zu verausgaben.

Dann ging alles sehr schnell.

François Lacombe versuchte eine *Flèche*, geriet beim Abrollen ins Straucheln und stürzte Wilson in die offene Klinge. Er gab einen überraschten Laut von sich, dann kippte er zur Seite. Der Degen steckte bis zum Heft in der Brust des Franzosen.

Wilson zog seine Waffe heraus, wischte die Klinge an Lacombes Rock ab und steckte sie zurück in ihr Futteral. Ohne seinen Gegner eines weiteren Blickes zu würdigen, öffnete er die Tür.

Draußen stand Philby, die Augen vor Angst weit aufgerissen.

»Sir Wilson?« Er blickte auf den am Boden liegenden

Franzosen. »Ich hörte Lärm. Mein Gott, was ist denn geschchen?«

»Eine Ehrensache«, erwiderte der Forscher. »Wir unterhielten uns, als Monsieur Lacombe ausfällig wurde. Er erdreistete sich, den Namen der Königin zu beschmutzen. Ich forderte ihn auf, sein Wort zurückzunehmen, aber er weigerte sich. So ergab ein Wort das andere.«

Philby wirkte erschrocken. »Aber das ist ja entsetzlich. Wir müssen die Polizei verständigen.«

»Natürlich müssen wir das. Meine Zeit ist allerdings knapp bemessen. Wenn Sie sich also bitte beeilen würden?«

»Ich ... natürlich, Sir.« Der alte Mann eilte davon. Wilson lächelte zufrieden. Kein Mensch würde ihm einen Strick daraus drehen, dass er die Ehre der Königin verteidigt hatte. Im Gegenteil. Respektlosen Franzosen die Leviten zu lesen, gehörte in London schon fast zum guten Ton. Außerdem war er mit dem Polizeichef befreundet. Der würde die Sache zu seinen Gunsten drehen.

Das Wichtigste aber war: Er hatte die Dokumente. Endlich konnte er mit seinem bisher ehrgeizigsten Projekt beginnen.

Drei Tage später ...

Im ehrwürdigen Gebäude der Universität zu Berlin liefen die Vorbereitungen für den Vortrag auf Hochtouren. Der weitläufige Campus war in einem Abstand von etwa hundert Metern abgesperrt worden und wurde von Dutzenden berittener Polizisten bewacht. Der Vorplatz wurde von Fackeln erhellt, deren Flammen ihr weiches Licht gleichermaßen auf Zuschauer wie auf Besucher verteilten. Tausende von Schaulustigen hatten sich außerhalb der Umzäunung versammelt und warteten ungeduldig auf das Eintreffen des Regenten und seiner Gattin. Als der Kaiser und die Kaiserin dann endlich in ihrem prächtigen Landauer und in Begleitung ihrer fünfzehnköpfigen Leibgarde eintrafen, brach das Volk in laute Jubelrufe aus. Kaiser Wilhelm der Zweite und seine Gattin, Auguste Viktoria, winkten den Leuten fröhlich zu, beeilten sich aber, rasch ins Innere zu gelangen. Es hatte zwar aufgehört zu schneien, aber die Temperaturen an diesem Abend waren immer noch recht frostig.

Dann durften die Gäste eintreten. Stilvoll gekleidetes Personal prüfte gewissenhaft jede einzelne Einladung, ehe sie den Weg freigaben. Vor dem Gebäude entstand eine Schlange und es dauerte eine Weile, bis auch der letzte Gast die Türen passieren durfte.

Im Inneren ging es nicht minder prächtig zu. Die Kronleuchter und Wandhalter des mehrstöckigen Hauptgebäudes waren mit unzähligen Kerzen bestückt worden, die das Innere der Universität in ein Meer aus Flammen tauchten. Zwar hatten hier, wie in den meisten großen Gebäuden der Stadt, Gaslampen Einzug gehalten, aber zu Ehren des Kaisers und aus diesem besonderen Anlass hatte man bewusst darauf verzichtet. Kerzenlicht wirkte auf den Gesichtern der Damen doch um ein Vielfaches vorteilhafter als der kalte Schein einer Gaslaterne.

Charlotte hatte so einen Prunk noch nicht erlebt. Sie stand ganz nahe bei ihrem Onkel und blickte mit großen Augen auf die vornehm gekleideten Besucher. Die Damen waren zumeist in prächtige Kleider gehüllt und trugen sorgfältig toupierte Frisuren. Die Herren hingegen steckten in maßgefertigten Anzügen, trugen ihre Bärte gezwirbelt und ihre Haare pomadisiert, ganz nach dem Vorbild des Kaisers. Die Säle waren erfüllt von dem Geruch kostbaren Parfüms und edler Zigarren und allenthalben wurde Champagner ausgeschenkt. Charlotte wagte kaum zu atmen und lauschte mit geröteten Wangen den Unterhaltungen der Gäste. Bei genauerer Betrachtung waren diese meist ziemlich öde und oberflächlich, aber in dieser Umgebung und zu diesem Anlass wirkte jedes Wort, als bestünde es aus Gold. Die Aufregung half ihr sogar, für einen Moment den Brief zu vergessen, den sie vor drei Tagen erhalten hatte. Ein Brief, der schwerwiegende Konsequenzen haben würde.

»Onkel, ich hätte gern ein Glas Champagner.«

Humboldt war der Einzige, der sich an diesem Abend nicht zu amüsieren schien. Sein Blick wanderte über die Köpfe der Anwesenden zurück zu seiner Nichte. »Was hast du gesagt?«

»Champagner«, erwiderte Charlotte. »Ich hätte gern ein Glas davon.«

»Aber du bist erst sechzehn.«

»Onkel, *bitte*.«

Der Forscher stieß ein unverständliches Grunzen aus, dann wählte er einen Diener aus und nahm zwei Gläser von dessen Tablett. »Hier«, sagte er, als er zurückgekehrt war. »Aber nur dieses eine.« Sie stießen an. »Übrigens, du siehst heute Abend bezaubernd aus.«

Charlotte spürte, dass sie rot wurde. Schnell trank sie einen Schluck. Sie hatte noch nie in ihrem Leben Champagner getrunken, fand aber, dass heute eine passende Gelegenheit war. Das prickelnde Getränk strömte ihre Kehle hinab und hinterließ einen seltsamen Geschmack im Mund.

»Und?« Humboldt blickte sie aufmerksam an.

Charlotte erforschte den Geschmack. »Irgendwie sauer«, bemerkte sie und griff nach einem Appetithäppchen, um den Geschmack zu neutralisieren. Nachdem sie das Käsegebäck gegessen hatte, versuchte sie es erneut. Doch auch diesmal war das Ergebnis eher unbefriedigend. »Ich weiß nicht«, murmelte sie und schaute auf das Glas. »Ich kann dem irgendwie nichts abgewinnen.«

»Geht mir auch so.« Der Forscher kippte sein Glas in einem Zug runter. »Ziemlich saure Plörre. Aber vielleicht fällt es uns damit leichter, die unsäglich dummen Gespräche auszublenden. Komm, lass uns in den Hörsaal gehen.«

Charlotte stellte das Glas zurück und folgte ihrem Onkel.

Der Hörsaal war bereits gut besetzt. Sie fanden einige Plätze in der vierten Reihe, unweit des Bühnenaufgangs, und ließen sich dort nieder. Charlotte warf einen Blick nach hinten. Wilhelm und seine Gattin saßen, umrahmt von der Leibgarde sowie einigen Mitgliedern des Hofstaats, in der Loge und blickten auf sie herab. Im Licht der Kerzen konnte Charlotte unzählige blank polierte Manschetten, Knöpfe und Ehrenabzeichen schimmern sehen. Federbüsche und Pickelhauben ragten in die Höhe.

Ihr Onkel hatte ganz recht. Es war eine schrecklich aufgeblasene Veranstaltung. Ein Schaulaufen der Schönen und Mächtigen, bei dem es nur darum ging, beim Kaiser einen möglichst guten Eindruck zu hinterlassen. Mit Forschung und Wissen hatte das alles nur sehr wenig zu tun. Blieb zu hoffen, dass wenigstens der Vortragende an diesem Missstand etwas ändern konnte.

In eben diesem Moment betrat Richard Bellheim in Begleitung des Direktors und einiger hochrangiger Würdenträger der Universität die Bühne. Er war ein schlanker, ausgezehrt wirkender Mann von vierzig Jahren, dessen Haar bereits schütter und an manchen Stellen leicht ergraut war. Er trug Vollbart und Nickelbrille und unter seinem Arm einen Aktenordner. In einen einfachen braunen Anzug gekleidet, die Ellenbogen mit Lederflicken besetzt und die Schuhe leicht angestoßen, bot er einen wohltuenden Gegensatz zu all den feinen und herausgeputzten Herrschaften im Publikum. Als er zu sprechen begann, war seine Stimme tief und wohlklingend.

Charlotte lehnte sich zurück. Sie faltete die Hände und lauschte mit wachsender Begeisterung den Erzählungen vom Schwarzen Kontinent.

6

Zwei Stunden später war der Vortrag zu Ende. Der Völkerkundler bedankte sich, signierte Bücher und Reiseberichte und verschwand dann mit den Kuratoren der neu eröffneten Afrikaausstellung hinter dem Podium. Bellheim hatte seinen Schwerpunkt auf Völker und Kulturen anstatt auf Kolonialpolitik gelegt. Humboldts Sorgen waren also unbegründet gewesen. Im Publikum herrschte Aufbruchsstimmung. Der Kaiser und die Kaiserin waren bereits in Richtung Kutsche aufgebrochen und so bestand für die meisten Anwesenden kein Grund, noch länger zu verweilen. Charlotte und Humboldt warteten, bis die Zahl der Besucher auf ein erträgliches Maß gesunken war, dann standen sie auf und gingen dorthin, wohin Bellheim verschwunden war.

Ein Saaldiener versperrte ihnen den Weg.

»Sie wünschen?«

Humboldt überragte den Mann um etwa eine Handbreit.

»Ich möchte mit Professor Bellheim sprechen«, erwiderte er. »Ich würde ihm gerne meine Glückwünsche und Komplimente zu dem gelungenen Vortrag übermitteln.«

Der Diener schüttelte den Kopf. »Es tut mir leid, mein Herr, aber ich habe strikte Anweisungen, niemanden durchzulassen.«

»Bei Herrn Humboldt dürfen Sie eine Ausnahme machen«, ertönte eine Stimme von links. Eine blasse Dame in einem rosafarbenen Kleid und weißen Schuhen trat auf sie zu und reichte dem Forscher die Hand. »Mein Name ist Gertrud Bellheim.«

»Dann haben wir Ihnen also die Einladung zu verdanken, gnädige Frau?«

»Ganz recht. Ich hoffe, Sie fanden den Vortrag interessant.«

»Außergewöhnlich interessant.« Humboldt deutete einen Handkuss an. »Dies ist meine Nichte Charlotte.«

»Wie reizend. Interessieren Sie sich für Afrika, meine Liebe?«

»Nicht nur für Afrika«, erwiderte Charlotte. »Ich interessiere mich für alle Naturwissenschaften. Physik, Chemie, Biologie, Geografie. Es ist eine so aufregende Welt.«

»Ich sehe schon, Herr von Humboldt, der Apfel fällt nicht weit vom Stamm.« Sie schenkte Charlotte ein warmherziges Lächeln.

»Haben Sie Lust, meinem Mann einen Besuch abzustatten? Ich könnte mir vorstellen, dass Sie ihn gern wiedersehen würden, nach so vielen Jahren …«

»In der Tat«, sagte Humboldt. »Wir waren einmal sehr eng befreundet. Ich möchte ihm zu seinem gelungenen Vortrag gratulieren.«

»Dann folgen Sie mir bitte.« Die Gattin des Völkerkundlers ging voran und winkte sie an dem Diener vorbei hinter die Bühne.

Während sie einem Gang folgten, der bei einer Treppe ins Untergeschoss mündete, unterhielt sich Frau Bellheim angeregt mit Charlotte. Sie vertrat dabei einige sehr moderne Ansichten. Zum Beispiel war sie der Meinung, es sei eine Schande, dass Frauen immer noch nicht studieren dürften. Charlotte, die bei diesem Thema regelmäßig rote Wangen bekam, konnte ihr nur aus tiefstem Herzen beipflichten. Erst letztes Jahr war wieder ein Antrag auf Zulassung von Frauen zum Studium abgelehnt worden. Dabei bestand das Recht in der Schweiz bereits seit 1840, in Großbritannien seit 1849 und in fast ganz Europa seit 1870. Nur in Preußen und Österreich-Ungarn hatte man sich nicht dazu durchringen können. Ein Skandal, wie Frau Bellheim betonte, während sie ihre Gäste in den unteren Stock begleitete.

Vor einer der Türen hielt sie an.

»Da wären wir. Bitte verzeihen Sie, wenn ich Sie mit meinem Geschwätz gelangweilt habe. Ich bin in letzter Zeit etwas nervös und neige zum Plappern.«

»Aber nein«, sagte Charlotte entschieden. »Ich habe es sehr genossen, Ihre Ansichten zu hören. Vielleicht können wir uns ja irgendwann mal weiter über das Thema unterhalten.«

»Sehr gern, meine Liebe. Aber jetzt lassen wir den Herren den Vortritt.« Sie klopfte an.

»Herein!«, schallte es von drinnen.

Die Frau des Völkerkundlers öffnete die Tür und ließ die Gäste eintreten. Richard Bellheim war gerade damit beschäftigt, die Karten und Unterlagen, die er während des Vortrags benutzt hatte, in Koffer zu packen und diese zu schließen. Sein Vorbereitungszimmer glich einer Rumpelkammer, durch die der Wind gefegt war.

»Richard, dies sind Carl Friedrich von Humboldt und seine Nichte Charlotte. Sie waren heute Abend Gäste deines Vortrags.«

Der Völkerkundler blinzelte zweimal, dann neigte er den Kopf. »Humboldt? Der Name klingt vertraut. Sie sind doch nicht etwa mit Alexander von Humboldt verwandt?«

Der Forscher runzelte verwundert die Stirn, dann sagte er: »Alexander war mein Vater.«

»Da haben Sie aber großes Glück. Sehr großes Glück, aber auch eine große Verantwortung. In welchem Beruf sind Sie tätig?«

»Ich bin Naturwissenschaftler.«

»Soso.«

Charlotte blickte zwischen ihrem Onkel und dem Völkerkundler hin und her. Das Gespräch nahm eine andere Wendung, als sie vermutet hatte. Ihr Onkel schien das genauso zu sehen.

»Richard«, sagte er. »Ich bin es, dein Freund Carl Friedrich.«

Bellheims Blick drückte Unverständnis aus. Er legte die Dokumentenrolle zur Seite und trat auf den hochgewachsenen Forscher zu.

»Wie sagten Sie, war Ihr Name?«

»Humboldt. Carl Friedrich von Humboldt. Aber vielleicht sagt dir der Name Donhauser ja etwas.«

»Carl Friedrich Donhauser?« Bellheim musterte das Gesicht seines Gegenübers im Schein der Kerzen. »Woher sollten wir uns kennen?«

»Wie kannst du das vergessen haben?« Humboldt war sichtlich erschüttert. »Wir haben vier lange Jahre zusammen studiert. Weißt du nicht mehr, die Semester bei Alois Krummnagel? Artenkunde und Präparation I–IV. Irgendwann haben wir uns mal in die Ausstellungsräume geschlichen und Tierfelle übergezogen, erinnerst du dich? Was hatten wir für einen Spaß!«

Bellheim zwinkerte verständnislos mit den Augen. Nach einer Weile sagte er: »Ich glaube, Sie verwechseln mich mit jemandem. Bedaure, dass ich Ihnen nicht weiterhelfen kann.«

»Richard ...«

»Ich wäre Ihnen sehr verbunden, wenn Sie mich nicht dauernd duzen würden«, sagte Bellheim, nun schon merklich ungehaltener. »Es tut mir leid, dass ich Ihnen nicht weiterhelfen kann, aber Sie sehen ja, ich habe viel zu tun. Vielleicht besuchen Sie ja noch einen meiner anderen Vorträge. Haben Sie vielen Dank für Ihren Besuch. Gertrud, wenn du die Herrschaften bitte hinausbegleiten würdest ...«

Humboldt stand seinem Freund fassungslos gegenüber. Er schien mit sich zu ringen, entschied dann aber, dass es nichts bringen würde. »Na dann ... haben Sie vielen Dank, Herr Bellheim.« Er verließ den Raum. Charlotte ging ihm hinterher, dicht gefolgt von Bellheims Frau. Kaum hatte sie die Tür zugezogen, als der Forscher sich umdrehte. »Was sollte dieser Auftritt da eben? Ich verlange eine Erklärung.«

Gertrud Bellheim lächelte entschuldigend. »Es tut mir leid. Ich hatte so gehofft, dass er Sie erkennen würde. Wenn Sie möchten, erkläre ich Ihnen alles. Aber nicht hier. Lassen Sie uns hoch in den Salon gehen. Dort werden wir sicher eine Tasse Tee bekommen.«

Der Salon war gut besucht. Etliche Besucher des Vortrags saßen bei einem Wein, einem Bier oder einer Tasse Kaffee beisammen und sprachen über das Gehörte. Gelächter erklang und im Hintergrund klapperte Geschirr. Ein leichter Geruch von Tabak durchströmte den Raum.

Gertrud Bellheim deutete auf eine rot gepolsterte Sitzgruppe und winkte einen Diener herbei. »Möchten Sie etwas bestellen?«

Charlotte nahm eine heiße Zitrone und Humboldt einen Tee. Sie selbst bestellte einen Wein und ein Glas Wasser. Nachdem der Diener davongeeilt war, begann sie zu erzählen.

»Mein Verdacht, dass etwas nicht stimmte, fing etwa zwei Wochen nach seiner Rückkehr an. Richard war früher nie vergesslich, aber jetzt neigte er dazu, Dinge herumliegen zu lassen und morgens bis zehn oder elf zu schlafen. Anfangs dachte ich mir nichts dabei und schob es auf die Strapazen der Reise, doch nach einer Weile wurde ich misstrauisch. Er war schon oft auf Reisen gewesen und immer hatte er schnell wieder ins Alltagsleben zurückgefunden. Doch diesmal war es anders. Er schien die einfachsten Dinge vergessen zu haben: wie man sich einen Schnürsenkel zubindet, wie man Messer und Gabel hält, wie man sich eine Pfeife anzündet. Und er vergaß Erlebnisse, die uns einmal viel bedeutetet haben. Wie wir uns kennengelernt hatten, unser erstes Rendezvous, unseren ersten Kuss …« Tränen schimmerten in ihren Augenwinkeln. Sie öffnete ihre Handtasche, holte ein Stofftuch heraus und tupfte sie ab.

»Ich kann gut verstehen, wie schlimm ein solcher Gedächtnisverlust für den Ehepartner sein muss«, sagte Humboldt mitfühlend. »Haben Sie Rücksprache mit einem Arzt gehalten?«

»Natürlich«, schniefte sie. »Wir waren sogar an der Charité. Ich nahm Richard unter dem Vorwand einer allgemeinen Gesundheitsüberprüfung mit und ließ ihn von Kopf bis Fuß untersuchen. Er wehrte sich nicht mal dagegen.«

»Und was kam dabei heraus?«

»Nichts. Die Ärzte attestierten ihm die Gesundheit eines jungen Mannes. Nur sein Gedächtnis sei etwas schwach, aber das könne bei Männern um die vierzig schon mal vorkommen, sagten sie. Ich aber wusste es besser.« Sie schüttelte den Kopf. »Die Art seiner Vergesslichkeit, das war es, was mir Sorgen bereitete. Es waren ja nicht irgendwelche Kleinigkeiten, an die er sich nicht mehr erinnerte. Es waren Dinge, die eine große Bedeutung für ihn hatten. Weg, fort, verschwunden.« Sie schnippte mit dem Finger. »So, als hätte es sie nie gegeben. An andere Dinge erinnerte er sich dafür mit unglaublicher Klarheit. Zum Beispiel wusste er, wie viele Steinplatten auf dem Weg zu unserem Haus liegen und wie viele Seiten unsere Bibliothek umfasst. Überhaupt, Bücher ...« Sie steckte das Taschentuch zurück. »Ganze Passagen konnte er mir aufsagen. Wörtlich zitiert und ohne den geringsten Fehler. Dafür wusste er nicht mehr, an welchem Tag sein Geburtstag ist.«

»Vielleicht ist es eine bestimmte Form der Demenz«, warf Charlotte ein. »Eine krankhafte Form der Vergesslichkeit.«

»Das war auch mein erster Gedanke, aber die Ärzte schlossen das kategorisch aus. Sie sagten, dafür sei sein Kurzzeitgedächtnis zu ausgeprägt.« Mit einem entschuldigenden Lächeln nippte sie an ihrem Wein. »Vielleicht verstehen Sie jetzt, warum ich mich an Sie gewendet habe.«

Charlotte konnte sehen, wie schwer es ihr fiel, darüber zu reden. Es war bewundernswert, wie sehr sie ihre Gefühle unter Kontrolle hielt.

»Wie können wir Ihnen helfen?«, fragte Humboldt.

Gertrud Bellheim stellte das Glas zurück und sah dem Forscher fest in die Augen. »Ich möchte Sie einladen, mich und meinen Mann am Silvesterabend zu besuchen. Ich habe einige Gäste eingeladen, hauptsächlich Bekannte aus Richards Jugend. Ich möchte ihm das Gefühl vermitteln, umgeben von alten Freunden zu sein. Vielleicht hilft das ja seinem Gedächtnis auf die Sprünge. Es würde mir viel bedeuten, wenn Sie und Ihre Begleiter kommen könnten. Nicht nur, weil Sie einer seiner ältesten Freunde sind, sondern vor allem, weil Sie den Ruf haben, unerklärlichen Phänomenen auf die Spur zu kommen.« Sie warf dem Forscher einen bedeutungsvollen Blick zu. »Ganz recht, ich habe Erkundigungen über Sie eingezogen. Sie scheinen genau der richtige Mann für eine solche Aufgabe zu sein. Selbstverständlich würde ich Ihnen dafür ein angemessenes Honorar zahlen. Was sagen Sie?«

Humboldt lehnte sich zurück, tief in Gedanken versunken. Als er wieder sprach, klang seine Stimme gedämpft. »Ich weiß nicht, was ich davon halten soll. Um ehrlich zu sein, mir ist nicht ganz wohl bei der Sache, immerhin ist Richard einer meiner ältesten Freunde. Ich habe das Gefühl, ich würde ihn hintergehen. Trotzdem nehme ich Ihre Einladung an. Was ich heute Abend erlebt habe, gibt mir Anlass zur Sorge. Vielleicht gelingt es mir ja tatsächlich, etwas herauszufinden.«

»Danke. Vielen Dank. Sie ahnen nicht, was mir das bedeutet.«

»Danken Sie mir nicht zu früh. Noch wissen wir nicht, womit wir es zu tun haben. Das Ergebnis ist vielleicht erschreckender, als wir beide uns das zu diesem Zeitpunkt vorstellen können. Darf ich Ihnen noch eine letzte Frage stellen?«

»Aber gewiss. Was wollen Sie wissen?«

»Welche Augenfarbe hat Ihr Mann?«

Frau Bellheim war einen Moment sprachlos, dann erschien ein amüsierter Zug um ihren Mund. »Braun. Ein warmes, leuchtendes Haselnussbraun.«

»Genau das hätte ich auch geantwortet. Ich erinnere mich sehr genau an seine Augenfarbe, ich habe lange genug ein Zimmer mit ihm geteilt.«

»Und?«

»Die Augen des Mannes da drin sind grün. Strahlend grün.«

7

Zur selben Zeit in New York ...

Max Pepper warf einen besorgten Blick nach Norden. Die 5th Avenue in Richtung Central Park war ein einziges Chaos. Etwa hundert Meter vor ihnen war ein Brauereigespann gegen eine Schneeverwehung gefahren und umgekippt. Hunderte von Litern Bier hatten sich über den Schnee verteilt und die Straße in eine glatte und stinkende Eisbahn verwandelt. Kutschen, Fuhrwerke und Omnibusse standen kreuz und quer, während Fahrer, Passanten und Polizisten um die Wette stritten, wer schuld sei und wen man dafür zur Verantwortung ziehen könne. Als ob sich dadurch irgendetwas ändern würde. Nicht mal die dicke Schneedecke konnte den Lärm mindern, der von vorn zu ihnen herüberschallte.

Es ging weder vor noch zurück und Max hatte einen wichtigen Termin. Das Gebäude des *Global Explorer* an der Kreuzung zur 58th East war bereits in Sichtweite. Das Firmenlogo, ein gigantisches X mit dem Slogan „X-plore the world in one day" schimmerte im fahlen Licht der neu installierten elektrischen Glühlampen. Die zehn Flaggen, die eine Weltkugel umrahmten, hingen schlaff herunter.

Max blickte durch die beschlagenen Scheiben, dann traf er eine Entscheidung. Er verließ den Bus, sprang hinaus in die Kälte und machte sich zu Fuß auf den Weg. Die Straße war rutschig und seine glatten Ledersohlen nicht eben geeignet für einen solchen Untergrund. Trotzdem schaffte er es, die anderthalb Kilometer zum Verlagsgebäude zurückzulegen, ohne einmal hinzufallen. Nur auf der breiten Treppe, die zum Haupteingang emporführte, geriet er einmal ins Straucheln. Er konnte sich jedoch gerade noch rechtzeitig am Geländer festhalten und gelangte so unbeschadet ins Innere.

Die Redaktionsräume lagen im ersten Stock und Max war ganz schön aus der Puste, als er oben ankam. Wie durch ein Wunder standen die Türen zum Sitzungssaal offen. Sein Chef, Alfons T. Vanderbilt, hatte die Eigenart, sie nach einer festgesetzten Frist zu schließen, mochten die Redakteure nun anwesend sein oder nicht. Wer zu spät kam, musste draußen bleiben und durfte ein paar Tage später mit einer Abmahnung rechnen. Dreimaliges Zuspätkommen führte zur sofortigen Kündigung, mochte man auch noch so gute Gründe für die Verspätung haben.

Heute jedoch war das anders. Max bemerkte die gebeugte Gestalt von Vanderbilts Leibdiener Aloisius Winkelman, doch dieser machte keine Anstalten, die Tür zu schließen.

Das war seltsam.

Bekümmert dreinblickend stand der Kalfaktor neben dem Eingang und polierte die Klinken. Als Max an ihm vorbei in den Konferenzsaal ging, gab er ein enttäuschtes Hüsteln von sich, dann schloss er die Türen.

Es war siebzehn Minuten nach fünf.

Vanderbilt stand am Fenster und blickte hinaus auf das verschneite New York. Sein massiger Körper und sein kugelrunder, kahler Kopf erinnerten Max jedes Mal an ein riesiges Baby, das man in einen Anzug gestopft hatte, doch das war nur ein flüchtiger Eindruck. Man tat gut daran, den Firmengründer nicht zu unterschätzen. Er war bekannt für sein cholerisches Temperament. In dem Moment, als Max den Saal betrat, fuhr er herum und blickte ihn über den Rand seiner goldenen Nickelbrille hinweg an. »Da sind Sie ja endlich, Pepper«, sagte er und sein Doppelkinn schwabbelte vorwurfsvoll. »Sie sind spät dran.«

Max schlich an seinen Platz und stellte die Aktentasche ab. Die Schweinsäuglein verfolgten jede seiner Bewegungen.

»Was soll ich bloß mit Ihnen machen?«

Max überlegte kurz, ob er von dem Unfall erzählen sollte, schwieg dann aber. Ausreden zählten nicht. Um Vanderbilts wulstige Lippen spielte ein Lächeln. »Vielleicht haben Sie ja eine Idee, Mr Boswell.«

Max blickte überrascht nach links. Für einen Moment hatte er gedacht, er wäre der Einzige, doch jetzt erkannte er, dass das nicht stimmte. Ein Mann stand im Schatten eines langen Regals und war, wie es schien, in ein Buch vertieft. Auf Vanderbilts Ruf hin stellte er es zurück und kam auf sie zu.

Graues Haar, grauer Bart, eine abgewetzte Cordjacke und blaue Nietenhosen. In dem von vielen Lachfältchen zerfurchten Gesicht leuchteten ein Paar strahlend blaue Augen.

»Hallo, Max.«

Max hob überrascht die Brauen. »Harry?«

»Worauf du einen lassen kannst.« Der Mann trat auf ihn zu und umarmte ihn herzlich. Max fiel ein Stein vom Herzen. Harry Boswell war Fotograf und außerdem sein Freund. Einer der besten in seinem Job. Max war mit ihm bereits in Südamerika gewesen, hatte ihn aber seit einiger Zeit nicht gesehen. Ein Auftrag in Neufundland, wenn er richtig informiert war.

Boswell klopfte Max auf die Schulter. »Na, du altes Haus? Wie geht es dir? Immer noch treu sorgendes Familienoberhaupt?«

»Das wird immer so bleiben«, lachte Max. »Familienvater ist kein Job, den man so einfach an den Nagel hängen kann.«

»Deshalb habe ich mir nie Frau und Kinder angeschafft.«

»Du weißt nicht, was du verpasst. Ich dachte, du wärst noch im Norden. Wann bist du zurückgekommen?«

»Gestern Abend«, erwiderte Boswell. »Mit dem Postschiff. Eine ziemlich holprige Fahrt. Aber wenn unser Chef mich ruft, bin ich natürlich zur Stelle.«

Vanderbilt lächelte und streckte die Hand aus. »Nehmen Sie Platz.«

»Darf ich rauchen?«, fragte Boswell.

»Aber ja. Stecken Sie sich ruhig eine an.«

Max strich über seinen Schnurrbart. Er konnte sich

nicht erinnern, seinen Chef jemals so aufgeräumt und umgänglich erlebt zu haben. Vanderbilt war sehr freundlich. *Zu* freundlich, um genau zu sein.

Argwöhnisch beobachtete Max, wie der Firmengründer ans Fenster trat und damit begann, die Vorhänge zuzuziehen. Als er fertig war, schritt er zum Kopfende des Tisches, wo ein großer Holzkasten stand. Er thronte auf einem dreibeinigen Stativ und hatte vorn einen Tubus, der wie ein Kanonenrohr aus dem Holzkasten lugte. In der Öffnung schimmerte eine gläserne Linse. Mit einem Mal schoss ein blendend helles Licht daraus hervor. An der Wand erschien das Abbild eines Mannes, das riesig und leuchtend über die Wand waberte. Boswell stieß einen überraschten Laut aus. Max rutschte unwillkürlich einen Meter zurück.

»Seien Sie nicht alarmiert, meine Herren.« Vanderbilt lächelte. Er schien mit dem Ergebnis seiner Demonstration durchaus zufrieden. »Das ist nur eine fotografische Projektion. Etwas ganz Neues auf dem Gebiet der Fotografie.«

Max hatte trotz Vanderbilts Erklärung den Eindruck, das Bild würde sich bewegen. Vielleicht lag es am Rauch, der von Boswells Zigarre aufstieg. Zu sehen war ein korpulenter Mann mit markanten breiten Wangenknochen und zusammengebundenen Haaren. Er trug eine Art Uniform, zu der lackierte Stiefel und ein wertvoll aussehender Degen gehörten.

»Das, meine Herren, ist Sir Jabez Wilson, ein guter Freund von mir. Das Bild wurde vor zwei Jahren gemacht, anlässlich seiner Erhebung in den Adelsstand. Vielleicht haben Sie schon von ihm gehört.«

Boswell zog an seiner Zigarre und stieß eine Qualmwolke in die Luft. »Wilson? Der Meteoritenjäger?«

»Ganz recht.« Vanderbilt ging nach vorn, wobei sein Körper einen riesigen Schatten an die Wand warf.

»Jabez ist eine bekannte Persönlichkeit drüben in England. Ein fabelhafter Kerl, der weiß, wie man die Presse zu behandeln hat. Ich helfe ihm gelegentlich, indem ich dafür sorge, dass sein Name regelmäßig in den Zeitungen auftaucht, er beliefert mich dafür mit guten Storys. Jabez ist ein Teufelskerl, er weiß, wie das Geschäft läuft.« Vanderbilt schnäuzte sich ausgiebig, dann steckte er das Taschentuch wieder ein.

»Vor zwei Tagen erhielt ich ein Telegramm von ihm. Er plant eine neue Expedition. Eine abenteuerliche und sehr gefährliche Unternehmung, wie er sagte. Er erzählte mir alles darüber und ich war sofort Feuer und Flamme. Und als er fragte, ob ich ihm dafür zwei gute Reporter empfehlen könne, dachte ich sofort an Sie beide.« Er lächelte verschwörerisch.

Max schluckte. Nicht schon wieder.

Was war nur an ihm, dass Vanderbilt ihn immer zu solchen Himmelfahrtsunternehmen abkommandierte? Sah er etwa aus wie ein Draufgänger? Er hatte einen guten Job, bezog ein regelmäßiges Einkommen und war sozial abgesichert. Nichts Aufregendes, aber manch einer beneidete ihn darum.

»Und wohin soll die Reise gehen?«, fragte er vorsichtig.

Vanderbilt lachte. »Pepper, Sie überraschen mich. Ich erinnere mich noch gut, was für eine Szene Sie mir letztes Mal gemacht haben, als ich Sie nach Südamerika geschickt habe. Heute schreien Sie nicht gleich *Nein*, sondern holen wenigstens vorher ein paar Erkundigungen ein. Aus Ihnen wird noch ein richtiger Abenteurer.« Er ging zurück zum Projektionsgerät und legte eine weitere Aufnahme ein. Diesmal erschien eine Landkarte. Eine Region irgendwo in Nordafrika. Vanderbilt schnappte seinen Zeigestock und umkreiste eine Region von mehreren Tausend Quadratkilometern. »Das ist die Sahel, eine der dürrsten Regionen der Erde«, sagte er. »Sie grenzt im Süden an die Sahara und erstreckt sich vom Atlantik bis zum Roten Meer. Nichts als Wüsten, Halbwüsten und Savannen. Hier im Westen liegt Französisch-Sudan. Jabez berichtete mir, dass er dort einem besonders spektakulären Fund nachgehen will. Ich möchte, dass Sie ihn begleiten und alles dokumentieren. Je spannender und dramatischer, umso besser.« Er deutete auf die beiden Reporter. »Sie, Harry, sind für die Fotos zuständig, und Sie, Max, sorgen für das Schriftliche. Ich wünsche Fotos, Zeichnungen, Erlebnisberichte, das komplette Programm.«

Boswell hob den Kopf. »Soll es ein Einzelartikel werden oder eine Reihe?«

»Viel besser: Es wird ein *Buch*.« Vanderbilt schaltete den Projektor ab und zog die Vorhänge zurück. »Jabez und ich haben schon vor langer Zeit davon gesprochen, ein solches Werk herauszugeben, uns hat nur das geeignete Sujet gefehlt. Diese Reise dürfte sehr aufregend werden und ist daher bestens dafür geeignet. Abgesehen davon, werden Sie alle an den Einkünften beteiligt.« Er warf den beiden einen vielsagenden Blick zu. »Was Ihre Sicherheit betrifft, so können Sie ganz unbesorgt sein. Sie sind in den besten Händen. Jabez reist immer mit einer bewaffneten Eskorte.«

Max schluckte. »Wann soll es losgehen?«

»Ich habe auf der *Campania* zwei Kabinen für Sie reservieren lassen. Die Überfahrt nach London startet morgen früh und dauert sechs Tage. Melden Sie sich bei Sir Wilsons Assistent in der Königlich Astronomischen Gesellschaft, alles Weitere erfahren Sie vor Ort.« Er schob ihnen zwei prall gefüllte Kuverts über den Tisch. »Tickets, Geld, Visa und Empfehlungsschreiben. Alles, was Sie brauchen. Verlieren Sie sie nicht.« Er stand auf und verabschiedete die beiden Männer mit einem warmen Händedruck. »Viel Glück, meine Herren, und kommen Sie mit einer guten Story zurück.«

8

Silvesterabend 1893 …

Oskar stand der Schweiß auf der Stirn. Wo waren die verdammten Schuhe? Auf Socken quer durchs Zimmer rutschend, spähte er unters Bett, in jede Ecke und jeden Winkel. Es war wie verhext. Heute Morgen waren sie doch noch da gewesen. Bestimmt hatte Lena sie irgendwohin verbummelt. Der Rotschopf liebte es, seine Sachen neu zu sortieren und sein Zimmer umzugestalten. Wie oft schon hatte er etwas gesucht und es dann an irgendeinem anderen Platz wiedergefunden. Normalerweise hatte sie einen guten Grund, aber heute konnte er darauf verzichten.

Noch einmal suchte er alles ab, dann hatte er die Nase voll. Er stürmte zur Tür und riss sie auf. »Lena?«

Als nichts geschah, brüllte er noch lauter: »Lena!«

Endlich hörte er Fußgetrappel auf den Stiegen. Lenas rote Zöpfe flatterten, als sie die Treppen emporeilte.

»Was tust du denn noch hier? Alle warten auf dich und die Pferde werden langsam unruhig.«

»Ich kann meine Schuhe nicht finden. Wo hast du sie wieder hingebummelt?«

»Von wegen *hingebummelt*. Ich habe sie dahin gestellt, wo sie hingehören. Zu deinen anderen Sachen.« Sie schnürte ins Zimmer und riss die Schranktüren auf.

Tatsächlich. Dort, im untersten Fach, standen sie.

»Bitte schön. Sauber und aufgeräumt, wie sich das gehört.«

Oskar wollte etwas sagen, doch ihm fiel nichts Passendes ein. Dass die Schuhe im Schrank standen, darauf hätte er nun wirklich selbst kommen können. Mürrisch schlüpfte er hinein und zog die Schnürsenkel fest.

»Oskar, wir wollen los!« Humboldts Stimme schallte vom Hof herauf.

»Lass dich mal ansehen.« Lena fing an, an ihm herumzuzupfen. Sie fegte Staubflusen von seiner Jacke, stellte den Hemdkragen ordentlich auf und zog seine Krawatte fest. »Bist du aufgeregt?«

»Bin ich nicht.« Oskar presste die Lippen aufeinander. Natürlich war er aufgeregt. Wer wäre das nicht?

»Macht nichts«, sagte Lena und gab ihm einen Klaps. »Wäre ich auch an deiner Stelle. Und jetzt ab mit dir.«

»Danke«, grummelte er, dann eilte er die Treppen runter.

»Da bist du ja endlich!«, rief Humboldt, als er unten eintraf. »Wir haben schon gedacht, wir müssten ohne dich losfahren.« Sein Vater trug einen langen schwarzen Mantel, eisenbeschlagene Stiefel und einen hohen Zylinder. In seiner Hand hielt er seinen schwarzen Gehstock mit dem goldenen Knauf. »Möchtest du zu den Damen oder kommst du zu mir auf den Kutschbock?«

Oskar warf einen sehnsüchtigen Blick ins warme Innere, dann schüttelte er den Kopf. »Vier Augen sehen mehr als zwei. Ich komme mit rauf.«

»Sehr schön.« Humboldt entzündete die Petroleumleuchten, stieg auf den Kutschbock und machte Platz für Oskar. Dann ließ er die Zügel schnalzen und lenkte die Kutsche in einem weiten Kreis in Richtung Ausfahrt. Als sie am Haus vorbeifuhren, sah Oskar seine Freunde, die ihre Nasen an die Scheiben pressten. »Stellt keinen Unsinn an und lasst niemanden hinein!«, rief Humboldt. »Ich verlasse mich auf euch. Wir sehen uns im neuen Jahr.« Die Pferde gingen in einen lockeren Trab über und klapperten fröhlich in Richtung Innenstadt.

Es war Viertel nach acht, als sie bei den Bellheims eintrafen.

Das dreistöckige Stadthaus an der Dorotheenstraße, unweit des Brandenburger Tors, war festlich beleuchtet. Das Tor zum Innenhof stand offen und Humboldt lenkte die Kutsche auf einen der freien Plätze. Der Großteil der Gäste schien bereits anwesend zu sein. Er sprang vom Fahrersitz und übergab die Zügel dem Stallburschen, dann half er den Damen beim Aussteigen. Oskar warf einen bewundernden Blick auf seine Cousine. Charlotte sah heute einfach hinreißend aus. In ihrem langen Mantel, der weißen Pelzmütze und den weichen Handschuhen wirkte sie wie eine Zarentochter. Wie eine Prinzessin aus einem russischen Märchen. Es fiel ihm schwer, sich vorzustellen, das dies dasselbe Mädchen sein sollte, das ihn in Stiefeln, Männerhosen und Trapperweste in die höchsten Berge und die tiefsten Meerestiefen begleitet hatte.

»Das ist aber wirklich ein schönes Haus«, sagte sie. »Ich wusste gar nicht, dass man als Geograf so viel Geld verdienen kann.«

Humboldt lachte. »Richard ist Mitglied der Deutschen Geografischen Gesellschaft, einer der angesehensten Vereinigungen weltweit. Um von ihr aufgenommen zu werden, muss man schon einiges geleistet haben. Er hat lange Zeit in Algerien, Tunesien und Libyen geforscht und mitgeholfen, antike Städte aus dem Wüstensand zu graben. Naturwissenschaften müssen nicht zwangsläufig eine brotlose Kunst sein.« Er stapfte durch den Schnee in Richtung Haupteingang und klopfte an. Oskar folgte ihm mit bangem Gefühl. Er war noch nie zu Gast bei irgendeiner größeren Gesellschaft gewesen. Charlotte hatte ihm gesagt, er solle sich eng an sie, Humboldt und Eliza halten, doch das war keine Garantie. Was, wenn ihn jemand nach seiner Herkunft fragte oder nach seiner Vergangenheit?

In diesem Moment ging die Tür auf. Ein älterer, steif wirkender Diener erschien und musterte die Neuankömmlinge mit unterkühltem Blick. Er trug einen eng anliegenden Frack mit langen Rockschößen, eine Hose mit Nadelstreifen sowie blank polierte Schuhe. Sein Kopf wurde von einem Kranz kurz geschnittener weißer Haare umrahmt. Auf seiner Oberlippe thronte ein schmales, wohlgetrimmtes Bärtchen.

»Wen darf ich melden?«, fragte er.

»Carl Friedrich von Humboldt, Eliza Molina, Charlotte Riethmüller und Oskar Wegener.«

Der Diener deutete eine Verbeugung an und trat einen Schritt zur Seite. »Bitte folgen Sie mir. Sie werden bereits erwartet.«

Der Geruch nach Tabak und alkoholischen Getränken durchwehte den Eingangsbereich. Von jenseits der Tür drangen vereinzelte Lacher zu ihnen herüber. Das Fest schien bereits in vollem Gange zu sein.
Oskar blickte sich um.
Der Raum war mit Sammlerstücken ferner Länder dekoriert. Masken, Totems, Schilde und Waffen, alles wunderschön gearbeitet. Die meisten von ihnen bestanden aus Holz und waren mit kleinen Muscheln oder Steinen verziert. In einer Ecke des Raumes stand eine Skulptur, die aus einem einzigen Baumstamm geschnitzt war. Hunderte ineinander verwobener Menschenkörper krabbelten über- und untereinander und hielten Schalen und Körbe in ihren winzigen Händen. Oskar verschlug es die Sprache. So etwas hatte er noch nie gesehen.
Der Diener bat sie, ihre Jacken und Mäntel abzulegen, dann führte er sie in den Salon.
»Meine sehr verehrten Damen und Herren, Carl Friedrich von Humboldt nebst Begleitung.«
Etwa dreißig Personen waren anwesend, Männer und Frauen unterschiedlichsten Alters. Oskar sah Rüschenkleider, Westen, hochgestellte Krägen, Nickelbrillen, Fächer und Manschetten. Eine Gruppe von Männern hatte sich in einem Nebenzimmer versammelt, wo Branntwein und Zigarren gereicht wurden.

Nach und nach erstarben die Gespräche. Alle Augen waren auf die Neuankömmlinge gerichtet. Eine peinliche Stille trat ein. Oskar konnte das Gas der Lampen zischen hören.

In diesem Moment ging rechts von ihnen eine Tür auf. Eine schöne und wohlgekleidete Dame betrat den Raum. »Was herrscht denn hier für eine Grabesstille?« Als sie die Neuankömmlinge bemerkte, ging ein Strahlen über ihr Gesicht.

»Herr Humboldt! Ich habe Sie gar nicht kommen hören.«

Der Forscher deutete eine Verbeugung an. Frau Bellheim eilte herbei und schüttelte ihnen die Hand. »Wie schön, Sie wiederzusehen. Und Sie natürlich auch, Fräulein Charlotte. Ich habe mich so darauf gefreut, unsere kleine Unterhaltung von neulich fortzusetzen.« Dann ging sie zu Eliza. »Sie müssen Frau Molina sein. Herr Humboldt hat mir schon von Ihnen erzählt. Welch außergewöhnliches Vergnügen, Sie kennenzulernen. Treten Sie doch näher.«

»Bitte nennen Sie mich Eliza. Ich bin es nicht gewohnt, dass man mich mit Nachnahmen anspricht. Ich komme mir dabei immer so alt vor.«

»Ganz reizend. Aber nur, wenn Sie mich Gertrud nennen.«

»Einverstanden.« Die beiden Frauen lachten.

Das Eintreffen der Hausherrin wirkte wie eine frische Brise.

Dann richtete Frau Bellheim ihre Augen auf ihn. »Herzlich willkommen, junger Mann. Sie müssen Herr Wegener sein.«

Oskar, der nicht genau wusste, wie er sich zu verhalten hatte, ergriff ihre Hand, verbeugte sich und deutete einen Kuss an.

»Oh, wie galant«, sagte Frau Bellheim lachend. »Was für einen gut aussehenden Sohn Sie haben, Herr Humboldt. Meinen Glückwunsch.« Sie zwinkerte dem Forscher zu. »So, nun müssen Sie aber unbedingt mit mir anstoßen. Jetzt, wo die Gesellschaft vollständig ist, gibt es keinen Grund, noch länger auf dem Trockenen zu sitzen. Berthold, haben alle Gäste etwas zu trinken? Schön. Dann wollen wir unser Glas erheben. Ich möchte Sie bitten, auf meinen Mann anzustoßen, der nach langer und beschwerlicher Reise endlich wieder zu mir zurückgekehrt ist.« Sie deutete auf einen Mann, der in einem Lehnstuhl ganz nah am flackernden Kaminfeuer saß. Er war groß, mager und ernst. Ein paar Leute standen um ihn herum und versuchten, eine Unterhaltung mit ihm zu führen. Doch der Mann schien irgendwie nicht bei der Sache zu sein. Fahrig wanderten seine Augen umher, als wären sie auf der Suche nach irgendetwas. Außerdem schien es, dass er trotz der enormen Temperaturen, die dort herrschten, fror. Er war blass und zitterte leicht. Oskar ließ sich von dem Diener zwei Gläser einschenken und ging damit zu Charlotte hinüber. »Ich habe einen Fruchtsaft für dich. Möchtest du?«

Seine Cousine schenkte ihm ein bezauberndes Lächeln. »Oh, wie galant«, sagte sie, den Tonfall von Frau Bellheim imitierend. Sie nahm das Glas. »Und so gut aussehend.«

»Lass doch den Unsinn.« Oskar spürte, dass ihm das Blut ins Gesicht schoss. »Du weißt genau, dass das nicht stimmt.«

»Sei doch nicht so empfindlich.« Sie lächelte. »Ich habe das durchaus ernst gemeint. Ich finde, du machst wirklich eine gute Figur.«

Oskar nippte an seinem Saft und ließ seinen Blick schweifen. Als er bei Bellheim ankam, hielt er inne. Irgendetwas war seltsam an dem Mann. Ehe er noch dahinterkam, was es war, trat Charlotte an ihn heran und flüsterte: »Eigenartig, nicht wahr? Sieh nur, wie alle Gäste sich um ihn bemühen. Dabei macht er nicht den Eindruck, als würde er einen von ihnen kennen.«

»Hat Humboldt nicht gesagt, heute seien nur die engsten Freunde geladen?«

»Doch, und das macht die Sache noch merkwürdiger. Du hättest es erleben sollen. Er hat Humboldt behandelt wie einen Fremden.«

»Vielleicht ist er nur erschöpft von seiner langen Reise. Ich erinnere mich, dass es mir genauso ging, als wir von unserer letzten Reise zurückkamen.«

Charlotte schüttelte den Kopf. »Glaube ich nicht. Er ist schließlich schon wieder eine ganze Weile hier. Ich tippe auf ein seelisches Problem.«

»Und was genau?«

Sie zuckte die Schultern. »Keine Ahnung. Aber was es auch ist, an Frau Bellheims Stelle würde ich mir ziemliche

Sorgen machen. Apropos: Hast du eine Ahnung, ob sich bei Menschen manchmal die Augenfarbe ändert? Also ich meine bei erwachsenen Menschen. Bei Säuglingen ist ja bekannt, dass ihre Augen anfangs alle hellblau sind.«

Oskar runzelte die Stirn. »Was für eine seltsame Frage. Und wie kommst du darauf, dass gerade ich so etwas weiß?«

Charlotte nahm einen Schluck aus ihrem Glas, dann schüttelte sie den Kopf. »Du bist doch viel rumgekommen und hast sicher einige seltsame Dinge erlebt«

»Aber so etwas noch nie. Klingt irgendwie gruselig.«

Charlotte nickte. Sie schien noch etwas sagen zu wollen, aber in diesem Augenblick erschien die Köchin, in ihrer Hand ein Glöckchen. Ein zartes Klingeln ertönte.

»Meine Damen und Herren, wenn ich Sie ins Esszimmer bitten dürfte. Es ist angerichtet.«

9

Die Tafel war festlich eingedeckt. Wertvolles Porzellan, Silberbesteck und kristallene Gläser schimmerten im Licht unzähliger Kerzenständer. Die Stoffservietten waren zu kleinen Tieren gefaltet. Jeder Platz war mit einer Tischkarte dekoriert worden, auf der ein Name stand.

Mit besorgtem Blick stellte Oskar fest, dass er zwischen zwei Leute saß, die er nicht kannte. Den anderen erging es nicht besser. Sie alle waren zwischen den anderen Gästen verteilt worden und saßen obendrein ein ganzes Stück von ihm entfernt. Vermutlich, damit man sich schneller kennenlernte. Ehe er protestieren konnte, erhob Frau Bellheim ihr Glas.

»Meine lieben Freunde, verehrte Gäste. Ich möchte Sie ganz herzlich zu unserem Silvesterempfang begrüßen. Danke, dass Sie meiner Einladung gefolgt sind und den Jahreswechsel mit mir und meinem Mann verbringen. Bitte wundern Sie sich nicht, dass ich alle ein wenig auseinandergesetzt habe, das geschah mit voller Absicht. Ich würde mir wünschen, dass wir alle miteinander bekannt werden und als gute Freunde ins neue Jahr gehen. Herzlich willkommen in unserem Hause!«

Alle hoben ihre Gläser und prosteten einander zu.

Richard Bellheim saß am Kopfende des Tisches, direkt neben seiner Frau. Er machte den Eindruck, als wisse er überhaupt nicht, wo er war. Als seine Frau ihm etwas ins

Ohr flüsterte, stand er steif und langsam auf und blickte in die Runde.

»Meine sehr verehrten Damen und Herren, liebe Gertrud.« Seine Stimme klang dünn und kraftlos. »Ich bin gerührt über die Ehre, bei diesem Tisch den Vorsitz führen zu dürfen, auch wenn ich diese Aufgabe nur eingeschränkt erfüllen kann.« Er zögerte. »Manch einem mag aufgefallen sein, dass ich mich in letzter Zeit etwas verändert habe. Nicht zum Guten, wie ich leider zugeben muss. Meine Ärzte meinen, es wäre nur ein vorübergehender Erschöpfungszustand und dass ich mir keine Sorgen machen solle. Ich hoffe, sie haben recht. Glauben Sie mir, wenn ich Ihnen sage, dass mir die Situation sehr unangenehm ist. Ich bitte um Nachsicht, wenn ich bei dem einen oder anderen der hier Anwesenden Erinnerungsprobleme habe. Ich möchte mich aber jetzt schon ganz herzlich bedanken, dass Sie einem zerstreuten Professor Gesellschaft leisten wollen.«

Die Gäste hoben die Gläser und prosteten dem Völkerkundler zu. »Hört, hört!«

Oskar blickte in Humboldts Richtung. Der Forscher beobachtete Bellheim mit kritischem Blick. Mochte der Himmel wissen, was gerade in seinem Kopf vorging. Dann folgte das Festmahl, das Oskars volle Aufmerksamkeit beanspruchte. Als Vorspeise gab es Wachtelbrüstchen in Portsoße, anschließend folgte der traditionelle Silvesterkarpfen und zum Nachtisch gab es Burgunderpflaumen mit Vanilleeis. Dazwischen wurden verschiedene Weine gereicht und wer wollte, bekam ein

Bier. Die Unterhaltung verlief angenehm und entspannt. Es wurde gegessen, geplaudert und angestoßen, und eine Weile ging alles gut. Doch es kam der Moment, vor dem Humboldt sie vor ihrer Abfahrt gewarnt hatte. Er trat in Form eines dicklichen Mannes mit Backenbart in Erscheinung, dessen Glatze im Schein der Kerzen rosa glänzte. Er hatte schon eine ganze Weile dem Wein zugesprochen und befand sich in einem Zustand, den man nur als schwer alkoholisiert bezeichnen konnte. Oskar kannte die Symptome: glänzende Augen, gerötete Wangen, großporige Nase, feuchte Unterlippe. Der Mann war gerade bei seinem sechsten oder siebten Glas angelangt, als er sich über den Tisch beugte und weithin hörbar sagte: »Ich hörte, Sie sind jetzt in der *Dienstleistungsbranche*, Herr Donhauser?« Schon wie er den Namen aussprach, zeugte von tiefer Geringschätzung.

An den Plätzen wurde es schlagartig ruhig. Wie es schien, hatten alle auf diesen Augenblick gewartet.

Humboldt unterbrach das Gespräch mit seiner Tischnachbarin und drehte den Kopf. Um seinen Mund spielte ein dünnes Haifischlächeln. »Ich fürchte, da sind Sie falsch informiert, Dekan Wallenberg.«

»So?«

»Ganz recht. Mein Name ist *von Humboldt*. Schon seit einer ganzen Weile. Alexander war mein Vater, aber vielleicht haben Sie das nicht mitbekommen. Die mathematische Fakultät war schon immer ein wenig langsam.«

Vereinzelt erklang Gelächter.

Wallenbergs gerötete Wangen wurden eine Spur dunkler.

»Ich habe so etwas läuten hören«, erwiderte er mit Blick auf seine perfekt manikürten Hände. »Ich konnte nur nicht glauben, dass der alte Knabe mit achtzig noch ein gesundes Kind gezeugt haben soll.« Er kippte den letzten Rest Wein in seinen Schlund und ließ sich nachschenken. »Aber Alexander von Humboldt war eben ein großer Mann.«

Oskar hielt den Atem an. Wallenberg schien nicht zu wissen, in welcher Gefahr er sich befand.

Doch Humboldt blieb erstaunlich ruhig. Immer noch lächelnd sagte er: »Das war er in der Tat. Gegen ihn sind wir nur Eintagsfliegen. Und was Ihre Frage betrifft: Ja, ich biete meine Dienstleistungen Firmen oder Privatpersonen an, wenn diese ein ungewöhnliches Problem haben. Zwei Fälle konnten wir schon zur vollen Zufriedenheit aller Beteiligten lösen. Jetzt arbeiten wir wieder an einem neuen Fall. Wenn Sie ein Problem haben, ich stehe Ihnen gern zu Diensten.«

»Nein, nein. Vielen Dank.« Wallenberg winkte ab. Sein Backenbart war gesträubt und beim Sprechen flogen kleine Speicheltropfen durch die Luft. »So weit kommt's noch, dass ich meine Aufgaben von einer Gruppe Schausteller erledigen lasse. Ich finde es schon unerhört, dass uns zugemutet wird, am selben Tisch mit einer dunkelhäutigen ...«

Weiter kam er nicht. Er hatte sich halb aus seinem Sitz erhoben, als er unvermutet abbrach und mit großen Augen in die Runde starrte. Er sah aus, als hätte er eine Gräte verschluckt.

»Herr Dekan?« Gertrud Bellheim blickte besorgt auf ihren Gast. »Geht es Ihnen nicht gut?«

»Ich …« Wallenberg sank zurück. Er schien mitten im Satz vergessen zu haben, was er eigentlich sagen wollte.

Oskar warf einen verborgenen Blick zu Eliza hinüber. Die Haitianerin hielt Wallenberg mit ihren geheimnisvollen dunklen Augen gefangen. Oskar sah, dass sie stumme Worte murmelte und dabei ganz unauffällig mit der Hand über ihr Amulett strich.

Wallenberg setzte noch einmal an, doch dann schüttelte er verwirrt den Kopf. »Tja, es scheint, ich habe vergessen, was ich eigentlich sagen wollte.«

»Sicher zu viel Wein«, sagte Humboldt. »Das ist gar nicht gut bei Ihrem hohen Blutdruck.«

»Ja, vermutlich haben Sie recht.« Wallenberg ließ sich ein Glas Wasser einschenken und trank es gierig aus. »Schon viel besser«, sagte er. »Vielen Dank. Und falls ich eben irgendwie ausfallend geworden bin, so bitte ich das zu entschuldigen. Was ich eigentlich sagen wollte, war, dass ich Ihnen viel Glück bei Ihren Unternehmungen wünsche und dass Sie bald wieder in die Dienste unserer Universität treten mögen.«

»Diesem Wunsch schließe ich mich von Herzen an«, sagte Frau Bellheim, sichtlich überrascht, dass das Gespräch eine so unerwartete Wendung genommen hatte. Wie alle am Tisch schien sie damit gerechnet zu haben, dass es gleich zu einer unangenehmen Auseinandersetzung kommen würde. »Mit Ihrer Erlaubnis würde ich die Tafel gern auflösen und Sie zu einem kleinen Punsch in

den Salon bitten. Dort erwarten Sie Musik und Tanz.«
Sie stand auf und klatschte in die Hände. Im Nu eilte das Dienstpersonal herbei, half den Gästen beim Aufstehen. Nicht wenige hatten schon sichtbare Schlagseite.

Als alle drüben waren, fragte Oskar: »War das eben dein Werk, Eliza?«

»Was meinst du?«

Er deutete auf den dicken Mann mit dem Backenbart, der sich bereits wieder eifrig Punsch einschenken ließ.

»Ach das.« Sie lächelte bescheiden. »Ein klein wenig Magie aus meiner Heimat.«

»Das hast du sehr gut gemacht«, flüsterte Humboldt. »Wer weiß, was geschehen wäre, wenn dieser Idiot weitergeredet hätte. Danke.« Er drückte ihr einen flüchtigen Kuss auf das pechschwarze Haar. »Wie sieht's aus? Möchtest du tanzen?«

»Ich dachte, du fragst nie.« Sie streckte ihm ihre Hand hin und gemeinsam gingen sie zu den Klängen eines Walzers in das angrenzende Zimmer hinüber.

10

Es war kurz vor halb zwölf, als Oskar völlig erschöpft nach einer kleinen Pause verlangte. Er hätte es nie für möglich gehalten, dass Tanzen ihm so viel Spaß machen würde. Er war wahrhaftig kein geübter Tänzer, aber Charlotte war nachsichtig und beklagte sich nicht, wenn er ihr mal auf den Fuß trat oder aus dem Takt kam. Außerdem war er glücklich, dass sie ihm den kleinen Zwischenfall neulich im Treppenhaus nicht übel nahm. Zwischen ihnen war alles wie zuvor, außer dass er immer noch nicht erfahren hatte, was Charlotte mit all den Dokumenten vorhatte. Doch darüber wollte er sich heute Abend nicht den Kopf zerbrechen. Er war außer Atem und sein Herz schlug wild.

»Na, ihr beide scheint euch ja prächtig zu amüsieren.« Eliza lächelte. »Passt nur auf, dass euch nicht schwindelig wird.« »Charlotte scheint überhaupt nicht müde zu werden«, keuchte Oskar. »Ich habe mich eigentlich immer für gut trainiert gehalten, aber mit ihr kann ich nicht mithalten.« Er blickte zu seiner Cousine hinüber, die gerade mit einem älteren Herrn eine Mazurka tanzte.

»Ja, sie ist tatsächlich sehr sportlich.« Der Forscher gab ein verlegenes Räuspern von sich. »Darf ich trotzdem deine Gedanken auf unseren Auftrag lenken?«

»Mmh?« Oskar fiel es schwer, sich von dem Anblick loszureißen.

»Es geht um etwas, das Frau Bellheim mir während des Vortrags ihres Mannes erzählt hat.«

Oskar hörte nur mit halbem Ohr hin, aber er sah ein, dass er den Forscher nicht länger ignorieren konnte.

»Und um was ging es?«

»Sie erwähnte ein Tagebuch, das ihr Mann angeblich in Afrika dabeihatte. Sie erwähnte zwei Begriffe. Der eine lautete *Dogon* und der andere *Meteorit*.«

Oskars Interesse war plötzlich erwacht. »Ein Meteorit? Ein Gesteinsbrocken aus dem Weltall?«

»Ganz recht.« Humboldt blickte zu allen Seiten, um sicherzugehen, dass sie nicht belauscht wurden. »Es gibt da etwas, das ich dir zeigen möchte. Komm mit.«

Oskar folgte Humboldt und Eliza ins Nebenzimmer.

»Hier herüber.« Humboldt winkte ihn zu einer großen Vitrine mit aufwendigen Bleiglaselementen. Das Stück sah ungeheuer alt und wertvoll aus.

»Was ist damit?«, wollte Oskar wissen.

»Schau dir das mal genau an. Fällt dir irgendetwas daran auf?«

Oskar trat näher. Auf den ersten Blick wirkte die Vitrine makellos und erlesen, doch beim genaueren Hinsehen stellte sich heraus, dass etliche der Scheiben gesprungen oder zersplittert waren. Viele der gläsernen Einlegearbeiten fehlten oder waren zerstört. Eine Stelle war besonders seltsam. In einer der Scheiben klaffte mittendrin ein rundes Loch. Die Ränder sahen irgendwie geschmolzen aus. Als er den Forscher fragend ansah, nickte dieser.

»Seltsam, nicht wahr? Wie reingeätzt.«
»Was kann das sein?«
»Keine Ahnung. Alles, was ich weiß, ist, dass diese Löcher in Glasscheiben überall im Haus zu finden sind. Sie befinden sich an Stellen, die schlecht zugänglich und wo sie nicht gleich zu erkennen sind. Frau Bellheim wies mich darauf hin, konnte aber selbst keine Erklärung dafür finden.«
»Und was denken Sie?«
»Ich weiß es nicht. Ich bin noch in der Phase, in der ich Informationen sammle. Tatsache ist, dass diese Schäden erst entstanden sind, nachdem Richard Bellheim von seiner Reise zurückkehrte.« Der Forscher verschränkte seine Arme vor der Brust. »Wie du weißt, habe ich von Frau Bellheim den Auftrag erhalten, Nachforschungen über ihren Mann anzustellen.«
»Charlotte hat es mir erzählt.«
»Gut. Dann kannst du dir vorstellen, wie wichtig es für mich wäre, dieses Tagebuch in die Finger zu bekommen. Ich bin sicher, es stehen Sachen darin, die für unseren Fall von großem Interesse sind. Ich habe Frau Bellheim bereits gebeten, mich einen Blick hineinwerfen zu lassen, doch sie hat strikt abgelehnt. Sie möchte nicht, dass irgendwelche privaten Details ans Tageslicht kommen. Wenn ihr mich fragt, ich glaube, sie fürchtet sich vor der Wahrheit.«
»Und wie kann ich dabei helfen?« Oskar sah in die eisblauen Augen des Forschers. »Moment mal ... Sie wollen, dass ich es stehle?«

»Ich möchte, dass du es *ausleihst*.« Humboldt lächelte verlegen. »Ich kann es dir nur schwer erklären, aber ich habe ein ganz merkwürdiges Gefühl bei dem Mann. Mein Instinkt sagt mir, dass etwas in Afrika vorgefallen ist. Etwas, von dem wir nicht wissen sollen, was es ist. Bellheim gibt sich größte Mühe, jeden Verdacht bezüglich seiner Person zu zerstreuen. Je mehr er das tut, desto misstrauischer werde ich. Du hättest ihn früher erleben sollen. Er war ein waghalsiger junger Mann, voller unbändiger Energie und Ehrgeiz. Er wusste immer genau, was er wollte und wie er es bekam. Und er hatte Charme. Die Frauen lagen ihm zu Füßen. Dieser Mann dort drüben ist nur noch ein Schatten seiner selbst. Jemand, der so tut, als wäre er jemand anders.«

Oskar war weit davon entfernt zu verstehen, auf was sein Vater da anspielte, aber er wusste, was von ihm erwartet wurde.

»Na gut«, seufzte er. »Das Tagebuch. Wo soll ich suchen und vor allem *wann*?«

Humboldt blickte zur Standuhr auf der anderen Seite des Raums. »Es ist jetzt halb zwölf. In einer guten Viertelstunde wird die Kapelle aufhören zu spielen und alle werden nach draußen auf die Straße gehen. Selbst das Dienstpersonal wird das Haus verlassen, um das Feuerwerk zu betrachten. Eine halbe Stunde lang wirst du völlig ungestört sein. Am besten, du durchstöberst zuerst das Schlafzimmer. Dort werden normalerweise die persönlichsten Gegenstände aufbewahrt. Versuch es mit den Nachttischchen und arbeite dich dann durch Vitrinen und Sekretäre. Halte nach einem Buch Ausschau, das alt und abgewetzt wirkt. Wenn es zwei Jahre in Afrika war, dürfte es ziemlich ramponiert sein.«

»Und wenn ich es habe?«

»Mich interessieren nur die letzten Einträge. Sieh nach, ob du irgendetwas zum Thema Meteoriten findest. Nimm dir am besten etwas zu schreiben mit und mach dir Notizen. Hier sind ein Stift und ein Blatt Papier.« Er zog beides aus seiner Weste.

»Was, wenn ich es nicht finde oder erwischt werde?«

»Lass dir etwas einfallen. Du bist doch ein geschickter Dieb. Und jetzt los. Ich werde mir eine passende Entschuldigung für dich einfallen lassen.«

11

Als Oskar den Treppenaufgang betrat, waren draußen bereits die ersten Knallfrösche zu hören. Genau wie von Humboldt vorausgesagt, hatte die Gesellschaft das Haus verlassen und bereitete sich auf den Jahreswechsel vor. Selbst die Mädchen und Hausangestellten waren ins Freie geeilt, um das neue Jahr zusammen mit den Gästen zu begrüßen.

Oskar hatte sich unauffällig hinter einer Standuhr verborgen und eilte nun die Treppe hinauf. Leise wie eine Katze schlich er nach oben. Nicht das geringste Knarren war zu hören.

Oben angekommen sondierte er erst mal die Lage. Vor ihm lag ein Flur, von dem sechs Zimmer abgingen. Er war von gedämpftem Gaslicht erleuchtet und wirkte verlassen. Oskar blieb einen Moment stehen und lauschte angestrengt.

Nein, niemand hier.

Kurz entschlossen wählte er die erste Tür auf der linken Seite und drückte die Klinke. Das Zimmer dahinter lag im Dunkeln. Durch die Fensterscheiben waren bereits die ersten Raketen zu sehen. Die Dächer der gegenüberliegenden Häuser hoben sich scherenschnittartig gegen den Nachthimmel ab. In den Fenstern brannte Licht. Menschen bewegten sich dahinter oder standen an den Balkonen. Oskar ließ seinen Blick durchs Zimmer schweifen.

Ein Ankleidezimmer. Ein riesiger Wandschrank, ein Spiegel sowie zwei gepolsterte Stühle nebst Schminktischchen. Nichts, worin man persönliche Unterlagen aufbewahren konnte. Falsches Zimmer. Er wandte sich der nächsten Tür zu. Hier war das Bad. Groß, luxuriös und sauber. Das nächste Zimmer sah interessanter aus. Offensichtlich das Schlafzimmer der Bellheims. Hier gab es definitiv ein paar Möbelstücke, in denen man persönliche Dinge aufbewahren konnte. Oskar schlüpfte hinein und zog die Tür hinter sich zu. Er musste jetzt sehr vorsichtig sein. Wenn er die Leute auf der anderen Seite sehen konnte, so konnten sie ihn auch sehen. Nichts wäre schlimmer, als an einem solchen Abend erwischt zu werden. Mit einem kurzen Blick auf die Häuser der anderen Straßenseite vergewisserte er sich, dass niemand Verdacht geschöpft hatte. Dann begann er, systematisch die Schränke und Nachttische zu durchsuchen.

»Wo steckt eigentlich Oskar? Es ist gleich Mitternacht.« Charlotte hielt ihre Tasse mit heißem Punsch umklammert und blickte ungeduldig in Richtung Haus. »Wenn er sich nicht beeilt, verpasst er das ganze Spektakel.«

»Ich glaube, dem Jungen war etwas schwindelig nach den vielen Runden, die du auf dem Parkett mit ihm gedreht hast«, sagte Humboldt. »Lass ihm ein paar Minuten Zeit.«

»Soll ich mal nach ihm sehen?«

»Er kommt schon klar.«

Charlotte warf einen Blick in Richtung Kirchturmuhr. Noch etwa zwei Minuten. Wenn er nicht bald kam, würde der große Moment ohne ihn verstreichen. Und dabei hatte sie sich so darauf gefreut, mit ihm anzustoßen. Ob er es wohl wagen würde, ihr einen Kuss zu geben …?

Sie bemerkte, dass der Forscher sie aufmerksam beobachtete. In seinen Augen lag etwas, das sie innehalten ließ. »Ist irgendwas?«, fragte sie mit klopfendem Herzen.

»Du magst Oskar sehr, habe ich recht?«

Charlotte spürte, wie ihr das Blut ins Gesicht schoss. »Natürlich«, entgegnete sie. »Er ist mein Cousin.«

»Ganz genau.« Mehr sagte er nicht. Nur diese zwei Worte.

Charlotte wich seinem Blick aus. Worauf wollte er hinaus? Glaubte er etwa, dass sie etwas für Oskar empfand? Unmöglich, sie wusste es doch selbst nicht genau.

Sie wollte noch etwas erwidern, doch in diesem Augenblick fingen alle an zu zählen.

»Fünf … vier … drei … zwei … eins …«

Bunte Raketen brachten den Himmel über Berlin zum Leuchten. Funkenkaskaden überzogen den Himmel, gefolgt von ohrenbetäubenden Kanonenschlägen. Es prasselte und knatterte, dann stiegen weitere Raketen in den

Himmel. Über das Knallen hinweg setzten das Läuten der Glocken ein. Hochrufe und Gelächter vermischten sich mit dem Knistern und Dröhnen von Schwärmern und Böllern.

Es war Neujahr.

Oskar presste die Lippen aufeinander. Er hatte das ganze Zimmer abgesucht. Jeden Winkel, jedes Fach, jede Schublade. Wieder kein Glück gehabt. Dabei war Humboldt so sicher gewesen, dass das Tagebuch im Schlafzimmer sei. Doch hier war nichts. Eine ganze Viertelstunde hatte er verplempert und war immer noch keinen Schritt weiter.

Die Zeit wurde knapp.

Er verließ das Schlafzimmer und eilte nach links. Das nächste Zimmer schien eine Art Studierstube zu sein. Bücherregale, ein Schreibtisch, einige Stühle und ein Sekretär. Darauf Tintenfässer, Schreibwerkzeuge sowie ein Stapel unbeschriebenes Papier.

Mit aufkeimender Hoffnung näherte sich Oskar dem Sekretär.

Die Schublade war abgeschlossen.

Oskar wühlte in seiner Hosentasche. Seine Finger ertasteten ein gebogenes Metallstück. Er zog es heraus und hielt es in die Höhe. Ein schmales Grinsen umspielte seinen Mund. Alte Gewohnheiten legte man nicht so einfach ab. In den Zeiten, als er sein Brot mit Taschendiebstählen und kleinen Raubzügen bestritten hatte, war ihm dieses Metallstück stets ein treuer Begleiter gewesen.

Er steckte den Dietrich ins Schloss und drehte ihn sanft

nach rechts. Er spürte einen Widerstand. Jetzt war Vorsicht geboten. Eine unachtsame Bewegung und der dünne Stift würde abbrechen. Zum Glück waren die Metallteile gut geölt. Er ertastete den Widerstandspunkt, winkelte den Dietrich leicht an, sodass er ihn als Hebel verwenden konnte, und drückte den Stift nach unten. Ein befriedigendes Klicken war zu hören. Rasch zog er ihn wieder heraus, steckte ihn ein und öffnete die Schublade. Im Licht der Feuerwerkskaskaden sah er den Inhalt. Briefpapier, Siegelwachs, allerlei Stifte und – ihm stockte der Atem – ein fleckiges, abgewetzt wirkendes Notizbuch. Auf dem dunklen Holzboden der Schublade glitzerten Sandkörner.

Er wollte schon zugreifen, als er in der Fensterscheibe eine Bewegung bemerkte. Irgendjemand kam hinter ihm den hell erleuchteten Flur entlang. Rasch löste er die Finger vom Tagebuch und stieß die Schublade zu. Oskar hielt den Atem an und tat so, als würde er aus dem Fenster blicken. In der gläsernen Reflektion sah er, dass der Fremde im Türrahmen hinter ihm stehen geblieben war.

»Hallo, mein Junge.«

Es war der Hausherr.

Himmel!

Oskar drehte sich um. »Oh, hallo, Herr Bellheim.« Seine Stimme zitterte. Er konnte es nicht verhindern.

»Was machst du hier?«

»Ich hab mich verlaufen«, log Oskar. »Die untere Toilette war besetzt, da hab ich gedacht, ich schau mal im ersten Stock nach. Na ja, und dann fing das Feuerwerk an. Ist das nicht eine herrliche Aussicht?« Er wusste selbst, wie unglaubwürdig das klang, aber das war das Einzige, was ihm in so kurzer Zeit einfiel.

Der Völkerkundler schloss die Tür hinter ihnen, dann kam er langsam näher. Oskar hörte sein Blut in den Ohren pochen.

Bellheims Blick wanderte von Oskar zum Sekretär. Als er seine Hand ausstreckte und mit den Fingern über das Schloss tastete, verließ Oskar der Mut. Er hatte etwas bemerkt. Er musste etwas bemerkt haben.

»Hat dir der Abend gefallen?«

»Was ...? Oh ja. Sehr.«

»Deine Cousine ist ein zauberhaftes Mädchen. Ich bin sicher, sie vermisst dich. Du solltest zu ihr gehen.«

»Ja, Sie haben sicher recht.« Oskar schluckte. Dieses Gespräch war irgendwie eigenartig.

»Dann beeil dich. Und gutes neues Jahr, mein Junge.«

»Das wünsche ich Ihnen auch. Von ganzem Herzen. Ihnen und Ihrer Frau.«

Bellheim nickte und wandte sich dann wieder dem Fenster zu.

Das war's. Keine Beschuldigung, kein Vorwurf. Oskar trat einen Schritt zurück. »Und bitte entschuldigen Sie, dass ich einfach unerlaubt Ihr Arbeitszimmer betreten habe.«

»Macht doch nichts, mein Junge. Jetzt geh und richte den anderen einen schönen Gruß aus. Ich werde oben bleiben und mir von hier aus alles ansehen. Ist gemütlicher.« Er lächelte.

Oskar spürte, wie die Last von seinen Schultern fiel. Sein Einbruchsversuch war offenbar unbemerkt geblieben.

»Gern«, sagte er in leichtem Plauderton. »Oh, und alles Gute für Ihre Vortragsreise. Ich bin schon gespannt zu erfahren, was es mit dem Meteoriten auf sich hat.«

Er biss sich auf die Lippen. Eigentlich durfte er das gar nicht wissen. Die Worte waren aus seinem Mund geschlüpft. Einfach so.

Der Völkerkundler drehte sich um. Langsam. Als befände er sich in einem Glas mit Honig. In seinen Augen lag ein grünlicher Schimmer.

»Sagtest du gerade *Meteorit*, mein Junge?«

12

Charlotte konnte ihre Enttäuschung nicht länger verbergen. Oskar war nicht gekommen. Der magische Moment war vergangen und er hatte sie einfach allein stehen lassen. Und dann noch dieser Kommentar ihres Onkels. Hegte er allen Ernstes den Verdacht, sie habe sich in Oskar verliebt?

Lächerlich.

In ihr tobte eine Mischung aus Enttäuschung und Sorge. Was war nur mit dem Kerl los? Manchmal verstand sie ihn einfach nicht. War es wirklich zu viel verlangt, dass er wenigstens an diesem besonderen Moment pünktlich erschien? Oskar war notorisch unzuverlässig, aber jetzt hatte er das Maß überschritten.

Andererseits: Was, wenn es ihm nicht gut ging? Vielleicht sollte sie mal nach ihm sehen.

Sie wollte gerade zurückgehen, als sie eine feste Hand auf ihrer Schulter spürte. »Nein, nicht.«

Es war Humboldt. Sein Gesicht wirkte ernst. »Lass es bleiben.«

Er schien genau zu wissen, was mit Oskar los war.

»Und wenn es ihm schlecht geht? Vielleicht ist ihm übel geworden oder er ...«

»Es geht ihm gut.«

»Woher weißt du das?«

»Weil ich es weiß.«

Sie hob die Brauen. »Willst du es mir verraten?«

»Er ist in meinem Auftrag unterwegs.«

Charlotte brauchte einige Sekunden, um sich über die Bedeutung der Worte klar zu werden. »In deinem Auftrag?« Sie zögerte. »Heißt das … Oh nein. Du hast ihn doch nicht zu irgendwelchen krummen Sachen angestiftet?«

»Es dient einem guten Zweck«, sagte der Forscher. »Er soll für mich etwas suchen. Etwas Privates. Etwas, das nur er in dieser kurzen Zeit finden kann.«

»Und wenn er erwischt wird?«

Humboldt blieb die Antwort schuldig.

Charlotte spürte, wie frostige Finger ihr Herz umklammerten.

»Woher weißt du von dem Meteoriten?« Bellheims Stimme hatte die Härte einer Diamantklinge. Oskar wollte etwas antworten, doch er konnte nicht. Seine Stimme war wie zugeschnürt. Bellheim kam näher. Plötzlich hielt er inne. Ein Ausdruck der Verblüffung huschte über sein Gesicht. Er drehte sich zum Sekretär, starrte einige Sekunden darauf, dann richtete er seine Augen wieder auf Oskar. »Verstehe«, sagte er. »Mein Tagebuch.«

Oskar wich langsam zurück. »Es … es ist nicht so, wie Sie denken.«

»Oh doch. Ich fürchte, es ist genau so. Pech für dich, mein Junge …« Der Satz brach ab.

Ganz unvermutet.

Bellheim stand in der Mitte des Raums. Stocksteif wie ein Holzpfahl hielt er sein Gesicht zur Decke gerichtet, die Hände zu Fäusten geballt. Die Knöchel traten weiß hervor. Zwischen den zusammengepressten Zähnen kam ein unartikuliertes Zischen hervor. Oskar bekam es mit der Angst zu tun. Hier stimmte etwas nicht. Hatte er einen Krampf oder Anfall?

Er wollte gerade zur Tür rennen, als eine Veränderung mit Bellheim vonstatten ging. Sein Oberkörper zuckte nach vorn, krümmte sich und schnellte dann wieder zurück. Das Gesicht des Völkerkundlers war aufs Äußerste angespannt. Er öffnete seinen Mund zu einem Schrei, aber es kam kein Laut heraus.

Mit Entsetzen sah Oskar, wie der Forscher nach Luft rang. Ein merkwürdiges Rascheln und Knacken war zu hören, als würde irgendwo etwas verbrennen. Die Luft war erfüllt vom Geruch elektrischer Entladungen. Dann riss der Forscher seinen Mund noch weiter auf. Seine Hände umklammerten seinen Unterkiefer und zogen ihn nach unten. So weit, wie kein normaler Mensch es jemals vermocht hätte.

Oskar war wie gelähmt. Dann schrie er.

Charlotte hörte den Schrei. Alle hörten ihn.

Es war ein Laut, wie ihn nur jemand ausstoßen konnte, der in größter Panik war.

Die Gespräche erstarben. Irgendwo fiel klirrend ein Glas zu Boden. Alle Blicke zuckten in Richtung Haus.

Hinter der Scheibe im ersten Stock waren tanzende Bewegungen zu sehen. Zwei Personen, die miteinander kämpften.

Humboldt war der Erste, der reagierte.

»*Oskar!*«

Er packte seinen Gehstock und stürmte durch den Garten zurück in Richtung Haus. Charlotte und Eliza folgten ihm auf dem Fuß. Zu dritt rannten sie die Treppen zum ersten Stock empor. Noch einmal rief er den Namen des Jungen. Keine Antwort. Alles, was sie hörten, war ein Poltern, das aus dem letzten Zimmer am Ende des Flurs drang. Sie eilten in die betreffende Richtung, doch die Tür war verschlossen. Humboldt erhob seine Stimme.

»Mach die Tür auf!«

»Ich ... kann ... nicht.«

Oskars Stimme.

Humboldt fackelte nicht lange. Mit einem vehementen Fußtritt trat er die Tür ein und stürmte in den Raum.

Charlotte folgte ihm.

Der Völkerkundler hatte seine Hände um den Hals des Jungen gelegt. Dessen Füße berührten kaum noch den Boden. Oskar wand sich und zappelte, aber er konnte dem mörderischen Griff nicht entfliehen. Welche Kraft war wohl dazu nötig, einen sechzehn Jahre alten Jungen mit gestreckten Armen vom Boden zu heben?

Eliza hielt ein Feuerzeug an die Lampe. Es gab einen Funken, dann entzündete sich das Gas.

»Beim Jupiter!«

Humboldt wich einen Schritt zurück.

Charlotte schlug die Hände vor den Mund. Eliza stieß einen kleinen Schrei aus.

Was sich im fahlen Schein der Gaslaterne abspielte, war mit Worten kaum zu beschreiben. Bellheims Unterkiefer war heruntergeklappt und hatte etwas freigelegt, das nur mit viel Wohlwollen als Zunge beschrieben werden konnte. Dick wie ein Unterarm und lang wie eine Schlange züngelte das Ding genau auf Oskars Gesicht zu. Es glänzte und glitzerte, als bestünde es aus Glas. An seiner Spitze befanden sich zwei dünne, tastende Borsten, die genau auf Oskars Nasenlöcher zielten. Zu welchem Zweck war völlig unklar. Klar war jedoch, dass eine fremde Kreatur Besitz von Bellheim ergriffen hatte. Und jetzt stand sie im Begriff, Oskar zu übernehmen.

»Macht, dass ihr hinter mich kommt!« Humboldt zog sein verborgenes Rapier aus dem Spazierstock. Mit einem mächtigen Hieb drang er auf den Gegner ein. Die Klinge sauste nieder und hieb die gläserne Schlange in zwei Teile. Mit einem Geräusch, als würde man Wasser auf eine glühende Herdplatte spritzen, fiel das zappelnde Ding zu Boden. Ein unerträglicher Gestank breitete sich aus.

Ein wenig krümmte und zuckte das Ding am Boden herum, dann löste es sich in einer Rauchwolke auf. Nur eine Handvoll Sand blieb übrig.

Bellheim taumelte zurück. Die Hände lockerten ihren Griff, und der Junge plumpste hustend und keuchend zu Boden. Eine Weile rang er nach Atem, dann kroch er aus der Gefahrenzone. Bellheim stand wie angewurzelt auf dem Fleck, dann ging er auf Humboldt los. Sein Gesicht war zu einer furchterregenden Maske verzerrt. Der Mund stand offen, seine Hände waren vorgereckt.

»Lass den Unsinn, Richard«, sagte Humboldt. »Es ist vorbei. Ich habe den Parasiten getötet.«

Doch der Völkerkundler hörte ihn nicht. In seinen Augen leuchtete ein irrsinniges Feuer, während er unbarmherzig auf den Forscher eindrang.

»Bleib stehen. Keinen Schritt weiter.« Humboldt hielt sein Rapier ausgestreckt auf Bellheim gerichtet. Die Spitze berührte dessen Brust. »Richard, bitte.«

Mit Entsetzen sah Charlotte, dass Bellheims Haut sich zu verändern begann. Erst wurde sie blass, dann weiß, schließlich durchscheinend. Nur wenige Sekunden waren verstrichen und der ganze Mann sah aus, als bestünde er aus Glas.

Ein schreckliches Lachen drang aus seiner Kehle. Ein Lachen, das eindeutig nicht menschlich war.

Dann trat er einen Schritt nach vorn.

Die Spitze des Rapiers drang in seine Brust.

Charlotte wollte den Blick abwenden, doch sie konnte nicht. Ihr Entsetzen war so groß, dass sie einfach hinsehen musste. Die Klinge kam mit einem quietschenden Geräusch aus dem Rücken des Mannes wieder heraus.

Und noch immer lachte er.

»Wer bist du?«, stammelte Humboldt. »*Was* bist du?«

»Ich werde euch anpassen«, stieß das Wesen glucksend hervor, während es sich zentimeterweise durch die stählerne Klinge vorwärtsarbeitete. »Es wird euch gefallen. Schon bald werden wir alle zusammen singen. Versteht ihr? SIIIN…GEN!« Seine Stimme steigerte sich zu einem hellen, gläsernen Kreischen.

Humboldt stieß einen Fluch aus. In einer Mischung aus Wut und Verzweiflung stemmte er sich nach vorn und drängte den Gegner in Richtung der Fenster. Bellheim, immer noch kichernd und glucksend, hob seine Hände zum Angriff. Charlotte konnte sehen, dass an den Fingerspitzen neue Fühler entstanden, die auf Nase und Ohren des Forschers zu zielen schienen. Humboldt reagierte nicht darauf. Stattdessen schob er mit unverminderter Härte weiter. Mittlerweile waren sie auf der anderen Seite des Raums angekommen. Es gab ein Bersten und Klirren, dann zersprang die Scheibe. Der Forscher legte seine ganze Kraft in den Stoß. Einen wütenden Schrei ausstoßend, drängte er seinen Gegner nach draußen. Doch noch war es nicht vorbei. Bellheim hielt ihn so fest umklammert, dass er mitgerissen wurde. Ineinandergeklammert und verzweifelt miteinander ringend, stürzten die beiden Kontrahenten in den verschneiten Garten. Es gab einen schweren Schlag, dann eilten alle ans Fenster.

Charlotte beugte sich vor und blickte nach unten. Humboldt und Bellheim lagen im Schnee. Der Forscher war angeschlagen. Seine Bewegungen waren müde und langsam. Bellheim hingegen zappelte und kreischte, als stünde er unter Strom. »Kalt!«, schrie er und versuchte aufzustehen, doch Humboldt hielt ihn zurück. Einige der Gäste, die gerade zurück ins Haus drängten, schrien erschrocken auf, als Humboldt und Bellheim zwischen sie stürzten. Erst jetzt bemerkten sie, dass dort ein tödlicher Kampf im Gang war und dass dieser immer noch andauerte.

Atemlos verfolgten die Gäste das zähe Ringen der beiden Gegner. Gertrud Bellheim war die Einzige, die in dem Durcheinander die Nerven behielt. Entschlossen stürmte sie herbei und drang auf die Kontrahenten ein. »Humboldt, Richard, auseinander! Sofort! Was ist nur in euch gefahren? Auseinander mit euch!«

Als Worte nichts halfen, schrie sie: »Ungeheuerlich! Und das am Silvesterabend! Bertram, trennen Sie die Streithähne, aber schnell!«

Der Diener beeilte sich, dem Befehl seiner Herrin nachzukommen, als plötzlich und unerwartet die Kirchenglocken zu läuten anfingen.

In Deutschland war erst seit Kurzem eine einheitliche Zeitrechnung eingeführt worden, daher hatten an diesem Silvesterabend zum ersten Mal alle Kirchenglocken gleichzeitig um Punkt 24 Uhr geläutet. Nur die Schwestern vom Heiligen Blute Jesu in ihrer nahe gelegenen Klosterkirche hatten zunächst im Gebet verharrt und ließen ihre Kirchenglocke erst jetzt das neue Jahr begrüßen. Das Läuten klang, als würde es direkt aus der Nachbarschaft kommen. Laut und dröhnend hallte es zwischen den Hauswänden wider. Die Reaktion war überraschend. Wie von einer ungeheuren Kraft bewegt, flog Humboldt mehrere Meter durch die Luft und landete in einer Schneewehe. Atemlos und am Ende seiner Kräfte blieb er liegen. Bellheim hingegen gebärdete sich, als wäre der Teufel in ihn gefahren. Er presste die Hände auf die Ohren und zappelte und schrie, dass die Anwesenden vorsichtshalber einige Meter zurückwichen. Und dann veränderte er sich. Er schrumpfte, wurde kleiner und löste sich schließlich auf. Immer kleiner wurde er, bis schließlich nichts mehr von ihm übrig war.

Ungläubiges Schweigen breitete sich aus. Niemand hatte eine Erklärung für das, was soeben geschehen war. Humboldt stand auf, klopfte den Schnee von seinem Mantel und trat zu den anderen. Die Anwesenden bildeten einen Kreis um die Kampfzone. Alle schienen zu warten, dass Bellheim wieder auftauchen möge. Doch nichts geschah. Von dem Völkerkundler fehlte jede Spur. Weder das verzweifelte Schluchzen seiner Frau noch die erregten Rufe der Gäste konnten daran etwas ändern. Irgendwann erschien die Gendarmerie und dehnte die Suche auf die umliegende Nachbarschaft aus. Doch was immer sie taten, es blieb ohne Ergebnis.

Richard Bellheim blieb verschwunden. Allen, die ihn an diesem Neujahrsmorgen des Jahres 1894 zum letzten Mal sahen, war klar, dass er nie zurückkehren würde.

Teil 2
Inseln über der Zeit

13

London, eine Woche später ...

Der *Royal Musketeers Fencing Club* war einer der ältesten Fechtclubs Londons. Ein Traditionsverein, der zu Zeiten von Lord Nelson und seinem legendären Sieg bei Trafalgar gegründet worden war und der den Ruf genoss, in seinen Kampfregeln genauso streng zu sein wie in der Auswahl seiner Mitglieder. Hier aufgenommen zu werden, setzte voraus, dass man über Verbindungen zu den höchsten Ebenen verfügte und im näheren Umfeld zur Queen stand. Ein Club für Mitglieder der Upperclass und solche, die es werden wollten.

Das runde Ziegelgebäude mit seiner goldenen Kuppel und seinem Umgang aus weißen Säulen grenzte direkt an die Themse unweit der Westminster-Kathedrale. Efeu umrankte die Säulen und die angrenzenden Platanen warfen lange Schatten. Das Rasseln von Klingen drang aus dem Inneren.

Max Pepper hatte Degen und Säbeln noch nie etwas abgewinnen können. Nicht, dass er den Umgang damit nicht beherrsche, er konnte Waffen nur generell nicht leiden. Er hielt sie für Standesmerkmale spätpubertierender Muttersöhnchen. Wer es für nötig hielt, anderen mit der Länge oder Größe seiner Waffe zu imponieren, dem hatte der liebe Gott entweder zu wenig Selbstvertrauen oder zu wenig Grips geschenkt. In den meisten Fällen eine Kombination aus beidem.

Er selbst sah sich als Mann des Geistes, der in der Lage sein sollte, jede Situation Kraft seines Verstandes zu meistern. Was nicht hieß, dass er ein wehrloses Opfer war. In der Stadt der Regenfresser hatte er seine Fähigkeiten unter Beweis gestellt. Aber er empfand keine Liebe zum Töten.

»Lord Wilson macht um diese Uhrzeit immer seine Waffenrunden.«

Patrick O'Neill war ein sympathischer Rotschopf von der Grünen Insel, der viel redete und eine Menge Lachfältchen um die Augen hatte. So schlimm konnte Sir Wilson eigentlich nicht sein, wenn er einen solchen Mann an seiner Seite duldete. Andererseits ... man sollte nie den Tag vor dem Abend loben.

Wie recht er mit seiner Skepsis hatte, zeigte sich, als O'Neill die beiden in die Umkleidekabinen führte und sie bat, ihre Sachen auszuziehen.

»Wir sollen was?« Pepper schaute auf O'Neill, der bereits in Unterhosen vor ihm stand.

»Sie müssen sich ausziehen und Trainingskleidung anlegen. Die Statuten des Clubs sind sehr streng«, erläuterte Sir Wilsons Assistent. »Keine Waffenkleidung, kein Eintritt.«

»Dann warte ich draußen.«

»Aber Sir Wilson hat ausdrücklich befohlen, Sie sollen ihn drinnen treffen. Ich glaube nicht, dass es ratsam wäre ...«

»Ich habe nicht vor zu kämpfen«, sagte Pepper. »Ich werde ganz ruhig in der Ecke sitzen und zusehen.«

»Das macht keinen Unterschied. Es kann durchaus passieren, dass Sie gefordert werden. Glauben Sie mir, wenn das passiert, sind Sie glücklich, wenn Sie einen Anzug haben.« O'Neill schlüpfte in die Hose, zog die weiche wattierte Weste über seinen Kopf und tauchte grinsend daraus wieder hervor.

»Außerdem sieht es doch sehr kleidsam aus, oder?« Er breitete die Arme aus.

»Na, komm schon, Max.« Boswell klopfte ihm auf den Rücken. »Wir wollen doch nicht wie Weicheier dastehen. Wenn uns einer zu einem Waffengang fordert, wird er sein blaues Wunder erleben.«

»Das ist die richtige Einstellung«, sagte O'Neill. »Sir Wilson empfängt seine Mitarbeiter gern in ungewohnter Umgebung. Er ist der Auffassung, dass man Menschen besser einschätzen kann, wenn man sie neuen Situationen aussetzt. Nur wer sein gewohntes Terrain verlässt, zeigt sein wahres Gesicht.«

»Gilt das auch für ihn selbst?«

O'Neill blieb die Antwort schuldig. Das Lächeln, das um seinen Mund spielte, sprach allerdings Bände.

Pepper schlüpfte in seinen Kampfanzug. »Was ist eigentlich an den Gerüchten, dass Sir Wilson einer einfachen Arbeiterfamilie entstammt? Soll sein Vater nicht im Kohlebergbau tätig gewesen sein?«

O'Neill blickte ihn erschrocken an. »Woher wissen Sie das?«

Max zuckte mit den Schultern. »Ich hatte während der Überfahrt eine Menge Zeit und habe diverse Erkundigungen eingezogen. Recherche gehört zu meinen besonderen Talenten.«

»Wenn Ihnen Ihre Gesundheit am Herzen liegt, sollten Sie kein Wort darüber verlieren. Sir Wilson kann ausgesprochen unangenehm reagieren, wenn ihn jemand auf seine Vergangenheit anspricht. Besser, Sie vergessen alles, was Sie darüber gehört haben.« Er betrachtete sie prüfend. »Sitzen die Anzüge? Gut, dann können wir gehen.«

Die Trainingshalle des *Royal Musketeers Fencing Clubs* war ein vollendetes Rund von beeindruckenden Ausmaßen. Etwa dreißig Meter von Wand zu Wand und mit einer Höhe von über zwanzig Metern wirkte sie wie eine verkleinerte Ausgabe der Royal Albert Hall. Tatsächlich war sie von demselben Architekten erbaut worden, der so stolz auf seinen Entwurf war, dass er ihn gleich noch ein zweites Mal zur Ausführung brachte.

Warmes Nachmittagslicht strömte durch die schießschartenähnlichen Fenster und zauberte weiche Strahlen in den Raum. Die Luft war erfüllt von Atemgeräuschen und dem Klirren der Waffen.

Etwa fünfzehn Kämpfer waren anwesend. Kräftige, konzentriert aussehende Männer, die ihren Sport anscheinend sehr ernst nahmen. In ihrer Mitte, unschwer zu erkennen an seinen ungewöhnlichen Proportionen, Jabez Wilson. Seine Haare waren zu einem Pferdeschwanz nach hinten gebunden und auf seiner geröteten Haut glänzte der Schweiß. Seine Bewegungen zeugten von ungeheurer Kraft und Ausdauer. Vorstoß, Parade, Finte, Ausfallschritt. Präzises Timing, blitzschnelle Angriffe.

Sein Gegner war ein Mann, der beinahe einen Kopf größer und deutlich schlanker war. Das Haar war kurz geschoren und unter seinen buschigen Brauen leuchteten stählerne Augen. Eine lange bleiche Narbe zog sich quer über seine Schläfe bis runter zum Kinn. Beide Männer trugen keinen Gesichtsschutz.

Kaum hatten Pepper und Boswell den Saal betreten, als Wilson sie auch schon bemerkte. Er hob seinen Degen, grüßte seinen Fechtpartner und kam dann auf sie zu.

»Ah, die Herren aus New York«, keuchte er. »Kommen Sie, treten Sie näher. Ich freue mich, dass wir uns endlich persönlich kennenlernen.« Max, dem es schwerfiel, seinen Blick von dem silbernen Auge abzuwenden, ergriff die Hand des Meteoritenjägers. »Ist mir eine Ehre, Sir Wilson.«

»Mir ebenfalls«, sagte Boswell. »Wir freuen uns sehr, mit Ihnen zusammen auf Expedition gehen zu dürfen.«

»Freuen Sie sich nicht zu früh«, sagte Wilson. »Das wird kein Spaziergang. Haben Sie Auslandserfahrung?« Er nahm von O'Neill ein Handtuch entgegen und wischte den Schweiß von seiner Stirn.

»Boswell ist der Erfahrenere von uns beiden«, sagte Max. »Er ist längere Zeit in Europa und Asien gewesen. Ich selbst war bislang nur in Peru.«

»Schon mal in Afrika gewesen?«

Max schüttelte den Kopf. »Nein.«

»Und Sie, Boswell?«

Harry zuckte mit den Schultern. »Nur auf einen Zwischenstopp. Südafrika und Namibia. Nichts Weltbewegendes.«

Wilson lächelte. »Nun, das macht nichts, wir werden Sie schon zurechttrimmen. Ehe die Jagd zu Ende ist, haben wir aus Ihnen zwei richtige Beduinen gemacht. Sind Sie Rechts- oder Linkshänder?«

»Beide Rechtshänder, wieso?«

Wilson drehte sich um. »Jonathan, bringen Sie uns zwei Degen, Größe 3, rechtshändig.«

Der Mann mit der Narbe ging rüber an einen Waffenschrank und kam mit zwei schön gearbeiteten Waffen zurück. Aus der Nähe betrachtet wirkte der Mann älter, als es vorhin den Anschein gehabt hatte. Mindestens fünfundvierzig, eher fünfzig. Trotzdem sah er ungemein zäh und drahtig aus. Ein Mann, den man besser nicht zum Feind hatte.

»Darf ich Ihnen meinen Adjutanten, Mr Jonathan Archer, vorstellen? Hochdekorierter Infanterieoffizier der British Indian Army und für seinen Einsatz in der Schlacht von Kandahar mit den höchsten Ehren ausgezeichnet. Ihm obliegt die Führung meiner Einsatzgruppe.«

Der Mann deutete eine knappe Verbeugung an und händigte ihnen die Klingen aus. Max blickte darauf, als hätten sie eine ansteckende Krankheit. »Und was sollen wir damit?«

»Sich verteidigen natürlich«, sagte Sir Wilson. »Schauen

wir mal, wie es mit ihren Kampfkünsten bestellt ist. Wie ich Sie einschätze, können Sie noch ein paar Trainingsstunden brauchen, ehe wir uns in den Senegal einschiffen.«

Pepper ließ die Klinge prüfend durch die Luft sausen. Die Waffe war erstklassig gefertigt und gut ausbalanciert.

»Nun gut«, sagte er. »Mit wem wollen Sie anfangen?«

Wilsons Zähne blitzten auf. »Wie wär's mit Ihnen beiden?«

14

Es war weit nach dreiundzwanzig Uhr, als die Schlitten in Spandau eintrafen. Alles war in dichten Nebel gehüllt. Oskar war froh, dass sie endlich ankamen. Von den vielen Untiefen und Schneeverwehungen, durch die sie seit ihrer Abfahrt vom Plötzensee gekommen waren, tat ihm der Hintern weh. In den letzten Tagen hatte es noch einmal kräftig geschneit. Ganz Berlin lag unter einer dicken weißen Decke.

Dem Rumpeln und Knarren nach zu urteilen, waren die beiden Lastschlitten immer noch hinter ihnen. Gut so. Nicht auszudenken, wenn sie in der Kälte und Dunkelheit eine gebrochene Kufe hätten reparieren müssen.

Eliza und Charlotte saßen dick eingemummelt in ihre Decken und Jacken und schliefen gegeneinandergelehnt auf der Rückbank. Oskar konnte sich bei ihrem Anblick ein Lächeln nicht verkneifen. Glücklich, wer so einen gesegneten Schlaf hatte. Er selbst war immer noch ziemlich aufgewühlt von den Ereignissen am Silvesterabend. Bellheims seltsame Verwandlung und die anschließende Befragung durch die Polizei ging ihm nicht mehr aus dem Kopf. Kriminalkommissar Obendorfer war ein kleiner drahtiger Mann mit hellen, aufmerksamen Augen und einem perfekt gestutzten Bärtchen. Ein Mann, dem man anmerkte, dass er etwas von seinem Fach verstand. Ruhig und aufmerksam hatte er sie befragt und jedes Detail gewissenhaft notiert. Mit stoischer Ruhe sammelte er die Fakten, verglich und bewertete sie und kam zu dem abschließenden Urteil, dass Bellheims Fall ungeklärt blieb. In der Zeitung stand zu lesen, er sei *geschmolzen*, doch das war nur ein Notbehelf. Tatsache war, selbst die Kriminologen waren nicht in der Lage festzustellen, was wirklich passiert war. Eine Tötung oder gar ein Mord wurden jedoch ausgeschlossen. Humboldt und seine Begleiter wurden von jeglichem Verdacht freigesprochen und durften sich wieder frei bewegen.

Humboldt verbrachte zwei Abende mit Gertrud Bellheim und überzeugte sie davon, wie wichtig es war, schnell zu handeln und dem mysteriösen Schicksal ihres Mannes auf den Grund zu gehen. Die arme Frau stand immer noch unter Schock. Nur unter Schluchzen und Weinen ließ sie sich überreden, das Tagebuch ihres Mannes herauszurücken, doch sie sah ein, dass es für die Aufklärung des Falles von großer Bedeutung war. Sie erklärte sich sogar bereit, eine Expedition zu Ehren ihres Mannes ins Leben zu rufen und für den Großteil der entstehenden Kosten aufzukommen. Danach ging alles sehr schnell. Humboldt übernahm die Führung, koordinierte die Zusammenstellung der Instrumente und wissenschaftlichen Gerätschaften und ließ die *Pachacútec* flottmachen. Eliza erklärte Willi, Bert, Lena und Maus ihre Aufgaben im Haus und machte sich dann an die Zusammenstellung des Proviants. Und so kam es, dass sie heute, am neunten Januar, auf dem Weg nach Spandau waren. Auf dem Sprung in ein neues großes Abenteuer.

Oskar kniff die Augen zusammen. Vor ihnen waren Lichter in der Dunkelheit aufgetaucht. Fackeln warfen ihr gelbes Licht über den Schnee und wiesen ihnen den Weg. Ein Stück abseits, am Rand des Waldes gelegen, stand ein gewaltiger Heuschober. Kastenförmig und mit einer Höhe von gut fünfzehn Metern ragte er in die Nacht. Einige Männer hatten sich versammelt. Wie es schien, warteten sie auf sie. Oskar beugte sich nach hinten und stupste Charlotte und Eliza an.

»Aufwachen. Wir sind da.«

Wilma, die ebenfalls ein wenig gedöst hatte, steckte ihren Schnabel aus ihrem Federkleid. »*Großer Vogel?*«

Die Stimme kam aus dem Übersetzungsgerät, das wie ein Tornister auf ihrem Rücken befestigt war. Oskar streichelte Wilma über den Kopf. »Ja, meine Kleine, der große Vogel wartet bereits auf dich. Hüpf in dein Körbchen, dann trage ich dich rüber.« Das ließ sich der Kiwi natürlich nicht zweimal sagen. Blitzschnell krabbelte er von Charlottes Schoß und rein in sein Tragegestell. Charlotte blinzelte mit müden Augen hinaus in die Nacht. »Oh, es sind ja schon alle versammelt«, gähnte sie mit Blick auf die Fackeln. »Wie spät ist es denn?«

Oskar hielt seine Taschenuhr vors Auge. »Gleich halb zwölf.«

»Eine halbe Stunde über der Zeit«, gähnte sie. »Aber bei dem Wetter ist es ein Wunder, dass wir überhaupt so weit gekommen sind. Ich freue mich schon, wenn wir endlich in unsere warme, kuschelige Kajüte dürfen.«

Willi, der oben auf dem Kutschbock saß, fuhr seitlich

neben die Scheune, hielt an und half den Insassen beim Aussteigen. Oskar hielt den Damen die Tür auf und nahm dann Wilmas Körbchen heraus. Jetzt kamen auch Bert und Maus mit den Lastschlitten. Lena saß bei Maus auf dem Kutschbock und sah aus, als würde sie nur aus Mütze und Handschuhen bestehen. Humboldt war bereits drüben bei der Scheune und wies die Lastschlitten ein. Dann redete er mit den Männern.

Das große Tor wurde geöffnet und das Luftschiff ins Freie gezogen. Das Licht der Fackeln schimmerte auf den bunt bemalten Flanken. Immer wenn Oskar die *Pachacútec* sah, staunte er über die mächtige Auftriebshülle. Die geschwungene Personengondel mit den großen Steuersegeln, die metallenen Motoren und die schnittigen Propeller waren jedes Mal faszinierend. Das Schiff, ein Geschenk der Regenfresser, war über und über mit indianischen Symbolen wie Schlangen oder Drachen bemalt. Wer sie zum ersten Mal sah, konnte es schon mit der Angst zu tun bekommen, doch die Männer, die Humboldt mit der Wartung und dem Schutz des Schiffes beauftragt hatte, waren den Anblick gewohnt. Wie es hieß, war Ferdinand Graf von Zeppelin gerade dabei, eine eigene Staffel von Luftfahrzeugen zu bauen, doch bis es so weit war, vergingen sicher noch Jahre.

Im Nu war alles verladen und in die Gepäckräume gepackt. Humboldt kletterte an Bord und aktivierte die Brennstoffzellen. Ein Teil des Wasserstoffes, der in Tanks auf dem Schiff lagerte, war bereits in die Auftriebshülle geströmt, während ein anderer Teil die Außenbordmotoren antrieb. Das Schiff rumpelte und bockte wie ein junges Pferd und die Männer hatten alle Mühe, es im Griff zu halten.

Als alles bereit war, kam das Signal. Humboldt schwenkte die Arme und rief: »Alles in Ordnung! Ihr könnt jetzt an Bord kommen!«

Oskar blies warme Luft in seine Hände. Das Rumstehen hatte ihn völlig ausgekühlt. Er freute sich, endlich in das geheizte Innere des Luftschiffes zu gelangen.

Er sagte seinen Freunden Lebewohl, dann kletterte er über eine Strickleiter an Bord und half die Leiter hochzuziehen. Jetzt gab Humboldt das Signal zum Aufbruch. Die Männer ließen die Seile los und mit schnurrenden Motoren stieg die *Pachacútec* in den Himmel. Oskar, Charlotte und Eliza beeilten sich, die Seile einzuholen und aufzuwickeln, dann war es endlich Zeit, ins wärmende Innere des Schiffes zu gehen. Humboldt startete den automatischen Kreiselkompass, dann folgte er ihnen.

Oskar winkte seinen Freunden ein letztes Mal zu, dann beeilte auch er sich, ins Innere zu gelangen. Ein eisiger Wind blies dem Schiff entgegen, als es eine Drehung um neunzig Grad vollführte und dann Kurs Südsüdwest einschlug. Mit sanft schnurrenden Motoren schwebte es in die sternklare Nacht hinaus.

15

Am nächsten Morgen
in den Tafelbergen von Bandiagara ...

Die Sonne war bereits über den Horizont gestiegen, als Yatimè den Rand der Klippe erreichte und zu dem gegenüberliegenden Tafelberg hinüberblickte. Zwischen ihrem und dem anderen Plateau lagen nur etwa fünfzig Meter, doch man musste ein Vogel sein, um hinüberzugelangen. Es sei denn, man betrat den schmalen Felsenbogen, der zur verbotenen Stadt führte. Eine natürliche Brücke in schwindelerregender Höhe, die die beiden Berge miteinander verband.

Das Dogonmädchen wusste, dass sie gegen den Willen ihres Vaters handelte, wenn sie den Bogen überquerte, aber sie hatte ihre Gründe. Ihr Vater – der Schmied des Dorfes – wollte heute die Esse anfachen und er konnte ausgesprochen unangenehm reagieren, wenn kein Feuerholz da war. Die Suche danach war nach der letzten Dürre schwieriger geworden. Bei den Bäumen rund um den Tafelberg war kaum noch etwas zu finden. Zweige durfte man nicht abbrechen, denn die Bäume gehörten einzelnen Dorfbewohnern, die sofort zum Ältesten rannten, wenn sie jemanden beim Holzstehlen beobachteten. Man hatte also die Wahl, entweder viele Kilometer ins *Saû* – das unbebaute Buschland – zu laufen oder den gegenüberliegenden Tafelberg zu betreten und das Risiko einzugehen, erwischt zu werden. Das Betreten des Plateaus war unter Strafe verboten. Seit in einer Nacht vor vielen Hundert Jahren das rätselhafte Volk der Tellem diesen Stein in die Stadt gebracht hatte, lag ein Fluch darüber. Die Bewohner hatten sich verändert und waren zu Ungeheuern geworden, hieß es. Die Dogon hatten damals blutige Kämpfe ausgefochten und dem Unheil, das auf dem Tafelberg schlummerte, ein Ende bereitet. Seitdem waren sie zu den erklärten Hütern des Geheimnisses geworden. Sie hatten darauf geachtet, dass niemand den Berg betrat, selbst dann nicht, wenn er friedfertig war und Geschenke brachte. Wer den Gesetzen zuwiderhandelte und dennoch die Stadt betrat, konnte aus der Dorfgemeinschaft ausgeschlossen werden. Doch das war noch nie geschehen. Niemand war so verrückt, freiwillig den Berg der Tellem zu betreten. Es hieß, dort lebten die Geister der Ahnen, die jeden, der sich zu weit vorwagte, zu Stein verwandelten.

Yatimè hielt das für Unsinn.

Die Leute hatten einfach Angst und suchten nur nach einem Vorwand, der ihre Furcht rechtfertigte. Die Geschichte von dem mysteriösen Stein kam ihnen da gerade recht.

Yatimè war zwölf Jahre alt und die zweite Tochter des Schmieds. Sie stand, was Ansehen und Respekt betraf, auf einer niedrigen Stufe, niedriger sogar noch als ihre ältere Schwester, und das wollte etwas heißen. Ihre Schwester war eine hohle Nuss, die sich nur für ihr Aussehen interessierte. Sie prahlte alle naselang, dass sie eines Tages den Sohn des Metzgers heiraten und ihm eine Menge Kinder schenken würde.

Yatimè fand dieses System ungerecht.

Seit sie denken konnte, fühlte sie, dass sie anders war. Im Dorf genoss sie den Ruf eines Sonderlings. Nicht nur, weil sie nachts zu den Sternen sang oder mit Tieren sprach, nein, sie konnte in ihren Träumen Dinge sehen, die noch nicht geschehen waren. Erst kürzlich hatte sie wieder einen solchen Traum gehabt. Sie hatte Menschen mit heller Haut gesehen, die auf einem riesigen Tier über den Himmel geritten kamen, genau, wie es in der Prophezeiung hieß. Doch ihre Mutter hatte wie immer den Kopf geschüttelt und gesagt, in ihr wohne der Geist der Tellem. Die anderen Kinder hänselten sie deswegen, doch Yatimè war das egal. Sie mied ihre Gesellschaft und trieb sich lieber allein draußen im Buschland herum. Die Stille und die Einsamkeit machten ihr nichts aus. Außerdem – ganz allein war sie ja nicht. Ihr Freund Jabo war stets in ihrer Nähe. Jabo war ein Mischlingsrüde, den Yatimè als Welpen gefunden und aufgezogen hatte. Eine Hyäne oder ein Schakal hatte das Jungtier gepackt und übel zugerichtet. Es hatte Wochen gedauert, ihn wieder aufzupäppeln. Jabo hatte nur ein Auge. Eines seiner Ohren war ausgefleddert und außerdem hinkte er ein wenig. Aber das machte nichts. Er war der beste Beschützer, den man sich nur wünschen konnte. Aufmerksam, hellhörig und mit dem Mut eines Löwen gewappnet. Die anderen Kinder mochten ihn nicht. Er war hässlich, angriffslustig und schnell beleidigt, aber Yatimè war nett zu ihm und deshalb vertraute er ihr. Vielleicht spürte er aber auch, dass sie genau so ein Außenseiter war wie er.

Yatimè folgte der Abbruchkante des Berges in Richtung des schmalen Felsbogens. Sie hätte gern größere Schritte gemacht, doch der Wickelrock behinderte sie. Sie blieb stehen und band den Saum ihres Rocks bis zu den Oberschenkeln hoch. Dann steckte sie zwei Finger in den Mund und stieß einen Pfiff aus.

Jabo kam aus dem Unterholz. Die Zunge heraushängend und mit seinem einen Auge mürrisch in die Gegend spähend, kam er herbeigehumpelt.

»Wo warst du nur so lange?« Yatimè streichelte ihrem Freund über den Kopf. »Hast du wieder Kaninchen gejagt? Du weißt doch, dass die kleinen Biester zu schnell für dich sind. Nimm's nicht so schwer. Für alle Fälle habe ich ja immer einen Streifen Trockenfleisch mit dabei.« Sie klopfte auf ihren Schulterbeutel. »Du musst ihn dir natürlich verdienen. Ich habe vor, in die verbotene Stadt zu gehen. Kommst du mit?«

Jabo hielt den Kopf schief.

»Ist nicht weit. Dort drüben, bei den grünen Büschen fängt sie an. Dort gibt es Schatten, Holz und etwas zu essen, also komm.«

Jabo kläffte kurz, dann rannte er auf den Felsbogen zu. Yatimè klemmte den Beutel unter den Arm und eilte hinter ihm her.

16

Die *Pachacútec* machte gute Fahrt. Ein stetiger Wind trieb das Luftschiff mit Tempo über die Alpen, immer weiter Richtung Süden. Rings um sie herum ragten schneebedeckte Gipfel in die Höhe. Rechts der Monte Limidario, links der Monte Tamaro. Beide um die zweitausend Meter hoch. Unter ihnen erstreckte sich das blaue Band des Lago Maggiore. Vor ihnen, in einigen Kilometern Entfernung, sah Oskar die fruchtbare Ebene des Po, des größten Flusses Italiens. Dahinter, nur ein zarter blauer Strich, das Meer.

Obwohl die Sonne schien und der Himmel in tiefem Blau leuchtete, war die Luft schneidend kalt. Oskar stand, in seine dicke Winterjacke gemummelt, am Bug des Luftschiffs und beobachtete Humboldt, der an den Messinstrumenten herumfuhrwerkte.

»Ich bin froh, dass wenigstens du mir Gesellschaft leistet«, sagte der Forscher. »Auf die Damen ist auch kein Verlass mehr. Ich habe sie heute überhaupt noch nicht gesehen.«

»Ich glaube, sie haben es sich unter Deck bei einer Tasse Tee gemütlich gemacht«, erwiderte Oskar. »Wenn mich nicht alles täuscht, studieren sie Bellheims Tagebuch. Charlotte meinte, sie kommt erst wieder heraus, wenn die Temperatur auf über zehn Grad geklettert ist.«

»Das wird nicht mehr allzu lange dauern«, erwiderte

der Forscher. »Wir sind bereits in Italien. Da vorn liegt Mailand und bis zur Riviera ist es auch nicht mehr weit.«

»Mir gefällt's hier oben«, sagte Oskar. »Endlich wieder Sonnenschein und klare Luft. Der Nebel in Berlin fing an, mir auf den Geist zu gehen.« Er kratzte über seinen Unterarm. Seit seiner Auseinandersetzung mit Bellheim verspürte er dort ein ständiges Jucken.

»Wenn du Lust hast, könntest du mir bei einer Messung behilflich sein«, sagte Humboldt. »Ich würde gern erfahren, wie schnell wir gerade fliegen.«

»Klar, was soll ich tun?«

»Die Stoppuhr bedienen. Sie ist drüben in der hölzernen Schatulle. Aber Vorsicht beim Rausholen. Sie ist recht schwer und sehr kostbar. Ich werde inzwischen den Theodoliten einrichten.«

»Und wie genau geht das?«

»Die Geschwindigkeitsmessung läuft folgendermaßen ab«, sagte der Forscher. »Ich nehme zwei Orte ins Visier und peile sie an. Der eine ist Luino, der andere Porto Valtavaglia. Laut Karte liegen die Kirchtürme der beiden Orte genau fünf Komma vier Kilometer auseinander. Sobald der eine ins Sichtfenster kommt, drückst du auf die Stoppuhr. Aus der resultierenden Zeit, in Relation zur Entfernung, können wir unsere genaue Geschwindigkeit ermitteln. Beeilung jetzt, da drüben ist schon Luino.«

Oskar eilte hinüber zu der Truhe, in der Humboldt seine Messinstrumente aufbewahrte. Die Schatulle mit der Stoppuhr lag gleich zuoberst. Er klappte sie auf und holte das wertvolle Messinstrument heraus. Es war ganz und gar aus Gold, Kupfer und Messing gefertigt und sah einfach wunderschön aus. Dutzende von Zeigern, alle von verschiedener Länge, kreisten mit unterschiedlicher Geschwindigkeit über mehrfarbige Zifferblätter, auf denen Sekunden, Minuten, Stunden und sogar Tage angezeigt wurden. Es surrte und klickte, als wäre etwas Lebendiges in ihrem Inneren.

»Alles bereit?«

»Bereit.«

»Alles klar.« Humboldt hob den Zeigefinger. »Drei ... zwei ... eins, los.«

Oskar drückte den Stift. Konzentriert beobachtete er, wie der Zeiger langsam eine Runde vollführte. Dann noch eine und noch eine. Als die vierte Minute beinahe verstrichen war, hob der Forscher die Hand. »Und ... jetzt!«

Oskar drückte den Stift. »Vier Minuten und fünf Sekunden«, las er ab. Humboldt griff nach Stift und Papier und begann die Zahlen zu notieren. Als er das Ergebnis hatte, bereitete sich ein Lächeln auf seinem Gesicht aus. »Achtzig Stundenkilometer«, sagte er. »Nicht schlecht, oder?«

»Wie kommt es, dass wir dieses Mal so ein Tempo draufhaben?«

»Das liegt daran, dass wir mit der Luftströmung reisen. Wir reiten sozusagen auf dem Wind. Er wird uns weit bis aufs Meer hinaustragen, ehe er wieder abflaut. Danach werden wir auf unsere Motorkraft angewiesen sein. Was allerdings kein Problem sein dürfte, da wir eine kräftige Sonneneinstrahlung haben.«

»Wie lange werden wir brauchen?«

Humboldt warf einen Blick auf seine Karte. »Wir müssen etwa viertausend Kilometer zurücklegen. Achthundert haben wir schon. Bleiben dreitausendzweihundert dividiert durch unser jetziges Tempo ...« Er kritzelte ein paar Zahlen auf seinen Notizblock und nickte dann zufrieden. »Macht knapp zwei Tage. Ich glaube allerdings, dass wir nicht ewig in dieser Geschwindigkeit weiterfliegen, daher sollten wir von rund drei Tagen ausgehen. Was immer noch ein beachtliches Tempo ist, wenn du mich fragst.«

»Drei Tage ...« Oskar konnte es immer noch nicht glauben. In nur drei Tagen von Berlin nach Afrika, das war wirklich sensationell. Schon allein das Wort *Afrika* jagte ihm einen Schauer über den Rücken. Wiege der Menschheit, Land der wilden Tiere und der unentdeckten Mysterien. Eines seiner Lieblingsbücher, *König Salomons Schatzkammer*, von Henry Rider Haggard, spielte hier. Ein Buch, in dem der heldenhafte Alan Quatermain auf einen sagenhaften Diamantenschatz stößt.

Was mochte sie dort wohl erwarten? Humboldt hatte ganz recht: Sie standen wirklich am Beginn einer neuen Zeit.

Der Forscher packte seine Instrumente wieder zusammen und verstaute sie in der Truhe. Dann kam er zurück, setzte sich neben Oskar und zündete seine Pfeife an. Er streckte die Beine aus und blies Rauchringe in die Luft. »Es gibt da etwas, über das ich mit dir reden möchte.«

»Ja?«

Humboldt warf einen schnellen Blick in Richtung der Kajüten, als ob er sich vergewissern wollte, dass niemand sie belauschte. »Es ist ein bisschen heikel. Zu Hause war alles etwas hektisch und außerdem war ständig jemand zugegen. Hier sind wir völlig ungestört.«

»Klingt ja sehr mysteriös.«

Humboldt strich über sein Kinn. »Ich weiß nicht recht, wie ich beginnen soll. Ich bin nicht gut in solchen Dingen, daher komme ich gleich zum Punkt.«

Oskar zog eine Braue in die Höhe. So verlegen hatte er den Forscher noch nie erlebt.

»Nun, es hat etwas mit deiner Cousine zu tun … und mit dir.«

»Mit Charlotte und mir?«

»Mag sein, dass dir das Thema unangenehm ist«, fuhr der Forscher fort. »Es ist sogar sehr wahrscheinlich. Aber ich halte es für meine Pflicht, mit dir darüber zu reden. Als dein Freund und Berater, aber auch als dein Vater.«

»Und … um was geht es?« Oskar spürte, wie ihm warm unter seiner Jacke wurde.

»Mir ist nicht entgangen, dass Charlotte und du gewisse Gefühle füreinander entwickelt habt. Gefühle, die über das rein Freundschaftliche hinausgehen. Ich habe es in Peru bemerkt und auch bei unserer Reise zum Palast des Poseidon. Neulich, bei den Bellheims, war es besonders stark.« Er räusperte sich. »Ich habe extra nicht mit Eliza darüber gesprochen, weil ich weiß, dass sie manche Dinge anders sieht als ich.«

Oskars Kehle fühlte sich plötzlich sehr trocken an.

»Es ist klar, dass ihr beiden euch zueinander hingezogen fühlt«, fuhr der Forscher fort. »Ich habe lange darüber nachgedacht, ob ich mich da einmischen soll, aber nach dem Silvesterabend halte ich es für meine Pflicht, dich darauf hinzuweisen.«

»Was meinen Sie?«

Humboldt blies eine Rauchwolke in die Luft. »Komm, komm, du weißt genau, wovon ich rede. Der Tanz, die Berührungen, die Blicke. Du hättest Charlotte erleben sollen, als du mit Bellheim gerungen hast. Es hätte nicht viel gefehlt und sie hätte sich selbst in den Kampf gestürzt.«

Oskar schwirrte der Kopf. Er fand es unfair, dass sein Vater sich da einmischte. Es war peinlich. Abgesehen davon wusste er ja selbst nicht genau, wie es um ihn und Charlotte stand. Dass er sich verliebt hatte, stand außer Zweifel, aber bei Charlotte war er sich nicht sicher. Sie wusste ihre Gefühle sehr gut zu verbergen.

»Bei allem Respekt ...«, sagte er mit leiser Stimme, »... aber ich glaube, das ist eine Sache zwischen mir und Charlotte.«

»Nun ... nicht ganz.« Um Humboldts Lippen spielte ein trauriges Lächeln. »Solange ihre Mutter im Sanatorium ist und Charlotte unter meinem Dach wohnt, bin ich für sie verantwortlich. Das betrifft dich genauso wie jeden in unserem Haus. Ich bin euer Vormund und als solcher ist es meine Pflicht zu verhindern, dass ihr irgendwelche Dummheiten anstellt.«

So ist das also, dachte Oskar. Jetzt wird mir also schon vorgeschrieben, wen ich nett finden darf und wen nicht. Leitete sich das Wort *Vormund* etwa von *Bevormundung* ab? Wenn das die Folgen der Adoption waren, na, dann gute Nacht.

Humboldt schien seine Gedanken zu erraten. »Es fällt dir sicher schwer, das zu akzeptieren«, sagte er, »aber ich will nur das Beste für euch. Ich habe keine Erfahrung als Vater. Lange Jahre habe ich gelebt, ohne überhaupt zu wissen, dass es dich gibt. Und jetzt habe ich nicht nur einen Sohn, sondern auch noch so etwas wie eine Tochter. Du kannst dir sicher vorstellen, dass die Situation auch für mich nicht einfach ist, aber wir müssen hier alle zusammenhalten.«

»Ich weiß nicht …« Oskars Gesicht fühlte sich plötzlich ganz heiß an. Die Wut schnürte ihm die Kehle zu. Es fiel ihm schwer zu sprechen. »Ich glaube, Charlotte ist ohnehin nicht an mir interessiert«, murmelte er. »Seit dem Silvesterball geht sie mir aus dem Weg. Ständig treibt sie sich auf dem Dachboden herum und wenn ich mit ihr reden will, weicht sie mir aus.«

»Ah?« Der Forscher hob die Brauen. »Das wusste ich nicht. Das tut mir zwar leid, aber es könnte die Angelegenheit vereinfachen. Ich frage mich allerdings, was sie auf dem Dachboden macht.«

»Keine Ahnung«, presste Oskar hervor. »Hat irgendwas mit dem Brief zu tun, den sie neulich bekommen hat. Einmal habe ich sie sogar dabei beobachtet, wie sie mit verweinten Augen zurückkam.« Er fühlte sich selbst den Tränen nah. Seine Bemühungen, seine Gefühle zu unterdrücken, schienen zu scheitern. »Jedenfalls haben wir in letzter Zeit nicht viel miteinander geredet«, schloss er.

Der Forscher strich über sein Kinn. »Seltsam. Nun, ich werde der Sache auf den Grund gehen, sobald wir wieder in Berlin sind.« Er holte tief Luft. »Zunächst mal bin ich erleichtert, dass die Sache nicht schon weiter gegangen ist. Bei euch jungen Leuten weiß man ja nie. Du weißt schon: verliebte Blicke, Händchenhalten, der erste Kuss …« Er räusperte sich verlegen. »Ich mag kein Experte in solchen Dingen sein, aber ich weiß, wohin manche Dinge führen. Nun schau nicht so enttäuscht. Es gibt doch genügend andere Mädchen. Du siehst gut aus und bist intelligent. Es sollte dir nicht schwerfallen, jemanden zu finden.« Er warf Oskar einen verschwörerischen Blick zu. »Was ist eigentlich mit dieser Lena? Ich habe das Gefühl, sie kann dich gut leiden. So, wie sie dich immerzu anlächelt …«

»Lena …« Oskar spuckte den Namen beinahe aus. »Die ist doch ein Kind.« Wütend schüttelte er den Kopf. Glaubte sein Vater allen Ernstes, er könne seine Gefühle so einfach ein- und ausschalten wie einen seiner elektrischen Apparate? Dass er jetzt auch noch Lena ins Spiel brachte, klang, als würde er sich über ihn lustig machen. War ja auch egal. Oskar war ohnehin nicht länger nach Reden zumute.

»War's das?«, fragte er.

»Von meiner Seite schon.« Der Forscher zog an seiner Pfeife.

Oskar stand auf, verabschiedete sich mit einem knappen Nicken und eilte ohne ein weiteres Wort in Richtung Achterdeck.

17

Zögernd betrat Yatimè die verbotene Stadt. Um sie herum ragten Ruinen auf. Dunkle, fleckige Lehmbauten, deren Dächer bis hoch an die honiggelben Felswände reichten. Voller Misstrauen schaute sie in die dunklen Fensteröffnungen, die wie blinde Augen in die Luft starrten. Ganz allein, nur mit einem Stock bewaffnet und ihrem verkrüppelten Hund an ihrer Seite, streifte sie durch die ehemals belebten Straßen.

Je weiter sie kam, desto klarer wurde Yatimè, dass dieser Ort seinen Namen nicht ohne Grund trug. Eine unerklärliche Stille lag über der Stadt. Als ob jemand ein Leichentuch darübergebreitet hätte. Wären da nicht die Tritte ihrer Füße und das Hecheln ihres Hundes gewesen, sie hätte vermutet, dass mit ihren Ohren etwas nicht stimmte. Kein Zirpen von Heuschrecken oder Grillen, kein Zwitschern von Vögeln, ja nicht einmal das Rascheln von Gras. Man kam sich vor, als befände man sich an einem von den Göttern verlassenen Ort.

Sie hielt inne und legte ihre Hand an die Rinde eines Granatapfelbaums. Jedes Lebewesen, sei es nun Mensch, Tier oder Baum, hatte eine Stimme. Bäume sprachen mit Bäumen, Löwen mit Löwen und Dogon mit Dogon. Das Problem war nur, dass einer den anderen nicht verstand. Yatimè verstand sie alle. Sie wusste, was eine Pflanze ihr sagen wollte, allein durch Berührung mit den Fingern.

Und auch diesmal gelang es ihr, einen Kontakt herzustellen. Der Baum war alt und seine Rinde war dick, trotzdem spürte sie, dass er ihr eine Warnung zuraunte. »*Geh*«, sagte er. »*Kehr um. Dies ist kein Ort für deinesgleichen. Dreh um und komm nie wieder.*«

Yatimè zuckte zurück. Die Worte waren lauter als das übliche Flüstern der Bäume. Es war beinahe ein Schrei. Sie blinzelte gegen die Sonne. Ein dunkler Schleier schien sich davorgelegt zu haben. Jabo stieß ein sorgenvolles Winseln aus.

»Du musst keine Angst haben«, flüsterte Yatimè. »Die Botschaft war zwar ungewohnt heftig, aber jetzt ist wieder alles in Ordnung. Lass uns weitergehen.« Sie streichelte ihrem Begleiter aufmunternd über den Kopf, doch so selbstsicher, wie sie klang, war sie nicht. Den Stock fest umklammernd, marschierte sie weiter.

Es dauerte nicht lange, als sie an eine Art Platz gelangte. Die Gebäude wichen zurück und gaben den Blick frei auf etwas, das nur ein Tempel oder eine Kultstätte sein konnte.

Jabo schien Todesängste auszustehen. Er hatte den Schwanz zwischen die Hinterläufe geklemmt und gab leise, klagende Laute von sich. Trotzdem trottete er weiter. Yatimè musste lächeln. Dieser kleine Hund hatte mehr Mumm in den Knochen als zehn ihrer besten Krieger. Wenn es darauf ankam, würde er sich selbst einem Löwen in den Weg stellen.

Plötzlich blieb sie stehen. Vor ihr, auf dem sandigen Untergrund, waren Fußspuren zu erkennen.

Yatimè verstand sich gut aufs Fährtenlesen. Sie stellte fest, dass diese Spuren nicht älter als ein halbes Jahr sein konnten. Es hatte seit Monaten kaum geregnet und die Stadt war zwischen den Felswänden vor den heftigen Winden geschützt. Yatimè kauerte sich hin. Diese Abdrücke stammten definitiv nicht von einem Menschen ihres Volkes. Sie wiesen ein markantes Querrillenprofil auf, wie sie es nur von Schuhen der Weißen kannte. Von Abenteurern, Landvermessern und Soldaten. Doch wie war der Eindringling an den Wachposten der Dogon vorbeigekommen? Der einzige Aufstieg zum Hochplateau lag im Osten und wurde streng bewacht. Um unbemerkt in die verbotene Stadt zu gelangen, musste man über den schmalen Felsenbogen gehen, wie sie es heute Vormittag getan hatte. Einen anderen Weg gab es nicht. Oder doch?

Sie musste an ihren Traum denken. Weiße Menschen waren gekommen und auf ihren Spuren folgte der Tod.

Das Rätsel ließ ihr keine Ruhe. Sie stand auf und folgte der Spur. Sie führte einmal um den Tempel herum und von da aus die Treppen hinauf zum Eingang.

Mit klopfendem Herzen nahm sie ihren Hund auf den Arm und trug ihn hinauf. Die Tür stand offen und erlaubte einen Blick in das dämmrige Innere des Tempels.

»Keine Angst, mein Kleiner«, flüsterte sie Jabo ins Ohr. »Ist doch bloß ein verlassenes Haus. Nichts, wovor man sich fürchten muss. Schau, die Spur führt direkt hinein.« Was hatte der Fremde da drin wohl zu suchen gehabt?

Oben angekommen setzte sie Jabo vorsichtig ab. Der

Ort war alles andere als geheuer. Sie hatte das Gefühl, von Dutzenden bösartiger Augen angestarrt zu werden. Irgendetwas Böses lauerte in diesem Gebäude, etwas Lebendiges. Sosehr sie sich auch bemühte, es gelang ihr nicht, einen Schritt in den Tempel zu setzen.

Eine Heuschrecke kam angeschwirrt und landete einen knappen Meter vor ihr im Sand. Das Tier spreizte seine Flügel und putzte seine Fühler. Als es sah, dass es hier nichts Fressbares finden würde, machte es sich für den Abflug bereit. Auf einmal geriet der Sand in Bewegung. Es gab ein Rascheln und ein Knistern, dann war das Insekt verschwunden.

Jabo gab ein Winseln von sich und wich ein paar Schritte zurück. Yatimè starrte auf die Stelle, an der eben noch die Heuschrecke gesessen hatte. Nicht mal ein Bein oder ein Fühler schauten noch heraus. Trotzdem: Etwas bewegte sich in den Tiefen des Bodens, das konnte man sehen. Ob das die Heuschrecke war, die versuchte, nach oben zu kommen, oder ob irgendetwas den unglücklichen Hüpfer gepackt hatte und ihn langsam verspeiste, war nicht zu erkennen. Yatimè wollte gerade mit ihrem Stock im Sand herumstochern, als ihr ein merkwürdiger Gestank in die Nase drang. Scharf und abstoßend.

In diesem Moment kam die Heuschrecke wieder an die Oberfläche. Sie war deutlich größer und komplett durchscheinend. Ihre Form erinnerte immer noch an eine Heuschrecke, doch die gläsernen Fühler und Beine und vor allem die schillernden Beißwerkzeuge ließen Yatimè entsetzt aufstöhnen. Das Wesen krabbelte aus dem Sand, blickte sich um und stieß dann ein schrilles Quietschen aus. Instinktiv wich Yatimè einen Schritt zurück. Ihr Fuß erreichte die Kante der Treppenstufe, trat ins Leere und rutschte dann ab. Sie taumelte, strauchelte, dann kippte sie hintenüber. Zum Glück gelang es ihr, sich abzurollen, doch sie konnte nicht verhindern, dass sie sich ein paar äußert schmerzhafte Prellungen holte. Haare, Gesicht und Kleidung waren bedeckt mit Sand. Sie sprang auf und streifte das eklige Zeug ab. Dann griff sie nach Jabo, klemmte ihn unter ihre Armbeuge und rannte, so schnell ihre Füße sie trugen, zurück in Richtung der Brücke.

18

Drei Tage später …

Max Peppers Schuhe klapperten über die Bodenbleche des Frachters. Der schmale Korridor, der zu Boswells Kabine führte, war mit schmutzig grauer Farbe getüncht und schwankte im Seegang hin und her. Max musste sich abstützen, weil das Schiff mit erheblichen Wellen zu kämpfen hatte.

Die *Helena* war ein kleiner Dampfer, der zwischen London und Dakar hin und her fuhr. Es war der dritte Tag ihrer Abreise und sie befanden sich gerade vor der Küste Portugals. Wenn man durch die Bullaugen sah, konnte man in der Ferne die steilen Berge von Lissabon erkennen. Max war jedoch nicht nach Sightseeing zumute. Was er entdeckt hatte, duldete keinen Aufschub.

Er klopfte an Boswells Kabine. »Harry!«

»Wer ist da?«

»Ich bin's, Max. Darf ich reinkommen?«

»Die Tür ist abgeschlossen. Warte, ich mache dir auf.«

Es dauerte ein wenig, dann kam ein bleicher und völlig heruntergekommener Harry Boswell zum Vorschein.

»Meine Güte«, sagte Max, »was ist denn mit dir los?«

Harry wischte mit dem Handrücken über seinen Mund. »Seekrankheit.«

»Ich dachte, du hast damit kein Problem.«

Harry schüttelte den Kopf. »Bei einer bestimmten Art von Wellen muss ich mich regelmäßig übergeben. Ich hatte eigentlich vor, den Rest des Tages im Bett zu verbringen. Was gibt's denn?«

»Kannst du mitkommen? Ich muss dir etwas zeigen.«

Harry deutete an sich hinab. Erst jetzt sah Max, dass sein Freund in Unterhosen vor ihm stand. Max musste lächeln. Mit seinen dürren O-Beinen, den bleichen Füßen und seinem Schmerbauch bot der Reporter wirklich einen bemitleidenswerten Anblick. Trotzdem. Was er zu sagen hatte, duldete keinen Aufschub. »Komm schon, zieh dich an«, sagte er. »Ich warte draußen auf dich.«

Nach einer Weile kam Harry wieder zum Vorschein. Nietenhose, Cordhemd, die fettigen Haare hinter die Ohren gekämmt.

»Wehe, es ist nicht wichtig.«

»Dann darfst du mir getrost eine scheuern. Ich bin aber sicher, dass es dich interessieren wird.«

»Hast du im Keller einen Schatz entdeckt?«

»So was Ähnliches«, sagte Max. Er führte Harry nach unten in die Laderäume und vergewisserte sich, dass niemand sie beobachtete. Wilsons Truppe bestand aus hypernervösen Söldnern, die extrem unangenehm reagierten, wenn sie das Gefühl hatten, jemand würde seine Nase zu tief in ihre Angelegenheiten stecken.

»So, hier ist es«, sagte er. Er öffnete den Riegel und drückte die schwere Eisentür auf. Ein hässliches Quietschen ertönte. Heiße, mit Öldämpfen gesättigte Luft schlug ihnen entgegen. Das Stampfen der Dampfmaschine wurde lauter. Max betätigte einen Schalter und ein paar funzelig glimmende Glühbirnen flammten auf. Der Raum war zehn Meter lang und etwa vier Meter breit. Neben dem normalen Frachtgut befanden sich hier einige Holzkisten, auf denen Wilsons Initialen eingebrannt waren.

Harry gab ein enttäuschtes Schnauben von sich. »War es das, was du mir zeigen wolltest? Die Dinger kenn ich doch schon. Ich war beim Verladen dabei, schon vergessen?«

Max hielt den Kopf schief. »Interessiert dich denn nicht, was drinnen ist?«

Harry runzelte die Stirn. »Ich habe die Liste gesehen. Zelte, Kocher, Proviant und Waffen. Was man so für eine Expedition braucht.«

Max hob den Finger. »Wenn du die Liste kennst, erwartet dich jetzt eine Überraschung. Pass mal auf.«

Er ging um die ersten beiden Kisten herum und führte seinen Freund auf die Rückseite. Eine der Latten war lose, sodass man hineinfassen und die Abdeckplatte anheben konnte. Es kostete eine kleine Anstrengung, dann ging der Deckel auf. Max winkte seinen Freund heran. »Schau mal.«

Die Augen des Fotoreporters weiteten sich, als er sah, was sich in der Kiste befand. Er griff hinein und holte eine längliche Kartusche heraus. Sie war in braunes Papier eingewickelt und roch irgendwie ölig. »Was ist denn das?«

»Sei um Gottes willen vorsichtig«, sagte Max. »Ich weiß nicht, wie die Dinger auf Erschütterungen reagieren.«

»Meinst du, das ist …?«

»Ganz recht, Dynamit. An deiner Stelle würde ich sie lieber wieder hinlegen.«

In Harrys Gesicht erschien der Ausdruck von Furcht. Er legte die Kartusche behutsam zurück in ihr Bett aus Kieselerde und atmete tief durch. »Was hat Wilson denn noch alles in seinem Schatzkästchen?«

»Gewehre mit Bajonetten, Revolver und Munition. Und das da drüben ist etwas besonders Feines. Das dürfte dich interessieren.« Max deutete auf ein dickes Rohr, das in einen eckigen Metallkasten mit zwei Haltegriffen mündete. Eine komplizierte Drehvorrichtung sowie zwei Speichenräder vervollständigten die Konstruktion.

»Das ist doch …« Boswell verschlug es die Sprache.

»… ein Maschinengewehr, ganz recht«, sagte Max. »Eine *Maxim-Gun* mit Wasserkühlung. Fünfhundert Schuss pro Minute. Das Neueste auf dem militärischen Sektor. Ich habe kürzlich einen Bericht drüber verfasst. Die Engländer wollen sie demnächst im Sudan einsetzen. Eine furchtbare Waffe.«

Harry schüttelte verständnislos den Kopf. »Granaten, Pistolen, Maschinengewehre – das sieht ja fast so aus, als wolle Wilson in den Krieg ziehen.«

»Das Gefühl habe ich auch«, sagte Max. »Die Frage ist nur, gegen wen?« Er kam nicht dazu weiterzusprechen, denn in diesem Moment polterte von außen etwas gegen die Tür.

»Runter, schnell!«, zischte Max.

Die beiden ließen den Deckel zuschnappen und tauchten in den Schatten hinter zwei Kisten. Keinen Augenblick zu früh.

Im Türrahmen erschien die schlanke, durchtrainierte Figur Jonathan Archers. In seinem Schlepptau befanden sich einige recht bullig aussehende Begleiter. Horace Bascombe und Melvyn Parker, zwei der übelsten Schläger aus Wilsons Gefolge.

»Hallo?«, rief Archer. »Ist da jemand?«

Max überlegte blitzschnell, ob es Sinn machte, Katz und Maus zu spielen, und trat dann aus seinem Versteck. Er tat ganz überrascht und hob die Hand zum Gruß. »Jonathan, Sie sind's. Schön, Sie zu sehen. Wir wollten gerade wieder zu Ihnen an Deck gehen.«

»Was haben Sie hier unten zu suchen?« Archers Stimme triefte vor Misstrauen.

»Nichts Besonderes.« Max versuchte möglichst unbeschwert zu klingen. »Kleiner Inspektionsrundgang. Nur mal nachsehen, ob die Kisten gut verzurrt sind und die Spannseile halten.«

»Außerdem mussten wir uns mal die Beine vertreten«, ergänzte Boswell. »Ich weiß nicht, wie es Ihnen geht, aber ich habe das Gefühl, auf diesem Kahn einzurosten.«

»Hm.« Archer warf ihnen einen argwöhnischen Blick zu. Man sah ihm an, dass er kein Wort glaubte. Aber in Ermangelung von Beweisen war er nicht in der Lage, ihnen die Hölle heiß zu machen. »Wir haben schon überall nach Ihnen gesucht«, brummte er. »Sir Wilson will Sie sehen, also kommen Sie mit.«

Die Söldner waren bereits alle versammelt. Jabez Wilson bedachte die beiden Amerikaner mit einem knappen Nicken, dann verschränkte er die Arme hinter seinem gewaltigen Leib.

»Jetzt, wo wir vollzählig sind, möchte ich das Geheimnis über das Ziel unserer Unternehmung lüften.« Er winkte die Männer um den Kartentisch. Auf einem Plan war ein Ausschnitt der afrikanischen Westküste zu sehen. Max konnte die Ländergrenzen von Mauretanien, Senegal und Gambia erkennen. Dahinter lag Französisch-Sudan. Wilson deutete auf eine Schmalstelle, die das Land wie ein Gürtel einschnürte. »Hier liegen die Tafelberge von Bandiagara«, sagte er, wobei er seinen Zeigestock über einen weißen Flecken auf der Landkarte gleiten ließ. »Händler berichten von einem ausgedehnten Gebirgszug – den Hombori-Bergen –, in dem ein Volk wohnt, das sich selbst die *Dogon* nennt. Im Süden herrschen Trockensavannen, im Norden Buschland, durchzogen von Streifen todbringender Wüste. Das ist der Ort, an den wir vorstoßen werden.«

Max zog seinen Block heraus und machte einige Notizen. »Was werden wir dort finden?«

Wilson griff in seine Westentasche und zog drei gelbliche Stücke Papier heraus. Sie sahen ziemlich fleckig und zerknittert aus, doch Wilson behandelte sie, als wären sie aus kostbarstem Pergament. »Ich habe hier einen Bericht, den französische Landvermesser vor etwa zehn Jahren niedergeschrieben haben. Sie berichten von einer Sage, die seit Jahrhunderten in dieser Gegend kursiert. Eine Geschichte, die bisher ausschließlich mündlich weitererzählt wurde.« Er lächelte geheimnisvoll. »Angeblich ereignete sich hier vor einigen Tausend Jahren eine Katastrophe apokalyptischen Ausmaßes. Irgendetwas gelangte von außerhalb unseres Sonnensystems in die Atmosphäre der Erde und schlug irgendwo im Norden ein. Vermutlich im Gebiet der heutigen Sahara. Auf Felszeichnungen der Ureinwohner ist zu sehen, dass das Objekt einen riesigen Schweif besessen haben muss. So lang, dass er das gesamte Firmament überspannte.« Er zwinkerte seinen Männern zu. »Interessanterweise gab es keine Explosion, keine Erschütterung und keinen Krater. Eine Einsturzstelle wurde nie gefunden, sodass die Geschichte vonseiten der Wissenschaft schnell vergessen wurde. Angeblich ist dieses Objekt jedoch dafür verantwortlich gewesen, dass aus der einst grünen und blühenden Steppenlandschaft die größte Wüste der Erde geworden sei. Später soll ein ortsansässiges Volk, das sich selbst Tellem nannte und das um das Jahr 1000 nach Christus in der Sahara lebte, den Meteoriten gefunden und hierhergebracht haben. Warum sie das taten, ist ungeklärt. Angeblich liegt der Stein bis heute auf der Spitze eines Tafelbergs in einem Versteck. Irgendwann kamen die Dogon in dieses Gebiet und ließen sich auf einem benachbarten Tafelberg nieder. Sie stießen auf eine Gruppe von Wesen, die zwar aussahen wie Menschen, sich jedoch völlig anders verhielten. Diese sogenannten *Glasmenschen* machten ihnen Angst. Sie waren in der Lage, andere Geschöpfe zu infizieren und zu ebensolchen Glaskreaturen zu machen. Als die Dogon merkten, was vorging, setzten sie sich zur Wehr. Sie griffen die Tellem an und belagerten und eroberten ihre Stadt. Dann verriegelten sie alles und errichteten Barrikaden. Niemand durfte den verbotenen Berg ohne ihre Zustimmung betreten. Was die Tellem damals aus der Wüste herbrachten, muss sich also immer noch auf dem Berg befinden, möglicherweise in einem Tempel oder einer anderen Kultstätte. Die Dogon haben einen Namen dafür. Sie nennen es *Den gläsernen Fluch*.«

Pepper lächelte. »Eine recht fantasievolle Geschichte. Die wird sich bestimmt gut in dem Buch machen.«

»Ich freue mich, dass sie Ihnen gefällt.«

»Und Sie glauben daran?«

Wilsons Braue hob sich um eine Nuance. »Warum nicht? Es gibt viele Legenden in Afrika, aber keine, die sich so hartnäckig über die Jahrhunderte gehalten hat. Die französischen Landvermesser schienen das auch so zu sehen, denn sie schrieben die Geschichte auf und brachten sie nach Paris.« Wilson versenkte seine Hände in den Hosentaschen. »Wir haben es also gleich mit mehreren ungelösten Fragen zu tun. Erstens: Existiert dieser Stein wirklich und, wenn ja, warum hat man nie einen Krater gefunden? Zweitens: Wer waren die Tellem und warum haben sie den Stein hierhergeschafft?« Er ließ sein Silberauge in die Runde schweifen. »Persönlich glaube ich nicht an Gespenstergeschichten, aber dass die Tellem etwas gefunden haben, steht für mich außer Zweifel. Man mag es drehen und wenden, aber unsere Suche gilt nichts Geringerem als einem der rätselhaftesten Meteoriten, der jemals auf die Oberfläche unserer Erde gelangt ist. Ich kann nur hoffen, dass er immer noch in der verbotenen Stadt liegt und dort auf unsere Entdeckung wartet.«

Ehrfürchtiges Schweigen setzte ein. Anscheinend träumten alle von dem gewaltigen Wert, den ein solches Objekt besitzen mochte. Ganz zu schweigen von der Aufmerksamkeit und Anerkennung, die mit der Enthüllung eines solchen Fundes verbunden waren.

Der Einzige, der dem Traum von Ruhm und Geld nichts abgewinnen konnte, war Max. »Ich hätte da noch eine Frage.«

Wilson zog spöttisch einen Mundwinkel hoch. »Und die wäre?«

»Wie kommt es, dass die Franzosen Ihnen diese wertvollen Dokumente einfach so überlassen haben? Hätten sie nicht eine eigene Expedition losschicken müssen? Immerhin liegen die Berge in ihrem Hoheitsgebiet, in Französisch-Sudan.«

»Was wollen Sie damit andeuten?«

Max zuckte mit den Schultern. »Ich wundere mich nur. Immerhin befanden sich die Dokumente jahrelang in französischem Besitz. Wie haben Sie *Les Français* dazu gebracht, sie an Sie abzutreten?«

Wilsons Augen wurden hart wie Murmeln. »Mir passt die Art Ihrer Frage nicht. Wollen Sie andeuten, ich hätte die Dokumente gestohlen?«

»Natürlich nicht. Ich ...«

»Suchen Sie sich Ihre Informationen zusammen, wenn

Sie müssen, aber verschonen Sie mich mit Ihren Verdächtigungen. Fest steht: Wir sind hier und die Franzosen sind es nicht. Alles andere ist unwichtig. Alles, was ich von Ihnen verlange, ist, unsere Expedition zu dokumentieren und das Ganze mit möglichst dramatischen Fotografien zu garnieren. Es soll eine Reisereportage werden, keine Abhandlung über französische Innenpolitik. Wenn Sie damit ein Problem haben, können Sie und Ihr Kollege gern in Dakar das Schiff Richtung Heimat nehmen.«

Max räusperte sich. Mit einer solch heftigen Reaktion war nicht zu rechnen gewesen. Es schien, als habe er geradewegs in ein Wespennest getreten. »Ich würde gern bleiben, wenn ich darf. Vermutlich haben Sie recht. Solche Informationen würden die Reportage nur unnötig in die Länge ziehen.«

»Gut.« Es klang eher wie ein Schnauben. »Dann können wir uns endlich den Details unserer Reise widmen.«

Max warf Harry unter gesenkten Brauen einen vielsagenden Blick zu. Sein Instinkt sagte ihm, dass er einer interessanten Story auf der Spur war. Interessanter vielleicht als der Meteorit selbst.

19

Wie ein Raubvogel stieß die *Pachacútec* durch die dünne Wolkendecke hinab. Tiefer und tiefer sank sie nach unten, während sie sich dem Boden bis auf wenige Hundert Meter näherte. Es war spät am Nachmittag und die niedrig stehende Sonne ließ die Savanne in warmen, strahlenden Ockertönen erglühen. Gleichförmig dehnte sich die Landschaft in alle Richtungen aus. Die Ebene war von allerlei Wasserrinnen durchkreuzt, die ein Labyrinth aus Streifen und Linien auf den knochentrockenen Boden zeichneten. Hier und da war ein Felsen zu sehen, manchmal sogar ein Baum. Tiere gab es so gut wie keine, sah man mal von der Herde kleiner Antilopen ab, die beim Anblick des Luftschiffs panisch die Flucht ergriff.

Oskar stand an der Reling und blickte hinunter. Nachdenklich rieb er über seinen Unterarm. Die Stelle, an der Bellheim ihn mit seiner Glaszunge erwischt hatte, juckte wie verrückt. Ein dunkler Fleck war entstanden. Ob als Folge einer Verletzung oder weil er ständig daran herumkratzte, war nicht ganz klar. Sicher war nur, dass sich die Haut darunter irgendwie hart und geschwollen anfühlte. Normalerweise wäre er damit sofort zu Humboldt gegangen, aber seit der letzten Unterhaltung verspürte er nicht die geringste Lust, mit ihm zu reden. Eine unsichtbare Mauer aus Schweigen herrschte auf dem Schiff. Wilma war die Einzige, die momentan auf seiner Seite war. Ihr war es egal, wie er lebte und was er für eine Vergangenheit hatte. Sie akzeptierte ihn so, wie er war. Bei Humboldt war er sich da nicht mehr so sicher. Warum mischte er sich in seine Angelegenheiten ein?

Wilma stand da und blickte mit ihren schwarzen Knopfaugen zu ihm auf. Sie brauchte nicht mal sprechen zu können, um ihm zu verstehen zu geben, was sie wollte.

»Na, komm her, meine Kleine«, sagte er. »Du musst doch nicht da unten stehen, wenn es hier oben so viel schöner ist.« Er hob sie hoch und setzte sie neben sich auf die Reling.

»Siehst du? Schon besser, oder?«

Wilma blickte nachdenklich in die Tiefe, dann sagte sie: »*Land trocken.*«

»Allerdings«, sagte Oskar. »Das ist die Sahel. Die größte Steppe der Erde. Kein Ort, an den man gehen sollte, ohne ein paar Wasservorräte dabeizuhaben.«

Die *Pachacútec* sank tiefer und tiefer. Eine heiße Windböe erfasste das Schiff und schob es zur Seite. Der Auftriebskörper wurde eingedrückt. Humboldt hatte alle Mühe, das Schiff auf Kurs zu halten. Die Seile ächzten und knarrten. Der Wind fegte über den Sand und blies ihn zu kleinen Wirbeln empor. Die Luft schien zu glühen. In der Ferne tauchten seltsame Gebilde auf. Kastenförmige, steile Strukturen, die hoch über die Ebene ragten. Wie eine Perlenkette zogen sie sich von West nach Ost.

Humboldt hatte sie auch gesehen. Er blickte auf seine Karte, dann nickte er. »Das müssen die Hombori-Berge sein. Dort drüben, im Westen, liegt Bandiagara. Wir haben unser Ziel erreicht. Sag den anderen Bescheid.« Doch die beiden Frauen hatten bereits alles mitbekommen. Sie verließen den Schatten ihres Sonnensegels und kamen herbei.

Charlotte kniff die Augen zusammen.

»Dahinten, am Horizont.« Der Forscher wies in die Richtung. »Die eckigen Silhouetten, siehst du?«

»Ja, ich erkenne sie. Wie lange noch, bis wir dort eintreffen?«

Humboldt verglich seinen Kompass mit den Eintragungen auf seiner Karte, dann sagte er: »Die Luft ist ziemlich aufgewirbelt, das macht die Einschätzung schwierig. Es dürften aber so um die dreißig Kilometer sein.«

Mittlerweile waren die Erhebungen deutlicher zu sehen. Der Forscher schwenkte die Propeller nach oben und ließ das Schiff in einen langsamen Sinkflug gleiten.

»Du willst schon landen?«, fragte Charlotte.

»Ich dachte, wir fliegen direkt zu den Bergen«, ergänzte Oskar.

Der Forscher schüttelte den Kopf. »Zu gefährlich. Erinnert ihr euch, was Bellheim in seinem Tagebuch über die Hombori-Berge geschrieben hat? Die Dogon leben dort. Ein stolzes und eigenwilliges Volk. Sie haben mit Sicherheit noch nie ein Luftschiff gesehen. Wir sollten versuchen, sie nicht unnötig in Angst zu versetzen. Sobald wir den ersten Kontakt geknüpft haben, können wir immer noch näher ranfliegen.«

Er blickte nach oben. »Außerdem bereitet mir das Wetter Sorgen. Der Wind wird von Minute zu Minute heftiger. Er treibt uns genau in Richtung der Klippen und ich kann nicht riskieren, dass wir gegen die Felswände gedrückt werden.«

Die Berge hatten immer mehr an Konturen gewonnen. An der Basis der senkrecht abfallenden Klippen wuchsen Büsche und Bäume.

Eine weitere Windböe erschütterte das Schiff. Der Forscher starrte grimmig auf seine Instrumente.

»Alles in Ordnung?«, fragte Oskar.

Humboldt verneinte. »Der Luftdruck gefällt mir nicht«, sagte er. »Er ist binnen der letzten halben Stunde um etliche Striche gefallen. Auch der Ionisierungsgrad ist ungünstig. Könnte sein, dass es in der nächsten Stunde ziemlich holprig wird. Höchste Zeit, das Schiff zu landen und zu verzurren.«

»Wäre es nicht besser, auf Höhe zu gehen und auf ruhigeres Wetter zu warten?«

Der Forscher deutete nach oben. »Siehst du diese Wolken?« Das sind Zirren. Das heißt, da oben herrschen starke Winde und eisige Temperaturen. Je höher wir gehen, desto windiger wird es. Wir würden vermutlich Hunderte von Kilometern weit abgetrieben. Besser, wir landen. Haltet euch fest, ich gehe jetzt runter.«

Wilma hüpfte von ihrem erhöhten Sitzplatz herunter und krabbelte zwischen Oskars Beine. Der Forscher ließ das Steuerrad rotieren und lenkte die *Pachacútec* hundertachtzig Grad gegen die Flugrichtung. Das Schiff taumelte und schlingerte. Der Wind heulte in der Takelage. Humboldt drückte die Schubhebel nach vorn und ging auf Vollgas. Die Rotoren jaulten auf. Die Wende hatte geklappt. Das Schiff wurde langsamer und kam schließlich zum Stillstand. Eine bange Sekunde verstrich, dann merkten sie, dass die Kraft der Motoren nicht ausreiche, um sie gegen den Wind voranzutreiben. Sie flogen rückwärts.

»Der Anker!«, brüllte der Forscher. »Werft den Anker! Eliza, du musst den Gasdruck senken, schnell!«

»Komm, Charlotte.« Oskar eilte zum Bug des Schiffes. Sie hatten das Werfen des Ankers schon oft geübt, aber dies war der erste Ernstfall. Jetzt musste jeder Handgriff sitzen. Während Charlotte die Verriegelung an der Seiltrommel löste, band Oskar den Strick los, mit dem der Anker an der Bordwand befestigt war. Das Ganze sah aus wie ein Pflug mit vier Schaufeln. Der Knoten saß verdammt fest. Oskar brauchte drei Anläufe, um den widerspenstigen Strick zu lösen. Doch endlich hatte er es geschafft. Der Sandpflug baumelte frei an der Kette.

»Los geht's!«, rief er und reckte den Daumen in die Höhe.

Charlotte trat auf das Pedal und löste die Sperre neben der Ankerwinde. Jaulend und mit klirrenden Gliedern sauste die Kette in die Tiefe. Dreißig Meter ... vierzig, dann schlug der Anker ein. Ein dumpfer Aufprall drang von unten herauf. Oskar blickte über die Reling und sah, wie die Kette hinter ihnen herschleifte. Der Pflug tanzte und hüpfte über den Boden. Er schlug gegen Steine und Bäume, dann verfing er sich zwischen zwei Felsen. Charlotte betätigte die Sperre. Mit einem knirschenden Geräusch sauste der Haltestift ins Zahnrad und blockierte die Maschine. Ein Ruck ging durch das Schiff. Die Kette wurde straff gezogen, dann hingen sie fest. Der Forscher zog die Schubhebel nach hinten und stellte die Rotoren auf kleine Fahrt. Dann eilte er zu ihnen nach vorn. »Gut gemacht«, sagte er mit einem prüfenden Blick in die Tiefe. »Dann wollen wir mal die Winde einschalten und das Schiff runterziehen.«

20

Die Motorwinde ächzte und stöhnte. Noch etwa zehn Meter trennten die Passagiergondel vom Boden. In wenigen Minuten konnten sie die Strickleiter runterlassen und die Halteseile spannen. Charlotte blickte auf die Temperaturanzeige an der Winde. Ihre Aufgabe war es, Kühlwasser nachzugießen und dafür zu sorgen, dass das Aggregat nicht durchschmorte.

Humboldt hob die Hand. »Ich glaube, das reicht!«, rief er. »Schalte die Winde aus, dann können wir das Schiff klarmachen.«

Charlotte trat auf das Pedal. Hustend und stotternd ging das Aggregat aus. Sie atmete erleichtert auf, der erste Teil war geschafft.

Jetzt hieß es, die *Pachacútec* zu sichern und zu vertäuen. Zum Glück hatte der Wind ein wenig nachgelassen. Oskar warf die Halteseile über Bord. Das Schiff musste an mindestens vier Punkten am Boden fixiert werden. Nur so konnte es stabilisiert werden. Nichts wäre schlimmer, als wenn es von einer starken Böe aus seiner Verankerung gerissen würde. Humboldt eilte zum Fallrepp und nahm Eliza und Charlotte mit. »Kommt!«, rief er. »Die Kette wird das Schiff auf Dauer nicht halten können. Ich brauche euch, um die Seile zu spannen. Es kommt jetzt auf jede Minute an.« Mit diesen Worten kletterte er über Bord. Charlotte folgte ihm. Die Hände fest an die Reling geklammert, schwang sie ihre Beine über Bord und stellte die Füße auf die schmalen Holzstufen. Das Schiff schaukelte und schlingerte wie verrückt. Eliza stand direkt hinter ihr. »Du schaffst das schon«, sagte sie. »Einfach einen Fuß nach dem anderen. Nur nicht nach unten sehen.«

Charlotte nahm ihren ganzen Mut zusammen, dann stieg sie die Leiter hinab. Hand für Hand, Fuß für Fuß. Die Leiter schaukelte wie wild hin und her. Noch zwei Stufen, dann hatte sie ihr Ziel erreicht. Sie atmete tief durch. Endlich wieder festen Boden unter den Füßen. Sie wusste schon gar nicht mehr, wie sich das anfühlte.

Wenig später traf auch Eliza bei ihnen ein.

»Komisch, was ist denn plötzlich mit dem Wind los?« Humboldt hielt die Nase in die Luft. Es war mit einem Mal sehr ruhig geworden. Das Gras, eben noch flach am Boden liegend, atmete auf und richtete seine Halme in die Höhe. Der Sand rieselte als feiner Staub zur Erde. Eine seltsame Stille lag über der Savanne. Nur die Ankerkette schaukelte sanft klingelnd hin und her.

Humboldt rupfte ein paar vertrocknete Halme und ließ sie fallen. »Merkwürdig«, murmelte er. »Diese Windstille ...«

»Was ist denn los?«, fragte Charlotte.

»Ich habe so etwas schon einmal erlebt, in der Wüste Gobi, vor vielen Jahren.«

»Und was ist geschehen?«

»Etwas Schreckliches.« Humboldt zog sein Taschenbarometer heraus. Die Nadel tanzte am unteren Ende der Skala. Er klopfte gegen das Gehäuse und hielt das Instrument ans Ohr. »Ich frage mich ...« Er formte seine Hände zu einem Trichter und rief hinauf. »Oskar!«

Der Kopf des Jungen erschien über der Reling. »Ja?«

»Kannst du von da oben irgendetwas Ungewöhnliches sehen?«

»Wonach soll ich Ausschau halten?«

»Irgendeine Veränderung in der Luft. Vorzugsweise aus der Richtung, aus der der Wind gekommen ist.«

»Aber der Wind hat aufgehört.«

»Das weiß ich. Genau das macht mir ja Sorgen. Schau genau hin und gib mir Meldung, wenn du irgendwas siehst.«

»In Ordnung.«

Charlotte runzelte die Stirn. »Ich verstehe nicht ...«

In diesem Moment erklang von oben ein Schrei. Oskar deutete nach Osten. »Da ... da drüben!«

Alle schauten in die gewiesene Richtung.

»Was ist es?«, rief Humboldt. »Was kannst du sehen?«

»Ich ... ich kann es nicht beschreiben. Es ist irgendwie seltsam.«

Charlotte spähte nach Osten. Der Horizont hatte eine merkwürdige Färbung angenommen. Die oberen Luftschichten hatten einen Schieferton, doch darunter wurde es immer dunkler. Dort, wo die Wolken endeten, schimmerte der Himmel in düsteren Farben, die irgendwo zwischen Türkis und Grün lagen. Noch weiter darunter war er fast schwarz.

Sie spitzte die Ohren.

Täuschte sie sich oder lag da ein Dröhnen in der Luft?

»Was ist das?«, flüsterte sie.

Der Forscher kletterte ein paar Meter die Strickleiter empor. Er beschirmte die Augen und starrte konzentriert nach Norden.

Sein Mund war zu einem schmalen Strich geworden. »Beim Jupiter«, flüsterte er. »Das hat uns gerade noch gefehlt.«

Das Unheil raste mit der Geschwindigkeit eines Güterzugs auf sie zu. Zunächst war es nur ein dunkler Strich, doch mittlerweile war er zu einer düsteren Wand angewachsen. Oskar beobachtete das Phänomen mit wachsendem Unbehagen. Es sah aus, als würde eine riesige Walze über das Land rollen und alles Licht verschlucken. Im Inneren der Walze kochte und brodelte es. Blitze zuckten aus ihrer Basis. Ein dumpfes Grollen war zu hören.

»Schnell, runter von dem Schiff!«, rief Humboldt.

»Wieso runter?«, schrie Oskar. »Wir müssen rauf. Kommt hoch, dann können wir vielleicht noch davonfliegen.«

»Keine Zeit!«, rief der Forscher. »Bis wir das Schiff flottgemacht haben, hat uns der Sturm längst erreicht. Wir müssen uns ein Versteck suchen. Beeil dich!«

»Und das Schiff?«

»Vergiss das Schiff. Wir können von Glück sagen, wenn

wir mit dem Leben davonkommen. Wir haben es hier mit einem ausgewachsenen Sandsturm zu tun. Schnell, wirf die Rucksäcke über Bord und dann mach, dass du runterkommst!«

Etwas in der Stimme seines Vaters sagte ihm, dass es verdammt ernst war. Er wollte gerade über Bord klettern, als ihm einfiel, was er vergessen hatte.

Wilma!

Er hatte sie schon seit geraumer Zeit nicht mehr gesehen. Vermutlich hatte sie sich wieder an ihren Lieblingsplatz verkrochen – einen abgedunkelten Verschlag links neben dem Steuerrad.

Der Sturm war verdammt nahe. Oskar konnte die dunklen Sandwolken erkennen, wie sie brodelten und kochten. Er rannte in Richtung Achterdeck, dann die Stufen zur Brücke hinauf. Die Nische war leer. Wo steckte der kleine Vogel nur?

»Wilma!«

Sein Ruf klang dünn und kraftlos angesichts des dumpf grollenden Sturms. Er atmete tief ein und schrie aus Leibeskräften: »Wiiilmaaa!«

Gehetzt blickte er umher. Plötzlich sah er etwas. In der Mitte des Decks war eine Luke, die zu den Laderäumen führte. Ein kleiner Kopf mit langem Schnabel lugte aus den Tiefen zu ihm herauf. Oskar sprang mit einem Satz vom Achterdeck hinab, packte den Kiwi und drückte ihn an sich.

»Gott sei Dank.«

Die Zeit wurde verdammt knapp. Der Himmel an Backbord war eine brodelnde Hexenküche. Der Sand verschluckte das Sonnenlicht und tauchte das Land in tiefste Finsternis.

Er schwang sein Bein über Bord und stieg auf die Trittstufen. Die Strickleiter baumelte wild hin und her. Unter ihm stand Humboldt, der verzweifelt zu ihm heraufblickte.

»Wo hast du so lange gesteckt? Na, egal, wirf Wilma zu mir herunter. Wir haben ein Versteck gefunden.«

Oskar tat, was der Forscher von ihm verlangte, und ließ den Vogel los. Flatternd purzelte Wilma in die Tiefe. Humboldt war zur Stelle und fing sie auf. Oskar warf einen letzten Blick nach unten, dann packte er die Seile und kletterte hinunter. Die *Pachacútec* wurde von einer gewaltigen Böe erfasst und herumgeschleudert. Um ein Haar hätte er den Halt verloren. Sand hüllte ihn ein. Der Sturm brüllte und donnerte. Humboldt war nur noch ein schwarzer Schatten unter ihm. Er wedelte wie wild mit den Armen. Dann legte er die Hände trichterförmig an den Mund und schrie irgendetwas. Oskar verstand nicht, was der Forscher wollte. Sollte er die Leiter loslassen? Das konnte doch unmöglich sein Ernst sein, es waren mindestens drei Meter bis zum Boden. Ehe er einen klaren Gedanken fassen konnte, wurde das Schiff erneut gepackt und wild herumgeschleudert. Ein furchtbares Krachen war zu hören. Die *Pachacútec* machte einen Ruck, dann trieb sie davon. Die Ankerkette! Das Schiff stieg immer höher. Jetzt war es so hoch, dass ein Sprung vollkommen ausgeschlossen war.

Dunkelheit hüllte ihn ein. Sand drang ihm in Augen, Mund und Ohren. Die winzigen Geschosse brannten auf seiner Haut wie Nadelstiche. Blind, taub und völlig verängstigt kletterte er die Leiter hinauf. Er ließ sich an Bord fallen und kroch unter die Plane, mit der die Ankerwinde abgedeckt war. Das war zwar nur ein schwacher Schutz gegen den Sand, aber besser als gar nichts. Schluchzend und zitternd zog er seine Beine an und umschlang sie mit den Armen. Wie ein verängstigtes Kaninchen hockte er da und lauschte dem Sturm.

21

Charlotte und Eliza kauerten zwischen den breit ausladenden Wurzeln eines Affenbrotbaums. Der Wind donnerte und brauste, als wollte er die Welt aus ihrer Verankerung heben. Ungeheure Sandmengen wurden durch die Luft geschleudert, fegten über sie hinweg und lagerten sich an den Seiten des Baums zu mächtigen Dünen ab. Selbst der Boden erzitterte unter dem Ansturm der Naturgewalten.

Charlotte presste die Lippen zusammen. Wo steckten nur Humboldt und Oskar? Eigentlich hätten sie längst zurück sein müssen. Sie schaute zu ihrer Freundin. Elizas Gesicht war in der Dunkelheit kaum zu erkennen, aber ihre Augen leuchteten voller Sorge.

Jetzt hörte sie einen Schrei. Ein lang gezogener Klagelaut, der sich wie eine einzelne Note über das Brüllen und Toben des Windes erhob.

So überraschend, wie es eingesetzt hatte, verebbte das Geräusch. Charlotte fühlte ihr Herz pochen. Völlig verängstigt spähte sie aus ihrem Versteck.

Die Sicht betrug kaum mehr als drei Meter. Ihre Schutzbrille auf der Nase und ein Taschentuch vor den Mund haltend, spähte sie in das Chaos. Alles, was sie sah, war ein gelblicher Nebel aus Sand.

Plötzlich bemerkte sie eine Bewegung. Vor dem dunklen Hintergrund zeichnete sich schwach ein Umriss ab.

Humboldt!

Ein Stofftuch vor den Mund gedrückt, stapfte der Forscher mit langsamen Schritten näher. Unter seinem Arm hielt er etwas, das wie eine Tasche oder ein Beutel aussah. Ein dünner langer Schnabel lugte daraus hervor.

Charlotte trat aus dem Windschatten und half ihrem Onkel in die schützende Vertiefung zwischen den Bäumen. Der Sand rieselte von seinen Schultern. Er ließ sich zu Boden sinken und stellte die Tasche mit Wilma ab. Der Vogel wirkte völlig verängstigt.

»Wo ist Oskar?«

Humboldt nahm das Taschentuch von seinem Mund. Seine Lippen waren spröde und rissig. Charlotte fand, dass er alt aussah. Alt und grau. Niedergeschlagen schüttelte er den Kopf.

»Was soll das heißen?«, fragte Charlotte. «Was geschehen?«

Oskar war in der Gewalt des Sandsturms. Wie eine Maus in der Pranke einer gigantischen Katze, wurde die *Pachacútec* herumgewirbelt, gestoßen, geschlagen und langsam in ihre Einzelteile zerlegt. Blitze zuckten auf, gefolgt von ohrenbetäubendem Krachen. Oskar hatte seine Füße gegen die Ankerwinde gestemmt und wartete auf das Ende. Entweder das des Sturms oder sein eigenes. Die Plane über seinem Kopf rauschte und flatterte. Er untersuchte seine Taschen, doch viel hatte er nicht dabei. Ein Messer und ein Tuch, dazu noch eine Schutzbrille und einen Stift in seiner Brusttasche. Er griff nach der Brille. Das Messinggestell war mit Lederriemen und getönten Gläsern versehen, damit man als Reisender gegen die gleißenden Strahlen der afrikanischen Sonne geschützt war. Humboldt hatte ihnen erklärt, dass man in der Wüste genauso an Schneeblindheit erkranken könne wie auf dem höchsten Gipfel. Die Brille hatte aber noch einen weiteren Vorteil: Sie schützte gegen den Sand.

Oskar zog den Lederriemen über seinen Kopf, drückte das Gestell auf seine Nase und blinzelte in den Sturm hinaus. Die weichen Ränder der Schweißerbrille passten sich perfekt seiner Kopfform an. Als Nächstes zog er das Taschentuch aus der Hose, legte es über Mund und Nase und knotete die Enden hinter seinem Kopf zusammen. Endlich konnte er wieder frei atmen. Seine Augen benötigten zwar eine Weile, um sich an die dunklen Gläser zu gewöhnen, aber bald ging es besser. Er kroch unter der Plane hervor und stand auf. Sofort streckte der Sturm seine sandigen Pranken nach ihm aus und zerrte an seiner Kleidung. Oskar ergriff die hölzerne Reling und hielt sich daran fest.

Viel war nicht zu erkennen. Die Sicht betrug nur wenige Meter. Das Rauschen machte eine Orientierung unmöglich. Wohin er seinen Kopf auch drehte, überall der gleiche Anblick.

Er musste irgendwie versuchen, das Schiff aus der Gefahrenzone zu steuern. Seine einzige Chance lag darin, auf Höhe zu gehen. Sobald der Wind sich gelegt hatte, konnte er ja wieder tiefer fahren und seine Freunde suchen.

Zum Glück wusste er, wie man die *Pachacútec* bediente. Zuerst mal musste man die Trudelbewegung ausgleichen. Wenn es ihm gelang, diese Bewegung zu stoppen, hatte er schon einen ersten kleinen Sieg errungen.

Er erreichte die Treppe, die zum Achterdeck führte, und krabbelte auf allen vieren hinauf. Überall lag Sand, das ganze Schiff war bedeckt davon. Er konnte bereits das Steuerrad sehen, das führerlos hin und her rotierte. Die flügelartigen Ruder ächzten im Wind, schienen aber noch intakt zu sein. Wären die dünnen Tierhäute, mit denen sie bespannt waren, zerstört gewesen, Oskar hätte seine Bemühungen gleich aufgeben können. So aber bestand noch eine Chance, aus dem Unwetter herauszukommen.

Die letzten Meter bis zum Steuerrad waren noch einmal schwierig. Der Sturm schien zu spüren, dass man ihm seine Beute wegnehmen wollte. Er blies und tobte, dass das Luftfahrzeug trunken von einer Seite zur anderen kippte.

Mit aller Kraft packte Oskar das hölzerne Steuerrad und versuchte, das Schiff in den Wind zu lenken. Das Brausen wurde stärker. Die Kräfte, die auf das Steuerrad wirkten, waren enorm. Oskar musste sich mit aller Kraft gegen die Planken stemmen. Immer wieder rutschten seine Füße weg, doch nach einer Weile gelang es ihm, die *Pachacútec* zu drehen. Das Heulen in der Takelage wurde leiser und das Schiff beruhigte sich.

Schwer atmend wagte Oskar einen Blick auf die Instrumente. Die Schubhebel und die Messanzeigen waren alle mit Sand bedeckt. Ohne das Ruder loszulassen, versuchte er, den Belag so weit zu entfernen, dass die Regler wieder frei bewegbar waren. Ein prüfender Schub nach vorn und die Motoren jaulten auf. Der Sand hatte das Getriebe also noch nicht beschädigt. Die Propeller drehten sich und hoben das Schiff merklich in die Höhe. Oskar nickte grimmig. Noch war nicht alles verloren.

Er ging auf Vollgas und schwenkte die Ruder auf Steigflug, als es auf einmal dunkler wurde. Ein riesiger Schatten tauchte vor ihm auf.

Erschrocken hielt er die Luft an.

Es war eine Wand – *eine Felswand*! Spalten und Risse durchkreuzten die genarbte Oberfläche wie die eines alten Drachen. *Der Tafelberg!* Wie hatte er ihn nur vergessen können?

Verzweifelt drehte er am Steuerrad, doch es war zu spät. Ein furchtbares Krachen ertönte. Das Ruder wurde seinen Händen entrissen. Von einem Schlag getroffen, flog Oskar quer über das Achterdeck und prallte gegen die Reling. Steine und Geröll prasselten auf ihn nieder. Er konnte gerade noch zur Seite rollen, als sich ein dicker Gesteinsbrocken aus der Felswand löste und direkt neben ihm aufs Deck krachte. Holz brach. Balken splitterten. Der Ballonkörper ächzte und stöhnte.

Das Schiff hatte deutlich Schlagseite. Nur wenige Meter von ihm entfernt, zog der steinerne Wall an ihm vorüber. Das rechte Seitenruder war völlig zerschmettert. Holzteile, Seile, Bespannung baumelten am Ende des zerbrochenen Gestänges. Was sollte er jetzt bloß tun? Erneut krachte das Schiff gegen die Felsen.

Oskar hörte das Reißen von Stoff. Pfeifend entwich das Gas. In diesem Moment zuckte ganz in seiner Nähe ein Blitz auf. Die Luft war mit Elektrizität gesättigt. Wasserstoff und Elektrizität, das vertrug sich überhaupt nicht. Ein Funken und das Schiff würde explodieren wie eine Bombe.

Voller Panik sah er sich um.

Er musste von Bord, und zwar schnell.

Stolpernd und taumelnd eilte er auf die andere Seite des Schiffs. Tief unter sich konnte er den Boden erkennen. Die Höhe betrug vielleicht zehn oder fünfzehn Meter. Geröll, Büsche und Bäume zischten in hohem Tempo an ihm vorbei. Erneut wurde das Schiff gegen diese teuflische Felswand gedrückt. Der Schlag erschütterte die *Pachacútec* vom Kiel bis in die Mastspitzen. Der Schlag war so heftig, das Oskar über die Reling geschleudert wurde. Es gelang ihm gerade noch, die hölzerne Begrenzung zu packen und sich festzuklammern. Nur an den Fingerspitzen hängend, kämpfte er ums Überleben. Er hatte keine Kraft mehr, um sich wieder hochzuziehen, und es war nur eine Frage von Sekunden, bis ihn die nächste Erschütterung endgültig in die Tiefe stürzen lassen würde.

In diesem Augenblick traf er eine Entscheidung. Es war die verrückteste und waghalsigste Entscheidung seines Lebens, aber er hatte keine andere Chance. Unter ihm war ein Hang. Er stieg zur Felswand hin steil an und bestand größtenteils aus Sand und Geröll. An seinem Fuß wuchsen etliche Büsche und Sträucher, die einen Fall zur Not abbremsen konnten.

Oskar schloss die Augen und ließ los. Er spürte, wie er abwärts in die Tiefe sauste. Sein Magen fühlte sich an, als ob ihm jemand eine Faust hineingerammt hätte.

Der Fall schien endlos zu dauern. Als er schon fast nicht mehr damit rechnete anzukommen, berührten seine Füße die Erde. Die Wucht des Aufpralls riss ihm die Beine unter dem Leib weg. Er fiel der Länge nach hin, überschlug sich ein paarmal und rutschte dann in steilem Winkel bergab. Sand und Staub raubten ihm die Sicht. Unten war oben und oben war unten. Alles drehte sich. Er spürte einen stechenden Schmerz in der Brust, dann einen Schlag gegen den Kopf. Er konnte gerade noch das Ende des Hanges erkennen, als er gegen einen dickeren Felsbrocken krachte und die Orientierung verlor. Mit einem letzten Aufflackern seines Bewusstseins sah er, wie er in ein Gewirr aus Zweige und Blätter sauste. Es rauschte, knackte und raschelte, dann wurde es schwarz um ihn.

22

Einige Stunden später …

Charlotte saß mit dem Rücken gegen den Stamm des mächtigen Baums gelehnt und starrte hinaus in die Nacht. Kalt war es geworden. Der Sturm war verklungen und die Sterne waren hervorgekommen. Der Himmel war wie leer gefegt und Stille hatte sich auf das Land gesenkt.

Humboldt hatte ein kleines Feuer entzündet und stocherte mit einem Stock darin herum. Eliza kauerte neben ihm und hielt ihre Hände über die Flammen. Nur das Zirpen der Grillen war zu hören, hin und wieder unterbrochen vom Knacken der Scheite. Alle starrten in die Glut.

»Bestimmt ist er irgendwo gelandet und wartet auf uns«, sagte Charlotte. »Wir sollten uns aufmachen und nach ihm suchen.«

Humboldt legte den Stock zur Seite. »Wie stellst du dir das vor? Sollen wir in die Nacht hinausgehen und geradewegs in die Irre laufen? Wir wissen ja noch nicht mal, in welcher Richtung wir suchen sollen.« Er schüttelte den Kopf. »Kommt nicht infrage.«

»Aber irgendetwas müssen wir doch tun.« Charlotte presste die Lippen aufeinander. »Alles ist besser, als hier rumzusitzen und zu warten.« Sie spürte, wie der Forscher seine Hand auf ihre Schulter legte. Im zuckenden Schein der Flammen wirkte sein Gesicht gramzerfurcht. »Es tut mir so leid«, sagte er. »Wenn es irgendetwas gegeben hätte, was ich hätte tun können, ich hätte es getan, glaub mir. Ich sehe immer noch sein Gesicht vor mir, wie er davongetrieben wurde. Diese Augen, die Furcht in seinen Augen. Das werde ich nie vergessen.«

»Und wenn er verletzt ist?«, hakte Charlotte nach. »Es könnte doch sein, dass er irgendwo liegt und auf unsere Hilfe wartet.« Sie blickte Eliza an. »Ist es nicht möglich, dass du mit ihm Kontakt aufnimmst? Das hat doch früher auch schon geklappt. Bestimmt kannst du ihn aufspüren und ihm eine Botschaft übermitteln.«

Eliza schüttelte traurig den Kopf. »Das habe ich doch schon längst versucht. Aber da ist nichts. Nur Stille.« Sie umfasste ihr Amulett.

»Heißt das etwa ...?«

»Nein. Manchmal kommt einfach keine Verbindung zustande. Es ist eine Gabe, die sich nicht steuern lässt. Ihr dürft die Hoffnung nicht aufgeben. Über kurz oder lang werde ich bestimmt ein Signal von ihm erhalten. Aber dafür höre ich etwas anderes ...« Die Haitianerin schloss die Augen. Ihre Lippen bewegten sich, aber es kam kein Laut darüber. Charlotte schaute sie aufmerksam an. »Wovon sprichst du? Was hörst du?«

Eine Weile blieb Eliza stumm, dann öffnete sie ihre Augen wieder. »Gesang«, flüsterte sie.

»*Gesang?*«

Eliza nickte. »Es klingt, als würde jemand mit einem feuchten Finger über den Rand eines Glases streichen.

Eine traurige Melodie. Unendlich fremdartig und einsam. Jedes Mal, wenn ich die Augen schließe, ist sie da.«

»Und dass es Oskar ist, kannst du mit Sicherheit ausschließen?«

»Ganz sicher. So etwas wie das hier habe ich noch nie gehört. Er ist nicht von dieser Welt.«

Charlotte runzelte die Stirn. Was wollte Eliza damit sagen?

Sie öffnete den Mund, um sie danach zu fragen, doch in diesem Moment stand Humboldt auf und klopfte den Staub von seiner Hose. »Mir ist gerade ein Gedanke gekommen, wie wir Oskar helfen können«, sagte er.

»Und wie?«

»Wir werden ein Zeichen senden.« Der Forscher lächelte grimmig. »Lasst uns ein Feuer machen. Eines, dessen Licht wie ein Leuchtturm in der Nacht scheint. In der Weite der Steppe müsste es über viele Kilometer zu sehen sein. Und wenn es Tag ist, können wir uns den Rauch zunutze machen. Was haltet ihr davon?«

»Und was ist mit den Dogon?«, fragte Charlotte. »Wenn Oskar unser Feuer sieht, dann können sie das auch.«

»Das Risiko müssen wir eingehen. Wir haben nur noch zwei Wasserflaschen und der Proviant ist an Bord der *Pachacútec*. Es ist ein Wettlauf mit der Zeit. Wenn wir keine Hilfe bekommen, werden wir nicht überleben.«

Charlotte nickte. »Worauf warten wir dann noch?«

23

Oskar schlug die Augen auf. Die Sonne war wie eine goldene Kugel hinter dem Horizont emporgestiegen. Ihre Strahlen überfluteten die Wüste mit warmem Licht und enthüllten eine Landschaft von karger Schönheit: einige Felsen, in deren Schatten Gräser und Büsche kauerten, weite Sandflächen und ein endloser Himmel, an dem fern im Westen noch die letzten Sterne funkelten.

Eine Zeit lang ließ er den Anblick auf sich wirken, dann bewegte er seinen Oberkörper in eine aufrechte Position. Der Sturm war vorüber. Nicht der geringste Windhauch war zu spüren. Seine Kleidung war klamm und schwer, seine Haut mit einer Schicht von Feuchtigkeit überzogen. Zitternd fing er an, seinen Körper abzutasten. Sein Kopf fühlte sich an, als wäre er mit Watte ausgepolstert. Langsam drehte er ihn von einer Seite zur anderen. So weit alles in Ordnung, sah man mal von ein paar Prellungen an der Hüfte und einer dicken Beule am Kopf ab.

Was war geschehen?

Er erinnerte sich, dass das Schiff von Sturm fortgerissen und gegen eine Felswand geprallt war. Dabei musste er wohl über Bord geschleudert worden sein. Er versuchte, die Bruchstücke seiner Erinnerung zu ordnen, aber das Nachdenken bereitete ihm Unbehagen. Also blieb er noch eine Weile sitzen und lauschte den Geräuschen der Savanne.

Von links war ein Surren zu hören, während hinter ihm ein heiseres Bellen erklang. Als es aussetzte, wurde es von dem Heulen einer Eule beantwortet. Irgendwo rechts von ihm raschelte etwas im Gebüsch. Nach und nach kehrten auch die Erinnerungen zurück.

Er drehte sich um. Hinter ihm ragte dunkel und bedrohlich die Flanke des Tafelbergs in die Höhe. Wie ein Vorhang zerschnitt er den Himmel und verschluckte das Licht. Von der *Pachacútec* fehlte jede Spur. Der Sturm hatte sie bestimmt auf Nimmerwiedersehen davongeweht. Unsicher stand er auf. Himmel, waren seine Beine wackelig! Er sah sich um. Wo sollte er nach seinen Freunden suchen? Vermutlich hatten sie irgendwo einen Unterschlupf gesucht und warteten auf seine Rückkehr. Der Tafelberg bot die einzige Orientierungshilfe. Mit ein wenig Kombinationsgabe konnte er die Richtung zurückverfolgen, aus der er gekommen war.

Er tappte ein paar Schritte auf dem steilen Abhang herum, dann spürte er, wie seine Lebensgeister zurückkehrten. Nach einer Weile konnte er wieder klar denken.

Das Wichtigste war Wasser. Seit sie von dem Sandsturm überrollt worden waren, hatte er keinen Schluck mehr getrunken. Er beugte sich vor und klaubte einen Kiesel vom Boden. Er rieb ihn an seiner Hose und steckte ihn in den Mund. Nach einer Weile verschwand das lästige Brennen in der Kehle. Ein Trick, den er mal in irgendeiner Abenteuergeschichte gelesen hatte.

»Na schön, mein Lieber«, sagte er zu sich selbst, »dann schauen wir uns mal ein wenig um.«

Er wankte über den rutschigen Hang, bis er eine Stelle erreicht hatte, die felsig und besser zu besteigen war. Die Luft war kühl, und das Klettern fiel ihm leicht. Schon bald hatte er eine Höhe erreicht, von der aus man das ganze Land überblicken konnte. Wüst und eben dehnte sich die Steppe rings um den Tafelberg aus. Nirgendwo gab es einen Fluss oder See. Keinerlei Hinweise auf menschliche Siedlungen. Außer ein paar Bäumen und Sträuchern wirkte die Gegend wie leer gefegt. Weiter am Horizont begann die Luft bereits zu flimmern. Die Sonne war schon merklich höher gestiegen. Die Farben verblassten und die Formen fingen an, sich aufzulösen. Er holte seine Brille aus der Tasche und setzte sie auf. Das linke Glas hatte von dem Sturz einen Sprung abbekommen, aber es verrichtete trotzdem seinen Dienst. »So«, murmelte er, »und wie soll ich in dieser Einöde den richtigen Weg finden?«

Er versuchte sich zu erinnern, aus welcher Richtung der Sturm gekommen war, doch je länger er in die Savanne starrte, desto unsicherer wurde er. Hier sah es überall gleich aus. Er erinnerte sich, dass sie aus nördlicher Richtung gekommen waren. Bezog man den Sonnenaufgang mit ein, musste Norden irgendwo links davon liegen. Er drehte sich um neunzig Grad und blickte in die entsprechende Richtung. Irgendwo dort mussten sie gelandet sein. Der Tafelberg war der einzige Anhaltspunkt in weitem Umkreis. Wenn er ihn verließ, lief er Gefahr, sich hoffnungslos zu verirren. Ein paar Grade zu weit nach rechts oder links und er würde sein Ziel auf Kilometer verfehlen. Wasser gab es hier keines, er musste also genau wissen, wohin er ging.

Er hockte sich hin und dachte nach. Seine Freunde hatten keinen Schimmer, wohin er abgetrieben worden war. Sie konnten nicht wissen, dass das Schiff am Tafelberg zerschellt war. Er konnte ihnen auch kein Signal senden, denn er trug weder Streichhölzer noch Brennglas bei sich. Mit einem Feuer hätte er wenigstens auf sich aufmerksam machen können. *Feuer?*

Seine Augen suchten den Horizont ab. Täuschte er sich, oder war dort tatsächlich eine Rauchsäule? Doch, es war eindeutig. Inmitten der öden, leeren Steppe stieg ein schmaler dünner Streifen in die Höhe. Um einiges weiter links, als er vermutet hätte, aber eindeutig künstlichen Ursprungs. Jemand wollte ihm ein Zeichen geben.

Oskar spürte, wie seine Lebensgeister zurückkehrten.

24

»Charlotte, wirf noch mehr Zweige aufs Feuer, der Rauch lässt schon wieder nach.« Humboldt packte einen Ast, den er von dem Affenbrotbaum geschlagen hatte, und schleifte ihn zum Feuer. Mit einigen gezielten Hieben seines Buschmessers trennte er ein paar grüne Zweige ab und warf sie in die Flammen. Eliza und Charlotte halfen ihm dabei. Es knackte und prasselte, dann stieg dicker grauer Rauch auf.

»Meinst du, das wird ausreichen, um Oskar auf unsere Spur zu führen?«, fragte Charlotte.

»Ich hoffe es. Die Chancen stehen nicht schlecht. Der Himmel ist klar und es weht kein Wind. Der Rauch müsste kilometerweit zu sehen sein.« Vorausgesetzt, der Junge war überhaupt noch am Leben, schoss es ihm durch den Kopf. Das Bild von Oskar, wie er davongeweht wurde, war immer noch sehr lebendig. Noch nie in seinem Leben hatte er sich so machtlos gefühlt. Warum nur hatte er die Gefahr nicht früher erkannt? Die Zeichen waren eindeutig gewesen. Der plötzliche Abfall des Luftdrucks, die elektrische Aufladung der Luft. Er hätte nur eins und eins zusammenzählen müssen, um zu erkennen, wie groß die Gefahr war, in der sie schwebten. Doch all sein Wissen und all seine Technik kamen jetzt zu spät. Oskar war ganz allein da draußen. Allein in einer fremden Umgebung.

»Onkel?«

Humboldt schrak hoch. »Hm?«

Charlotte stand da, auf einen Stock gestützt, und sah zu ihm herüber. Ihre Haut glänzte vor Schweiß. »Ich habe mir gerade Gedanken gemacht, was wohl geschieht, wenn wir Oskar gefunden haben. Hast du eine Vorstellung, was wir danach machen sollen?«

Der Forscher strich über sein Kinn. »Das ist nicht so einfach«, sagte er. »In Anbetracht unseres knappen Vorrats an Wasser und Proviant haben wir eigentlich nur zwei Möglichkeiten. Die erste wäre, wir finden die *Pachacútec* und schaffen es, sie wieder flottzumachen; die zweite wäre, wir finden einen Unterschlupf und Wasser.« Humboldt warf einen weiteren Zweig aufs Feuer. »Vielleicht erinnert ihr euch an die Eintragung in Bellheims Tagebuch. Er erwähnte dort eine Niederlassung von Missionaren, die angeblich an der Südflanke dieses Bergs leben sollen. Ich habe mir das mal auf der Karte angesehen und bin zu dem Schluss gekommen, dass sie etwa einen Tagesmarsch von uns entfernt ist. Mit ein bisschen Glück könnten wir sie finden.«

»Stimmt, die Missionare, die hatte ich ganz vergessen.« Charlotte zupfte ein paar Blätter von ihrem Ast und warf sie ebenfalls in Feuer. Der Rauch war schwarz und beißend. »Gute Idee. Vielleicht bekommen wir dort Wasser und etwas zu essen.«

»Ganz bestimmt«, ergänzte Eliza. »Nach dem, was ich gehört habe, sollen es freundliche und hilfsbereite Menschen sein.«

Humboldt warf ihr einen skeptischen Blick zu. »Bist du schon vielen Missionaren begegnet?«

»In meiner Heimat leisten sie wohltätige Arbeit, verarzten die Kranken und bauen Schulen.«

»Das schon«, sagte Humboldt. »Aber sie zerstören auch die ortsansässigen Religionen und fördern den Kolonialismus und die Sklaverei. Besonders hier in Afrika.« Er seufzte. »Du weißt, wie meine Meinung zum Thema Einmischung in die Angelegenheiten fremder Kulturen ist, aber das steht jetzt nicht zur Debatte. Wir haben wirklich dringendere Probleme.«

Es musste jetzt um die dreißig Grad im Schatten sein. Die Mittagsstunde war angebrochen und das Licht flimmerte über dem staubigen Boden. Die Zikaden erfüllten die Luft mit ohrenbetäubendem Sirren. Und Oskar war da draußen. Allein und völlig auf sich gestellt.

In diesem Moment traf er eine Entscheidung. Er ging zu ihren Vorräten und befestigte eine Wasserflasche an seinem Gürtel.

»Was hast du vor?«, fragte Charlotte.

»Wonach sieht es denn aus?« Er prüfte, ob er Karte und Kompass eingesteckt hatte, dann nahm er seinen Gehstock. »Ich werde ihn suchen.«

»Ich dachte, das wäre gefährlich.«

»Natürlich ist es gefährlich, aber ich halte es hier nicht länger aus. Ich muss etwas unternehmen. Abgesehen davon: Jetzt ist es hell und ich habe einen ziemlich guten Orientierungssinn.« Er klopfte auf die Tasche mit Kompass und Karte. »Wird schon schiefgehen.«

Eliza nickte. »Versprich mir, dass du vorsichtig bist. Kein unnötiges Risiko, einverstanden?«

»Versprochen. Und ihr rührt euch hier nicht vom Fleck. Ich bin bald wieder zurück und mit etwas Glück habe ich Oskar dabei.« Er nahm ihr Gesicht zwischen seine beiden Hände und gab ihr einen Kuss auf die Stirn. Dann drehte er sich um und marschierte nach Süden, Richtung Tafelberg.

25

Oskar schleppte sich vorwärts. Schritt für Schritt, Meter für Meter, immer weiter in Richtung Norden. Der Tafelberg war zu einem grauen Steinkopf zusammengeschmolzen. Die Landschaft um ihn herum sah überall gleich aus. Büsche, Sträucher, hin und wieder ein Affenbrotbaum. Dazwischen nur Sand und Steine. Wo die Rauchsäule gewesen war, konnte er nur noch erahnen. Eigentlich hätte er anhalten und auf einen Baum steigen müssen, doch dazu fehlte ihm die Kraft.

Es musste so um elf Uhr herum sein, aber genau konnte er das natürlich nicht sagen. Die Hitze war unerträglich. Sie ließ die Savanne erglühen und raubte ihm jegliches Zeitgefühl. Hier gab es nichts, keinen Bach, keinen Tümpel, nicht mal eine Pfütze. Trockenrisse durchzogen die Oberfläche wie ein Netz und bildeten Erdspalten, die teilweise einen halben Meter tief waren. Man musste höllisch aufpassen, wenn man sich nicht den Fuß vertreten wollte. Und dann dieses nervtötende Sirren. Die Geräusche der Insekten waren mit jeder Minute lauter geworden. Sie kamen von allen Seiten und machte eine Orientierung unmöglich.

Konnte sein, dass er bereits im Kreis gelaufen war, zumindest kamen ihm einige der Sträucher sehr bekannt vor. Vielleicht sollte er doch versuchen, auf einen der Bäume zu steigen. Aber wie sollte er das anstellen mit seiner Hand? Das Jucken hatte sich zu einem unerträglichen Brennen gesteigert. Die Haut fühlte sich hart und spröde an, fast als wäre sie versteinert.

Oskar blinzelte in den Himmel.

Die Sonne stand jetzt beinahe senkrecht über ihm. Sein Schatten war zu einem kleinen Punkt unter seiner Körpermitte zusammengeschmolzen. Noch eine Stunde und er würde sich auflösen, so wie die Landschaft um ihn herum.

Müde und ermattet schleppte er sich weiter. Mit einem Mal drang ein seltsamer Klang an seine Ohren. Erst zart und schwach, dann immer deutlicher. Zuerst dachte er, es wäre vielleicht ein Insekt, doch dann bemerkte er, dass die Töne einem bestimmten Muster folgten. Es war eine Stimme und sie *sang*.

Oskar blieb stehen und spitzte die Ohren.

Da.

Da war sie wieder. Klar und deutlich. Allerdings schien sie aus keiner bestimmten Richtung zu kommen, vielmehr entstand sie direkt in seinem Kopf.

Er rieb seine Schläfen. Die Worte hatten etwas Durchscheinendes, so als würden sie mit gläsernen Stimmbändern gesungen.

Konzentrier dich, sagte er zu sich selbst. Du fängst schon an zu halluzinieren. Lieder im Kopf und Stimmen, die singen. Lachhaft. Als Nächstes siehst du kleine Kobolde, die um dich herumtanzen. Denk lieber an den Rauch, er wird dich führen.

Mit Mühe riss er sich von dem hypnotischen Gesang

los und tappte weiter. Nach einer Weile waren die Geräusche leiser geworden. Noch ein paar Meter und sie waren verschwunden. Oskar richtete seinen Blick wieder nach vorn.

Ein Wald von Affenbrotbäumen ragte vor ihm auf. Mit ihrer grauen Rinde und ihren dicken Stämmen wirkten sie wie Zeugen aus der Urzeit, wie die Ahnen längst verstorbener Menschen und Tiere. Kein Ort, den er freiwillig betreten hätte, doch die Notwendigkeit zwang ihn vorwärts. Mit einem klammen Gefühl in der Brust betrat Oskar den geheimnisvollen Wald.

Die riesigen Bäume spendeten Schatten, doch sie erschwerten auch die Orientierung. Immer wieder musste er den mächtigen Stämmen ausweichen und die Richtung ändern. Es dauerte nicht lange und er wusste nicht mehr, wo er war.

Mit einem mulmigen Gefühl tappte er weiter. Die Bäume sahen alle gleich aus. Ihre kahlen Äste bildeten einen skelettartigen Baldachin über seinem Kopf. Ein paar Blätter klammerten sich verbissen an die Zweige und schaukelten leicht im heißen Wind. Panik stieg in ihm auf. Er musste raus hier, sofort. Irgendetwas lauerte zwischen diesen Stämmen, das spürte er. Er taumelte ein paar Meter weiter, dann blieb er stehen.

Vor ihm, nur etwa zehn Meter entfernt, war eine kleine Gestalt zu sehen. Vier Beine, ein breiter Schädel und steil aufgerichtete Ohren. Eine Art Hund. Sein Fell war struppig und gelb und von schwarzen Linien durchkreuzt. An den Flanken war das Fell abgeschabt, sodass die schwarze

Haut darunter sichtbar war. Aus seinem Unterkiefer ragten spitze weiße Zähne. Die Schnauze vorgereckt, schnüffelte er in Oskars Richtung. Ein tiefes Grollen drang aus seiner Kehle. Das Tier ging dem Jungen etwa bis zum Knie und sah ziemlich bedrohlich aus. Rechts vor sich sah Oskar einen Stock auf dem Boden liegen. Fahrlässig, dass er nicht schon früher daran gedacht hatte, sich eine Waffe zu besorgen. Er wollte gerade darauf zugehen, als er einen weiteren Hund bemerkte. Halb hinter einem Baum versteckt, blickte er ihn mit großen schwarzen Augen an.

Oskar griff nach dem Stock und brach die kleineren Zweige ab. Das Holz war knochentrocken. Er ließ ihn einmal durch die Luft wirbeln und prüfte sein Gewicht. Ein guter, solider Prügel. Er konnte nur hoffen, dass er ausreichen würde, den Kötern Respekt einzuflößen. Er wollte gerade weitergehen, als er einen weiteren Hund links von sich bemerkte und noch einen weiter hinten. Mit einem mulmigen Gefühl drehte er seinen Kopf. Zwischen den Stämmen entdeckte er noch mehr schwarze Gesichter.

Es waren mindestens acht. Sie starrten ihn an, als wäre er ein Geist.

Die Tiere waren strategisch gut positioniert. Nichts hätte ihnen entfliehen können, nicht mal ein Kaninchen.

Er war umzingelt.

Der Hund, den er zuerst gesehen hatte, war bei Weitem der größte. Ein mächtiges Tier mit stämmigen Vorderpfoten und einem kantigen Schädel. Durch sein Fell war er perfekt getarnt. In seinen Augen leuchteten Intelligenz und Verschlagenheit.

Ehe Oskar einen weiteren Gedanken fassen konnte, hob der Leitrüde seinen Kopf und stieß einen kehligen Ruf aus.

Die Jagd hatte begonnen.

26

Humboldt prüfte die Richtung auf seinem Kompass, dann eilte er weiter. Er hatte sein Taschentuch um den Kopf geschlungen und die Ärmel seines Hemdes hochgekrempelt. Seine Füße schwammen in seinen Schuhen, doch er war froh, die dicken Lederstiefel zu haben. Hier wimmelte es von Schlangen und Skorpionen.

Er war jetzt schon mindestens vier Kilometer durch die Savanne gehetzt und noch immer hatte er keine Spur von Oskar oder dem Schiff entdeckt. Langsam schwand seine Hoffnung, dass er irgendetwas finden würde. Nicht in so kurzer Zeit. Es war wie die Suche nach der Nadel im Heuhaufen. Er wusste nicht mehr, was ihn da geritten hatte, als er glaubte, den Jungen so mir nichts, dir nichts finden zu können. Vermutlich die Hoffnung, gepaart mit dem schlechten Gewissen. Doch im Angesicht der wüsten Leere dieses Landes kam ihm sein Plan jetzt reichlich vermessen vor. Fern und drohend ragte der Tafelberg in die Höhe. Fast so, als wolle er ihn verspotten. Ein mächtiger Klotz aus Fels und Geröll. Dort wohnten die Dogon. Was mochten das für Menschen sein? Ob sie ihnen freundlich gesonnen waren? Nun, sie würden es vermutlich bald genug herausfinden.

Entschlossen setzte er seine Suche fort, als er plötzlich etwas hörte. Ein fernes Jaulen, dass entfernt an das Läuten von Glocken erinnerte.

Glocken? Das war doch unmöglich. Die Mission war über einen Tagesmarsch entfernt. Es konnte sich nur um ein Tier handeln, aber welche Tiere gaben solche Laute von sich?

Er kramte in seiner Erinnerung, dann blieb er wie angewurzelt stehen.

Jetzt wusste er, was es war.

Eine eisige Hand umklammerte sein Herz.

Der Kreis der Wildhunde wurde enger. Das Biest mit dem großen Schädel kam näher. Die Schnauze vorgereckt, die Lefzen bis über das Zahnfleisch zurückgezogen, entblößte es eine Reihe mächtiger Hauer. Zähne, die in der Lage waren, Knochen zu knacken. Oskar ließ seinen Knüppel durch die Luft sausen. Vom Geräusch des schwirrenden Holzes aufgeschreckt, zuckten einige Hunde zusammen. Um sie zu vertreiben, reichte es nicht.

»Ho!«, schrie er. »Macht, dass ihr wegkommt, ihr Drecksviecher!« Er machte einen Ausfallschritt und wirbelte den Stock über seinen Kopf.

Die Reaktion war gleich null. Im Gegenteil. Eines der Biester ging in Angriffshaltung und schnappte von hinten nach seinem Bein. Oskar geriet ins Straucheln.

»Verdammte Misttöle!« Sein Stock sauste durch die Luft und traf den Hund an der Schnauze. Ein dumpfer Aufschlag ertönte, gefolgt von einem schrillen Jaulen. Der Hund machte einen Satz nach hinten und sauste zwischen die Bäume. Zwei andere Hunde nahmen seinen Platz ein.

Es gab kein Entkommen.

Beruhige dich, sagte die Stimme in seinem Kopf. *Es gibt nichts, wovor du dich fürchten müsstest.*

»Du hast leicht reden«, stieß Oskar hervor, als würde er mit einer realen Person sprechen. »Diese Köter wollen einfach nicht abhauen. Außerdem scheinen sie seit Tagen nicht gefressen zu haben.« Er wischte sich den Schweiß von der Stirn. Die Hitze und die Anstrengung begannen seine Sinne zu verwirren. Sein Arm brannte wie Feuer.

Wieder versuchte einer der Hunde, ihm in die Wade zu beißen, wieder wurde der Angriff mit einem Hieb quittiert, dem ein Jaulen folgte. Lange würde Oskar diesen Kampf nicht mehr durchstehen, das spürte er. Seine Schritte wurden unsicherer und seine Bewegungen langsamer. Überraschenderweise empfand er überhaupt keine Furcht. Es war, als hätte die Stimme in seinem Kopf ihm all seine Angst genommen. *Lass es*, sagte sie. *Es hat keinen Sinn. Du machst sie nur nervös.*

»Und was ist mit *mir*? Bin ich etwa nicht nervös?«

Verrückt, dachte er. Jetzt spreche ich schon mit mir selbst. Fast als wäre ich zweigespalten.

Hör auf, dich zu wehren, sagte die Stimme. *Es wird dir nichts geschehen, vertrau mir.*

»Blödsinn«, stieß Oskar hervor. »Ich lasse mich von einer Geisterstimme nicht ins Bockshorn jagen. Mach, dass du aus meinem Kopf verschwindest.«

Die Stimme schwieg.

Sofort ging der Leitrüde zum Angriff über. Unbeeindruckt von Oskars Stock stürzte er sich auf den Jungen. Er biss in den Schuh und riss ein Stück von der Sohle raus. Oskar verlor das Gleichgewicht und krachte auf den staubigen Boden. Sofort setzten die anderen Hunde nach. Zwei verbissen sich in seinen Stiefeln, wieder andere schnappten nach seiner Hose und seinem Hemd. Das mächtige Leittier packte seinen Kragen und schleifte ihn über die Erde. Oskar strampelte und trat um sich, doch es half nichts. Schreiend holte er mit dem Stock aus und zog ihn dem Rüden über den Schädel. Das Tier ließ von ihm ab, dann schnappte es nach seiner Kehle. Die messerscharfen Zähne verfehlten seine Haut nur um Zentimeter. Hoch aufgerichtet stand der Rüde über Oskar und blickte ihm geradewegs in die Augen. Geifer tropfte von seine Lefzen. In seinen Augen leuchtete Mordlust.

Oskars Sinne begannen sich zu verwirren. Der Schmerz und die Hitze waren einfach zu viel für ihn. Er sah ein, dass es sinnlos war, Widerstand zu leisten. Er würde sterben, so oder so. Warum sich also wehren? Aber wenn schon sterben, dann wenigstens nicht bei vollem Bewusstsein.

Er hob seine Hände, um sie vors Gesicht zu legen.

In diesem Moment geschah etwas Unerwartetes. Der Leitrüde zuckte zurück, als hätte ihn ein elektrischer Schlag getroffen. Mit Furcht in den Augen starrte er auf Oskars Hand. Auch die anderen Hunde ließen von Oskar ab. Die Köpfe gesenkt, die Schwänze zwischen die Hinterläufe geklemmt, wichen sie zurück.

Jetzt meldete sich die Stimme zurück.

Hebe deine Hand, sagte sie. *Hebe sie und du wirst befreit werden.*

Oskar konnte kaum glauben, was hier geschah. Er kam sich vor, als hätte er einen schlechten Traum. Die Hunde, die eben noch finster entschlossen waren, ihn zu zerreißen, krochen winselnd am Boden. Was ging hier vor? Sein Arm ... oh, sein Arm.

Alles wird gut, du wirst sehen.

Langsam und unter starken Schmerzen hob er seine Hand. Die Hunde winselten und kläfften. Rasend vor Wut und Angst rannten sie umeinander, jaulten, manche von ihnen bissen sich sogar selbst. Oskar kroch auf den Leitrüden zu, die Hand immer noch ausgestreckt haltend. Der Hund knurrte und geiferte. Ihm war anzusehen, dass er sich vor irgendetwas schrecklich fürchtete. Meter für Meter und auf allen vieren kroch Oskar auf ihn zu. Als er nur noch eine Armlänge von ihm entfernt war, drehte sich der Hund plötzlich um und rannte winselnd davon. Die Meute folgte ihm auf dem Fuß.

Oskar blickte ihm noch eine Weile hinterher, dann kippte er vornüber in den Staub.

Eliza stieß ein entsetztes Stöhnen aus. Ihre Augen waren halb geschlossen, sodass nur das Weiße sichtbar war. »Nein, nein. Geh fort ... das darfst du nicht. Lass ihn in Ruhe ... geh weg ... fort mit dir!«

»Was ist los?« Charlotte legte ihren Arm um sie. »Ist irgendetwas mit Humboldt? Kannst du Oskar sehen?«

Eliza reagierte nicht. Sie wippte vor und zurück wie ein verstörtes Kind. »*Alles ... kommt ... in ... Ordnung*«, murmelte sie, wobei ihre Stimme seltsam fremd klang. »*Du wirst befreit werden.*«

»Befreit werden?« Charlotte war völlig verwirrt. »Von was?«

»*Alles wird gut, du wirst sehen.*«

Humboldt blieb stehen. Das Jaulen und Kläffen war einem furchtsamen Geheul gewichen. Die Tiere hatten Angst. Panische Angst. Eine Weile hielt das schreckliche Geräusch an, dann brach es ab. Humboldt sah einen nach dem anderen aus dem Wald aus Affenbrotbäumen herausstürmen. Ihre Flucht glich einem ungeordneten Rückzug.

Was immer es war, vor dem die Tiere flohen, es musste sich immer noch in dem Wald befinden. Humboldt überlegte, ob er es riskieren sollte nachzuschauen, entschied sich dann aber dagegen. Was immer es war, es war bestimmt im höchsten Grad gefährlich.

Er war drauf und dran, wieder umzukehren, als ein Geräusch an sein Ohr drang. Ein Geräusch, mit dem er nicht im Entferntesten gerechnet hätte.

Das Stöhnen eines Menschen.

Er zog das Rapier aus seinem Stab. Das Sonnenlicht

spiegelte sich auf der blank polierten Klinge. Vorsichtig betrat der Forscher den Wald. Die Bäume standen so dicht, dass er nur langsam vorankam. Sein Herz klopfte wild. Er musste damit rechnen, von einem einsamen Wildhund angefallen zu werden. Doch nichts geschah. Vollkommene Stille hüllte ihn ein. Nicht mal das Zirpen einer Grille oder das Zwitschern eines Vogels waren zu hören.

Plötzlich sah er etwas am Boden liegen. Zuerst dachte er, es wäre ein totes Tier, doch dann erkannte er, dass es ein Mensch war. Ein übel zugerichteter Mensch.

Humboldt hielt den Atem an. »Um Gottes willen«, flüsterte er, als er erkannte, wer es war.

»Oskar.«

27

Einen Ort wie diesen hatte Max noch niemals zuvor gesehen. Das Telegrafenamt von Dakar war ein winziges Haus, das so überfüllt war, dass man kaum Luft zum Atmen bekam. Die Menschen saßen auf Hockern und Kisten, auf dem Fußboden, auf Fensterbänken, nebeneinander, hintereinander und sogar übereinander und alle starrten sie in den Nebenraum, in dem der oberste Telegrafenmeister und seine beiden Angestellten ihrer Arbeit nachgingen. Kaum einer von den Besuchern schien wegen eines Telegramms hier zu sein, aber das Klicken der Maschinen und die wundersamen Botschaften, die aus den beiden metallisch glänzenden Kästen herauskamen, verströmten eine solche Anziehungskraft, dass selbst der oberste Dienstherr nicht in der Lage war, die Leute aus seinem Gebäude zu vertreiben. Also herrschte ein stillschweigendes Übereinkommen: Die Menschen durften zusehen, solange sie still waren, dafür ließen sie die Angestellten in Ruhe arbeiten.

Pepper war zwischen zwei Personen eingezwängt, wie sie unterschiedlicher nicht sein konnten. Zu seiner Linken saß eine üppige dunkelhäutige Frau, die in ein buntes Gewand gehüllt war und Blätterteiggebäck aß, rechts ein kleiner alter Mann mit Turban und Spitzbart. Die Frau bot Max etwas von ihren Leckereien an, aber er lehnte dankend ab. Ihm war nicht nach Fettgebackenem zumute. Die Luft im Warteraum war zum Schneiden dick. Eine Atmosphäre angespannter Konzentration erfüllte den Raum. Durch die geöffnete Tür konnte man die beiden Telegrafenschreiber sehen. Klobige Maschinen mit Zahnrädern und blank polierten Messingknäufen. Einer der Mitarbeiter saß daran und tippte fleißig auf eine Taste. Der andere zog einen Papierstreifen aus der Maschine und übersetzte, was dort stand.

Max blickte auf seine Uhr. Warum dauerte denn das so lange? Er hatte sich unter dem Vorwand, sein Notizpapier wäre auf der Überfahrt nass geworden, von Wilsons Truppe entfernt. Harry hatte ihn zur Straße der Papierhändler begleitet. Als sie sicher waren, dass keiner von Wilsons Leuten sie verfolgte, hatten sie die Richtung geändert und waren zum Telegrafenamt gelaufen. Besser, der Meteoritenjäger erfuhr nichts von ihrer kleinen Unternehmung. Zum Glück kümmerte sich niemand um die beiden Amerikaner. Die Truppe war damit beschäftigt, ihr Gepäck in den Zug zu laden, denn die Abfahrt des Dakar-Niger-Express war auf fünfzehn Uhr anberaumt. Das ließ ihnen gerade mal eine dreiviertel Stunde.

Erneut schaute Max auf seine Taschenuhr. Jetzt saß er schon eine halbe Stunde in diesem überfüllten Warteraum.

Max hatte an seinen Kollegen Malcolm Erneston von der *London Times* telegrafiert, mit der Bitte zu prüfen, ob es in jüngerer Zeit irgendwelche Vorfälle im Zusammenhang mit französischen und englischen Wissenschaftlern gegeben habe. Zugegeben, die Chancen standen schlecht, aber hier in Dakar bestand die letzte Möglichkeit, an Informationen zu gelangen. Wenn sie erst mal im Zug saßen, wären sie für Wochen von der Außenwelt abgeschnitten.

Malcolm war ein guter Freund. Er und Max kannten sich schon seit ihrer Ausbildung und hatten einander schon oft Informationen zugeschustert. Allerdings sah Max hier eine Schwierigkeit. Malcolm war Engländer und seinem Land treu ergeben. Würde er tatsächlich Informationen preisgeben, die sein Land in Verruf bringen könnten?

Plötzlich ratterte der Empfangsschreiber. Ein Papierstreifen schlängelte sich zwischen den dicken Gummiwalzen heraus. Der Telegrafenmeister sprang auf und eilte zu dem Gerät. Er las den ersten Abschnitt, dann nickte er in Peppers Richtung. »*Monsieur, votre telegramme.*«

Ein Raunen ging durch die Menge. Bewundernde Blicke richteten sich auf Max. Der alte Mann an seiner Seite schenkte ihm ein zahnloses Lächeln.

Als er sicher war, dass die Nachricht vollständig war, riss der Telegrafenmeister den Streifen ab und ging damit zu seinem Übersetzer, einem jungen Mann mit Nickelbrille und eng sitzender Uniform. Dieser übersetzte den Strichcode in Worte und tippte dann die Nachricht auf ein sauberes Blatt Papier. Er faltete es, legte es in ein Kuvert und händigte es seinem Vorgesetzten aus. Max stand auf, beglich die Rechnung und nahm die Botschaft in Empfang, dann verließ er das Telegrafenamt.

Boswell stand an einer Ecke unter einer Palme und rauchte eine seiner furchtbar stinkenden Zigarren.

»Das hat ja gedauert.« Seine Miene wirkte vorwurfsvoll. »Wenn Wilson bisher noch nicht misstrauisch war, ist er es jetzt. War's wenigstens schön da drin?«

Max bedachte ihn mit einem gequälten Lächeln. »Wir haben eine Antwort, das ist die Hauptsache.« Er hielt das Kuvert in die Höhe.

»Was steht drin?«

Max riss den Umschlag mit seinem Fingernagel auf und zog das Papier heraus. »*Hallo, Max*«, las er vor. »*Nachricht erhalten. Stop. Informationsbeschaffung schwierig. Stop. Angelegenheit ist topsecret. Stop. Französischer Astronom François Lacombe von Jabez Wilson im Duell getötet. Stop. Strafverfolgung auf Wunsch seiner Majestät ausgesetzt. Stop. Zeitungen angewiesen, nicht darüber zu berichten. Stop. Diplomatische Beziehungen zwischen Frankreich und England abgekühlt. Stop. Solltet Dakar schnell verlassen. Stop. Alles Gute, Malcolm.*«

»Gib mal her«, sagte Boswell und riss Max das Telegramm aus der Hand. »Das ist ja allerhand«, sagte er. »François Lacombe war einer der führenden Köpfe der astronomischen Fakultät Paris. Er war gerade in London, um dort einen Gastvortrag zu halten.«

»Dazu ist es wohl nicht mehr gekommen«, sagte Max mit düsterer Miene. »Ich frage mich, wie Wilson mit so einer Sache durchkommen konnte. In unserem Land hätte man ihn aufgehalten, bis der Fall restlos aufgeklärt worden wäre.«

»Ja, in den Vereinigten Staaten. Aber wir reden hier von Großbritannien, mein Freund.« Harry tippte auf das Wörtchen *Majestät*. »Das sagt mir, dass hier Kräfte am Werk sind, die bis in die höchsten Ebenen reichen. Vergiss nicht, Wilson ist ein Mann, der über erheblichen Einfluss verfügt.« Er strich über sein Kinn. »Malcolm schreibt, es sei ein Duell gewesen. In solchen Fällen ist die Rechtsprechung schwierig. Obwohl es ein barbarisches Ritual ist, genießt das Duell in Ländern wie England, Frankreich oder Spanien immer noch hohes Ansehen. Ja, es ist geradezu eine Ehrensache.«

»Glaubst du im Ernst, dass es dabei um Ehre ging?« Max schüttelte den Kopf. »Wilson wollte sich den Bericht unter den Nagel reißen, und das hat er getan. Ich sage dir, dieser Mann ist in höchstem Grad gefährlich.«

Boswell nickte sorgenvoll. »Die Frage ist, wie gehen wir mit dieser Information um? Du hast doch wohl nicht vor, ihm dieses Telegramm zu zeigen, oder?«

»Natürlich nicht, ich bin doch nicht lebensmüde. Wir sollten die Information erst mal für uns behalten und weiter beobachten. *Und* wir sollten versuchen, Verbündete zu finden. Vielleicht gibt es ja den einen oder anderen in der Gruppe, den wir einweihen können.«

»Unwahrscheinlich«, sagte Boswell. »Die stecken doch alle unter einer Decke. Die Männer sind Wilson bedingungslos ergeben. Manchen von ihnen hat er das Leben gerettet, andere schulden ihm Geld, wieder andere hat er aus dem Gefängnis geholt. Ein falsches Wort und ...« Er strich sich mit dem Finger quer über den Hals.

»Aber irgendetwas müssen wir tun.« Max spürte, wie es ihm vor Wut die Kehle zuschnürte. »Es ist doch ganz offensichtlich, dass Wilson Lacombe umgebracht hat, um an den Bericht zu kommen. Er ist ein Mörder.«

»Und eben das macht ihn so gefährlich. Wer einmal getötet hat, wird es wieder tun. Ich rate dir, dich still zu verhalten. Vorerst.«

Max rieb mit dem Finger über das Papier. »Und was soll der Hinweis, wir sollen Dakar möglichst schnell verlassen?«

»Der Senegal steht unter französischem Protektorat. Wenn etwas von dieser Sache durchsickert, finden wir uns ruck, zuck im Gefängnis wieder.« Harry atmete tief durch. »Ich sage dir, was wir jetzt tun. Wir besorgen dein Schreibpapier und dann sehen wir zu, dass wir so schnell wie möglich zum Bahnhof kommen. Abfahrt ist in einer halben Stunde. Hoffentlich hat Wilson noch keinen Verdacht geschöpft. Und das da verbrennst du am besten.« Er deutete auf das Telegramm. »Eine schöne Scheiße, in die uns Vanderbilt da geritten hat, mein Freund.«

28

Oskar schlug die Augen auf. Er war umgeben von weißen Kissen und weißen Laken. Ein Mückennetz hing wie ein Baldachin über seinem Kopf. An der Wand gegenüber seines Bettes war ein großes Kreuz befestigt. Einige Bilder, auf denen Heilige abgebildet waren, vervollständigten die Dekoration. Durch ein schmales Fenster strömte sanftes Licht in den Raum.

Auf einem Stuhl neben seinem Bett lagen seine Sachen, gewaschen, gebügelt und fein säuberlich zusammengelegt. Er blickte an sich hinab und sah, dass er nur ein dünnes Hemd und eine Hose aus Leinenstoff trug. Sein Unterarm war bandagiert, nur noch die Finger schauten heraus. Er hob und senkte ihn und erkannte, dass er sich gut bewegen ließ. Sogar das Greifen bereitete ihm keine Probleme. Das Beste aber war, es tat nicht mehr weh. Das Jucken und Brennen war vollständig verschwunden.

Auf einem Nachttisch neben seinem Bett standen ein Krug und ein Becher. Er richtete sich auf, hob das Mückennetz und füllte den Becher mit Wasser. Die klare Flüssigkeit strömte seine Kehle hinunter.

In diesem Moment ging die Tür auf und eine junge Frau in einer weißen Schwesterntracht erschien. Als sie Oskar sah, verschwand sie wieder.

Keine zwei Minuten später ging die Tür erneut auf. Humboldt, Charlotte und Eliza standen am Eingang.

Charlotte trug Wilma auf dem Arm. »Dürfen wir hereinkommen?«

Noch ehe Oskar antworten konnte, sprang der Vogel von Charlottes Arm, rannte durchs Zimmer und auf sein Bett. Oskar musste grinsen. »Da scheint aber jemand Sehnsucht zu haben«, sagte der Forscher.

»*Oskar aufgewacht*«, quäkte es aus Wilmas Lautsprecher.

»Ja, ich bin wieder aufgewacht.« Er kraulte seiner kleinen Freundin den Kopf. »Ich freue mich so, euch alle wiederzusehen.«

»*Raus aus dem Nest!*« Wilma versuchte das Mückennetz mit dem Schnabel beiseitezuziehen.

»Sachte, sachte.« Humboldts Mund war zu einem breiten Grinsen verzogen. »Noch sind wir nicht so weit. Ehe wir unseren Patienten aus dem Bett scheuchen, wollen wir erst mal feststellen, ob es ihm wieder gut geht.« Er setzte sich auf den Rand des Bettes. »Wie fühlst du dich, mein Junge?«

»Gut. Etwas schwindelig, aber sonst ist alles bestens.«

Humboldt zögerte einen Moment, dann kam er noch näher und nahm Oskar in den Arm. In seinen Augenwinkeln glitzerten Tränen. Es war das erste Mal, dass Oskar den Forscher so gerührt sah. Es war ihm fast schon ein bisschen peinlich.

»Wir haben schon Sorgen gehabt, du würdest nie wieder aufwachen. Du warst völlig weggetreten.«

Oskar hob die Brauen. »Wie lange habe ich denn geschlafen?«

»Zwei Tage und zwei Nächte. Wir haben versucht, dich zu wecken, aber vergebens.«

»Zwei Tage?« Oskar konnte es nicht fassen. So lange hatte er noch nie geschlafen. »Was ist geschehen? Ich weiß noch, wie ich von dem Berg runtergestiegen und dem Rauch gefolgt bin. Dann fangen die Dinge an zu verschwimmen.«

»Kannst du dich an irgendwas erinnern?«, fragte Eliza.

Oskar kramte in seinen Gedanken, aber es fiel ihm schwer. Es war, als wäre da eine Tür, die sich nicht öffnen ließ.

»Ich glaube, ich bin irgendwelchen Hunden begegnet«, sagte er. »Aber beschwören kann ich das nicht. Außerdem meine ich eine Stimme gehört zu haben. Es war, als würde sie direkt in meinem Kopf entstehen. So wie die von Eliza, nur völlig anders.«

»Ich glaube, du warst verwirrt«, sagte Humboldt. »Ich fand dich etwa eine Stunde von unserem Unterschlupf entfernt. Du warst völlig dehydriert. Nicht viel länger und du wärst verdurstet. Ich hatte zum Glück Wasser dabei. Ich habe dich huckepack genommen und zurückgetragen.«

»Und dann den ganzen Weg bis hierher geschleppt«, ergänzte Eliza. »Mitten durch die Savanne. Achtzehn Stunden, und das während der größten Hitze.«

»Du bist verdammt schwer, weißt du das?« Der Forscher grinste. »Ich spüre jeden Muskel. Elizas Essen scheint dir viel zu gut zu bekommen.«

Oskar schaute auf seinen Vater und lächelte. Eine Woge

von Zuneigung und Dankbarkeit durchströmte ihn. Dieser Mann hatte sein Leben aufs Spiel gesetzt, um ihn zu retten. Hätte er das getan, wenn ihm nichts an ihm liegen würde? Wohl kaum. Vielleicht hatte Oskar ihn doch falsch eingeschätzt. Vielleicht brauchten sie beide einfach nur Zeit, um sich aneinander zu gewöhnen.

»Wo sind wir denn?«, fragte Oskar. »Als ich all die Heiligen gesehen habe, dachte ich, ich sei im Himmel.«

»Womit du gar nicht so falsch liegst«, lachte der Forscher. »Aber das solltest du selbst sehen. Wie sieht's aus: Kannst du aufstehen?«

Oskar nickte. »Ich fühle mich wie neugeboren und einen Riesenhunger habe ich auch.«

»Na, dann solltest du tun, was Wilma dir geraten hat: Raus aus dem Nest und anziehen! Deine Sachen liegen bereit, wir warten draußen auf dich.«

Als seine Freunde das Zimmer verlassen hatten, stand Oskar auf und zog sich an. Dann ging er zur Tür und öffnete sie.

Vor ihm lag eine Ansammlung kleiner weißer Holzhäuser, die einen schön gepflegten Garten umrahmten. Der Duft von Rosen und Thymian umwehte seine Nase. Akazien mit schirmartigen Kronen spendeten sanften Schatten und luden dazu ein, auf den Holzbänken rechts und links des Kieswegs zu verweilen. Hinter den Häusern war eine weiße Kirchturmspitze zu sehen. Dahinter erhob sich die mächtige Felswand eines Tafelbergs.

»Wo sind wir hier?«, murmelte er. »Das sieht ja aus wie ein Kloster.«

Humboldt nickte. »Bellheim erwähnte diese Missionsstation in seinem Tagebuch. Sie liegt gut versteckt zu Füßen des Tafelbergs und ist viel größer, als ich je vermutet hätte. Ich war selbst überrascht, eine so prächtig ausgestattete Klosteranlage vorzufinden, aber das ist nicht das erste Mal, dass ich mich geirrt habe.« Er lächelte verlegen. »Anfangs war ich ja dagegen, hierherzukommen, aber jetzt bin ich glücklich über die Entscheidung. Der Prior scheint ein ruhiger und intelligenter Mann zu sein. Er hat darauf bestanden, dich zu sehen, sobald du erwacht bist. Er ist Franzose, spricht aber recht gut Deutsch. Magst du mitkommen?«

»Ja, gern.«

»In Ordnung«, sagte der Forscher. »Dann lasst uns gehen.«

29

Das Haus des Priors befand sich rechts von der Kirche. Es war ein schönes Gebäude: doppelstöckig, mit einer breiten Treppenflucht und geschnitzten Ebenholzsäulen rechts und links des Eingangs. Humboldt ging voran und steuerte auf die große Hauptpforte zu. Er betrat die Stufen und wollte gerade an die Tür klopfen, als diese aufschwang und ein hagerer Mann im Ordensgewand erschien. Er mochte sechzig oder siebzig Jahre alt sein und hatte silbergraues Haar. Seine hohen Wangenknochen und seine gebogene Nase verliehen ihm etwas Falkenähnliches, doch sein Lächeln wirkte warm und freundlich.

»Bonjour, meine Freunde.« Er kam ihnen entgegen und schüttelte ihnen die Hand. »Du musst Oskar sein. Ich freue mich, dich wieder gesund und munter zu sehen. Du ahnst nicht, wie besorgt wir alle waren.« Seine Stimme war tief und wohlklingend und sein Händedruck war warm. Oskar mochte ihn.

»Es geht schon wieder, vielen Dank«, sagte er.

»Mit deinem Arm wieder alles in Ordnung?«

»Oh ja.« Oskar blickte auf seinen Verband. »Es tut fast gar nicht mehr weh.«

»Ein ziemlich böser Splitter«, sagte der Prior. »Die Wunde war entzündet und hatte zu einer Art Wundstarrkrampf geführt. Wir haben den Splitter entfernt und die

Verletzung versorgt. Nun wird alles bald verheilen. Noch ein paar Wochen und du wirst nichts mehr davon spüren. Haben Sie schon gefrühstückt? Nein?« Er lächelte. »Dann erlauben Sie mir, dass ich Ihnen ein paar Spezialitäten aus unserem Garten anbiete. Wir haben Getränke, Früchte, Brot und Eier.« Er deutete in Richtung Wohnstube, wo an einem Tisch ein kleines Büfett angerichtet worden war. »Kommen Sie.«

Oskar lächelte dankbar. Der Prior schien ein Mann zu sein, der praktisch veranlagt war. Kaum waren sie in der gemütlichen Wohnstube angelangt, als Oskar sich einen Teller schnappte und ihn mit Toast, Speck und einem Spiegelei belegte. Sein Magen meldete sich mit einem lauten und vernehmlichen Knurren.

Der Prior lachte. »Lass es dir schmecken, mein Junge. Das gilt natürlich für alle. Kommen Sie, setzen Sie sich. Langen Sie zu. Ich glaube, ich werde noch eine Tasse Tee nehmen. Möchte noch jemand?«

Schon bald waren alle um den Tisch versammelt und genossen das fabelhafte Frühstück. Oskar fühlte sich wie im siebten Himmel. Die Butter tropfte von seinem Mundwinkel und er schloss genießerisch die Augen. »Köftlich«, murmelte er mit vollem Mund. »Gampf köftlich.«

»Alles aus eigenem Anbau«, erläuterte der Prior. »Wir stellen unser eigenes Brot her, unsere eigene Butter, Marmelade, Schinken, Eier, sogar Bier. Alles, was Sie hier sehen, sind die Früchte unserer Arbeit.«

Humboldt tupfte seine Mundwinkel mit einer Serviette. »Wie kamen Sie auf den Gedanken, an einem so entlegenen Flecken eine Mission zu gründen? War das nicht ungeheuer aufwendig?«

»Nun, die Wege des Herrn sind niemals einfach, nicht wahr?« Der Prior schenkte allen noch einmal Tee nach. »Mein Vater hatte eine Pfarrstelle in Bamako und ich bin hier aufgewachsen. Die Geschichte meiner Familie ist eng mit Afrika verbunden. Der Entschluss, hier eine Mission zu gründen, kam also nicht von ungefähr.« Er nippte an seiner Tasse. »Die ersten Jahre waren die schwersten. Wir lebten und arbeiteten unter härtesten Bedingungen. Brunnen graben, ein Bewässerungsnetz anlegen, Bäume pflanzen, Häuser bauen, all das erfordert eine Menge Wissen und Erfahrung. Und Menschen, die sich bedingungslos einem solchen Projekt verschreiben. Die erste Siedlung bestand aus zwei Bretterbuden und einer winzigen Kirche. Wir waren auf das angewiesen, was uns die Eingeborenen als milde Gabe übrig ließen. Dazu muss man sagen, dass die Dörfler hier in der Ebene selbst kaum genug zum Essen haben. Entsprechend mager fielen unsere Mahlzeiten aus. Aber wir ließen uns nicht unterkriegen. Dann folgten die fruchtbaren Jahre. Die Saat ging auf, unsere Felder trugen Ernten und unsere Viehbestände vermehrten sich. Endlich konnten wir den Dörflern zurückzahlen, was sie uns in ihrer Güte überlassen hatten. Es war, als habe der Herr seine schützende Hand über uns gehalten.«

»Aber warum gerade hier?«, fragte Humboldt. »Gibt es nicht andere Regionen, die leichter zu bewirtschaften wären?«

»Doch, natürlich, aber wir sind schließlich nicht hier, um es einfach zu haben, nicht wahr? Uns interessierten die Dogon.«

Oskar schaute interessiert auf.

»In meiner Vermessenheit hatte ich mir zum Ziel gesetzt, diesem entlegenen und geheimnisvollen Stamm das Wort Gottes zu bringen.« Das Lächeln des Priors bekam etwas Trauriges. »Ich dachte, wenn ich das schaffe, dann kann ich es überall schaffen. Ich gebe zu, meine Hoffnungen waren etwas zu hoch gegriffen.«

»Wieso?«

»Während die Bevölkerung hier unten in der Ebene dem Wort Gottes aufgeschlossen ist, sind die Dogon sehr stark in alten Traditionen und Vorstellungen verhaftet. Es ging sogar so weit, dass der Ältestenrat seinem Volk verbot, mit uns Kontakt aufzunehmen.« Er zuckte mit den Schultern. »Ja, leider. Einige von ihnen trieben trotzdem Handel mit uns. Sie brachten uns Handwerkswaren wie Töpfereien, Schnitzarbeiten und Schmiedewaren, im Gegenzug bezahlten wir mit Ziegen, Korn und Bier. Die Säulen draußen vor der Tür sind die Arbeit von Dogonschnitzern.«

»Die sind mir gleich aufgefallen«, sagte Oskar. »Wunderschön.«

»Ja, aber hart erkauft«, sagte der Prior. »Seit dieser Zeit sind die Beziehungen wieder eingeschlafen. Doch ich will nicht klagen. Immerhin wurde ein Anfang gemacht. Unser Ziel ist es, Stück für Stück ihr Vertrauen zu gewinnen und einen Platz in ihren Herzen zu erobern. Ist das erreicht, ist es nur noch eine Frage der Zeit, bis sich das Wort Gottes bei ihnen herumspricht. Steter Tropfen höhlt den Stein, wie man so schön sagt.« Er lächelte bescheiden.

»Zumindest ist es Ihnen gelungen, hier eine Oase zu schaffen«, sagte Oskar. »Die Gebäude sehen alle sehr gepflegt aus. Fast, als wären sie neu.«

»Du bist ein aufmerksamer Beobachter.«

Der Prior lächelte. »Wir haben im letzten halben Jahr umfangreiche Instandhaltungsarbeiten in die Wege geleitet. Alles wurde frisch gestrichen, die Gärten wurden frisch bepflanzt, die Dächer ausgebessert. Vor ein paar Wochen sind wir endlich fertig geworden. Fast so, als hätten wir euch erwartet.« In seinen Augen spiegelte sich das Tageslicht.

»Ein schöner Zufall«, sagte Charlotte.

»Oh, es war mehr als nur ein Zufall«, sagte der Prior. »Es war Bestimmung. Der Herr hat mir ein Zeichen gesandt.«

Humboldt räusperte sich. »Ich verstehe nicht …«

»Eine seltsame Geschichte.« Der Prior stand auf und blickte zum Fenster hinaus. »Es geschah an einem wunderschönen Morgen, vor etwa einem halben Jahr. Ich war gerade im Garten beschäftigt, als mich eine Vision überkam. Es war wie ein Blitzstrahl, der geradewegs auf mich herniederfuhr. Der Himmel war erfüllt vom Klang himmlischer Posaunen. Die Erde bebte. Vor meinem geistigen Auge sah ich eine neue Mission, größer und schöner als je zuvor. Ich sah, wie Menschen kamen und durch meinen

Mund das Wort Gottes empfingen. Jeder, dem ich die Hand auflegte, wurde zu einem Diener Gottes. Es war, als flösse eine ungeheure Kraft durch mich hindurch.« Er drehte sich um. »An diesem Tag wurde ich neu geboren.«

Eine peinliche Stille trat ein. Niemand wusste etwas darauf zu sagen. Oskar nahm sein Messer und strich sich noch etwas Butter aufs Brot. Wann hatte der Prior diese Vision gehabt? Vor einem halben Jahr? Genau zu dem Zeitpunkt, als Bellheim hier gewesen war. Komischer Zufall. Nachdenklich griff er nach dem Marmeladentopf. Weil er die Stille nicht länger ertrug und weil ihm nichts Besseres einfiel, fragte er: »Und Sie brauen hier draußen wirklich Ihr eigenes Bier?«

Der Prior strahlte. »Oh ja. Wenn du möchtest, kannst du heute Abend gern davon kosten. Aber nur einen kleinen Schluck, es ist nämlich recht stark. Und natürlich nur mit Einwilligung deines Vaters.«

»Von mir aus gern«, sagte der Forscher. Auch er schien erleichtert zu sein, dass die peinliche Hürde umschifft war.

»Prächtig.« Der Prior klatschte in die Hände. »Dann steht einer kleinen Feier ja nichts mehr im Weg. Aber seien Sie vorgewarnt, meine Freunde: Ich habe unendlich viele Fragen.«

»Die wir gern beantworten werden.« Humboldt faltete die Serviette und stand auf. »Wir nehmen Ihre Einladung mit Freuden an.«

»Schön.« Der Prior rieb sich die Hände. »Dann möchte

ich Sie nicht länger aufhalten. Sie werden sicher nach dem Verlust Ihres Luftschiffs forschen wollen. Wenn es irgendetwas gibt, das ich dabei für Sie tun kann, lassen Sie es mich wissen. Ansonsten sehen wir uns heute Abend nach dem Gottesdienst.«

30

Die Dampflokomotive wirkte wie ein Fremdkörper inmitten der eintönigen Landschaft. Von oben betrachtet hätte sie wie ein Staubkorn gewirkt, verglichen mit den unendlichen Weiten der afrikanischen Savanne. Zweitausend Kilometer Sand, Geröll und Strauchwerk lagen zwischen Dakar und Timbuktu. Zweitausend Kilometer, während derer man nichts tun konnte als lesen, schlafen und schwitzen. Max Pepper hätte im Leben nicht geglaubt, dass ein Land so wüst und leer sein könnte. Seit Stunden hatte er keine Menschenseele gesehen. Keine Bauern, keine Hirten, keine Händler. Auch Tiere waren keine zu entdecken, sah man mal von ein paar Geiern ab, die müde und verlassen in den Kronen abgestorbener Bäume hockten und darauf warteten, dass irgendein unvorsichtiger Nager seinen Kopf aus dem Erdloch steckte. Über der Steppe lag eine brütende, alles und jeden verzehrende Hitze. Die Luft flimmerte und selbst der Himmel hatte seine Färbung verloren. Der Wind, der durch die geöffneten Fenster des Zugabteils hereindrang, brachte keine Kühlung, nur Lärm, Gestank und Ruß.

Von irgendwoher kam eine irische Melodie ins Fenster geweht. Harry Boswell, der Max gegenübersaß und in eine uralte Ausgabe des *Herold Tribune* vertieft war, spitzte die Ohren und lauschte. Max hob den Kopf von seinen Notizen.

»Ist das nicht die Stimme von Patrick O'Neill?«

»Und die von Wilson«, ergänzte der Fotograf, während er die Zeitung faltete und neben sich legte. »Komm, lass uns mal nachsehen. Ich wollte mir ohnehin gerade die Beine vertreten. Von der ewigen Herumsitzerei bekomme ich Schwielen am Hintern.«

Max nahm seine Brille ab, legte Schreibblock und Füllfederhalter beiseite und stand auf. Sein Rücken gab ein bedenkliches Knacken von sich. Er hatte versucht zu schreiben, aber bei dieser Eintönigkeit fiel ihm einfach nichts ein. Ein bisschen Abwechslung konnte nichts schaden.

Als sie die Tür zum Gang öffneten, stach ihnen der Geruch von Schweiß und billigem Rasierwasser in die Nase. Der Zug war gerammelt voll, wobei es hier, in den Abteilen der ersten Klasse, noch erträglich war. Drüben in der zweiten und dritten quoll es förmlich über vor Händlern und Wanderarbeitern. Auch etliche Halsabschneider waren darunter, die auf der Flucht vor der Polizei in einer anderen Stadt ihr Glück versuchen wollten. Max hatte noch nie so viele zwielichtige Gestalten auf einem Haufen gesehen. Verglichen dazu war das, was man zu Hause als „Wilder Westen" bezeichnete, ein Kindergarten.

Harry schwankte zur Tür von Jabez Wilson. Zu ihrer Überraschung war das Abteil leer. Auch die Nachbarabteile waren unbesetzt. Sie hielten einen Schaffner an und fragten ihn, wo denn die Engländer geblieben seien, doch statt einer Antwort machte dieser nur ein betrübtes Gesicht und deutete nach oben.

Harrys Brauen rutschten in die Höhe. »Was denn, auf dem Dach?«

Max konnte es kaum glauben. »Was machen die denn da oben? Ist das nicht gefährlich?« Das Gesicht des Schaffners sah betrübt aus. Auf Boswells Gesicht hingegen zeichnete sich ein Lächeln ab. »Dieser O'Neill ist doch wirklich immer für eine Überraschung gut. Schade, dass er uns nicht Bescheid gesagt hat. Komm, Pepper, das lassen wir uns nicht entgehen.«

Noch ehe Max Widerspruch einlegen konnte, war Boswell schon am Ende des Waggons und riss die Tür auf. Max folgte ihm.

Der heiße Wind zerzauste seine Haare. Die Savanne zog mit beängstigender Geschwindigkeit an ihnen vorbei. Komisch, eben im sicheren Abteil hatte ihre Fahrt viel langsamer gewirkt.

Boswell war auf den Treppenabsatz hinausgetreten und blickte nach oben. »Hier ist eine Leiter«, sagte er. »Schauen wir mal, ob ich recht habe.« Er packte die Sprossen und zog sich daran hoch. Sie war gerade breit genug, dass man zwei Füße nebeneinanderstellen konnte.

»Ich hasse Leitern«, sagte Max, doch seine Anspielung auf ihre Abenteuer in Peru blieb ungehört. Boswell war schon verschwunden. Plötzlich tauchte sein Kopf wieder auf.

»Jetzt komm schon!«, rief er. »Ich kann O'Neill bereits sehen. Wilson ist auch dort. Die scheinen eine Menge Spaß zu haben.«

Kaum gesagt, war er auch schon wieder verschwunden.

»Na großartig«, murmelte Max. »Warum nur haben es immer alle so eilig, sich den Hals zu brechen?« Er warf einen letzten Blick auf die schnell unter ihm dahinratternden Bahnschwellen, dann nahm er seinen Mut zusammen und folgte seinem Freund.

Wilson und seine Mannschaft standen in einiger Entfernung auf dem Dach. Es waren auch ein paar Einheimische dabei, die dem Treiben mit Klatschen und Zurufen beiwohnten. Max schwankte auf die Gruppe zu. Das Blechdach war rutschig und leicht gewölbt. Der Wind blies ihm mit gehöriger Kraft ins Gesicht. Es gab nicht mal einen Handlauf oder Stützen, die einen vor dem Sturz in die Tiefe bewahrt hätten.

Inzwischen konnte Max erkennen, woher die irischen Klänge kamen. Patrick O'Neill hatte seine Gitarre herausgeholt und spielte darauf. Jonathan Archer und einige der anderen klatschten vergnügt und tanzten auf dem heißen Blechdach. Die Höhe und die Geschwindigkeit schienen ihnen nichts auszumachen.

»Und da ist ja auch der liebe Pepper!«, rief Wilson, als er den Reporter herannahen sah. »Ich freue mich, dass Sie sich uns anschließen. Wir haben es nicht mehr ausgehalten in den stickigen Abteilen und dachten, wir veranstalten ein spontanes kleines Fest. Kommen Sie, schließen Sie sich uns an.«

Max war noch immer mulmig zumute, aber er wollte kein Spielverderber sein.

»Ein Bier für Sie?«

»Bier?« Max lupfte eine Braue. »Wo in Gottes Namen haben Sie denn Bier her?«

»Von einem belgischen Händler, der eine astronomische Summe dafür haben wollte«, sagte Wilson und griff in eine Holzkiste. »Hier, versuchen Sie mal. Ist natürlich warm wie Kuhpisse, aber in England sind wir das ja gewohnt.« Gelächter ertönte. Er gab Max die Flasche mit dem Bügelverschluss und stieß dann mit ihm an. »Auf eine erfolgreiche Expedition!«

»Darauf stoße ich gern an.« Max prostete ihm zu und nahm einen tiefen Zug. Das Bier schmeckte überraschend gut. Trotz seiner Temperatur wirkte es erfrischend und belebend.

Es dauerte nicht lange, da fühlte Max sich schon bedeutend sicherer auf den Beinen. Ja, er fing sogar an, die Fahrt zu genießen. Die Sonne schien ihm auf den Pelz und das Bier stieg ihm zu Kopf. Das Dach verlor seinen Schrecken.

»Ist genau wie in Indien«, lachte Archer. »Da sind wir nur auf diese Weise unterwegs gewesen. Wenn man einmal so gefahren ist, will man nie wieder anders unterwegs sein.«

Patrick O'Neill hatte gerade eine kleine Pause gemacht, um seine Kehle zu befeuchten, und griff nun erneut nach seiner Gitarre. Ein anderer aus der Gruppe hatte eine Fiedel dabei und gemeinsam stimmten die beiden das Lied *The Rocky Road To Dublin* an. Es war ein Stück, das Max seit seiner Kindheit kannte und über alle Maßen

liebte. Es dauerte nicht lange, da stimmte er begeistert in den Refrain mit ein:
One, two, three, four, five,
Hunt the hare and turn her
Down the rocky road
And all the ways to Dublin,
Whack-fol-lol-de-ra.
Er leerte sein Bier in einem Zug und warf die Flasche in hohem Bogen hinaus in die Steppe, wo sie mit einem Klirren in tausend Scherben zerplatzte. Die Männer johlten und lachten. Max fing an zu klatschen und den Rhythmus zu stampfen. Es war seltsam, seine Füße wollten einfach nicht still stehen.

Harry bedachte ihn mit einem Lächeln. »Na, mein Lieber, dir scheint's ja wieder richtig gut zu gehen.«

»Und ob!«, rief Max. »Es ist großartig. Die Idee, hier raufzukommen, war das Beste, was dir seit Langem eingefallen ist. Komm, mach mit.«

»Lieber nicht«, lachte Harry. »Und du, sei vorsichtig. Der Zug wird nicht extra anhalten, nur weil du vom Dach stürzt. Du willst doch kein Festessen für die Schakale werden.«

Max hörte ihm schon gar nicht mehr zu. Die Musik spielte und seine Haare flatterten im Wind. Er fühlte sich so fröhlich und unbeschwert wie schon lange nicht mehr. In den Kneipen New Yorks war er bekannt für seinen *Jig*, den traditionellen irischen Volkstanz, für den er sogar schon mal einen Preis gewonnen hatte. Zwar fehlte ihm hier das richtige Schuhwerk, aber es ging auch so.

Es dauerte nicht lange, da hatten auch die anderen bemerkt, dass dieser feine Pinkel aus New York durchaus Talent hatte, und sie feuerten ihn mit Klatschen und Zurufen an. Jonathan Archer tanzte eine Weile neben ihm, musste aber irgendwann einsehen, dass er mit Max nicht mithalten konnte. Immer höher flogen die Beine, immer kühner wurden die Sprünge.

One, two, three, four, five,
Hunt the hare and turn her
Down the rocky road
And all the ways to Dublin,
Whack-fol-lol-de-ra.

Das Tempo war auf dem Höhepunkt angelangt, die Melodiebögen rasant. Patricks Finger flogen nur so über die Saiten.

In diesem Moment passierte es.

Max war gefährlich nah an die Dachkante gekommen. Er blieb mit dem Fuß am Blechrand hängen und kam aus dem Tritt. Wild mit den Armen rudernd, versuchte er den Sturz aufzuhalten, aber es war zu spät. Er sah Boswells Lächeln gefrieren, sah, wie er seine Augen aufriss, dann verlor er das Gleichgewicht. Wie in Zeitlupe kippte er nach hinten.

Plötzlich schnellte eine kräftige Hand vor, packte ihn und hielt ihn fest. *Wilson.*

Max hatte ihn nicht kommen sehen, es war zu schnell gegangen. Er fühlte einen kurzen Schmerz im Arm, sah die kräftige Pranke um sein Handgelenk, dann spürte er wieder Boden unter den Füßen.

Die Musik hatte ausgesetzt.

Alle sahen ihn entgeistert an.

Harry war der Erste, der seine Sprache wiederfand. »Großer Gott, Max. Um ein Haar hättest du dir den Hals gebrochen. Ich hatte dich noch gewarnt.«

»Und ich Idiot habe nicht darauf gehört.« Max wischte sich eine Haarsträhne aus dem Gesicht. Er war mit einem Schlag wieder nüchtern geworden. Nur seine Beine wollten nicht mehr so recht. Er taumelte in die Mitte des Zuges, dann setzte er sich hin.

Harry war sofort bei ihm. »Alles klar mit dir?«

»Ja, geht schon. Ich muss nur kurz zu Atem kommen.« Max sah sich nach seinem Retter um. Sir Wilson stand direkt neben ihm, die Sonne in seinem Rücken. Max musste blinzeln, als er zu ihm emporblickte. Im Gegenlicht konnte er das Gesicht des Meteoritenjägers kaum erkennen. Nur das silberne Auge schimmerte matt daraus hervor.

»Danke«, sagte Max. »Danke, dass Sie mir das Leben gerettet haben. Ich stehe in Ihrer Schuld.«

»Gern geschehen«, sagte Wilson mit einem geheimnisvollen Lächeln. »Vergessen Sie das nicht gleich wieder, wenn Sie mir das nächste Mal hinterherspionieren.«

31

Es war kurz nach zehn am folgenden Tag, als Oskar und die anderen den Weg zur Westflanke des Tafelbergs einschlugen. Jeder von ihnen hatte ein Maultier dabei, das zwei Satteltaschen mit Wasser und Proviant trug. Der Abschnitt war steil und mit Schotter und Geröll übersät, und sie mussten absteigen und die Tiere an der Leine führen.

Oskar und Humboldt schwiegen, während die beiden Frauen von dem vorangegangenen Abend und den interessanten Gesprächen mit dem Prior redeten. Sie sprachen leise und ihre Stimmen waren kaum mehr ein beruhigendes Plätschern im Hintergrund. Als sie eine kleine Anhöhe erreichten, konnten sie in das dahinterliegende Tal schauen. Die Steilwand des Tafelbergs ragte in ihrer vollen Höhe vor ihnen auf. Die Wand war glatt und unbezwingbar. Oskar fiel es schwer, die Proportionen zu erfassen, weil es keinerlei Anhaltspunkte für das Auge gab. Allenfalls eine Gruppe von Palmen, die unten in ihrem Schatten kauerte, ließ ihre unglaubliche Höhe erahnen. Wie einsam es hier war. Fast, als wären sie völlig allein. Nur der Ruf eines Raubvogels hallte zu ihnen herüber.

»Unglaublich, oder?« Charlotte beschirmte ihre Augen mit der Hand. »Wie aus einer anderen Zeit.« Ihre Wangen waren gerötet und mit Schweiß bedeckt. Oskar warf ihr einen zaghaften Blick zu und musste lächeln. Da war sie wieder, die Charlotte, die er so liebte. In Wanderschuhen, Kniebundhosen und mit einem Sonnenhut. Welch ein Unterschied zu der schnippischen jungen Dame aus Berlin!

»Irgendwo in diesem Abschnitt soll laut Bellheims Tagebuch ein Weg existieren«, sagte sie und deutete nach oben. »Erkennen kann ich allerdings nichts.«

»Laut Tagebuch ist es ein Geheimweg«, sagte der Forscher.

»Sein Eingang soll nicht einfach zu finden sein. Allerdings hat Bellheim eine Beschreibung hinterlassen. Sie ist ziemlich verschlüsselt. Hoffen wir, dass wir damit weiterkommen. Lasst uns zur Felswand gehen und unser Glück versuchen.«

Die Suche nach dem geheimen Pfad gestaltete sich schwieriger, als sie erwartet hatten. Wie Humboldt gesagt hatte, waren die Angaben verschlüsselt. Warum, das wusste niemand. Vielleicht, um den genauen Standort zu verbergen, falls das Buch verloren ging oder es Bellheim gestohlen wurde.

Nachdem sie eine halbe Stunde damit verbracht hatten, die Felswände nach irgendwelchen Rissen, Spalten oder Stufen abzusuchen, gab Humboldt das Zeichen zur Rast.

»Das hat so keinen Sinn«, sagte er. »Wir müssen mit dem Kopf arbeiten, nicht mit den Füßen. Lasst uns noch mal einen Blick auf Bellheims Notizen werfen.« Er zog das ledergebundene Buch aus seiner Manteltasche, schlug es an der betreffenden Stelle auf und gab es seiner Nichte. »Lies bitte noch mal vor, was da genau steht.«

Charlotte runzelte die Stirn. »*Fünf Finger der rechten Hand entlang der steinernen Rinne*«, las sie. »*Folge dem Rüssel des Elefanten.*«

Oskar trat neben sie und blickte auf die Zeilen. »Das ist alles? Keine Zeichnung oder etwas Ähnliches?«

Humboldt schüttelte den Kopf. »Ich habe euch ja gesagt: Viel ist es nicht. Es gibt eine Karte, ein paar Seiten vorher, seht ihr, hier, aber die bringt uns nicht weiter. Es ist nur eine grobe Übersicht über die Gegend. Nichts, was darauf schließen lässt, was er mit den rätselhaften Zeilen gemeint haben könnte.«

»Gelehrte und ihr Hang zur Geheimhaltung«, sagte Oskar missmutig. »Immer darauf bedacht, dass ihnen niemand ihre Entdeckung stiehlt. Was machen wir denn jetzt?«

»Ich zerbreche mir seit unserer Abreise den Kopf darüber«, sagte der Forscher. »Ich hatte gehofft, dass uns die Lösung vielleicht zufliegen würde, sobald wir an Ort und Stelle wären.«

»Fünf Finger der rechten Hand.« Oskar sah sich um. »Was könnte damit gemeint sein?«

»Vielleicht eine Felsformation«, schlug Eliza vor. »Der *Fünf-Finger-Felsen* oder so.«

»Nie gehört«, sagte Humboldt. »Die Dogon könnten etwas wissen, aber mit denen hatte Bellheim zum Zeitpunkt seiner Entdeckung noch keinen Kontakt. Abgesehen davon, würden sie es uns ohnehin nicht sagen. Wie der Prior sagte, sind sie Fremden gegenüber äußerst zurückhaltend.«

»Vielleicht hat Bellheim den Namen selbst erfunden«, sagte Oskar. »Ich würde vorschlagen, wir verteilen uns und suchen einen Felsen, der wie eine fünffingrige Hand aussieht.«

Weil niemand eine bessere Idee hatte, verteilten sich alle und suchten die Umgebung ab. Nach zehn Minuten trafen sie unverrichteter Dinge wieder zusammen.

»Nichts«, sagte Humboldt. »Die Felsen sehen überall gleich aus. Steil, glatt und absolut unbezwingbar.«

»Vielleicht sind wir an der falschen Stelle«, sagte Charlotte. »Der Tafelberg ist riesig. Was, wenn der Aufstieg ganz woanders liegt?«

Humboldt deutete auf die grobe Zeichnung, auf der Bellheim den Berg schematisch von oben abgebildet hatte. »Seht ihr den Pfeil? Der Aufstieg soll sich an der Westseite befinden, dort, wo die vielen Seitentäler in das Tal münden. Ihr könnt es an den Kerben erkennen. Und diese Täler sind genau hier, seht ihr? Das ist der richtige Ort.« Er stemmte die Hände in die Hüften. »Ich verstehe das nicht ...«

»Seitentäler?«, murmelte Oskar. »*Steinerne Rinnen.*«

»Auf die Idee bin ich auch schon gekommen«, sagte der Forscher. »Aber die Information allein bringt uns nicht weiter. Welches Tal hat er gemeint? Allein auf der rechten Seite sind drei; links, hinter der Felsnase, habe ich noch mal sechs gezählt. Es sind alte Erosionsrinnen, in denen vor Urzeiten Wasser geflossen ist. Sie reichen teilweise ziemlich tief in den Berg hinein.«

»*Fünf Finger der rechten Hand.*« Oskar spürte ein

Kribbeln im Nacken. Er kannte dieses Gefühl. Er hatte es immer dann, wenn er der Lösung ganz nah war. »Vielleicht soll es nicht heißen: *der rechten Hand*, sondern einfach *rechterhand*.«

»Und was bringt uns das?«

»Dass nur die rechte Seite in Betracht kommt.« Er ging ein paar Schritte und blieb dann stehen. Sein Blick ruhte auf einer kleinen Ansammlung von Palmen, die auffällig eng beisammenstanden. Er zählte sie im Geiste durch ... und erstarrte. War das die Möglichkeit?

»Ich glaube, ich weiß, was er gemeint hat!«, rief er. »Kommt schnell!« Er packte den Zügel seines Maultiers und lief den Hang hinunter.

Durch die Schaukelei wurde Wilma wach. Sie steckte ihren Schnabel aus der Satteltasche und sah sich um.

»*Schon da?*«, quäkte es aus dem Lautsprecher.

»Noch nicht, meine Kleine!«, rief Oskar. »Aber vielleicht bald.«

Nur wenige Minuten später standen alle vor der Palmengruppe versammelt. Oskar deutete auf die Bäume. »Eins, zwei, drei, vier, fünf. *Fünf Stämme*«, sagte er und hob seine Hand. »Alle zu unserer Rechten. Und dahinter, gut versteckt, ein Seitental.«

»Beim Jupiter, du hast recht.« Humboldts Augen glitzerten vor Begeisterung. »Es ist so einfach.«

»Das ist es immer, wenn man es weiß«, sagte Eliza mit einem milden Lächeln. »Das hast du gut gemacht, Oskar.«

Humboldt klopfte ihm lachend auf die Schulter. »Ich

schließe mich Elizas Lob an. Das war wirklich gut kombiniert.« Er führte sein Maultier hinüber zu den Palmen und band es fest.

»Das Tal ist für die Maultiere zu eng«, sagte er. »Ab hier müssen wir zu Fuß weiter. Nehmt das Nötigste mit und folgt mir.«

Eben noch draußen auf der sonnendurchfluteten Ebene, befanden sie sich plötzlich zwischen steil aufragenden Bergflanken. Der Begriff *Tal* war eigentlich übertrieben. Es war nicht mehr als eine Klamm, die von herabströmenden Wassermassen vor Urzeiten aus dem weichen Sandstein gespült worden war. Der Boden war übersät mit wild durcheinandergewürfelten Felsbrocken, manche so groß, dass man mühsam drum herumklettern musste. Humboldt hatte recht gehabt: Mit den Maultieren wären sie hier nicht weitergekommen. Das Weiterkommen war auch so schon schwer genug.

Nachdem sie eine steile Anhöhe erklommen hatten, blieben sie stehen und sahen sich um. Charlotte nahm einen Schluck aus der Flasche. »Ich weiß nicht«, sagte sie nachdenklich. »Vielleicht haben wir uns doch geirrt. Da oben ist das Tal schon zu Ende und wir haben immer noch nichts gefunden. Kein Weg, keine Treppe. Und an den Wänden können wir ja wohl schlecht hochklettern.«

Humboldt blickte hinauf zu den Felsen. Der Himmel war nur noch ein dünner blauer Strich. »Vergiss nicht, wir haben noch nicht die ganze Botschaft entschlüsselt«, sagte er. »Der zweite Teil lautet: *Folge dem Rüssel des Elefanten.*«

»Ich dachte, dies hier sei der Rüssel«, sagte Charlotte. »So eng und schmal, wie dieses Tal ist.«

»Dies hier? Kann ich mir nicht vorstellen.« Er schüttelte den Kopf. »Bellheim hat sein Rätsel äußerst bildhaft gestaltet. Wir müssen also nach etwas suchen, auf das die Bezeichnung *Elefant* zutrifft.«

»Damit kann er ja nur einen Felsbrocken gemeint haben«, schlug Oskar vor. »Aber der einzige Felsbrocken, auf den diese Beschreibung zutreffen könnte, liegt weiter unten.« Er deutete auf den Weg, auf dem sie hergekommen waren. »Wir mussten mühsam an ihm vorbeiklettern, erinnert ihr euch?«

»Vielleicht war das der Fehler.« In Humboldts Augen war wieder dieses Leuchten zu sehen. »Kommt, lasst uns nachsehen.«

Er drängte an ihnen vorbei und eilte talabwärts. Oskar folgte ihm mit klopfendem Herzen. Das Jagdfieber hatte ihn erwischt.

Wenig später hatten sie den Brocken erreicht. Humboldt suchte eine geeignete Stelle, an der er hochklettern konnte, und schwang sich dann hinauf. Kaum oben angekommen, hörten sie schon seinen Schrei: »Volltreffer! Kommt schnell herauf!«

Die Abenteurer beeilten sich, ihm zu folgen. Einer nach dem anderen erklomm den steilen Felsen. Keuchend und verschwitzt sahen sie sich um. Vor ihnen in der Wand klaffte ein dunkles Loch.

»Das muss er sein: *der Rüssel des Elefanten.*« Humboldt deutete auf die Öffnung. Oskar trat näher und steckte seine Nase hinein. »Spürt ihr den Luftzug? Ich glaube, das ist ein Tunnel. Und seht mal, was hier liegt.« Er hob einen runden Papierschnipsel auf. »Was mag das wohl sein?«

Humboldt nahm den Fund in die Hand und hielt ihn prüfend vors Auge. »Das ist die Sicherungsabdeckung einer Magnesiumfackel.« Er öffnete seine Tasche und holte ein stabförmiges Gebilde heraus. »Genau so etwas hier. Standardausrüstung bei Expeditionen. Seht ihr?« Er deutete auf den Pappdeckel. »Sie funktioniert sowohl über als auch unter Wasser. Seht mal, hier ist sogar ein Stempel drauf.«

»Die Universität von Berlin«, flüsterte Charlotte und reichte die Plakette herum. »Bellheim.«

»Alle überzeugt?«, fragte der Forscher. »Dann wollen wir mal. Oskar, meinst du, du schaffst das mit deinem Verband?«

Oskar hob und senkte den Arm, dann ballte er die Finger zur Faust. »Kinderspiel«, sagte er.

»Sehr schön.« Humboldt entfernte die Abdeckung seiner Fackel, setzte sie in Brand und verschwand in der Öffnung.

32

Oskar sah den Himmel als kleinen Punkt in der Ferne. Sein Herz pochte vor Anstrengung. Humboldts Fackel war vor einer Minute ausgegangen und im Gang war es stockdunkel geworden. Oskar hasste die Dunkelheit. Er hasste es, von engen Wänden umschlossen zu sein, ohne einen Anhaltspunkt und ohne zu wissen, wo oben und unten war. Es war, als wäre man lebendig begraben.

»Es ist nicht mehr weit!«, schallte die Stimme des Forschers von oben herab. »Nur noch dreißig Meter, dann habt ihr es geschafft.« Das Knirschen der Schuhe hallte in den Ohren. Geröll löste sich von oben und rieselte herab. Staub drang in Oskars Nase, brachte ihn zum Niesen. Keuchend und hustend folgte er seinen Freunden. Hand für Hand, Fuß für Fuß.

Der helle Fleck wurde größer. Humboldt und Charlotte waren bereits oben angelangt und halfen Eliza aus dem engen Stollen. Oskar konnte ihre Gesichter sehen, wie sie sich zu ihm herunterbeugten. Der Rucksack mit Wilma und den Wasserflaschen schien eine halbe Tonne zu wiegen. Das Gewicht zog ihn hinab, als wollte eine unbekannte Kraft ihn daran hindern, ans Tageslicht zu gelangen. Er biss die Zähne zusammen und kämpfte sich vorwärts. Nur noch ein paar Meter. Das Licht blendete ihn. Er spürte, wie kräftige Arme ihn packten, ihn nach oben zogen und auf den Boden stellten.

»Gut gemacht, mein Junge. Alles in Ordnung?« Humboldts Stimme holte ihn in die Wirklichkeit zurück.

Oskar nickte. »Scheint noch alles dran zu sein«, sagte er. »Nur ein bisschen staubig.«

»Das geht uns allen so. Hier, trink einen Schluck. Wilma, mit dir auch alles okay?«

»*Wilma gut*«, kam die Antwort. »*Will raus.*«

»Das sollst du.« Eliza knöpfte den Rucksack auf und befreite das Kiwimädchen. Der kleine Vogel fing sofort an, in der Gegend herumzustromern. »Lauf aber nicht zu weit weg, in Ordnung? Nicht, dass wir dich wieder aus irgendeiner Erdspalte befreien müssen.«

Wilma stieß ein schnippisches Quieken aus, dann verschwand sie hinter dem nächsten Busch.

»Da rede ich mir den Mund fusselig«, sagte Eliza. »Aber sie tut ja doch, was sie will. In dieser Beziehung steht sie ihrem Herrchen in nichts nach.« Sie deutete auf Humboldt, der einen großen Stein erklommen hatte und nach Süden spähte.

Oskar lachte und folgte seinem Vater auf den Aussichtspunkt.

Gut verborgen inmitten eines Labyrinths aus Felswänden und Steinbrocken, lag eine Stadt, in deren Mitte ein einzelner Turm in die Luft ragte. Gewaltige Bäume wuchsen zwischen den Gebäuden und spendeten sanften Schatten. Das Ganze sah aus wie eine Sandkastenstadt, die von einem Kind mit Förmchen und Schaufeln gebaut worden war. Oskar zog den Schirm seiner Mütze tiefer. »Ist das die Stadt der Dogon?«

Humboldt suchte die Umgebung mit seinem Fernglas ab. »Der Dogon? Nein. Die leben drüben auf dem anderen Tafelberg. Hier wohnten einst die Tellem. Aber keine Angst: Die Stadt ist seit vielen Jahrhunderten verlassen.«
»Sind Sie sicher?«
»Überzeuge dich selbst.« Humboldt gab Oskar sein Fernglas und ließ ihn hindurchblicken. Die Stadt sah im Großen und Ganzen intakt aus, nur mit der Einschränkung, dass sie völlig ausgestorben war. Sein Vater hatte ganz recht. Hier lebte niemand mehr. Allerdings konnte man sich erst ganz sicher sein, wenn sie alles genau untersucht hatten. Oskar gab Humboldt sein Fernglas zurück, dann machten sich die vier Abenteurer auf den Weg.

Das Stadttor war der erste Hinweis, dass hier vor vielen Jahren ein Kampf getobt hatte. Offensichtlich war es gewaltsam zerstört worden. Die Türflügel hingen verkohlt und zerbrochen in den Angeln. Auch an manchen der Gebäuden waren Spuren von Feuer und Rauch zu sehen. Eine Totenstille herrschte hier.

Oskar wurde mulmig zumute.

Die Stadt war anders als alles, was er vorher gesehen hatte. Es schien keine geraden Linien oder senkrechte Flächen zu geben. Kein Haus glich dem anderen. Da gab es Quader, Türme und Zylinder, Halbkugeln, Kegel und Pyramiden, alles wild durcheinandergewürfelt und in den unmöglichsten Anordnungen übereinandergestapelt. Ein paar der Gebäude waren im Lauf der Jahre eingestürzt, doch der überwiegende Teil war intakt. Überraschenderweise waren die Häuser sehr klein. Die Türöffnungen reichten Oskar gerade mal bis zur Schulter, was den Eindruck noch verstärkte, dass sie von Kindern erbaut worden war.

Je weiter sie kamen, desto höher türmten sich die Lehmbauten übereinander. Manche klebten wie Schwalbennester in der Felswand. Die wenigsten besaßen Fenster, doch hin und wieder sah man eine Tür, die in dunkle Tiefen führte. Humboldt deutete auf einen Eingang unterhalb eines steilen Felsüberhangs. Er wurde von zwei mächtigen Steinsäulen flankiert, auf denen seltsame Symbole zu sehen waren. Die Pforte schien tief in den Berg zu führen. Der Forscher holte eine weitere Magnesiumfackel aus seiner Tasche und betrat das Bauwerk. Nur wenige Augenblicke später hörten sie seine Stimme. »Kommt mal her! Das müsst ihr euch ansehen.«

Sie folgten ihm und blieben verwundert am Eingang stehen. Vor ihnen lag eine große Höhle, in deren Ende ein weiterer Gang mündete. Seltsame Zeichnungen bedeckten Decke und Wände.

»Schaut euch das an.« Das Licht von Humboldts Fackel warf zuckende Schatten an die Wände. »Ist das nicht sensationell?«

»Was ist das?«, fragte Charlotte.

»Ich glaube, das sind Darstellungen von Planeten und Sternen. Seht mal, hier sind Sternbilder.« Er ging an der Wand entlang, bis er bei einer besonders großen Zeichnung stehen blieb. »Das zum Beispiel ist Orion – der große Jäger. Er sieht aus wie ein großes X mit einem Gürtel aus drei kleineren Sternen in der Mitte. Man nennt sie das Schwertgehänge.« Er starrte auf die Abbildung. »Seht ihr das hier in der Mitte?« Er tippte auf einen kleinen Stern neben dem Sternbild. »Wenn man die drei Sterne des Oriongürtels nach unten links verlängert, kommt man direkt zu Sirius, dem hellsten Stern am Nachthimmel. Er scheint eine besondere Bedeutung für die Tellem gehabt zu haben.«

»Wie kommen Sie darauf?« Oskar kam neugierig näher.

»Der kleine Stern daneben wurde besonders hervorgehoben. An dieser Stelle wurde sogar ein Edelstein eingelassen, siehst du?« Er zeigte auf einen Punkt, der im Licht der Fackel geheimnisvoll glitzerte. Humboldt ließ seinen Blick schweifen und gab dann Oskar die Fackel. »Hier, halt mal.« Er durchmaß den Raum mit schnellen Schritten und kam dann wieder zurück. »Das ist ja seltsam«, sagte er.

»Was meinen Sie?« Oskar hatte keine Ahnung, was den Forscher so in Aufregung versetzte.

»Sieh dich mal um«, sagte Humboldt. »Wenn man alle vier Wände miteinbezieht, so muss man zu dem Schluss kommen, dass dieser Stern den Mittelpunkt des gesamten Raums darstellt. Er ist sozusagen das Zentrum.«

»Bestimmt hatte er für die Menschen, die diese Stadt erbaut haben, eine besondere Bedeutung.«

»Zweifellos, zweifellos.« Der Forscher nickte. »Das Komische ist nur, dass sie von diesem Stern eigentlich gar nichts gewusst haben konnten.«

Jetzt waren auch Charlotte und Eliza herangekommen. »Wieso nicht?«, wollte Charlotte wissen.

»Weil er mit bloßem Auge nicht zu erkennen ist.«

»Sagtest du nicht, es wäre der hellste Stern im Nachthimmel?«

»Sirius Alpha, ja. Aber das hier ist Sirius Beta, sein kleiner Begleiter. Er ist so lichtschwach, dass er von der Helligkeit seines Gefährten einfach überstrahlt wird. Sirius Beta ist ein sogenannter Weißer Zwerg. Trotzdem ist er hier abgebildet.« Er tippte auf den Edelstein. »Dass Sirius ein Doppelstern ist, wurde erst 1862 von Alvan Graham Clark entdeckt, und zwar mithilfe modernster astronomischer Geräte. Keine Ahnung, wie die Tellem davon wissen konnten. Kommt, lasst uns weitergehen.« Er richtete die Magnesiumfackel auf die zweite Öffnung, hinter der ein paar Treppen nach oben führten. Mit gesenktem Kopf eilte er den steinernen Gang empor. Dicke Rauchschwaden waberten über ihren Köpfen, während sie die enge Wendeltreppe emporstiegen.

Nach einer gefühlten Ewigkeit sahen sie Tageslicht in den Treppenschacht strömen. Noch ein paar Meter und sie hatten ihr Ziel erreicht. Sie traten auf eine kreisförmige Plattform hinaus und schauten in die Runde. Oskar war ganz geblendet von der Helligkeit und der Weite, die ihn umgab. Sie befanden sich auf der Spitze des Turms, den sie aus der Ferne gesehen hatten. Das Dach wurde von einem Kranz aus Steinblöcken flankiert, die ihn wie einen mittelalterlichen Wehrturm aussehen ließen. Vorsichtig trat Oskar näher. Dreißig Meter unter ihnen lag die Stadt. Der Ausblick war atemberaubend. Die Lehmbauten sahen aus wie Spielzeughäuser. Dutzende von Gassen und Straßen durchkreuzten das Gewirr, ehe sie sich bei einem zentralen Platz im Herzen der Stadt vereinten. In der Mitte dieses Spinnennetzes stand ein seltsames Gebäude. Kuppelförmig, mit vier Türmen an jeder Seite und einer langen Treppenflucht, die von allen Seiten zur Hauptpforte hin anstieg.

Das musste der Tempel sein, den Bellheim in seinem Tagebuch erwähnte. Das Gebäude, über das er nur in Rätseln und Andeutungen schrieb. Oskar fragte sich, was wohl in seinem Inneren sein könnte.

Er wollte gerade die Aufmerksamkeit seiner Freunde darauf richten, als er eine Bewegung bemerkte. Direkt neben dem Tempel. Er kniff die Augen zusammen. Kein Zweifel, da war etwas.

Er tippte dem Forscher auf die Schulter.

»Vater?«

»Ja?«

»Sagten Sie nicht, die Stadt wäre unbewohnt?«

»Ja, das sagte ich. Warum?«

Oskar deutete nach unten.

33

Yatimè schaute hinauf zur Spitze des Sternenturms. Der bleiche Mann aus ihrem Traum war da oben. Und er war nicht allein. Ihm zur Seite standen ein Junge – ebenfalls hellhäutig – sowie zwei Frauen. Eine so blass wie der Mond, die andere dunkel wie sie selbst.

Yatimè erinnerte sich mit Schaudern an ihre Vision und an das fliegende Tier mit dem fetten Bauch und den breit ausladenden Flügeln. Ängstlich schaute sie sich um. Wie waren die vier hier hinaufgelangt? Hatte das Tier sie hier abgesetzt?

In diesem Moment fiel der Blick des Jungen auf sie. Aufgeregt wandte er sich an den bleichen Mann und gestikulierte dabei in ihre Richtung. Man hatte sie entdeckt!

Yatimè stieß einen kurzen Pfiff aus, dann tauchte sie zusammen mit Jabo zwischen den Schatten der Häuser unter.

Oskar eilte die Treppen hinunter und hinaus auf den Vorplatz. Im Nu hatte er die Stelle erreicht, an der sie gestanden hatte. Er hatte sich ihre Erscheinung genau eingeprägt. Ein kleines Mädchen, vielleicht elf oder zwölf Jahre alt. Sie hatte einen farbigen Wickelrock getragen, ein buntes Kopftuch und lederne Schlappen. Über ihrer

Schulter hatte ein Bündel mit trockenen Ästen gehangen. Auch der Hund war deutlich zu erkennen gewesen. Ein kleines, krummbeiniges Tier, dem man schon von Weitem ansah, dass es viele Kämpfe ausgefochten hatte.

Jetzt waren die beiden verschwunden.

»Hier!«, rief er. »Hier haben die beiden gestanden. Seht ihr? Überall Fußabdrücke. Das Mädchen hatte einen Stab bei sich.« Er wies auf die runden Punkte im Sand. »Sie trug ein Kopftuch und einen Wickelrock. Der Hund war so ein kleiner, verkrüppelter Kläffer, der beim Gehen hinkte.«

Humboldt ließ seinen Blick schweifen. »Ich dachte immer, die Dogon würden dieses Plateau meiden. Im Tagebuch stand zu lesen, es würde unter Strafe stehen hierherzukommen.«

»Bellheim schreibt, dass es in der Vergangenheit Zwischenfälle gab, bei denen Menschen zu Schaden gekommen sind«, sagte Charlotte. »Die Ältesten haben daraufhin verboten, dieses Plateau zu betreten.«

»Was für Zwischenfälle?«, fragte Oskar.

Humboldt schüttelte den Kopf. »Keine Ahnung, aber um das herauszufinden, sind wir ja hier.«

»Das Mädchen scheint sich jedenfalls von dem Verbot nicht abschrecken zu lassen«, sagte Charlotte.

»Sie ist immer noch hier«, sagte Eliza. »Ich kann sie spüren. Sie hält sich versteckt und beobachtet jede unserer Bewegungen.«

»Soll sie ruhig«, sagte Humboldt. »Wenn sie Kontakt mit uns aufnehmen will, wird sie schon kommen. Ansonsten bin ich sicher, dass sie ohne das Wissen ihrer Eltern hier ist.« Er stemmte die Hände in die Hüften. »Wenden wir uns lieber diesem Tempel zu. Ich möchte endlich ein paar Antworten erhalten. Kommt ihr mit?«

Gemeinsam durchquerten sie die verdorrten Gärten und betraten die breite Treppenflucht. Das Gebäude wirkte von unten betrachtet wesentlich größer. Es war mindestens zehn Meter hoch und komplett aus rötlichem Lehm errichtet. Oben war eine halbrunde Kuppel, in deren Scheitelpunkt sich eine Öffnung befand, durch die Tageslicht ins Innere des Tempels fiel. Die Pforte war offen und erlaubte einen Blick nach innen. Der Saal war groß und leer. Keine Säulen, keine Statuen oder sonstige Verzierungen. Kein Hinweis darauf, wozu er eigentlich diente. Dort, wo das Licht auftraf, war etwas in die Erde eingelassen. Es leuchtete in einem tiefen Smaragdgrün und war in einen Ring aus schwarzem Onyx und purem Gold eingelassen. Ein Stein?

Oskar wollte schon den Tempel betreten, als er plötzlich die Stimme aus der Ebene wieder hörte.

»Hallo, mein Junge!«

Wie angewurzelt blieb er stehen. Die Stimme war ganz nah, direkt in seinem Kopf.

»Wie schön, dass du gekommen bist. Ich habe schon fast nicht mehr damit gerechnet.«

Er schnappte nach Luft. Er hatte gedacht, er hätte sich das damals nur eingebildet, jetzt wurde ihm klar, dass diese Stimme tatsächlich existierte.

Eliza spürte sofort, dass etwas nicht stimmte. Sie kam

zu ihm und legte ihren Arm um ihn. »Alles in Ordnung?«

»Ich ... ich weiß nicht. Mir ist so schwindelig.«

Sie begleitete ihn ein paar Schritte die Stufen hinunter. »Vielleicht warst du zu lange in der Sonne. Willst du dich hinsetzen?«

»Danke, nicht nötig«, murmelte er. »Es geht schon wieder. Ein Schluck Wasser wäre nicht schlecht.«

Eliza reichte ihm die Flasche. Er nahm einen tiefen Schluck und gab sie ihr zurück. »Schon besser«, sagte er. »Ich war nur kurz etwas weggetreten. Ich habe geglaubt, eine Stimme gehört zu haben.«

»Eine Stimme?« Sie runzelte die Stirn.

»Ja, ich weiß, es klingt blöd. Trotzdem, ich könnte schwören, dass jemand mit mir gesprochen hat. Vielleicht habe ich mir das aber auch nur eingebildet.«

Eliza blickte sich um. »Hast du nicht«, flüsterte sie. »Ich kann es auch hören.«

»Ehrlich?«

Sie nickte. »Allerdings ist es bei mir weniger eine Stimme als vielmehr eine Melodie. Ich kann sie hören, seit wir in den Sandsturm geraten sind.«

»Was ist das?« Oskar wurde es langsam unheimlich zumute. Wenn Eliza es auch hörte, konnte es unmöglich Einbildung sein.

»Keine Ahnung. Ich weiß nur, dass wir vorsichtig sein sollten. Irgendetwas stimmt hier nicht. Ich spüre einen fremden Willen und er ist uns nicht unbedingt freundlich gesinnt.«

»Ich glaube, ich weiß, was das sein könnte.« Humboldts Stimme schien aus weiter Ferne zu kommen. Der Forscher stand am Eingang des Tempels und starrte auf den seltsamen Stein.

»*Der gläserne Fluch*. Auch bekannt unter den Namen *Feuer des Himmels* oder *Auge der Medusa*.« Um seine Lippen spielte ein geheimnisvolles Lächeln. »Angeblich ein Meteorit aus den Tiefen des Weltraums.«

»Der Meteorit in Bellheims Tagebuch«, entfuhr es Oskar.

Humboldt nickte. »Es gibt Dutzende Geschichten, die sich um ihn ranken. Ich hätte nur nie für möglich gehalten, dass er tatsächlich existiert. Noch viel weniger hätte ich erwartet, dass wir ausgerechnet hier daraufstoßen könnten. Als ich Bellheims Tagebuch las, kam mir zum ersten Mal der Verdacht, dass es sich um den magischen grünen Stein handeln könnte, von dem in den Legenden die Rede ist. Ich wollte meine Hoffnungen allerdings nicht zu hoch hängen, deswegen habe ich euch nichts davon erzählt.«

»Und was sind das für Geschichten?«

»Vor ungefähr zehntausend Jahren war Nordafrika grün und fruchtbar. Dort, wo heute die größte Wüste der Erde ist – die Sahara –, gab es damals riesige Seen, Flüsse und alle Arten von Tieren. Löwen, Giraffen und Elefanten. Doch dann fiel etwas vom Himmel und landete in dem Gebiet, das wir heute als Algerien kennen. Von diesem Zeitpunkt an wurde alles anders. Es fiel kein Regen mehr. Die Seen und Flüsse trockneten aus, das Land wurde trocken. Erst starben die Tiere, dann die Menschen. Nur die stärksten und zähesten von ihnen überlebten. Das Land wurde zur Wüste. Die Tellem stammten ursprünglich aus der Sahara. Sie erkannten, dass die Ursache für die Trockenheit bei dem seltsamen Stein lag, gruben ihn aus und brachten ihn fort. Vermutlich hofften sie, ihre Heimat würde sich wieder erholen, doch die Sahara blieb eine Wüste. Also nahmen die Tellem den Stein und verbargen ihn hoch oben auf einem Berg, auf dass er niemandem mehr Schaden zufügen könne. Ihre Rechnung ging auf, doch sie zahlten einen hohen Preis.« Seine Stimme wurde leiser. »Sie wurden von dem Stein verändert. Er saugte ihnen das Leben aus und machte sie zu willenlosen Sklaven. Marionetten, die nach Belieben ihre Form verändern konnten. Sie wurden zu Glasmenschen.« Er warf Oskar einen vielsagenden Blick zu. »Vielleicht versteht ihr jetzt, warum ich dieser Sache nach dem Ereignis mit Bellheim auf den Grund gehen musste.«

»Dann hat dieses Ding Bellheim verändert?« Oskar schaute mit wachsendem Unbehagen auf die grüne Erhebung im Inneren des Tempels. Dieser Stein sollte für die Entstehung der größten Wüste der Welt verantwortlich sein? Schwer vorstellbar. Allerdings, was diese Stimmen betraf …

»Ich glaube, wir sollten sehr vorsichtig sein«, murmelte er.

»Genau das habe ich vor.« Der Forscher blickte die Gefährten der Reihe nach an. »Keiner von euch betritt diesen Tempel. Das gilt auch für dich, Wilma. Keine Extratouren. Wenn auch nur ein Bruchteil der Geschichten stimmt, dann ist dieser Stein in höchstem Grad gefährlich.«

Der Forscher zog Bellheims Tagebuch heraus und schlug es auf. »Ich habe Stunden damit verbracht, die Mosaiksteinchen zusammenzusetzen. Vieles ist mir immer noch nicht klar, aber eines ist sicher: Bellheim war hier und er hat den Tempel betreten. Nachdem er ihn verließ, war er ein anderer. Seine Eintragungen, seine Gedanken, selbst seine Handschrift veränderten sich. Er war nicht mehr der offene und herzliche Mann, mit dem ich zusammen an der Universität studiert habe. Er wurde schweigsam, ernst und verschlossen. Seine Aufzeichnungen wurden lückenhaft, seine Gedanken wirr. Wenn man die Notizen vergleicht, fallen einem immer wieder Dinge auf, die einfach nicht zusammenpassen. Zeiten verschwimmen, sein Vokabular wird fehlerhaft. Es ist, als hätte er sein Tagebuch nur noch geführt, um keinen Verdacht auf sich zu lenken. Als wäre er ein fremdes Wesen in einem Tarnanzug.«

Die letzten Worte trafen Oskar wie ein Schlag. Er dachte an seinen Arm, der seit dem Kampf mit Bellheim irgendwie infiziert war. »Was machen wir denn jetzt?«, fragte er und es schwang Panik in seiner Stimme.

»Vor allem müssen wir sehr vorsichtig sein.« Humboldt stellte seine Tasche ab, zog seinen Gehstock aus dem Gürtel und legte ihn daneben. »Ein Objekt, das in der Lage ist, fruchtbares Land in eine öde Wüste zu verwandeln, ist sicher noch zu anderen Dingen fähig.« Er öffnete die Tasche und entnahm ihr ein paar kleine, verschließbare Metallbehälter, einen Spatel sowie eine Pinzette. Das alles legte er sorgfältig auf ein zuvor ausgebreitetes Tuch. Oskar konnte sich keinen Reim darauf machen. Er wusste nur, dass er von hier wegwollte. Diese Stadt und der Tempel verströmten eine geradezu fühlbare Feinseligkeit. Auch Eliza und Charlotte wirkten nervös.

Humboldt war der Einzige, der ruhig blieb. Er ergriff seinen Stock und stand auf.

»Wartet hier.«

Vorsichtig setzte er einen Fuß ins Innere des Tempels. Es konnte eine optische Täuschung sein, aber Oskar kam es so vor, als würde der Stein plötzlich anfangen zu pulsieren. Das Licht schien heller zu werden.

Humboldt machte noch einen Schritt, dann blieb er stehen. Er war jetzt etwa anderthalb Meter im Inneren des Tempels. Lauschend hielt er den Kopf in die Höhe.

»Was ist denn?«, rief Charlotte. »Kannst du etwas hören?«

»Ich bin mir nicht sicher. Ich hatte den Eindruck, eine Melodie gehört zu haben. Als würde man zwei Gläser gegeneinanderstoßen.«

Eliza blickte Oskar erschrocken an. Oskar nickte. Wortlos.

»Besser du kommst da raus!«, rief Eliza. »Mit dem Stein stimmt etwas nicht.«

»Nicht nur mit dem Stein. Es ist der Tempel«, sagte Humboldt. »Ich kann ihn hören. Er spricht zu mir.«

In diesem Moment war eine Bewegung auf dem Boden

zu sehen. Der Forscher blickte nach unten. Die Stelle, an der er stand, sah aus, als bestünde sie aus Wasser. Hastig trat er einen Schritt zurück. Er konnte aber nicht verhindern, dass er bis über den Knöchel einsank. Oskar hechtete nach oben und zog ihn aus der Gefahrenzone. Als er ins Tageslicht taumelte, blickten alle entsetzt auf Humboldts Stiefel. Das Leder war mit kleinen grünen Kristallen bedeckt, die hektisch herumwuselten und dabei leise sirrende Laute ausstießen. Es sah aus, als wäre der Forscher in einen Haufen hellgrüner Ameisen getreten. Einige der Dinger fingen bereits an, sich in das Leder zu bohren. In Windeseile zog Humboldt die Stiefel aus und warf sie auf die Seite. »Himmel!«, stieß er aus. »Die sind aber schnell.«

Alle schauten auf die Stiefel. Das Leder hatte eine seltsam matte Färbung angenommen. Als nichts weiter geschah, gingen sie langsam darauf zu.

Der Forscher nahm seinen Stock, steckte ihn in einen der Stiefel und hielt ihn gegen das Licht. Dutzende winziger Löcher schimmerten im Sonnenlicht. Das Leder war regelrecht durchsiebt. Doch von den Körnern fehlte jede Spur.

Oskar wich zurück. Er bildete sich ein, der Boden wäre überall in Bewegung geraten. Wohin er auch blickte, sah er Sandkörner herumwuseln. Unter seinem Verband pochte und brannte es. Seine Kehle war wie zugeschnürt. »Weg ... ich will weg hier«, stammelte er.

»Beruhige dich. Die Kristalle sind fort.«

»Sind Sie sicher?«

»Hundertprozentig. Seht euch doch mal um. Nicht der geringste Hinweis auf irgendwelche krabbelnden Sandkörner. Und aus meinen Stiefeln sind sie auch verschwunden. Ich glaube, sie meiden direktes Sonnenlicht. Kann aber auch sein, dass Sie nur innerhalb eines streng abgezirkelten Radius um den Hauptkristall existieren können. Was immer es ist, wir müssen es genau untersuchen.«

Oskar bekam langsam wieder Luft. »Was sind das für Dinger?«, stammelte er. »Tiere?«

»Glaube ich nicht.« Humboldt betrachtete seine Stiefel, prüfte, ob die Kristalle wirklich alle verschwunden waren, dann zog er sie wieder an. Sie sahen etwas mitgenommen aus, hielten aber. Nachdem er ein paar Schritte unternommen hatte, packte er seinen Stab. »Oskar, schnapp dir ein Metallgefäß und folge mir.«

»Was haben Sie vor? Sie wollen doch nicht etwa noch mal da rein?«

»Von *wollen* kann keine Rede sein. Ich muss. Ich benötige eine Probe für eine genauere Untersuchung und du wirst mir dabei helfen. Komm schon, sie tun dir nichts. Du darfst nur ihren Tempel nicht betreten.«

Oskar überlegte kurz, ob er sich einfach weigern sollte, schluckte seine Furcht dann aber herunter. Er durfte seinen Vater nicht enttäuschen, es hing zu viel davon ab. Vielleicht gelang es ihm ja, ein Gegenmittel zu finden.

Er nahm eine der Dosen und folgte ihm zum Eingang. Humboldt hielt seinen Stab mit ausgestrecktem Arm und bohrte die metallene Spitze in den Sand. Sofort begannen die Sandkörner umeinanderzutanzen und zu sirren. Ein paar von den grünen Dingern blieben am Metall haften und versuchten, sich in das Material zu bohren. Humboldt zog den Degen aus der Erde und hielt ihn prüfend vors Auge. »Ha«, sagte er. »Genau wie ich gedacht habe. Metall können sie nichts anhaben. Schnell, Oskar, die Dose.«

Oskar schraubte den Deckel ab und hielt seinem Vater das Gefäß hin. Der Forscher zog sein Messer aus dem Futteral und strich die Körner in die Dose. Rasch stülpte Oskar den Deckel wieder drauf und drehte ihn fest. Im Inneren kratzte und raschelte es. Humboldt überprüfte, ob das Gefäß auch wirklich dicht war, dann nickte er. »Und jetzt nichts wie zurück. Ich kann es kaum erwarten, an diesen Dingern ein paar Experimente durchzuführen.«

34

Es war spät am nächsten Morgen, als Oskar die Augen aufschlug. Er lag in seinem Bett und blickte zu dem weißen Baldachin empor. Die Sonne war ein gutes Stück über den Fußboden gewandert und berührte bereits den Stuhl neben ihm. Das bedeutete, es war schon mindestens zehn Uhr.

Er sprang aus dem Bett und zog sich an. Er wusste noch, wie er gestern Nacht in sein Zimmer getaumelt und todmüde aufs Bett gefallen war. Er hatte nicht mal die Zeit gehabt, sich auszuziehen. Ohne sich zu kämmen oder die Zähne zu putzen, verließ er seine Hütte und rannte hinüber zu der seines Vaters. Wie immer waren etliche Missionare im Garten zu sehen. Sie gingen herum, die Hände zum Gebet gefaltet und die Gesichter gesenkt. Als er an ihnen vorbeirannte, hoben sie die Köpfe und schauten ihm hinterher. Täuschte er sich, oder lag da so etwas wie Misstrauen in ihren Blicken? Er versuchte, etwas langsamer zu laufen, aber die Neugier trieb ihn vorwärts. Er wollte unbedingt wissen, ob Humboldt schon etwas über die Kristalle in Erfahrung gebracht hatte.

Die Vorhänge vor den Fenstern des Forschers waren immer noch geschlossen. Seltsam. Humboldt war bekannt dafür, dass er nur wenige Stunden Schlaf benötigte. Oskar trat an die Tür und klopfte.

Nichts geschah.

Noch einmal klopfte er. »Hallo?«

Die Missionare schauten zu ihm herüber. Ausdruckslos. In ihren Augen lag keine Freundlichkeit. Die Sonne stach ihm ins Genick. Oskar spürte, wie ihm der Schweiß ausbrach. Noch einmal klopfte er. Wieder nichts.

Er wollte schon umdrehen, als er die Stimme Charlottes hörte. »Wer ist da?«

»Ich bin's, Oskar. Mach auf.«

Die Tür öffnete sich einen Spalt, dann erschien Charlottes Gesicht. Sie warf einen kurzen Blick auf die Missionare, dann packte sie ihn am Ärmel und zog ihn rein. Kaum war er drin, fiel die Tür auch schon wieder ins Schloss.

»Was ist denn hier los?«, fragte Oskar. »Was soll die Geheimniskrämerei? Warum habt ihr nicht aufgemacht? Ich war kurz davor, wieder zu gehen ...«

»Psst.« Humboldt stand an einem hell erleuchteten Tisch, auf dem ein Versuchsstand aufgebaut war, und blickte streng zu ihnen herüber. Er trug seine Sonnenbrille und hatte eine Art Arbeitskittel angezogen.

»Er hat die ganze Nacht durchgearbeitet«, flüsterte Charlotte, während sie Oskar an den Tisch führte. Auch Eliza stand dort.

»Wir dachten, es sei einer von den Missionaren, darum haben wir erst gar nicht aufgemacht«, erklärte Charlotte.

»Aber warum?«, flüsterte Oskar.

»Wir wollen nicht, dass etwas von unseren Experimenten durchsickert. Erinnerst du dich, als der Prior uns neulich Abend zum Abschied den Rat gegeben hat, wir sollen nicht versuchen, das fremde Plateau zu erreichen?«

»Weiß ich noch, ja«, erwiderte Oskar.

»Er war sehr deutlich in seiner Ablehnung und sagte, er gebe nichts auf diese Geschichten, es könnte die Missionare gegen uns aufbringen.«

»Stimmt«, sagte Oskar. »Ich habe mir nichts dabei gedacht, aber jetzt, wo du es sagst ... Meinst du, sie haben etwas rausgekriegt?«

»Vielleicht. Jedenfalls benehmen sie sich recht komisch. Deswegen die Vorhänge und die verschlossene Tür.«

Oskar reckte den Hals. »Habt ihr denn schon etwas herausgefunden?« Sein Blick fiel auf den Metalldeckel, in dem eine Handvoll grüner Körner hysterisch umeinanderkrochen.

»Humboldt vermutet, dass es eine Art Pflanze ist«, sagte Charlotte. »Allerdings keine Pflanze, wie wir sie kennen. Sie stammt eindeutig nicht von der Erde.«

»Woher dann?«

»Vermutlich von sehr weit weg aus dem Weltraum. Sie repräsentiert eine Form von Leben, die auf der Erde unbekannt ist.«

»Und wie kommt ihr darauf?«

»Sieh es dir selbst an.« Humboldt nahm seine Schutzbrille ab und deutete auf einen Metalleimer, der in einem schattigen Winkel des Raums stand. Oskar hatte ihn vorhin schon bemerkt, ihm aber keine Beachtung geschenkt. Jetzt trat er neugierig näher. Irgendetwas blinkte und funkelte darin.

»Was ist das?«

»Das habe ich letzte Nacht eingesät, und schau, wie prächtig sie schon gediehen sind«, sagte der Forscher nicht ohne Stolz.

Oskar trat näher. Die Gebilde sahen irgendwie unheimlich aus. Schlanke, nadelförmige Spitzen, die komplett aus grünem Glas zu bestehen schienen. Während er noch zuschaute, platzte eine dieser Nadeln auf und ein weiterer Trieb schob sich daraus hervor, höher und länger als der erste. Die beiden Teile, die abgefallen waren, verschwanden in der Erde. Es dauerte jedoch nicht lange, bis an ihrer Stelle zwei neue Triebe aus dem Boden wuchsen. Ein Singen und Klingen erfüllte die Luft. Die Stäbe wirkten so hauchdünn und zerbrechlich, als ob sie beim kleinsten Lufthauch in sich zusammenfallen könnten. Oskar spürte jedoch, dass das nur eine Täuschung war und dass sie sehr wohl in der Lage sein würden, sich zu verteidigen.

»Das soll eine Pflanze sein?«

Der Forscher nickte. »Eine Pflanze aus Glas. Aus Silizium, um genau zu sein. So etwas gibt es auf der Erde nicht. Das Leben bei uns ist aus Kohlenstoffverbindungen aufgebaut.«

»Wie haben Sie das Ding so schnell zum Wachsen gebracht?«, fragte Oskar angewidert.

»Mit Wasser. Ein paar Tropfen genügen.«

»Das ist alles? Einfach nur Wasser?«

Humboldt bestätigte es. »Ich habe festgestellt, dass das Wesen drei Dinge zum Überleben braucht: Wasser, Silizium – wie es in Sand enthalten ist – und Wärme. Direktes Sonnenlicht verhindert das Wachstum, aber im Schatten gedeihen die Pflanzen prächtig.«

»Und das alles aus den paar Körnern? Was geschieht, wenn man sie in einen Brunnen werfen würde?«

»Daran wage ich gar nicht zu denken. Die Folgen wären vermutlich furchtbar. Aber jetzt sieh her. Das Tollste kommt noch. Ich glaube, dass diese Kreatur in der Lage ist, die Gestalt anderer Lebewesen anzunehmen. Sie dringt in sie ein, übernimmt sie und setzt ihre Zellen anstelle der ursprünglich vorhandenen. Der erste Versuch mit einer normalen Hausfliege war, genau genommen, nur ein Unfall, aber er hat mich auf die Idee gebracht.«

»Was für eine Hausfliege?«

Charlotte schlang die Arme um ihren Körper. »Sie hockte auf dem Rand der Metallschale, als eines der Sandkörner zu ihr hochkroch und blitzschnell in sie eindrang. Die Fliege hatte nicht mal die Chance davonzufliegen. Sie saß einfach nur da und ließ es geschehen.«

»Und dann?« Oskar betrachtete seinen Arm, als könnten Fliegenbeine daraus hervorwachsen.

»Die Fliege fing an zu rucken und zu zucken. Sie fiel auf den Tisch und blieb da liegen. Wir dachten schon, sie wäre tot, doch dann wurde sie plötzlich wieder lebendig. Sie schwirrte los und setzte sich auf das Fenster.« Charlotte deutete auf das Glas. Oskar trat näher und entdeckte, dass dort ein Loch war. Wie eine Verätzung. »Sie fing an zu fressen«, sagte sie. »Sie fraß das Glas und wurde dabei immer größer und durchscheinender. Es war unheimlich.«

»Was habt ihr mit ihr gemacht?«

Humboldt stieß ein verlegenes Räuspern aus.

»Ich habe sie erschlagen«, sagte Charlotte. »Nicht sehr wissenschaftlich, ich weiß, aber du hättest sie sehen sollen. Sie war zu einer echten Monsterfliege geworden.« Sie schüttelte sich.

»Ein unbedeutender Fehlschlag«, sagte Humboldt. »Unser nächster Versuch wird uns Gewissheit bringen. Wenn wir wissen, womit wir es zu tun haben, können wir vielleicht eine Methode entwickeln, es zu bekämpfen.«

»Was haben Sie vor?«

Humboldt klopfte auf eine Schachtel, die neben der Metallschale auf dem Tisch stand. Von innen kamen raschelnde Geräusche. Er zog einen Handschuh über, dann klappte er den Deckel auf. Es war eine Maus. Eine ganz gewöhnliche Hausmaus, wie sie zu Dutzenden auf dem Gelände der Mission herumliefen. Morgens, wenn die ersten Sonnenstrahlen die Veranda wärmten, kamen sie aus ihren Löchern.

»Ich gebe zu, die Fliege war ein vielversprechender Anfang, aber sie ist nur ein Insekt«, sagte der Forscher. »Insekten sind so andersartig, dass wir daraus keine eindeutigen Schlüsse ziehen können. Dieser kleine Geselle hier wird uns hoffentlich ein paar Fragen beantworten.« Er griff in die Schachtel und hob die kleine Maus an ihrem Schwanz empor.

Oskar wollte schon fragen, ob das wirklich nötig war, da hatte der Forscher den kleinen Nager bereits in die Schale mit den Sandkörnern gesetzt.

Sofort hörte die Bewegung auf. Die Körner blieben ganz ruhig, als würden sie auf etwas warten. Die Maus trippelte von einer Seite der Schale zur anderen, hielt schnuppernd die Nase in die Luft und suchte nach einem Ausweg. Ihre kleinen Füße rutschten bei dem Versuch, den gewölbten Metallrand zu erklimmen, immer wieder ab. Als sie einem der Sandkörner zu nahe kam, geschah es. Das Korn sauste unter ihr Fell und verschwand. Irritiert blieb die Maus stehen. Sofort kamen die anderen Sandkörner herangekrochen. Es gab ein kurzes Aufschimmern, dann waren sie verschwunden.

Das Tier schüttelte sich. Es stieß ein kleines Quietschen aus, dann fiel es um. Stocksteif, die Beine in die Luft gestreckt.

Oskar verzog angewidert den Mund. Er mochte Mäuse nicht besonders. In Berlin waren sie seine Feinde gewesen. Mehr als einmal hatten sie seine kompletten Vorräte vernichtet. Doch selbst einer Maus wünschte er nicht ein solches Schicksal.

Der kleine Körper fing an zu zucken, als würde er von elektrischen Stromstößen durchdrungen. Die Beinchen strampelten hektisch, dann bewegte sich auch das Näschen.

Oskar wollte den kleinen Nager streicheln, doch Humboldt hielt ihn zurück. »Das würde ich an deiner Stelle lieber nicht tun.« Er deutete auf die Maus, die nun langsam wieder zum Leben erwachte. Sie rollte herum, stellte sich wieder auf die Beine und blickte misstrauisch in die Runde. Die vier Abenteurer rückten näher. So nahe, dass sie beinahe mit ihren Köpfen zusammenstießen. Die Maus wirkte irgendwie verändert, auch wenn Oskar nicht genau sagen konnte, worin die Veränderung bestand. Sie war in etwa so groß wie vorher, das Fell hatte dieselbe Farbe, Nase und Füße denselben rosa Schimmer. Und doch war es definitiv eine andere Maus. Dann fiel es ihm auf. Es waren die Augen.

Sie waren grün. Ein sattes, tiefes Grün, das beinahe in Schwarz überging.

Er wollte die anderen gerade darauf aufmerksam machen, als die Maus einen riesigen Satz machte und in hohem Bogen aus der Schale heraussprang. Sie landete auf allen vieren und rannte quer durch das Zimmer und unter das Bett.

»Schnell, fangt sie ein!« Humboldt packte eine Metalldose und rannte um das Bett. »Wir dürfen sie nicht entwischen lassen. Charlotte und Eliza, ihr geht auf die andere Seite. Versucht, sie zu mir rüberzuscheuchen. Komm, Oskar.«

Zu viert versuchten sie, die Maus einzufangen, doch das war leichter gesagt als getan. Das Tier verhielt sich nicht wie eine Maus. Anstatt panisch in eine Richtung zu entwischen, hockte es unter dem Bett und beobachtete seelenruhig, wie die vier Menschen sich abmühten, zu ihm zu gelangen. Erst als Humboldt so weit unter das Bett gekrochen war, dass er sie mit der Hand erreichen konnte, reagierte sie. Ihre Bewegungen wirkten alles andere als ängstlich oder nervös. Kühl und überlegt hüpfte sie über seine Hand, machte einen Schlenker um Eliza herum und steuerte dann schnurstracks auf Wilma zu. Die Kiwidame beobachtete, wie die Maus immer näher auf sie zukam, dann wich sie ängstlich zurück. Plötzlich sahen alle, wohin die Maus wollte.

»Die Tür!«, brüllte Humboldt. »Sie will unter der Tür durch. Charlotte, schnell!«

Doch die Maus war schneller. Charlotte hatte nach einem Handtuch gegriffen und wollte damit eben die Ritze verschließen, da schoss der kleine Nager schon untendurch. Sie sahen noch das Hinterteil und den Schwanz, dann war sie verschwunden.

»Verdammt.« Humboldt krabbelte auf allen vieren zu Tür, riss sie auf – und hielt verdutzt inne.

Die hohe Gestalt des Priors ragte vor ihm auf. In seiner Hand hielt er die Maus, die regungslos an ihrem Schwanz baumelte. Hinter ihm standen weitere Missionare, Männer und Frauen. Ihr Gesichtsausdruck wirkte alles andere als freundlich.

35

»Darf ich fragen, was Sie hier machen?« Der Prior blickte auf den Forscher herab, der auf allen vieren vor ihm kniete. Humboldt hustete verlegen, dann stand er auf. Mit fahrigen Bewegungen klopfte er den Staub von seiner Hose. »Bitte entschuldigen Sie. Ich ... ich war gerade auf der Jagd.«

»Nach einer Maus?« Der Prior hielt den kleinen Nager am Schwanz hoch. »Vielleicht dieser hier?« Das Tier hing ganz ruhig und machte keinerlei Anstalten zu fliehen. Oskar konnte ihre grünen Äuglein schimmern sehen.

Humboldt nickte. »Da ist er ja, der kleine Teufel. Ich erkenne ihn an dem schwarzen Fleck auf dem Kopf.« Er versuchte zu lachen, doch es endete in einem verhaltenen Räuspern. »Sehr nett, dass Sie sie gefangen haben. Dürfte ich sie wiederhaben?«

»Was wollen Sie denn mit ihr?«

»Nun, äh ...« Der Forscher schien ein wenig ratlos, wie er seinen Wunsch begründen sollte, doch dann sagte er: »Wir haben sie im Verdacht, den Ohrring meiner Nichte gestohlen zu haben.«

»Was denn, verschluckt?« Die Augen des Priors wurden klein wie Murmeln. »Sie wollen mich veralbern.«

»Keineswegs«, sagte Charlotte. »Es ist ein Ohrring meiner Mutter. Er bedeutet mir sehr viel.«

Der Prior hielt die Maus ganz dicht vor sein Gesicht. Er

schien ihr direkt in die Augen zu blicken. Plötzlich riss er seinen Mund auf, stopfte das Tier hinein und schluckte es hinunter.

Genüsslich die Augen schließend, leckte er sich über die Lippen.

Die Abenteurer waren sprachlos vor Entsetzen. Als der Prior sich ihnen wieder zuwandte, glaubte Oskar ein grünliches Schimmern in seinen Augen zu erkennen.

»Es war ein großer Fehler, sich meinen Anordnungen zu widersetzen«, sagte der Mann mit veränderter Stimme. »Sie haben Ihre Nase viel zu tief in Dinge gesteckt, die Sie nichts angehen. Es schmerzt mich, Ihnen sagen zu müssen, dass ich Ihnen nicht länger Gastfreundschaft gewähren kann.« Er lächelte, doch es war ein kaltes Lächeln. Mechanisch.

Die Missionare rückten näher. Überall war jetzt dieses grüne Schimmern zu sehen.

Blitzschnell schlug Humboldt die Tür zu. »Rasch! Wir müssen weg hier. Das Fenster im Badezimmer.«

»Aber ... was ist mit den Missionaren?«

»Vergiss die Missionare. Sie sind nicht länger Menschen.«

»Nicht?« Charlotte schüttelte verständnislos den Kopf. »Was dann?«

»Kristallwesen, so wie Bellheim und die Maus.«

»Was? Wie kann das sein? Sie haben uns doch aufgenommen und uns geholfen.«

»Um uns früher oder später zu den ihren zu machen, ja.« Humboldt stemmte sich gegen die Tür, doch er hatte sichtlich Mühe, sie geschlossen zu halten. »Vielleicht hat Bellheim sie infiziert, vielleicht wurden sie aber auch vorher schon befallen. Ist doch auch völlig egal. Wir müssen weg hier, und zwar schnell.« Hinter der Tür waren donnernde Geräusche zu hören. »Kommt schon, macht, dass ihr rauskommt!«

Charlotte und Eliza schnappten ihre Rucksäcke, setzten Wilma obendrauf und rannten los. Oskar war immer noch wie gelähmt.

»Das gilt auch für dich, Junge. Mach, dass du zu den Maultieren kommst, und dann nichts wie weg! Wir müssen versuchen, in Richtung der Berge zu entkommen. Vielleicht können wir sie dort abschütteln.«

»Ohne Wasser und ohne Proviant? Das ist doch Wahnsinn.«

»Red nicht, nimm deine Tasche und dann los. Ich kann sie nicht ewig aufhalten.« Schon wieder polterte es gegen die Tür. Der Riegel bog sich. Das Holz bekam Risse.

Oskar packte seinen Rucksack und rannte in Richtung Bad. Die beiden Frauen hatten sich schon durch das enge Fenster gequetscht und warteten ungeduldig auf der anderen Seite. »Gib mir deine Tasche!«, rief Charlotte. »Wo ist Humboldt?«

»Er kommt gleich nach. Ihr sollt schon mal zu den Ställen laufen und die Maultiere bereit machen. Wir treffen uns dann dort.«

»Und du?«

»Ich werde auf ihn warten.«

Charlotte und Eliza liefen geduckt hinter den Häusern entlang in Richtung der Ställe. Wilma lugte aus dem Rucksack raus und gab ängstliche Laute von sich. Durch die Lücken zwischen den Gebäuden konnte man sehen, dass mittlerweile ein Riesenandrang vor dem Haus des Forschers herrschte. An die zwanzig Ordensschwestern und -brüder waren versammelt und drückten gegen die Tür. Offenbar war ihre Flucht bislang unbemerkt geblieben. Charlotte konnte nur beten, dass das noch eine Weile so blieb.

Die Ställe lagen knapp hundert Meter hinter der Kirche.

»Wir hätten viel vorsichtiger sein müssen«, sagte Eliza. »Ich war so froh, dass man uns aufgenommen hat, dass ich völlig versäumt habe, die Augen offenzuhalten.«

Charlotte wusste genau, wovon Eliza sprach. Ihr ging es nicht anders. Das freundliche Getue des Priors, die merkwürdige Teilnahmslosigkeit der Missionare, im Nachhinein waren das alles Warnsignale. Wenn es nur nicht zu spät war.

Mit geducktem Kopf rannte sie weiter. Plötzlich blieb sie stehen. Sie hatte etwas entdeckt. Eine kleine Stelle an einer Fensterscheibe im rückwärtigen Teil des Schulgebäudes. Normalerweise hätte sie dem keine Bedeutung beigemessen, doch jetzt waren ihre Sinne geschärft.

»Was ist denn?«, fragte Eliza.

»Sieh dir das an.« Charlotte trat näher. In der Scheibe

war ein Loch. Allerdings nicht, weil dort etwas herausgebrochen war, sondern weil es weggeschmolzen war. *Weggeätzt*, genau wie in Bellheims Haus. Charlotte fuhr mit dem Finger über die runden Kanten. »Silizium als Nahrung«, flüsterte sie.

»Wenn es je eines Beweises bedurft hätte, so haben wir ihn jetzt«, sagte sie. »Humboldt hatte recht. Die Missionare sind allesamt befallen.«

Kurze Zeit später erreichten sie die Ställe.

Die Türen standen weit offen und von drinnen waren klappernde Geräusche zu hören. Eliza legte den Finger auf ihre Lippen und schlich näher. Ein breitschultriger Mann war damit beschäftigt, den Tieren in einem Blecheimer Wasser zu bringen.

»Was machen wir jetzt?«, flüsterte Charlotte.

Eliza blickte eine Weile umher, dann schien sie etwas entdeckt zu haben. Sie deutete auf eine Schaufel und machte eine schlagende Bewegung.

»Du willst ihm eins über den Kopf geben?«

»Lässt sich nicht vermeiden.«

»Sei bloß vorsichtig«, flüsterte Charlotte.

Eliza presste die Lippen zusammen, dann schlich sie los. Der Stallbursche war etwa fünf Meter von ihr entfernt. Den Rücken zugewandt, schüttete er Wasser in die Tränken und legte frisches Heu nach. Eliza packte die Schaufel.

Noch vier Meter ...

Drei ...

Eliza holte zum Schlag aus. In diesem Augenblick drehte

der Mann sich um. Mit grünen Augen starrte er sie an. Eliza zögerte. Einen Moment zu lange.

Der Mann öffnete seinen Mund. Eine lange gläserne Schlange schoss daraus hervor und wickelte sich um den hölzernen Stiel. Ein Ruck und die Schaufel flog Eliza aus der Hand. Entsetzt sah Charlotte, wie der Mann auf Eliza zuging. Gerade als es keinen Ausweg mehr zu geben schien, stieß Wilma einen Schrei aus. Das Geräusch wurde durch das Linguaphon verstärkt und war so durchdringend, dass Charlotte sich die Hände auf die Ohren legen musste.

Die Reaktion des Mannes war verblüffend. Er fing an zu zappeln und zu strampeln und kippte dann um wie ein Sack Mehl. Es sah aus, als hätte er einen Krampf. Eliza reagierte schnell. Sie stieg über ihn drüber und öffnete die Stalltüren auf der gegenüberliegenden Seite. »Schnell, Charlotte! Jede zwei Mulis und dann raus! Und vergiss die Sättel nicht.«

Im Nu waren die Tiere bereit. Charlotte warf einen letzten Blick auf den am Boden liegenden Mann. Sein Anfall war mittlerweile vorüber, doch noch immer machte er keine Anstalten, auf die beiden Frauen loszugehen. Seine Brust hob und senkte sich, während er mit weit aufgerissenen Augen unter die Decke starrte.

Jetzt endlich kamen Humboldt und Oskar um die Ecke gerannt. Der Blick des Forschers fiel auf den Mann, dann stieß er hervor: »Schnell! Wir sind ihnen entwischt, aber wer weiß, wie lange das noch anhält. Auf die Maultiere, und dann nichts wie los!«

36

Sie waren etwa einen Kilometer weit gekommen, als Charlotte zum ersten Mal nach hinten blickte. Ihre schlimmsten Befürchtungen schienen sich zu bestätigen. Die Missionare hatten ihre Flucht bemerkt und waren ihnen dicht auf den Fersen. Der Abstand betrug nicht mal 500 Meter.

Charlotte trieb ihr Maultier zu größerem Tempo an. Mit halsbrecherischem Tempo trippelte das Tier über Stock und Stein, immer kurz davor, zu straucheln oder in dem dichten Buschwerk hängen zu bleiben. Felsen versperrten ihnen den Weg. Sie mussten Umwege in Kauf nehmen, während sie von dem ausgetrockneten Flussbett immer weiter nach Norden abgetrieben wurden. Das Sirren Hunderter Insekten lag in der Luft. Schon bald befanden sie sich in einer Gegend, die ihr vollkommen unbekannt war. Die Felswände des Tafelbergs rückten immer näher. Die Sonne brannte gnadenlos auf sie herab. Charlotte kam sich vor, als läge sie unter einem Brennglas. Der Schweiß rann ihr in Strömen vom Gesicht. Immer noch war die Staubwolke der Verfolger zu sehen.

»Unfassbar, wie sie die Verfolgung durchhalten«, sagte sie. »Denen muss die Hitze und die Trockenheit doch ebenso zu schaffen machen wie uns.«

»Mehr noch, sie haben keine Maultiere.« Humboldt nickte grimmig. »Aber es sind keine Menschen, vergiss das nicht. Sie denken nicht wie wir, sie handeln nicht wie wir. Sie sind wie Automaten, die, einmal aufgezogen, stur ihren Weg verfolgen. Das Problem ist, dass die Rechnung sogar aufgehen könnte.«

»Wie meinst du das?«

»Seht euch doch mal um. Dieses Tal führt immer tiefer hinein in die Berge. Nicht mehr lange, dann wird es hier so steil, dass wir die Maultiere zurücklassen müssen. Dann bleibt uns nur noch zu klettern. Ein klarer Vorteil für unsere Feinde.«

Wie recht er damit haben sollte, sahen sie, als sie eine Felsnadel umrundeten. Nur noch einige Hundert Meter, dann endete der Weg. Eine steile Felswand ragte vor ihnen auf. An dem dunklen Streifen auf dem Sandstein konnte man erkennen, wo einst das Wasser herabgeflossen war. Humboldt presste die Lippen aufeinander. »Genau wie ich befürchtet habe«, sagte er. »Verdammter Mist.«

»Bestimmt gibt es einen Weg da hinauf.« Oskar lupfte seine Mütze. »Die Dogon leben dort oben, die müssen ja auch irgendwie hinaufgelangen.«

Humboldt schüttelte den Kopf. »Die Steilwände sind zu glatt, um hochzuklettern, und Leitern oder Treppen sehe ich auch keine.« In seinem Gesicht lag der Ausdruck grimmiger Entschlossenheit. »Lasst uns weiterreiten. Hoffen wir, dass uns bis zum Ende der Schlucht etwas einfällt.«

Er schnalzte mit der Zunge und lenkte sein Muli über das ausgetrocknete Flussbett hinauf zum Wasserfall.

Das letzte Stück war besonders schwierig. Die Brocken wurden so groß, dass sie absteigen und die Tiere hinter sich herziehen mussten. Die Felswände rückten so eng zusammen, dass ihr Schatten auf sie fiel.

Meter um Meter stiegen sie empor. Nach etwa zehn Minuten hatten sie das Ende des Tals erreicht. Von drei Seiten umschlossen, saßen sie wie in einer Falle.

»Endstation«, murmelte Humboldt.

»Da sind unsere Verfolger.« Eliza deutete talabwärts. Hinter den Felsbrocken waren die Missionare zu sehen, die langsam, aber unerbittlich näher kamen. Sie sprachen nicht, sie lachten nicht, sie gingen einfach. Wie Maschinen durchquerten sie Rinnen, erklommen Felsen und umrundeten Büsche. Ihre Gesichter waren bleich und ernst. In ihren Augen leuchtete grünes Feuer. Allen voran ging der Prior, der mit seiner hageren, ausgemergelten Gestalt wie eine Vogelscheuche wirkte. Seine klauenartigen Finger hielten einen Stab umklammert.

Humboldt zog die Klinge aus seinem Spazierstock. Es war die einzige Waffe, die ihnen geblieben war. »Stellt euch hinter mich. Kampflos werden wir uns nicht ergeben.«

Charlotte sah mit Schrecken, wie die Missionare näher und näher kamen. Es war unheimlich, wie emotionslos diese Leute waren. Sie schienen weder wütend zu sein, noch zeigten sie irgendein Anzeichen von Müdigkeit oder Ermattung. Trotz der Hitze war nicht der kleinste Schweißtropfen zu erkennen. Es waren Automaten, seelenlose Kreaturen, die vor nichts und niemandem haltmachten.

Schon hatten sie den letzten Anstieg erreicht.

Nur noch wenige Meter.

Charlotte griff nach einem Stein, als plötzlich von oben eine Strickleiter herabgeflogen kam. Sie war aus grobem Sisal geflochten und mindestens zwanzig Meter lang. Humboldt blickte nach oben. Es war nicht zu erkennen, wer sie geworfen hatte. »Schnell!«, rief er. »Rauf mit euch! Die Frauen zuerst.«

Eliza reagierte sofort. Sie ergriff die Leiter und kletterte im Eiltempo hoch, dicht gefolgt von Charlotte und Oskar. Dann kam Humboldt. Er steckte sein Rapier zurück in den Gehstock, dann packte er die Seilkonstruktion und schwang sich empor. Keinen Augenblick zu früh. Die Missionare schienen zu ahnen, dass ihnen ihre Beute entkam, und verdoppelten ihre Anstrengungen. Sie krabbelten und kraxelten wie verrückt. Dumpfes Stöhnen drang aus ihren Kehlen. Das Geräusch hatte nichts Menschliches. Nur noch wenige Meter, dann hatten sie das Ende der Leiter erreicht. Schon zogen sich die Ersten daran empor. Die Leiter war oben an einem Felsvorsprung festgebunden. Humboldt zögerte nicht lange und hieb die Seile durch. Stumm wie Fische fielen die Missionare in die Tiefe, wo sie reglos liegen blieben. Der Rest starrte ausdruckslos nach oben. Das grüne Feuer in ihren Augen verhieß nichts Gutes.

Charlotte atmete tief durch. »Das war knapp«, keuchte sie. »Um ein Haar hätten sie uns erwischt.«

Oskar zog an ihrem Ärmel und deutete hinter sie. Dort, wo der Felsvorsprung endete und eine weitere Wand in die Höhe ragte, stand ein Mädchen, etwa elf oder zwölf Jahre alt. Ihre dunkle Haut schimmerte geheimnisvoll und in ihren Zöpfen klingelten kleine Metallplättchen. Sie trug einen bunt bestickten Wickelrock und Ledersandalen und hielt einen Stab in der Hand. Über ihrer Schulter hing eine geflochtene Tragetasche, in der ein äußerst grimmig aussehender kleiner Hund hockte. Links von ihr führte eine zweite Leiter in die Höhe, die irgendwo zwischen den Felsen über ihren Köpfen verschwand.

»Das Mädchen aus der Stadt«, flüsterte Oskar. »Genau wie ich sie euch beschrieben habe. Sagte ich nicht, ich habe mich nicht geirrt?«

37

Das Mädchen sagte kein Wort. Furchtsam blickte es zu den vier Fremden herüber. Der Forscher ging in die Hocke und streckte seine Hand aus. »Wie heißt du, Kleine?«

Sie schien kurz zu überlegen, dann sagte sie: »*Yatimè Bungera.*«

»Yatimè? Das ist ein schöner Name. Mein Name ist Humboldt. Carl Friedrich von Humboldt.«

»*'Umbod?*«

»Ganz recht. Das sind meine Begleiter Eliza, Charlotte und Oskar. Oh, und nicht zu vergessen, Wilma.« Er öffnete Charlottes Rucksack. Ein langer Schnabel tauchte daraus hervor, dann der strubbelige Kopf mit den zwei Knopfaugen. Yatimès Brauen hüpften in die Höhe. Vorsichtig trat sie näher, dann berührte sie den Kiwi sanft mit der Hand. Wilma blickte das Mädchen ernsthaft an, dann ertönte ihre gurrende Stimme aus dem Linguaphon: »*Yatimè.*«

Der Mund des Mädchens blieb vor Erstaunen offen stehen. Sie hielt die Hand vor den Mund und stieß ein glucksendes Lachen aus. »*Sigi so kanaga. Sigi so kanaga.*« Ihre Worte klangen seltsam, doch sie hatten einen schönen Klang.

»*Ama, dudugonu.*«

Humboldt deutete auf das Tier. »Ist das dein Hund?«

Sie schaute auf ihren Begleiter, dann nickte sie.
»*Jabo.*«
»Jabo?« Humboldt zwinkerte Oskar zu. »Siehst du? Es geht auch ohne Linguaphon. Jabo heißt du also, soso. Na, du bist aber ein ganz Feiner.« Er wollte dem Hund über den Kopf streicheln, doch dieser entblößte seine scharfen Zähne und ließ ein bösartiges Knurren ertönen. Humboldt zuckte zurück.

»Er scheint es nicht zu mögen, angefasst zu werden.«

»Das habe ich auch verstanden.«

Oskar grinste. »Versuchen Sie es doch mal mit Latein.«

Humboldt warf Oskar einen scharfen Blick zu, dann wandte er sich wieder an das Mädchen. Er legte die Hand auf die Brust und deutete eine Verbeugung an. »Yatimè, ich bin dir zu tiefem Dank verpflichtet. Du hast uns vor einer großen Gefahr gerettet. Magst du uns jetzt zu deinen Eltern bringen? Ich würde gern mit einem Erwachsenen sprechen.«

Das Mädchen blickte ihn verständnislos an. Erst als Humboldt nach oben deutete, huschte ein Ausdruck von Verstehen über ihr Gesicht. Sie nahm ihren Stab, ergriff die Sprossen der zweiten Leiter und kletterte daran empor. Einer nach dem anderen folgten sie ihr. Oskar bildete das Schlusslicht. Er konnte der Versuchung nicht widerstehen, einen letzten Blick auf die Verfolger zu werfen.

Die Missionare standen da, wie sie sie verlassen hatten. Noch immer waren ihre Gesichter völlig ausdruckslos.

Oskar konnte es sich nicht verkneifen, ihnen einen spöttischen letzten Gruß zuzuwerfen. Er winkte und verteilte eine Kusshand. Plötzlich war beim Prior eine Regung zu sehen. Der Geistliche deutete erst auf Oskar, dann auf seine Hand. Ein kaltes Lächeln war auf seinem Gesicht erschienen. Ein Schauer lief Oskar über den Rücken. Er wandte sich ab und beeilte sich, hinter seinen Freunden herzuklettern.

Der Weg war steil. Er führte über Strickleitern und Felsvorsprünge immer weiter hinauf. Schon bald hatten die vier Abenteurer die ersten Gebäude erreicht. Einfache kleine Hütten, die wie Schwalbennester in der Felswand klebten. Genau wie in der verbotenen Stadt bestanden auch sie aus Lehm und Holz, wirkten aber wesentlich einladender. Webrahmen mit bunten Teppichen, Töpferwaren und geschnitzte Statuen verzierten die Eingänge und zeugten von der hohen Kunstfertigkeit der Bewohner. Hin und wieder erhaschte Oskar einen kurzen Blick auf die Gesichter hinter den Fenstern, die aber sofort verschwanden, sobald man sich zu ihnen umdrehte. Verhaltenes Getuschel begleitete sie.

Eine schier endlose Reihe von Stufen und Leitern später erreichten sie die Oberkante des Tafelbergs. Oskars Kleidung klebte an seinem Körper und unter seiner Mütze herrschte eine schier unerträgliche Hitze. Er nahm sie ab und schüttelte seine Haare in dem angenehm kühlenden Wind, der von Nordosten heranwehte.

Vor ihnen lag die Stadt der Dogon. Dutzende von Lehmbauten ragten in die Höhe oder schmiegten sich an die umliegenden Felsen. Einige von ihnen besaßen flache Dächer, die meisten waren jedoch mit spitzen Strohdächern gedeckt, die wie lustige Zipfelmützen in die Luft ragten. Bäume beschatteten kleine Gärten und Felder, auf denen Hirse und andere Getreidesorten angebaut wurden. Ziegen und Hühner liefen dazwischen herum und wurden von jungen Männern mit langen Stecken gehütet. Vor den Häusern saßen Frauen bei der Arbeit, während ihre Kinder lachend und johlend durch die Gassen rannten.

Es dauerte nicht lange, da wurden die Neuankömmlinge bemerkt. Ein Ruf ertönte, dann noch einer, dann verbreitete sich die Nachricht wie ein Lauffeuer durch die Stadt. Im Nu waren die Frauen und Kinder verschwunden.

Aus dem Zentrum kamen ihnen einige bewaffnete Männer entgegen. Angeführt wurden sie von einem gebeugten alten Mann mit grauem Bart. Er war in braune Tücher gekleidet und trug eine spitze Kappe auf dem Kopf. In seiner Hand hielt er einen knorrigen Stab aus schwarzem Holz. Zu seiner Rechten ging ein großer Mann mit breiten Schultern und kräftigen Muskeln. Er trug einen Speer und an seinem Gürtel hingen Messer und Sicheln. Als er Yatimè sah, blieb er wie angewurzelt stehen. Er rief ihr etwas zu und gestikulierte dabei heftig mit der Hand. Ein unmissverständliches Zeichen, dass sie sofort zu ihm kommen solle. Yatimè verließ die Abenteurer und folgte dem Befehl. Ein kurzer, aber heftiger Wortwechsel entspann sich, in dessen Verlauf sie immer wieder den Kopf schüttelte. Als er sie am Arm zu packen versuchte, trat sie einen Schritt zurück.

»Scheint, als wäre sie seine Tochter«, flüsterte Charlotte.

Oskar strich über seinen Arm. »Das Gefühl habe ich auch, so, wie er mit ihr umspringt.«

»Sie scheint sich aber nichts sagen zu lassen.«

»Tapferes Mädchen«, entgegnete Oskar, der allerdings bezweifelte, dass sie den Kampf gewinnen würde.

Der Mann wurde immer wütender. Als er irgendwann damit drohte, sie zu schlagen, hob der Alte seinen Stab. »*Bryma!*«

Der muskulöse Mann zögerte einen Moment, dann ließ er die Hand sinken. Das Mädchen stand immer noch da, den Kopf gesenkt und die Hände zu Fäusten geballt. Sie schien mit den Tränen zu ringen. Der Alte legte ihr den Arm über die Schultern, dann wandte er sich den Neuankömmlingen zu. Wortlos ging er von einem zum andern, dann blieb er vor Humboldt stehen. Er war einen guten Kopf kleiner als der Forscher, doch seiner Autorität tat das keinen Abbruch. Er gab Humboldt mit Gesten zu verstehen, er solle seinen Mund öffnen und seine Zunge herausstrecken. Humboldt leistete dem Wunsch Folge, obwohl ihm anzusehen war, dass er ihn äußerst merkwürdig fand. Der Alte nickte zufrieden, dann ging er zu Eliza und ließ sich auch von ihr die Zunge zeigen. Anschließend waren Charlotte und Oskar an der Reihe. Als er alle eingehend untersucht hatte, wechselte er ein paar Worte mit Yatimè. Seine Stimme klang trocken und brüchig und erinnerte an das Rascheln von Laub. Yatimè erklärte ihm, was geschehen war. Immer wieder deutete sie nach unten und machte Gesten, die an die mechanischen Bewegungen der Mönche erinnerten. Irgendwann hatte der Alte genug gehört. Er drehte sich um und gab den Reisenden zu verstehen, dass sie ihm folgen sollten.

»Offensichtlich haben wir die erste Hürde gemeistert«, flüsterte Humboldt. »Mal sehen, was jetzt noch kommt.«

»Die scheinen nicht sonderlich begeistert von unserer Anwesenheit zu sein«, sagte Oskar.

»Sind sie auch nicht«, sagte Humboldt. »In der Beziehung hatte der Prior völlig recht.«

»Was sollte das mit der Zunge?«, fragte Charlotte. »Ich kam mir vor wie beim Arzt. Meinst du, er hatte Angst, dass wir eine ansteckende Krankheit einschleppen?«

»Diese Menschen sind Fremden gegenüber sehr misstrauisch«, sagte Humboldt. »Sie haben Furcht vor uns.«

»Vor uns?« Oskar verstand nicht. »Warum denn? Sehen wir so furchterregend aus?«

»Es ist etwas anderes«, schaltete sich Eliza ein. »Ich kann es nicht genau erklären, aber ich glaube, sie haben uns erwartet. Und als ob unsere Ankunft düstere Schatten vorauswirft.«

Rätselhafte Worte. Oskar blickte zu Yatimè hinüber. Das Mädchen trottete wie ein Häuflein Elend hinter ihnen her. Der Hund versuchte sie zu trösten, doch das schien wenig zu helfen. Ihre Augen schwammen in Tränen.

Nach einer Weile erreichten sie das Zentrum der Stadt. Umrahmt von einer Reihe uralter Bäume lag ein kreisrunder Platz. Mitten darauf stand eine Art Versammlungshaus, das mit einem dichten Strohdach gedeckt war. Sein Grundriss war annähernd quadratisch und das Dach ruhte auf Dutzenden kunstvoll geschnitzten Holzpfeilern mit pechschwarzer Rinde.

Ein paar alte Männer saßen dort. Als die Gruppe bei ihnen eintraf, unterbrachen sie ihr Gespräch und schauten zu ihnen herüber. In ihren Gesichtern lag eine Mischung aus Neugier und Argwohn.

»Der Ältestenrat«, sagte der Forscher mit grimmigem Gesicht. »Wir müssen ihn davon überzeugen, dass wir harmlos sind und für sie keine Bedrohung darstellen. Gelingt uns das nicht, werden wir diesen Tag nicht überleben.«

38

Das ganze Dorf hatte sich versammelt, um einen Blick auf die Fremden zu erhaschen. Männer, Frauen und Kinder standen in einem dichten Kreis um die *Toguna* – wie das Versammlungshaus genannt wurde – und warteten gespannt auf die Entscheidung der Ältesten. Niemand sprach ein Wort. Ein erwartungsvolles Schweigen lag in der Luft. Irgendwo schrie ein Baby.

Humboldt und Charlotte arbeiteten seit etwa zwanzig Minuten mit höchster Konzentration an Wilmas Sprechapparat. Außer einem Taschenmesser besaßen sie kein Werkzeug. Denkbar schlechte Bedingungen, um die Feinmechanik zu justieren. Dicke Schweißtropfen rannen über die Stirn des Forschers.

Das Linguaphon, das sie normalerweise bei ihren Expeditionen benutzten, war ja an Bord der *Pachacútec* geblieben und lag nun irgendwo da draußen in der Wüste. Alles, was ihnen geblieben war, war Wilmas kleiner Behelfsübersetzer, und ob der ausreichen würde, um mit den Dogon zu reden, war mehr als fraglich.

Wilma war sichtlich verärgert, dass man ihr ihren Tornister weggenommen hatte. Wütend scharrte sie mit den Füßen und verkroch sich dann im Rucksack, wo sie vermutlich den Rest des Tages verbringen würde.

Charlotte konnte sich ein Schmunzeln nicht verkneifen.

»Sie ist inzwischen so an den Übersetzer gewöhnt, dass sie nicht mehr darauf verzichten will«, sagte sie.

»Sie wird sich schon wieder beruhigen«, erwiderte Eliza. »Spätestens, wenn sie Hunger hat, wird sie schon wieder hervorkommen.«

Der Forscher hatte die Sprachspule gereinigt und begann nun damit, das Gerät zu eichen. Das war nicht einfach, denn sie mussten praktisch bei null anfangen. Die Dogonsprache hatte keinerlei Ähnlichkeit mit anderen Sprachen. Sie klang, als bekäme man einen Knoten in der Zunge, wenn man versuchte, die Worte richtig auszusprechen.

Wie immer begann der Forscher damit, die betreffenden Worte für Zahlen und Farben aufzunehmen. Dann kamen einfache Begriffe wie *ja* und *nein*, *Feuer* und *Wasser*, *hell* und *dunkel*. Er machte unzählige Aufnahmen, prüfte, verglich und schraubte an der Feinjustierung. Nach weiteren zehn Minuten war er dann endlich so weit. Die Dogon hatten die Tätigkeit mit Neugier verfolgt, doch nun merkte man, dass sie ungeduldig wurden.

»Das muss reichen«, sagte Humboldt. »Besser bekomme ich es nicht hin.«

»Und wenn es nicht klappt?« Charlotte war besorgt.

Humboldt schloss die Klappe und drückte den Hauptschalter. »Es muss einfach klappen.«

Ein Summen ertönte und das rote Lämpchen leuchtete auf. Der Forscher beugte sich vor und sprach in die Schallmuschel. »Mein Name ist Carl Friedrich Humboldt. Ich freue mich, Ihre Bekanntschaft zu machen.«

Das Gerät verarbeitete seine Worte und lieferte prompt die Übersetzung. Was dabei herauskam, klang wenig vertrauenerweckend. Es hörte sich an, als würde jemand rückwärtsreden.

Die Dogon wirkten befremdet. Sie blickten einander mit großen Augen an, dann begannen sie aufgeregt durcheinanderzureden.

»Das sieht aber nicht gut aus«, sagte Charlotte. »Vielleicht hast du etwas übersehen. Hast du den Kondensator umgepolt?«

»Habe ich«, sagte der Forscher. »Aber lass uns zuerst abwarten, was sie antworten.«

Noch immer redeten die Dogon wild durcheinander. Zu viele Worte, als dass das Linguaphon etwas damit anfangen konnte. Irgendwann hob der Stammesführer die Hand und gebot dem Palaver Einhalt. Dann räusperte er sich ausgiebig, neigte seinen Kopf zum Trichter und sprach hinein.

»*Ich ... bin ... Ubirè.*«

Charlotte hob verblüfft die Brauen. Die Stimme war klar und verständlich. Humboldt schien ein Stein vom Herzen zu fallen. Lächelnd beugte er sich vor und sagte: »Hallo.«

Der Alte erwiderte das Lächeln. »*Iwè po*« – Ich grüße dich.

Die Ratsmitglieder lauschten mit offenen Mündern. In den Reihen der Dörfler wurde aufgeregt getuschelt.

Der Alte überlegte eine Weile, dann fragte er: »Wie geht es dir?«

»Danke, sehr gut.«

»Und deiner Frau?«

»Auch. Nicht wahr, Eliza?«

Eliza nickte.

»... und deiner anderen Frau?«

Humboldt räusperte sich, wobei er Charlotte einen entschuldigenden Blick zuwarf. »Ebenfalls. Um noch mal auf unseren Besuch zu sprechen zu kommen ...«

»... und dem Jungen?« Ubirè deutete auf Oskar.

»Es geht ihm ausgezeichnet. Uns allen geht es ausgezeichnet. Das hoffe ich wenigstens. Was ich gerade sagen wollte ...«

»Und deiner Mutter?«

»Meiner Mutter? Die ist ...« Er überlegte kurz, dann schüttelte er den Kopf. »Nun, ich vermute, dort, wo sie jetzt ist, geht es ihr gut.«

»Und deinem Vater?«

»Ebenso ...«

»Und den anderen Frauen deines Vaters?«

»Danke der Nachfrage.« Der Forscher war sichtlich irritiert. Ubirè nickte zufrieden. Er legte seine Hände zusammen und neigte den Kopf. Dann vollführte er eine Geste, die andeutete, dass Humboldt jetzt an der Reihe war.

Der Forscher stieß ein verlegenes Räuspern aus und blickte sich Hilfe suchend um. »Was soll ich sagen?«

Eliza stand auf und flüsterte ihm etwas ins Ohr. Er sah sie überrascht an. »Meinst du wirklich?«

»Versuch es.«

»Na schön. Kann ja nichts schaden.« Er wandte sich dem Alten zu: »Ich grüße Sie.«

»Danke.«

»Wie geht es Ihnen?«

»*Sèwa*« – Sehr gut.

»Und Ihrer Mutter?«

»*Sèwa.*«

»Und Ihrem Vater?«

»*Sèwa.*« Der Alte schien sichtlich zufrieden. Er hielt die Augen geschlossen und wippte bei jeder Antwort sanft vor und zurück.

Langsam begann es Charlotte zu dämmern. Diese seltsame Unterhaltung war Teil eines Höflichkeitszeremoniells. Ein Ritual, das für die Dogon große Wichtigkeit zu haben schien. Dabei schien es weniger darum zu gehen, ob die Antworten stimmten, als vielmehr um die genaue Einhaltung des Wortlauts. Es war wie eine Art Wechselgesang.

»Und Ihrer Familie?«

»*Sèwa.*«

Humboldt faltete die Hände. »Vielen Dank.«

Ubirè öffnete die Augen und lächelte. »Ich habe zu danken. Du hast gegrüßt wie ein Dogon. Jetzt kann ich dir vertrauen. Wie ein Dogon zu sprechen, heißt zu grüßen wie ein Dogon.« Er faltete die Hände vor seiner Brust. »Willkommen in unserer Stadt.«

»*Sèwa.*«

Ubirè drehte den Kopf, als suche er jemanden. »Yatimè.«

Aus den Reihen der Dorfbewohner löste sich die Gestalt des Mädchens. Der Hund war wie immer an ihrer Seite.

»Ich will mit dir sprechen. Komm.«

Die Kleine kam mit gesenktem Kopf zu ihnen herüber.

»Du sagtest, diese Leute wurden verfolgt?«

Das Mädchen nickte.

»Von wem?«

Das Mädchen antwortete mit einem Wort, das der Übersetzer nicht verstand, doch der Alte schien zu wissen, wovon die Rede war. Mit ernstem Blick wandte er sich den vier Abenteurern zu. »Du warst bei den Christenmenschen?«

Humboldt nickte. »Wir haben bei ihnen gewohnt, ja. Sie waren so freundlich, uns nach unserem Unfall aufzunehmen.«

»Warum wurdet ihr verfolgt?«

Humboldt zögerte. »Das ist nicht leicht zu erklären …«

»Sind sie eure Freunde?«

»Die Missionare? Nein. Sie gaben uns zu essen und ein Dach über dem Kopf, aber am Schluss …«

Der Alte blickte sie forschend an. »Was ist passiert?«

Humboldt schaute auf Oskar. »Du hast sie länger beobachtet. Vielleicht kannst du es erklären.«

Oskar neigte seinen Kopf zum Linguaphon. Er schien nach den richtigen Worten zu suchen. »Nun, sie benahmen sich seltsam«, sagte er. »Immer, wenn sie das Gefühl hatten, nicht beobachtet zu werden, taten sie Dinge, die keinen Sinn ergaben.«

»Was für Dinge?« Die Augen des Alten leuchteten geheimnisvoll.

»Nun, zum Beispiel blieben sie immer wieder stehen und starrten Löcher in die Luft, obwohl es gar nichts zu sehen gab. Oder sie hielten Bücher falsch herum. Manche habe ich dabei beobachtet, wie sie ihre Hände zum Himmel erhoben und seltsame Gesänge anstimmten. Keine Kirchenlieder, wohlgemerkt, es klang vielmehr wie Wehklagen. Für sich betrachtet, waren das alles nur Kleinigkeiten, aber in ihrer Gesamtheit spürte ich, dass etwas nicht stimmte. Das Seltsamste aber waren ihre Augen. Sie waren grün.«

Bei der Erwähnung der Farbe stießen die Dorfbewohner erschrockene Laute aus. Einige der Frauen verbargen ihre Gesichter hinter den Händen. Ubirès Gesicht wirkte ernst.

»Dann ist es also geschehen«, sagte er.

»Was? Was ist geschehen?«

»Wovor die Ahnen uns gewarnt haben. Der Sternendeuter hat recht behalten. Das Böse ist in die Ebene gelangt.«

Charlotte schaute ihre Freunde an. Ratloses Schweigen breitete sich aus. Niemand schien zu wissen, was diese Worte zu bedeuten hatten. Nur eines war klar: Es war gewiss nichts Gutes.

39

Der Alte war aufgestanden und ließ sich von dem jüngeren Mann seinen Stab reichen. »Kommt mit.«

Alle erhoben sich. Das Dach der Toguna war ziemlich niedrig. Oskar musste den Kopf einziehen, um nicht anzustoßen. Die Dorfbevölkerung trat ein Stück zur Seite und Ubirè ging durch die Lücke und steuerte auf eine kleine Anhöhe zu.

»Unser Volk ist alt«, sagte er. »Sehr alt. Ursprünglich stammen wir aus einem Land im Süden. Vor etwa fünfhundert Jahren mussten wir vor den Reiterheeren der Mossi fliehen und kamen in dieses Land. Die steilen Berge boten uns ausreichend Schutz. Damals waren die Tellem unsere Nachbarn.« Er deutete auf den gegenüberliegenden Tafelberg. »Auch sie stammten nicht von hier. Sie waren klein und kamen aus den Wüstengegenden im Norden. Ihre Anführer waren Astronomen. Männer, die sich mit der Erkundung und Deutung der Sterne befassten. Wir pflegten freundschaftliche Beziehungen mit ihnen. Irgendwann merkten wir, dass mit ihnen etwas nicht stimmte. Sie hatten Angst, furchtbare Angst. Spione erzählten uns, dass sie in ihrer Stadt etwas lagerten, das nicht von dieser Welt war. Ein Stein oder etwas Ähnliches.«

Der Alte schlug einen Weg ein, der zum Hügel hinaufführte. Er war steil und mit handgeschlagenen Steinplatten gepflastert.

»Die Tellem mochten nicht, wenn man sie darauf ansprach. Sie fürchteten sich vor ihm. Der Sage nach hatte der Stein aus ihrer einst so fruchtbaren und blühenden Heimat eine öde Wüste gemacht. Also hatten sie ihn mitgenommen, um ihn hier oben auf dem unerreichbaren Plateau vor den Augen der Welt zu verbergen. Sie bauten ihm eine Gruft, wo er, geschützt von Licht und Regen, ein Dasein als Gefangener fristen sollte. Sie hatten ihm einen Namen gegeben: *Der gläserne Fluch.* Meine Vorfahren verstanden nicht, warum die Tellem von ihm immer wie von einem lebenden Wesen sprachen. Doch mit der Zeit kamen sie hinter das Geheimnis. Der Stein besaß die Gabe, Menschen und Tiere in seine Gewalt zu bringen. Alles, was ihn berührte, wurde zu einem Stein ohne Seele. Äußerlich kaum von echtem Leben zu unterscheiden, innerlich jedoch kalt und vertrocknet. Ganze Welten soll er schon befallen haben. Zum Beispiel unseren roten Nachbarplaneten.«

»Den Mars?«

»Wir nennen ihn Aru, *das rote Haupt.* Auch er war einst grün und blühend, bis er von dem Fluch befallen wurde.«

»Wie konnte der Stein von dort zur Erde gelangen? Dazu hätte er doch den Weltraum durchqueren müssen.«

»Der Astronom der Tellem erklärte unserem Anführer, dass der Kristall ursprünglich aus noch weiterer Ferne gekommen sei. Er stamme von einem kleinen Stern, der einen großen Stern umkreist, tief in den Weiten des Raumes. *Sigi Tolo* und *Po Tolo* nannte er die beiden, wobei der kleinere den größeren in einem Zeitraum von fünfzig Jahren umkreise. Der größere ist leicht zu finden. Es ist der hellste Stern am Firmament.«

»Sirius Alpha und Beta«, sagte Humboldt mit wissendem Blick. »Von daher ist er also gekommen. Ziemlich weiter Weg für einen Stein.«

»Kein Stein.« Ubirè schüttelte den Kopf. »Der oberste Astronom erklärte unserem Anführer, es handle sich um eine Art Samenkorn. Ein lebendes, atmendes Geschöpf, das in der Lage sei, gewaltige Entfernungen zu überbrücken, nur mithilfe seines Willens und seines unerschöpflichen Hungers. Findet es die richtigen Bedingungen, so wächst aus ihm eine Pflanze, die neue Samen hervorbringt. Es kann ganze Welten vernichten. Deshalb ist es so wichtig, es in völliger Abgeschiedenheit und Isolation zu halten und ihm Nahrung und Wasser zu verweigern.«

Humboldt nickte. »Verständlich, dass die Tellem den Stein an diesen abgelegenen Ort brachten. Die Gefahr, dass er von jemand anders gefunden wurde, war einfach zu groß.«

Ubirè nickte. »Dann begannen die Tellem sich zu verändern: Sie liefen in die Irre, sie kannten uns nicht mehr, sie sangen nachts den Mond an. Genau wie dein Junge beschrieben hat. Am deutlichsten waren ihre Augen. Sie hatten die Farbe des Steins. Irgendwann fingen sie an, unsere Leute anzugreifen.« Der Alte blickte finster. »Unser Anführer überquerte mit einigen seiner besten Krieger die Brücke und verlangte eine Erklärung. Ein erbitterter Kampf entbrannte. Was nun folgte, darüber haben die Ahnen nichts gesagt, doch es muss furchtbar gewesen sein. Die Tellem konnten sich verändern. Sie kämpften mit gläsernen Klauen und Zähnen. Endlich verstanden wir, warum der Kristall diesen Namen trug. An diesem Tag starb die Hälfte meines Volkes.«

Sie hatten den obersten Punkt des Hügels erreicht. Treppenstufen führten zu einem mächtigen Granatapfelbaum hinauf, unter dessen langen Ästen ein schattiger Platz lag. Oskar sah eine einfache Hütte sowie einen Brunnen mit einer Kurbel und einem Eimer. Ein paar schlichte Steinbänke standen dort, auf denen Ubirè sie Platz zu nehmen hieß.

»Dies ist unser heiligster Platz«, sagte er. »Der Ort, am dem sich Lèwè, Ama und Nomo begegnen. Die Götter der Erde, des Himmels und des Wassers. Hier war es, wo unser Anführer das Zeichen erhielt.«

»Was für ein Zeichen?«

»Wie man die Glasmenschen besiegen kann. Der Schlüssel zu ihrer verwundbarsten Stelle. Er stieg herunter von dem Berg und führte die verbliebenen Krieger in die Schlacht. Der Tag ging als *Tag des Sigi* in die Geschichte unseres Volkes ein. Als er zurückkam, waren die Glasmenschen vernichtet und unser Volk gerettet. Seitdem feiern wir ein Fest. Alle fünfzig Jahre, wenn *Sigi Polo* einmal von *Po Tolo* umkreist worden ist, erinnern wir uns an den Sieg über die Tellem und wie unser Volk an diesem Tag wiedergeboren wurde.«

Humboldt rutschte näher. »Was war der Schlüssel zum Sieg über die Glasmenschen? Was hat der Anführer der Dogon erfahren, als er hier oben auf dem Berg saß?«

Ubirè schüttelte betrübt den Kopf. »Das Wissen darüber ist verloren gegangen. Nur ein paar Gesänge sind übrig geblieben. Niemand weiß, was sie zu bedeuten haben. Ihr werdet Gelegenheit haben, sie selbst zu hören.«

»Dann dürfen wir also bleiben?«

»Oh ja. Ihr *müsst* sogar. Ihr könnt hier nicht weg.«

Humboldt zog seine Stirn in Falten. »Heißt das, wir sind Ihre Gefangenen?«

Um den Mund des Schamanen spielte ein kleines Lächeln. »Hast du dich nicht gefragt, warum ich dir das alles erzähle?«

»Um ehrlich zu sein – doch.« Humboldt blickte ernst. »Ich habe gehört, dass Sie Ihr Wissen wie einen Augapfel hüten. Außenstehenden sei es eigentlich verboten, den Berg zu betreten.«

»Ja. Bis heute.«

»Warum?«

»Weil mit eurer Ankunft alles anders geworden ist. Schau dich um. Was siehst du?«

Humboldt ließ seinen Blick schweifen. Die Aussicht von hier oben war wirklich phänomenal. Irgendwo in weiter Ferne braute sich ein Gewitter zusammen. »Ich sehe eine weite Steppe, aus der einzelne Berge wie Inseln herausragen. Ich sehe eine alte Kultur, die in Furcht lebt. Eine Furcht, die sie davon abhält, mit den Völkern in den Ebenen Kontakt aufzunehmen. Ich sehe Menschen, die ihr Wissen vor der Welt verbergen, ohne zu merken, dass sie dadurch zu Gefangenen werden. So wie einst die Tellem.«

»Du bist ein weiser Mann, Humboldt. Bei uns wärst du ein Schamane geworden.«

»Ich betrachte das als Kompliment.«

»Trotzdem sind deine Worte falsch.« Der Alte lächelte. »Wir Dogon sind keine Gefangenen. Wir sind die letzten Überlebenden. Schau dich um. Unser Berg ist wie ein Schiff. Irgendwann wird dieser Berg die einzige Zuflucht der Menschheit sein.« Er faltete seine Hände. »Die Ahnen haben vorhergesagt, dass das Unheil, das die Tellem einst aus der Wüste hierherbrachten, um sich greifen und den Rest der Welt vernichten wird. Nur die Dogon auf ihrem Felsenschiff werden die Katastrophe überdauern und der Menschheit wieder Hoffnung und Zukunft geben. Ich fürchte, dass dieser Moment gekommen ist.«

Humboldt hatte interessiert zugehört. »Eine äußerst düstere Prophezeiung. Es gibt so etwas Ähnliches auch in unserer Mythologie. Die Geschichte Noahs und der Sintflut. Noah baute eine Arche, mit der er sich, seine Frau, seine Söhne und deren Frauen sowie viele Tiere vor einer Vernichtung retten und somit den Fortbestand der Menschen und Tiere auf der Erde sichern konnte.«

»Ah.« Der Alte sah ihn aufmerksam an. »Du kennst die Geschichte auch. Der Unterschied ist nur, dass wir nicht von den Fluten des Wassers, sondern denen der Wüste bedroht werden. Wo immer der Kristall sein unheiliges Werk verrichtet, bleibt auf Dauer nur Sand und Geröll zurück. Unfruchtbar, kahl und tot. Deshalb haben wir uns hier verschanzt. Deshalb lassen wir normalerweise keine Fremden zu uns.« Der Alte nahm eine Handvoll Staub und ließ ihn durch die Finger rieseln. »Du hast doch Yatimè kennengelernt.«

»Das kleine Mädchen mit dem Hund, ja, was ist mit ihr?«

»Das Mädchen hat eine besondere Gabe. Sie ist eine Seherin. Sie kann Dinge erkennen, ehe sie geschehen. So wie du.« Er warf Eliza einen bedeutungsvollen Blick zu. »Ich habe es sofort gespürt. Bei Yatimè habe ich mich von ihrer Jugend blenden lassen. Ich habe geglaubt, ihre Fähigkeiten wären Einbildung oder Prahlerei. Ein großer Irrtum. Als ich begriff, was sie mir zu sagen versuchte, war es schon zu spät.« Er seufzte. »Doch vielleicht musste alles genau so geschehen, wie es geschehen ist.«

»Sie sprechen in Rätseln, verehrter Ubirè.«

»Wir haben ein riesiges Tier gefunden. Weit draußen in der Ebene. Es ist gegen die Flanke eines kleinen Bergs geprallt, wo es verwundet zurückgeblieben ist. Das Tier ist rot und schwarz, mit gewundenen Schlangen auf seinen Flanken.«

Humboldt hob den Kopf. »Die *Pachacútec*?«

»Ist das sein Name?«

Humboldt nickte. »Aber es ist kein Tier, sondern ein Schiff. Ein Fahrzeug, das durch die Lüfte gleiten kann. Es trägt das Symbol von Schlangen auf seinen Seiten.« Seine Augen leuchteten. »Habt ihr das gehört? Sie haben unser Schiff gefunden.«

Ubirè blickte ernst. »Ein Schiff also. Nun, vielleicht hat sich der Sterndeuter über die Natur des Wesens geirrt. Doch mit dem Rest hatte er recht. Ihr seid die Wegbereiter für das Ende der Welt. Euer Eintreffen markiert den Beginn der dunklen Epoche.«

»Die dunkle Epoche ... das Ende der Welt? Wovon sprechen Sie?«

Der alte Mann lächelte, aber es war ein trauriges Lächeln. »Heute, auf den Tag genau vor fünfzig Jahren, hat *Po Tolo* seine Umrundung von *Sigi Polo* angetreten und heute hat er den Kreislauf beendet. Morgen beginnt das Fest des Sigi, das heiligste Fest, das wir Dogon kennen. Überall auf den Tafelbergen werden die Feuer entzündet, die den Beginn der Feierlichkeiten markieren. Sie brennen fünf Jahre lang und markieren den Zyklus von Tod und Wiedergeburt. Doch es gibt noch einen größeren Zyklus. Er ist wesentlich bedeutungsvoller. Er dauert sechshundertfünfzig Jahre. In den Überlieferungen heißt es, der Beginn dieses Zyklus werde markiert durch die Ankunft von vier Gesandten, die auf einem fliegenden Tier den Himmel durchqueren.«

»Die vier Reiter der Apokalypse«, flüsterte Charlotte. »Genau wie in der Offenbarung des Johannes.«

»Die vier Gesandten sind jedoch bloß eine Vorhut«, sagte Ubirè. »Auf ihren Fersen kommen bewaffnete Männer. Eine Armee des Bösen. Sie werden den Kristall rauben und in die Welt hinaustragen. Wenn das geschieht, hat sich unsere Voraussagung erfüllt. Tausend Jahre Dunkelheit müssen dann überstanden werden, ehe die

Welt gereinigt und neu geboren werden kann. Tausend Jahre, in denen die Menschheit vor ihre bisher schwerste Prüfung gestellt wird.«

Schweigen breitete sich aus. Die Worte des alten Mannes lasteten wie ein Leichentuch über der Gruppe. Endlich fand Humboldt seine Stimme wieder. »Nun, dann hoffen wir, dass Eure Prophezeiung sich als unwahr erweist und wir nicht die vier Reiter der Apokalypse sind. Um ehrlich zu sein, ich fange an zu bereuen, dass wir mit der *Pachacútec* gekommen sind.« Er lächelte, aber es war ein unsicheres Lächeln. »Vielleicht sollten wir beim nächsten Mal den Zug nehmen.«

Teil drei
Reiter der Apokalypse

40

Max Pepper hatte die Nase voll vom Reiten. Ihm tat der Hintern weh, seine Arme und Beine fühlten sich an, als wären sie von einer Heißmangel in die Länge gezogen worden, und sein Genick war steif wie ein Bügelbrett.

Die Sonne erhob sich über der Steppe und tauchte die Hügel in sanftes Rot. Die Truppe war nun schon seit Tagen unterwegs und noch immer war keine Spur von den sagenumwobenen Tafelbergen zu sehen. Wie naiv von ihm zu glauben, die Hombori-Berge lägen direkt hinter Timbuktu. Vielleicht hätte er mal einen genaueren Blick auf die Karte werfen sollen. Dann hätte er festgestellt, dass er noch zweihundert Kilometer quer durch die Wüste vor sich hatte. Zweihundert Kilometer auf einem harten Sattel, mitten durch endlose Weiten aus Sand, Stein und Geröll. Selbst für einen geübten Reiter wie ihn eine Quälerei. Und dann diese Eintönigkeit. Seit sie die grünen Ebenen des Niger verlassen hatten, war ihm jegliches Zeitgefühl abhanden gekommen. Sie aßen, sie tranken, dann ritten sie wieder. Zwischendurch gönnte Sir Wilson ihnen ein paar Stunden Ruhe, aber niemals genug, dass sie wirklich ausschlafen konnten. Selbst die Gespräche mit seinem Freund Harry Boswell waren irgendwann verebbt. Jeder Einzelne von ihnen starrte stumpfsinnig auf den Rücken seines Vordermanns, während sich die Karawane schaukelnd und schlingernd vorwärtsbewegte.

Max spürte, wie sein Kopf vor Müdigkeit langsam wieder nach vorn sackte. Die Nacht war kurz und unbequem gewesen und er sehnte sich schon jetzt wieder nach einer ebenen Unterlage und einer Decke.

Seine Augendeckel klappten zu, als von vorn plötzlich ein Ruf ertönte. Jonathan Archer, der immer ein wenig vorausritt, hatte sein Pferd gewendet und kam zu ihnen zurück.

»Alle runter von den Pferden! Schnell!«

Max zuckte aus seinem Halbschlaf hoch.

»Was ist denn los?«

»Berber. Etwa zehn Stück. Kommen direkt auf uns zu.«

Wilson riss seinem Pferd mit den Zügeln den Kopf zurück. »Bewaffnet?«

»Bis an die Zähne.«

Max war sofort hellwach. Die Berber waren ein kriegerisches Reitervolk, das man hauptsächlich in nordafrikanischen Ländern wie Algerien, Marokko oder Tunesien antraf. Einige Stämme, wie zum Beispiel die Tuareg, lebten tief in der Sahara und waren bekannt für ihren Mut und ihre Härte. Wenn sie tatsächlich auf Raubzug waren, schwebten sie alle in höchster Gefahr.

Er sprang vom Pferd und führte es wie die anderen zum Schutz hinter eine Sanddüne. Die Pferde würden vermutlich das erste Ziel der Berber sein. Für ein Reitervolk besaßen die Tiere einen hohen Wert, besonders ein solch schönes Exemplar wie der Apfelschimmel von Jabez Wilson.

Kaum war Max bei den anderen angelangt, als auch schon der erste Schuss fiel. Er kam von der rechten Seite und war gut gezielt. Ein Surren war zu hören, dann spritzte Sand auf.

»Sie sind bereits in Schussweite!«, schrie Archer. »Kommt zu mir und holt euch eure Gewehre, dann wollen wir diesen Bastarden gehörig einheizen!«

Wieder ertönte ein Schuss, dann noch einer. Soweit er sehen konnte, war niemand getroffen worden, aber die Einschläge waren verdammt nahe. Jetzt konnte Max endlich ihre Feinde sehen. Über dem Kamm der rechten Sanddüne waren einige vermummte Gestalten zu erkennen. Sie waren in dunkle, weite Umhänge gekleidet, trugen Kopftücher und hielten ihre Gesichter verhüllt.

»Pepper, kommen Sie endlich und holen Sie Ihr Gewehr ab. Wenn Sie noch lange in die Gegend starren, haben Sie eine Kugel im Kopf.«

Max rannte geduckt zu Archer hinüber und ließ sich eine Waffe aushändigen. Eine Henry Rifle, Kaliber .44 mit sechzehn Schuss. Ein solides und zuverlässiges Gewehr. Trotzdem: Max hatte nicht vor, jemanden zu töten. Vielleicht zogen die Berber ja ab, wenn sie merkten, dass sie es nicht mit verängstigten Händlern, sondern ausgebildeten Söldnern zu tun hatten.

Im Nu verteilten sich Wilsons Männer zwischen den umliegenden Hängen und fingen an, das Feuer zu erwidern. Es krachte und rumste und schon bald waren die Hügel in Pulverdampf gehüllt. Rauchwirbel fingen die Sonnenstrahlen ein.

Wenig später gab es die ersten Verletzten. Max hörte die Schreie von Rupert. Ein ehemaliger Dockarbeiter und ein Schrank von einem Mann. Er hockte auf dem Boden und hielt sich das Bein. Auf dem Stoff seiner Hose breitete sich ein dunkelroter Fleck aus, der langsam größer wurde. Die Berber nahmen nach und nach alle umliegenden Hügelkämme ein. Es war abzusehen, dass ihnen schon bald nicht das kleinste Schlupfloch mehr blieb. Was die Sache zusätzlich erschwerte, war, dass sie gezwungen waren, nach oben zu schießen, während die Berber bequem nach unten feuern konnten.

Plötzlich hörte Max einen dumpfen Aufschlag. Eine unsichtbare Kraft packte ihn, schleuderte ihn herum und warf ihn einige Meter weiter in den Sand. Etwas hatte ihn getroffen. Harry war sofort bei ihm.

»Alles in Ordnung mit dir?«

»Alles okay.« Er blickte an sich hinab. »Es hat meine Tasche erwischt, siehst du? Verdammte Banditen, das Stück hat mich vier Pfund gekostet. Hast du gesehen, wer auf uns geschossen hat?«

Harry schüttelte den Kopf. »Ich kann nichts erkennen.«

Max sah seinen Freund erstaunt an. »Wo ist dein Gewehr?«

Harry blickte entschuldigend auf seine Kamera. »Ich dachte, ich könnte derweil ein paar Fotos machen. Jeder das, was er am besten kann.« Er grinste. »Außerdem ist das eine einmalige Gelegenheit, ein paar wirklich dramatische Aufnahmen fürs Buch zu bekommen.«

»Nur, wenn dir ein paar Schnappschüsse wichtiger sind als dein Leben. Wir müssen weg hier, und zwar schnell. Wir sitzen hier unten wie auf dem Präsentierteller. Wenn es uns gelingt, den Kreis zu durchbrechen, hätten wir vielleicht eine Chance, die Kerle von hinten zu erwischen.«

»Ich folge dir, wo immer du mich hinführst.«

Die beiden sprangen auf und rannten in geduckter Haltung in ein kleines Seitental zwischen den Dünen. Die Vertiefung verlief in einem lang gezogenen Bogen Richtung Westen. Nach etwa dreihundert Metern blieb Max stehen.

»Wollen mal sehen, wo wir sind.«

Gemeinsam erklommen die beiden Reporter den nahe gelegenen Hügelkamm. Sie schoben sich vorsichtig an den Rand der Düne und blickten in die Richtung, aus der die Schüsse kamen.

»Verdammt, sieh dir das an.« Harry deutete auf die Linie der Angreifer. »Das sind mehr, als ich dachte. Mindestens dreißig. Sie liegen da wie Bluthunde um einen Wurstkessel. Wir hatten ein Wahnsinnsglück, dass wir ihre Reihen unbemerkt durchbrechen konnten.«

»Die Frage ist nur, ob uns das etwas gebracht hat.« Max blickte skeptisch auf die Reihen der Angreifer. »Ich glaube nicht, dass diese Begegnung ein Zufall ist«, sagte er. »Das Ganze sieht nach einem geplanten Hinterhalt aus.«

»Vielleicht jemand aus Timbuktu, der uns verpfiffen hat.«

Max schob seine Unterlippe vor. »Zuerst dachte ich, es wären die Pferde, hinter denen sie her sind, aber langsam fange ich an zu glauben, dass es die Waffen sind. Der Krempel dürfte für einen kriegerischen Stamm ein Vermögen wert sein.« Er schüttelte den Kopf. »Verdammter Plunder. Ich wusste, dass uns der nur Ärger einbringt.«

»Und was sollen wir jetzt machen?«

»Warte.« Max kramte das Fernglas aus seiner Brusttasche und blickte hindurch. Genau vor ihnen, knapp dreißig Meter entfernt, lag ein Mann, der sich in Kleidung und Haltung von den anderen unterschied. Während die anderen Berber alle in braune oder schwarze Umhänge gehüllt waren, trug er ein Gewand aus reinstem Weiß. Sein Kopftuch war mit einem dunkelblauen Ring am Kopf befestigt, der beinahe wie eine Krone aussah. Das Gewehr, das er in der Hand hielt, war von erlesener Schönheit. Eine lang gezogene Büchse, deren Griff aus Elfenbein geschnitzt und mit kostbaren Edelsteinen besetzt war. »Was hältst du davon?«, flüsterte Max.

Harry griff nach dem Glas und blickte hindurch. »Könnte ihr Anführer sein. Sieh nur, wie die Männer ihn schützen. Der ist besser gesichert als die Kronjuwelen der Königin. Wenn wir ihn ausschalten könnten, wäre der Angriff vielleicht vorüber. Viele Stämme sind ohne ihren Anführer handlungsunfähig. Du bist doch ein guter Schütze. Ein gezielter Treffer und wir wären unsere Probleme los.«

»Willst etwa andeuten, dass ich ihm von hinten in den Rücken schießen soll? Kommt nicht infrage.«

Harry zog süffisant eine Braue in die Höhe. »Es mag dir entgangen sein, aber die Berber ziehen uns gerade das Fell über die Ohren. Keine Ahnung, wie lange unsere Männer noch aushalten werden. Sie werden uns wohl kaum abziehen lassen, wenn wir sie nur freundlich darum bitten.«

Max schwieg. Er wusste, dass sein Freund recht hatte, aber es widerstrebte ihm, jemanden kaltblütig von hinten abzuknallen.

In diesem Moment ereignete sich etwas, das den Dingen eine neue Wendung gab. Eine dumpfe Detonation ertönte. Ein Feuerball stieg auf und Sand spritzte in die Höhe. Sofort waren die Beduinen in heller Aufregung. Einige rannten zu ihrem Anführer, besprachen sich kurz mit ihm und eilten dann wieder zu ihren Stellungen.

»Was war denn das?«, fragte Max.

»Ich glaube, Sir Wilson hat entschieden, zu härteren Mitteln zu greifen. Wenn mich nicht alles täuscht, war das eben eine Dynamitstange.«

Max spürte, wie ihm der Schweiß ausbrach. Wenn Wilson schon auf Dynamit zurückgreifen musste, dann stecken die da unten vermutlich ziemlich in der Klemme.

»Ich bezweifle, dass Sprengstoff irgendetwas bringt«, murmelte er. »Viel zu ungenau.«

»Sieh nur, die Berber formieren sich neu.« Harry deutete auf die Angreifer. »Sie schwärmen aus und gehen in gesicherte Stellungen. Das kann jetzt noch den ganzen Tag so weitergehen. Irgendwann sind die da unten alle tot. Vielleicht überlegst du dir das mit dem Anführer doch noch mal. Wenn du's nicht tun willst, erledige ich das. Gib mir das Gewehr. Ich bin allerdings kein so guter Schütze.«

»Warte mal.« Max beobachtete, wie die Wüstenkrieger ihre Stellungen wechselten und auf Positionen auswichen, die etwas weiter entfernt waren. Auf ein Handzeichen hin schwärmten sie alle aus. Der Anführer war allein.

Max schluckte seine Furcht hinunter, dann sprang er auf und rannte über den Kamm der Düne.

»Wo willst du hin?«, hörte er Harry zischen, aber ihm blieb keine Zeit für eine Antwort. Es musste jetzt schnell handeln. Der Anführer der Beduinen verfolgte das Geschehen im Tal und richtete seine Aufmerksamkeit ausschließlich nach vorn. Max eilte in geduckter Haltung vorwärts, das Gewehr in Vorhaltestellung. Was für ein verrückter Plan. Sobald einer der Angreifer ihn sah und eine Warnung ausstieß, wäre er tot. Die Beduinen würden nicht zögern, ihn über den Haufen zu knallen. Doch wie durch ein Wunder waren alle ihre Augen auf den Kessel gerichtet. Das Dynamit schien einen größeren Eindruck hinterlassen zu haben, als vermutet.

Max war nur noch wenige Meter vom Anführer der Berber entfernt, als dieser sich plötzlich umdrehte. Seine dunklen Augen waren wie Schlitze. Sein Gewand flatterte wie eine Flamme im Licht der Morgensonne. Mit einer flinken Bewegung griff er zu seinem Gewehr, doch Max war darauf vorbereitet. Er richtete seine Waffe zu Boden und feuerte dem Mann vor die Füße. Dann zielte er mit dem Lauf auf dessen Brust.

»Fallen lassen, aber sofort!«

Der Mann schien kurz zu überlegen, ob er Max nicht doch zuvorkommen könnte, ließ dann aber sein Gewehr sinken. »Hinwerfen oder ich drücke ab!«

Mit einer verächtlichen Bewegung schleuderte er es vor Max in den Sand. Harry war soeben neben Max aufgetaucht.

»Und jetzt das Messer«, sagte Max. »Aber schön langsam.« Er deutete auf den Gürtel des Berbers. Der Krummdolch war etwa zwanzig Zentimeter lang und sah furchterregend aus.

Mit eiskaltem Blick zog der Hauptmann seinen Dolch aus der Scheide und warf auch ihn zu Boden. Harry hob beides auf und steckte es ein.

»So, und jetzt gehen wir gemeinsam zu unseren Freunden hinunter. Harry, du voran, dann unser Freund und ich hinterher. Wäre doch gelacht, wenn wir diese Berber nicht überreden könnten, auf den Angriff zu verzichten.«

»Du bist ein echter Teufelskerl, Max, habe ich dir das schon mal gesagt?« Harry war hinter den Beduinen getreten und band ihm die Hände auf den Rücken.

Max grinste. »Sag es mir noch mal, wenn wir das hier mit heiler Haut überstanden haben. Und jetzt los!«

Gemeinsam marschierten die drei die Sanddüne hinab zu Wilson und seinen Leuten. Die Lage der Männer war verzweifelt. Drei von ihnen lagen verletzt hinter den Pferden, der Rest hatte sich hinter Felsen und Büschen verschanzt und schoss wahllos in alle Richtungen. Als sie

Max und Harry kommen sahen, stellten sie das Feuer ein. Mit großen Augen beobachteten sie, wie die beiden Amerikaner zu ihnen herunterkamen. Den Beduinen erging es nicht anders. Die Schüsse wurden seltener und hörten schließlich ganz auf. Ungläubige Blicke und wütende Rufe verfolgten die beiden Männer, während diese ihren Anführer wie einen gewöhnlichen Gefangenen abführten. Sie waren so verblüfft, dass sie sogar vergaßen, sich wieder in Deckung zu begeben. Max atmete auf. Harry hatte ganz recht gehabt. Der Anführer war der Schlüssel zu dieser Unternehmung.

Jonathan Archer war aufgesprungen und kam ihnen entgegen. Hinter ihm folgten Sir Wilson und der Rest der Söldner. Sie führten den Beduinen zu ihrer Stellung hinter den Pferden.

Es dauerte nicht lange, da hatte Max die Geschichte erzählt. Sir Wilson hatte während der ganzen Zeit kein Wort gesagt. Er sah ein bisschen so aus wie ein Ballon, aus dem man die Luft gelassen hatte. Als Max fertig war, plusterte er sich jedoch wieder auf. Sein Auge schimmerte wie flüssiges Silber.

»Max Pepper«, sagte er, »ich muss mich bei Ihnen entschuldigen. Um ehrlich zu sein, ich habe Sie für einen Waschlappen gehalten, für einen verweichlichten Yankee aus der Großstadt, der noch nicht mal in der Lage ist, seine Schnürsenkel selbst zu binden. Wie sehr ich mich doch getäuscht habe. Vom heutigen Tage an genießen Sie mein volles Vertrauen. Von nun an sind Sie und Ihr Freund vollwertige Mitglieder dieser Expedition und als solche werden Sie natürlich an allen Schätzen, Gütern und Wertsachen, die wir erbeuten, beteiligt.« Er drehte sich zu seinen Leuten um. »Männer! Ich verlange von euch, dass ihr die beiden mit dem gleichen Respekt behandelt wie mich. Die Jungs haben euch eben das Leben gerettet.«

Max spürte, wie er rot wurde. Ihm waren solche Lobhudeleien peinlich, auch wenn er sich natürlich geschmeichelt fühlte.

»Was geschieht denn jetzt mit dem Mann?«, fragte er.

Sir Wilson umrundete den Beduinenfürst und ließ sich das Gewehr und den Dolch zeigen. »Wir werden ihn mitnehmen. Solange er in unserem Gewahrsam ist, werden seine Leute uns nicht angreifen.«

»Und dann?«

»Wenn wir weit genug entfernt sind, lassen wir ihn laufen. Ist das in Ihrem Sinne?«

»Voll und ganz, Sir.«

»Gut, dann wollen wir keine Zeit verlieren. Aufbruch!«

Kaum waren er und Archer mit dem Gefangenen in Richtung der Pferde aufgebrochen, drängten die Männer sich um Harry und Max. Die beiden brachen fast zusammen unter dem Ansturm an Lobeshymnen. Die Schultern taten ihm weh von den vielen freundschaftlichen Klapsen. Am Schluss wurden sie sogar noch hochgehoben und zu ihren Pferden getragen. Noch nie in seinem Leben hatte Max sich so lebendig gefühlt.

41

Oskar sah die *Pachacútec* schon von fern. Wie ein gestrandeter Wal hing sie in der Steilwand, die riesige Ballonhülle aufgebläht in der Sonne. Der Bootsrumpf pendelte im Wind träge hin und her. Das Knarren und Ächzen der Verstrebungen verstärkte den Eindruck, es handle sich um ein riesiges verwundetes Tier. Die Dogon fingen an zu flüstern und zu tuscheln. Humboldt bemühte sich redlich, sie zu beruhigen, doch es war ihnen anzumerken, wie ihre Angst mit jedem Meter wuchs. Einzig Yatimè, die den Trupp mit ihrem Freund Jabo begleitete, schien keine Angst zu haben. Neugierig blickte sie auf das Schiff.

»Mein Volk hat große Furcht«, sagte sie wie zur Entschuldigung in Wilmas Linguaphon. »Es ist die Prophezeiung, die den Leuten Angst macht.«

»Die Macht des Aberglaubens kann sehr stark sein«, erwiderte Humboldt schmunzelnd. »Selbst in unserer Gesellschaft würde der Anblick dieses Schiffes Angst und Schrecken verbreiten, du solltest also nicht so streng mit ihnen sein. Ich habe versucht, ihnen zu erklären, dass die *Pachacútec* nichts weiter als Holz und Stoff ist, doch sie wollten lieber bei ihrer Vorstellung von einem Feuer speienden Drachen bleiben. Sei's drum. Wir haben unser Schiff wieder, und das ist die Hauptsache.«

Oder das, was von ihm übrig ist, dachte Oskar mit einem Blick nach oben. Selbst aus dieser Entfernung war zu erkennen, dass es vom Sturm schwer beschädigt worden war. In der Ballonhülle klaffte ein Riss, durch den der Großteil des Wasserstoffs entwichen war. Beide Seitenruder und auch die Heckflosse waren zerbrochen und hingen in Fetzen an ihren Steuerseilen. Der Rumpf war an vielen Stellen geborsten und erlaubte einen Blick ins Innere. Was aber am schwersten wog, war die Tatsache, dass die Propeller zerstört waren. Nicht nur die Rotorblätter – die hätte man vielleicht noch reparieren können –, die Metallachsen waren verbogen. Um nichts in der Welt würden sie die wieder gerade biegen können.

Vom vorderen Deck hing das Ankerseil herab. Es war angerissen, schien aber noch zu halten. Der Anker selbst hatte sich zwischen zwei mächtigen Felsbrocken verhakt und bewahrte das Schiff davor, weggeweht zu werden. Humboldt zögerte nicht lange. Er zog seinen Mantel aus, streifte seine Handschuhe über und begann damit, sich langsam an dem Seil emporzuziehen. Oskar konnte sehen, dass ihm das nicht leichtfiel. Kein Wunder, sein Vater wog knapp einhundert Kilo, Muskeln hin oder her. Er selbst wäre früher wie ein Eichhörnchen an dem Seil emporgeklettert, aber mit seiner verletzten Hand war das natürlich ausgeschlossen.

Der Forscher erreichte den obersten Abschnitt. Er schnaufte wie eine Dampflok. Sein Kopf hatte die Farbe eines frisch geernteten Kürbisses. Endlich gelang es ihm, den unteren Teil der Reling zu packen und sich auf Deck emporzuschwingen. Das Schiff schaukelte bedenklich.

Erst jetzt sah Oskar, dass der obere Teil der Ballonhülle in den Ästen eines Baums hing, der aus der Felswand herauswuchs. Er konnte nur hoffen, dass er nicht brach, solange sich sein Vater an Deck befand.

Humboldt benötigte einige Minuten, um sich zurechtzufinden, dann warf er das Fallreep hinunter. Oskar vergewisserte sich, dass Wilma sicher in seinem Rucksack hockte, ergriff die Seile und setzte seine Füße auf die hölzernen Trittstufen. Charlotte, Eliza und Yatimè folgten ihm. Der Baum schwankte und ächzte bedenklich, aber er hielt. Als sie oben ankamen, war Humboldt verschwunden. Vermutlich unter Deck, um die Ladekammern zu untersuchen. Vorsichtig ging Oskar Richtung Bug. Er schnallte seinen Rucksack ab und entließ Wilma aus ihrem Gefängnis. Mit einem fröhlichen Quieken begann der kleine Vogel damit, sämtliche Ecken und Winkel nach etwas Fressbarem zu untersuchen. Begleitet wurde er dabei von Jabo, der irgendwie Gefallen an der Kiwidame gefunden zu haben schien. Die beiden hatten sich während der vergangenen Tage angefreundet und waren unzertrennlich. Ein seltsames Paar. Aber irgendwie beneidete Oskar sie. Sie gehörten nicht mal zur selben Gattung und doch verstanden sie sich. Warum konnten Menschen nicht auch so einfach sein? Warum war nur immer alles so kompliziert?

Sein Blick wanderte hinüber zu Charlotte, die mit ernstem Gesichtsausdruck die Decksaufbauten inspizierte. Zwischen ihren Brauen hatte sich eine steile Falte gebildet. Wie immer, wenn sie sich Sorgen machte.

Da er gerade nichts Besseres zu tun hatte, stand er noch ein Weilchen so da und beobachtete sie. Wie zuvor, spürte er auch diesmal diesen Stich in seinem Herzen. War das Liebe? Und wenn ja, was war mit Charlotte? Empfand sie genauso wie er? Er hasste diesen Zustand der Ungewissheit. Es war wie ein alles verzehrendes Feuer, das ihn von innen auffraß. Wenn er nur nicht so verdammt schüchtern wäre …

Charlotte beendete ihren Rundgang und kam zu ihm herüber. »Sieht übel aus«, sagte sie. »Die Antriebswelle ist völlig verbogen. Und erst die Zahnräder …« Sie deutete auf das Schaltgetriebe. »Das Innere sieht aus, als hätte es jemand mit einem Hammer bearbeitet. Man brauchte eine Gießerei, um das wieder hinzubekommen.« Sie schüttelte den Kopf. »Ich glaube nicht, dass die *Pachacútec* je wieder fliegen wird.«

Oskar schwieg einen Moment, dann sagte er: »Lass den Kopf nicht hängen. Uns wird schon was einfallen. Uns ist doch bisher immer etwas eingefallen.« Er versuchte zu lächeln, doch es gelang nur halb.

In diesem Augenblick kam Humboldt von unten herauf. »Alles klar so weit!«, rief er ihnen entgegen. »Ist ein ziemliches Durcheinander da unten, aber soweit ich das beurteilen kann, sind die Geräte heil geblieben. Das gilt auch für das Linguaphon.« Er hielt die graue Metallschachtel in die Höhe. »Sobald ich die Sprachaufzeichnungen übertragen habe, kann Wilma ihr Gerät wiederhaben.«

»Ich glaube, sie ist im Moment ganz zufrieden.« Eliza deutete auf das ungleiche Gespann, das an einer aufgebrochenen Schachtel Schiffszwieback futterte. Jabo zerknackte die trockenen Scheiben mit seinen gelben Zähnen und Wilma pickte die Krümel auf. Humboldt lächelte. »Fast wie ein frisch verliebtes Paar, findet ihr nicht? Na, sollen sie doch, solange sie glücklich sind.«

Oskar warf seinem Vater einen düsteren Blick zu. Was ihn und Charlotte betraf, war der Forscher nicht so tolerant. *Schlag sie dir aus dem Kopf*, das waren seine Worte gewesen.

Humboldt war inzwischen zur Maschinensektion im hinteren Teil des Schiffes vorgedrungen. Er inspizierte die Sonnenkollektoren und die Brennstoffzellen. Sein Gesichtsausdruck wirkte konzentriert, aber zufrieden.

»Soweit ich sehen kann, ist hier alles in Ordnung«, sagte er. »Die Solarelemente sind unbeschädigt. Gott sei Dank. Das war meine größte Befürchtung. Ohne sie hätten wir keinen Wasserstoff produzieren und damit keine Elektrizität herstellen können. Da sie aber funktionieren, besteht Hoffnung, dass wir genug Energie für die Reparaturmaßnahmen haben. Wir werden erst mal damit beginnen, das Schiff leer zu räumen. Alle Kisten, Instrumente und Versorgungsgüter müssen von Bord gebracht und säuberlich gestapelt werden. Dann müssen wir die Löcher im Rumpf schließen. Hammer und Nägel haben wir an Bord und Ersatzplanken finden wir auch. Wir müssen einen Hebearm bauen, mit dem wir das Zeug runterlassen können.« Er nahm Stift und Block und begann, einige Notizen zu machen. »Schwieriger wird es bei den Rudern. Wir müssen sie abbauen und unten am Boden flicken.

Wenn wir die Rahmen gerichtet haben, können wir sie mit gegerbten Ziegenhäuten bespannen. Das müsste eigentlich funktionieren.«

»Woher sollen wir denn gegerbte Ziegenhäute bekommen?«

»Die Dogon haben ein paar tüchtige Handwerker. Sie werden uns ganz sicher helfen, wenn sie erst mal ihre Scheu überwunden haben. Am schwierigsten wird die Ballonhülle. Wir werden das Schiff von dem Baum befreien und das restliche Gas ablassen müssen. Sobald das geschehen ist, können wir anfangen, die Löcher zu flicken. Auch dabei könnten uns die Dogon helfen.«

»Warum sollten sie das tun?«

»Weil ich ihnen einen Handel anbieten werde.«

Oskar hob interessiert den Kopf. »Was denn für einen Handel?«

Humboldt verschränkte die Arme vor der Brust. »Wir werden den Stein für sie vernichten.«

42

Sir Wilson reichte Max sein Fernglas. Sein Mund war zu einem grimmigen Lächeln verzogen. »Sie können sie erkennen, wenn sie nach Osten schauen. Der Tafelberg mit der verbotenen Stadt auf seiner Spitze. Genau wie in der Beschreibung der Franzosen. Dort, zwischen den beiden Erhebungen, sehen Sie?«

Max ergriff das Glas und presste es an seine Augen. Er drehte an der Feinjustierung und stellte das Bild scharf. Tatsächlich. Halb verborgen hinter einigen steilen Felsen ragten etliche Säulen und Kuppeln auf.

»Was sagen Sie dazu?«

»Sieht unbeschädigt aus«, sagte Max. »Fast so, als wäre sie nie erobert worden. Aber vielleicht liegt das auch nur an der niedrigen Perspektive.«

Wilson nickte. »Sie ahnen gar nicht, wie lange ich schon hinter diesem Stein her bin. Fast mein halbes Leben habe ich nach ihm gesucht. Ob Sie es glauben oder nicht, die Berichte der französischen Landvermesser waren der erste wirklich konkrete Hinweis, den ich erhalten habe. Ich war schon so weit, die Geschichten als bloßes Hirngespinst abzutun.« Wilson schob entschlossen sein Kinn vor. »Er ist dort oben. Ich kann ihn fühlen. Ich will ihn haben und wenn es mich mein Leben kosten sollte.«

Auch Max hatte das Jagdfieber gepackt. Jetzt, wo sie der Stadt so nahe waren, wollte er endlich wissen, ob an den Geschichten etwas dran war oder ob sie den langen Weg ganz umsonst gemacht hatten.

Seit seinem beherzten Eingreifen bei den Berbern war er in der Rangfolge schnell nach oben gestiegen. Er war zu Wilsons Liebling geworden, durfte an seiner Seite reiten und wurde zu jeder Besprechung hinzugezogen. Max musste zugeben, dass ihm diese Entwicklung gefiel. Er hätte es nie für möglich gehalten, dass er für diesen Mann Sympathie entwickeln konnte. Und doch war es geschehen.

Harry hingegen verfolgte diese Entwicklung mit Skepsis. Am Anfang hatte er noch versucht, Max zu warnen, später ging er mehr und mehr dazu über, ihm die kalte Schulter zu zeigen. Max verstand nicht, warum Harry so schnippisch reagierte, er war noch immer sein Freund, und daran würde sich auch nichts ändern. Außerdem hatte er alles im Griff.

Er beschloss, die Dinge erst mal laufen zu lassen. Sich mit Sir Wilson gutzustellen, erschien ihm in dieser Situation das Vernünftigste.

»Wie sollen wir da hinaufgelangen?«, fragte er, nachdem er den Berg einige Zeit mit dem Fernglas abgesucht hatte. »Die Felsen sehen sehr steil aus.«

Wilson deutete auf den benachbarten Berg. »Sehen Sie den flachen Anstieg dort, auf der anderen Seite? Das ist der Weg, den wir nehmen werden.«

»Aber der liegt auf dem anderen Berg. Wie wollen wir hinübergelangen? Dazwischen ist eine ziemlich breite Kluft.«

»Laut den Landvermessern soll sich eine steinerne Brücke zwischen den beiden Tafelbergen befinden. Breit und stabil genug, um rüberreiten zu können. Ich habe sie zwar noch nicht gefunden, bin aber ganz sicher, dass sie existiert. Bisher hat der Bericht bis aufs i-Tüpfelchen gestimmt.«

Max nickte nachdenklich. »Na gut, nehmen wir mal an, diese Brücke existiert ... der Berg mit der Rampe wird von den Dogon beherrscht. Die werden uns wohl kaum einfach so ihr Territorium durchqueren lassen.«

Jabez Wilson klopfte ihm auf den Rücken und lachte. »Sie werden noch ein richtiger Meteoritenjäger. Immer zwei Schritte im Voraus denken, das gefällt mir. Ich halte die Dogon allerdings für ein geringes Problem. Primitive Wilde. Wenn sie nicht mit uns kooperieren wollen, werden sie ihr blaues Wunder erleben. Wir werden an unser Ziel gelangen, so oder so. Und jetzt los.«

Um die Mittagszeit herum hatten sie den Fuß des Tafelbergs erreicht. Von hier unten konnte man sehen, dass es tatsächlich so etwas wie eine Brücke zwischen den beiden Bergen gab. Allerdings keine künstlich angefertigte, wie Max vermutet hatte, sondern vielmehr so etwas wie ein natürlicher Felsenbogen, der den Abgrund auf einer Länge von etwa fünfzig Metern überspannte. Max wurde jetzt schon schwindelig bei dem Gedanken, dass sie dort hinüberreiten wollten. Doch erst mal mussten sie überhaupt auf den Berg gelangen. Die Rampe, die aus der Entfernung sanft und gut begehbar ausgesehen hatte, entpuppte sich beim Näherkommen als ein von Schotter und Geröll übersäter Berghang ohne seitliche Uferbefestigung. Wer hier ins Rutschen geriet, der würde eine höchst unangenehme Talfahrt antreten. Immerhin konnte man sehen, dass hier vor vielen Jahren einmal eine Straße gewesen sein musste. Steinplatten und Abflussrinnen markierten den alten Weg, der über den Rücken bis hinauf an die Oberkante des Berges führte. Allerdings war sie schon lange nicht mehr benutzt worden. Heftige Regenfluten hatten ganze Abschnitte weggerissen und Steinbrocken versperrten ihnen den Weg.

Jabez Wilson war abgestiegen und führte die Karawane zusammen mit Jonathan Archer und einer Gruppe schwer bewaffneter Männer den rutschigen Weg hinauf.

Harry, Max und Patrick O'Neill folgten ihnen in gebührendem Abstand. Sie mussten die Pferde und Lasttiere hinaufführen, was keine leichte Aufgabe war. Die Tiere hatten mit dem rutschigen Untergrund zu kämpfen und fanden mit ihren kleinen Hufen keinen richtigen Tritt. Max führte eine Gruppe von vier Pferden an der Leine. Nur unter Zuhilfenahme seiner ganzen Kraft und Überredungskunst gelang es ihm, die Tiere vor panikartigem Ausbrechen zu bewahren. Als er bei Wilson und seinen Leuten eintraf, war er nass geschwitzt.

»Was ist denn los? Warum geht es nicht weiter?«, keuchte er.

»Endstation.« Der Meteoritenjäger deutete auf einen etwa drei Meter hohen Wall aus mächtigen Gesteinsbrocken. »Hier kommen wir nicht rüber.«

Max betrachtete den Wall. Er sah nicht aus, als wäre er natürlichen Ursprungs. Die riesigen Steine waren sorgfältig zu einer Mauer aufgestapelt worden, die zu steil war, um sie einfach überklettern zu können.

»Scheint, als möchte irgendjemand verhindern, dass wir auf die andere Seite gelangen«, sagte er.

»So ist es.« Wilson deutete auf den Boden. »Sehen Sie hier? Die alte Straße führte geradewegs durch den Wall hindurch. Früher muss das mal eine wichtige Verbindung gewesen sein, doch die Dogon haben sie verbarrikadiert. Und eben sind ein paar von den schwarzen Halunken hinter der Absperrung aufgetaucht und haben uns ganz klar zu verstehen gegeben, dass wir hier unerwünscht sind.«

»Haben Sie mit ihnen geredet?«

»Das brauchten wir gar nicht.« Wilson hob eine abgebrochene Speerspitze in die Höhe. Die Klinge war aus scharfem Metall, das schwarz in der Sonne glänzte. Weitere Speere steckten rechts und links zwischen den Steinen. Max hob vor Verblüffung die Brauen. »Das ist in der Tat eine ziemlich klare Ansage.«

In diesem Moment kam Harry den Hang emporgeschnauft. Sein sandfarbenes Leinenhemd wies dunkle Flecken unter den Achseln auf. »Was ist denn los, warum geht es nicht weiter?«

Max zeigte ihm die Speerspitze.

»Und was machen wir jetzt?«

Sir Wilson holte eine seiner Zigarren aus der Tasche seiner Weste, biss das Ende ab und spuckte es in den

Staub. Dann steckte er sie an und machte genüsslich ein paar Züge. »Jonathan, holen Sie das Pferd mit den Holzkisten. Wollen doch mal sehen, wie es den Dogon gefällt, wenn wir ihre hübsche Absperrung zu Staub zermahlen. Zeit für ein wenig Feuerwerk.«

43

Charlotte und Oskar hatten den Ladebaum in Position geschwenkt und begannen nun damit, die Kisten mit Humboldts wertvollen Instrumenten herabzulassen. In ihnen befanden sich die Geräte, die sie zur Analyse der chemischen und physikalischen Eigenschaften des Kristalls benötigten. Man konnte die elektrische Leitfähigkeit des Materials genauso prüfen, wie seine Härte und Dichte. Humboldt hatte erwähnt, dass er den Meteoriten für eine Pflanze hielt. Allerdings nicht für eine Pflanze im gewöhnlichen Sinn. Anstatt aus Wasser und Kohlenstoffverbindungen, wie das Leben auf der Erde, bestand sie vermutlich aus Silizium. Ein Stoff, der auf der Erde vorzugsweise in Form von Quarz und Sand auftrat. Er war hart, spröde und gläsern. Alles Eigenschaften, die bei dem Meteoriten zu finden waren. Da eine solche Kreatur kein Blut besaß, mussten die Körperfunktionen anders als durch chemische Botenstoffe gesteuert werden. Humboldt tippte auf elektrische Reize, schloss aber auch Lichtimpulse nicht aus. Oskar konnte nicht behaupten, alles genau verstanden zu haben, dennoch gaben ihm die Ausführungen des Forschers Mut. Humboldt schien einen Plan zu verfolgen, und das war mehr, als sie während der vergangenen zwei Wochen gehabt hatten. Jetzt, da er seine Instrumente wiederhatte, lief er zu Hochform auf. Vielleicht würde er Oskar sogar mit seinem Arm helfen können, der während der letzten Tage wieder schlimmer geworden war. Der Verband war nun schon etliche Tage alt und begann langsam, sich aufzulösen. Oskar hatte immer noch nicht gewagt, ihn abzunehmen. Ihn graute davor, was er dort zu sehen bekommen würde.

Von unten drang Humboldts Stimme zu ihnen empor. »Macht schon, Kinder! Die letzte Kiste noch, dann ist Schluss für heute!«

»Komm, Charlotte«, sagte Oskar. »Hängen wir die letzte Kiste auch noch dran. Um ehrlich zu sein, ich bin froh, wenn wir endlich fertig sind. Die Sonne macht mir schon wieder zu schaffen.«

Charlotte sah ihn mit ihren unergründlichen blauen Augen an.

»Bist du sicher, dass es nur die Sonne ist …?«

»Was meinst du?«

Sie deutete auf seinen Arm. »Du musst mir nichts vormachen. Ich sehe doch, was los ist. Eliza spürt es auch. Sie ist nur zu höflich, sonst hätte sie schon längst etwas gesagt.«

Oskar tat so, als wüsste er von nichts. »Ich verstehe nicht …«

»Ich rede von deinem Arm. Die Missionare haben gesagt, sie hätten die Wunde versorgt, aber ich fühle, dass das nicht stimmt. Die Entzündung ist wieder schlimmer geworden, habe ich recht?«

Oskar presste die Lippen zusammen. Charlotte konnte offenbar in ihm lesen wie in einem Buch.

»Wir sollten uns das ansehen, solange wir noch Zeit

dafür haben«, fuhr sie fort. »Kann sein, dass du eine Blutvergiftung bekommst. Zum Glück haben wir ja unsere Arzneimittel und unser Verbandszeug wieder. Nichts gegen die Heilkünste der Dogon, aber bei so einer Sache vertraue ich unserer Medizin einfach mehr.« Sie schenkte ihm ein aufmunterndes Lächeln.

Er wusste nicht, was er sagen sollte. Es war ihm unangenehm, dass sie ihn so offen auf seine Verletzung ansprach. Andererseits fühlte er sich auch geschmeichelt. Sie schien ihn viel genauer zu beobachten, als er es vermutet hatte. Ein gutes Zeichen?

Charlotte schob die Kiste in seine Richtung. Als er mit zupackte, berührten sich ihre Finger. Blitzschnell zog er seine Hand zurück. Ihre Wangen färbten sich rot. Sie wich seinem Blick aus, doch dann erwiderte sie ihn. Einen atemlosen Moment lang schauten sie einander tief in die Augen. Oskar kam es vor, als hätte die Welt aufgehört, sich zu drehen. Er konnte nicht sagen, ob Sekunden oder Tage verstrichen waren, doch plötzlich trat Charlotte einen Schritt vor und schlang ihre Arme um ihn. Er spürte ihren Körper. Sie fühlte sich schlank und fest an. Er meinte sogar ihren Herzschlag zu spüren. Sie bettete ihren Kopf an seine Schulter und vergrub ihr Gesicht in seinem Hemd. Sie roch gut. Eine Mischung aus Minze und Zitrone.

Sie hob ihr Gesicht. In ihren Augen war ein Ausdruck, den er noch nie zuvor wahrgenommen hatte. Sollte er sie jetzt etwa küssen? Sein Kopf war wie in Watte gepackt. Als wäre er betrunken oder so.

Er wollte sich gerade zu ihr hinunterbeugen, als plötzlich ein dumpfer Donner ertönte. Zuerst dachte er, sein Herz würde so laut schlagen, doch dann ließ Charlotte ihn los.

»Hast du das gehört?«

»Was war das?«

»Keine Ahnung. Klang wie Gewittergrollen. Aber es ist keine Wolke am Himmel.«

Oskar schüttelte den Kopf. »Nie im Leben war das ein Gewitter. Eher Kanonendonner.«

44

Sir Wilson gab das Signal zum Angriff. Max fühlte sich emporgerissen, dann rannte er mit den anderen durch die Barriere. Um ihn herum regneten Gesteinstrümmer vom Himmel. Die Luft war getrübt vom Rauch und vom Staub der Explosion.

Das Dynamit hatte wirklich ganze Arbeit geleistet. Von dem massiven Wall standen nur noch zwei mächtige Begrenzungssteine, der Rest war in alle Himmelsrichtungen zerblasen worden.

Max sah, wie die Söldner die Bresche stürmten und den Berg hinaufliefen, dann spürte er Wilsons Hand auf seiner Schulter. Der Meteoritenjäger schenkte ihm ein aufmunterndes Lächeln und stürzte sich in die Schlacht. Max sprang auf und rannte hinter ihm her. Er war wie in einem Rausch. Sein Gewehr in den Händen stürmte er den Berg hinauf. Der Angriff war gut geplant. In geduckter Haltung, einer dem anderen Feuerschutz bietend, schwärmten die Männer aus und begannen sofort damit, strategisch wichtige Positionen zu besetzen.

Keinen Augenblick zu früh, denn in diesem Moment begann der Gegenangriff der Dogon. Es fing an mit einem tödlichen Hagel aus Pfeilen und Speeren, dann folgten Stöcke und Steine. Die Geschosse sausten wie Schatten durch die Luft und bohrten sich links und rechts in den Boden. Ein Pfeil fuhr durch seine Stiefelspitze und nagelte ihn am Boden fest. Max taumelte, stürzte, dann fiel er auf die Knie. Ein Dogonkrieger stürmte auf ihn zu. In einer Hand hielt er eine Axt, in der anderen einen Schild. Sein Gesicht war mit einer schrecklichen Kriegsbemalung überzogen. Seine Zähne waren gefletscht, seine Axt zum Schlag erhoben. Max war wie gelähmt. Das Gewehr lag wie ein totes Stück Holz auf seinen Knien. Er hätte es heben und abdrücken müssen, aber er konnte nicht. Wie das Kaninchen vor der Schlange saß er da und sah, wie die Axt genau auf seinen Kopf zielte. In diesem Moment fiel ein Schuss. Der Mann wirbelte herum, erstarrte und fiel wie eine verdrehte Wurzel vor ihm in den Staub, seine Augen vor Verblüffung weit aufgerissen.

Weitere Schüsse fielen. Spitze Schreie und wilde Verwünschungen hallten durch den Nebel. Der Angriff der Dogon geriet ins Stocken bevor er sich in ein heilloses Durcheinander verwandelte. Vereinzelt zischten noch Pfeile durch die Luft, doch sie waren schlecht gezielt und verfehlten Wilsons Männer um etliche Meter.

Dann wurde es still. Der Kampf war vorüber.

Max rappelte sich auf. Sein Stiefel war immer noch fest an den Boden geheftet. Er musste ein paarmal kräftig ziehen, schon hatte er den Pfeil aus der Erde gezogen. Sir Wilson tauchte neben ihm auf. Sein Gesicht war schweißüberströmt.

»Na, mein Junge, alles klar bei Ihnen?«

»Alles klar so weit«, sagte Max mit belegter Stimme. »Für einen Moment hatte ich allerdings das Gefühl, mein letztes Stündlein habe geschlagen.«

»Das gehört zum Handwerk dazu. Aber Sie leben und das ist die Hauptsache.« Er lachte. »Wir haben es den schwarzen Bastarden gehörig gegeben, was? Wie die Hasen sind sie gerannt. Wir haben es überstanden.«

Max saugte Luft in seine Lungen. Noch nie hatte er einen Kampf Mann gegen Mann geführt. Er spürte das Herz in seiner Brust pumpen. Sein Puls schlug ihm bis zum Hals und seine Knie fühlten sich an, als wären sie aus Butter. Ein überwältigendes Gefühl.

Wilson klopfte ihm auf den Rücken. »Sie haben sich geschlagen wie ein Mann. Ich bin stolz auf Sie. Jetzt wollen wir zurückkehren und die Pferde holen. Es wird eine Weile dauern, bis sich die Dogon von diesem Schlag erholt haben. Dass wir sie dauerhaft vertrieben haben, wage ich zu bezweifeln. Sie sind ein stolzes und unbarmherziges Volk und werden sicher bald anfangen, Rachepläne zu schmieden. Bis dahin sollten wir die Felsenbrücke überquert und einen bewaffneten Posten auf der anderen Seite positioniert haben. Kommen Sie. Es gibt noch viel zu tun.« Mit diesen Worten verschwand er im Rauch.

Max kostete das Gefühl des Sieges einige Sekunden aus, dann drehte er sich um. Harry stand direkt hinter ihm. Die knochigen Hände des Reporters waren um den Schaft seines Gewehres gelegt, seine Augen in den Dunst gerichtet.

»Warum schaust du so gramzerfurcht?«, fragte Max. »Wir haben gewonnen, freut dich das denn nicht?«

Die Mundwinkel seines Freundes waren nach unten

gezogen. »Freuen? Was redest du da für einen Unsinn, Max? Schämen sollten wir uns, und zwar in Grund und Boden. Was hier geschehen ist, war barbarisch. Das war kein Sieg, es war ein Massaker.« Er starrte auf die Körper der verletzten und getöteten Dogon. »Ich habe mich noch nie in meinem Leben so elend gefühlt.«

Max verstand seinen Freund nicht. »Wovon redest du? Sie haben *uns* angegriffen, schon vergessen?«

»Ja, nachdem wir ihre Barrikade zerstört haben.«

Max schüttelte den Kopf. »Und was war davor? Wilson hat versucht, mit ihnen zu reden, und hat stattdessen Speerspitzen geerntet. Du hast sie doch selbst gesehen.«

»Warst du dabei? Hast du gesehen, was geschehen ist?« Harry presste die Lippen aufeinander. »Du willst nur hören, was du hören willst. Wilson ist ein rücksichtsloser Mensch. Denk mal an das Telegramm deines Freundes aus London. Wilson ist kalt, berechnend und hartherzig und du bist ihm völlig verfallen. Wach auf, Max!«

Max wurde langsam wütend. »Du bist nur eifersüchtig. Du missgönnst mir, dass Wilson mich ins Vertrauen gezogen hat und dich nicht. Die Dogon sind nicht die freundlichen Wilden, als die du sie hinstellen willst. Sieh her.« Er deutete auf das Loch in der Stiefelspitze. »Einer dieser Halunken hätte mich um ein Haar erwischt. Ganz zu schweigen von diesem riesigen Krieger. Er kam genau auf mich zu. Er war von oben bis unten bemalt. Seine Axt hat genau auf meinen Kopf gezielt. Wäre nicht im letzten Moment von irgendwoher der rettende Schuss gefallen, ich würde jetzt mit zerschmettertem Schädel im Sand liegen. Aber Wilsons Männer waren auf dem Posten. Einer von ihnen hat gesehen, in welcher Lage ich mich befand, und hat reagiert. Möge Gott seine ruhige Hand segnen.«

»Dass du in solchen Momenten von Gott redest, grenzt schon fast an Blasphemie.«

Max hatte jetzt endgültig genug. Immerhin hatte Wilson ihm auf dem Dach des Zuges das Leben gerettet. Er fühlte sich ihm verpflichtet. »Wenn du nur schlecht über Wilson und seine Männer reden kannst, dann tu das, wenn ich nicht da bin. Es könnte nämlich sonst leicht passieren, dass ich mich vergesse.« Mit diesen Worten drehte er sich um und ließ seinen Freund stehen.

45

Es war später Vormittag, als die Abenteurer in Begleitung von Yatimè am Tafelberg eintrafen. Obwohl sie entschieden hatten, die Nacht bei der *Pachacútec* zu verbringen, hatte keiner von ihnen wirklich gut geschlafen. Die Sorge um das, was sie bei der Stadt der Dogon vorfinden würden, hatte sie lange wach gehalten.

Schon von fern konnte Charlotte erkennen, dass etwas Furchtbares geschehen sein musste. Rauch hing über dem Berg. Die Barrikade, die die Dogon zum Schutz gegen die Außenwelt errichtet hatten, war verschwunden. Zwei mächtige Ecksteine deuteten darauf hin, wo das Bollwerk einst gestanden hatte. Beim Näherkommen sahen sie, dass sie von Ruß geschwärzt und mit Gesteinssplittern übersät waren. Yatimè durchquerte die rauchenden Trümmer und stieß einen Schrei aus. Der Boden war von Fußabdrücken geradezu zerwühlt. Überall waren Blutflecken zu sehen. Zerbrochene Speere und Schilde lagen herum, achtlos zertrampelt von schweren Armeestiefeln, deren Profile im Staub deutliche Spuren hinterlassen hatten. Wer immer den Angriff geführt hatte, er war mit schrecklicher Härte vorgegangen.

Humboldt stapfte schweigend durch das Schlachtfeld in Richtung Dorf. Seine Lippen waren schmal, seine Brauen zu einer unheilvollen Linie zusammengezogen. Mochte der Himmel wissen, was er gerade dachte.

Noch ehe Charlotte die ersten Bewohner sah, konnte sie ihre Stimmen hören. Sie sangen. Ein vielstimmiger Totengesang, der erst leise, dann stetig lauter werdend über der Stadt schwebte. Ihm haftete etwas Unheilvolles an – als hätte man ein Leichentuch über der Stadt ausgebreitet.

Ein Stöhnen erklang neben ihr. Es war Oskar. Er war bleich und kurzatmig.

»Was ist los, geht es dir nicht gut?«

»Ich ... ich weiß es nicht«, sagte der Junge zwischen zusammengebissenen Zähnen. »Es hat angefangen, als ich den Gesang gehört habe. Irgendetwas mit den Tönen.«

»Dein Arm?«

Er nickte.

Charlotte blickte hilfesuchend zu ihrem Onkel. Humboldt, Eliza und Yatimè waren schon ein ganzes Stück vorausgegangen. »Soll ich meinen Onkel holen?«, fragte sie. »Ich glaube, du benötigst dringend medizinische Behandlung.«

Oskar versuchte, sie zu beschwichtigen. »Lass nur, es geht schon. Er hat jetzt Wichtigeres zu tun. Die Dogon brauchen ihn dringender. Sieh nur.«

Im Schatten der Toguna standen zahlreiche Tragen mit Verwundeten. Frauen in schwarzen Gewändern und Kinder mit hängenden Köpfen standen daneben und reichten den Männern Wasser und etwas zu essen.

»Ich könnte den Verband lösen und mal einen Blick darauf werfen«, sagte Charlotte, doch Oskar schüttelte den Kopf. »Auf die Minute kommt es jetzt auch nicht an«, sagte er. »Das hier ist wichtiger.«

Charlotte war unschlüssig. Sie spürte, dass es ein Fehler war, doch ihr Onkel war gerade wirklich sehr beschäftigt. Er stand bei den Verletzten und sprach mit den Ältesten.

»Na gut«, sagte sie. »Aber sobald das Erste überstanden ist, lässt du uns draufgucken, versprochen?«

»Versprochen.«

Eben kam Ubirè zu ihnen herüber. Müde und auf seinen Stab gestützt, humpelte er langsam auf sie zu. Sein Gesicht wirkte grau und eingefallen. Man konnte sehen, dass er geweint hatte.

»Was ist hier geschehen?«, fragte Humboldt.

»Ich habe es dir gesagt.« Der Alte blickte traurig auf die Verwundeten. »Sie kamen mit Feuer und Rauch. Aus ihren Mündern kam Donner, aus ihren Fingern sprühten Blitze. Unsere Krieger hatten ihnen nichts entgegenzusetzen.« Er verstummte.

»Feuer und Rauch?« Oskar runzelte die Stirn.

»Gewehre und Sprengladungen«, erwiderte der Forscher. »Klingt nach einem gut ausgerüsteten Einsatzkommando. Ich frage mich, wer Interesse daran haben könnte, diesen Berg einzunehmen. Konnten Sie die Männer erkennen?«

Der Alte nickte. »Es waren Weiße. Angeführt wurden sie von einem großen stämmigen Mann, der seine Haare zu einem Zopf geflochten trug, genau wie du. Er hatte den bösen Blick.«

»Den bösen Blick?«

»Sein Auge. Es war so kalt und schimmernd wie ein Brunnen bei Mondlicht.«

Humboldt stutzte und blickte den Alten fragend an. »Ein Auge aus Silber?«

Ubirè nickte.

»Was bedeutet das?« Charlotte wurde das Gefühl nicht los, dass Humboldt wusste, von wem der Alte da sprach.

»Es gibt nur einen Mann, auf den diese Beschreibung zutrifft«, sagte der Forscher. »Wo ist er jetzt?«

»Sie haben sich auf der anderen Seite verschanzt. Es ist unmöglich, an ihnen vorbeizukommen.«

Humboldt nickte grimmig. »Ich muss mit ihm reden. Wenn ich mich nicht irre, dann haben wir es mit einem außerordentlich skrupellosen und gefährlichen Mann zu tun.«

»Ich glaube, da kommt jemand.«

Horace Bascombe nahm seine Pfeife aus dem Mund und griff nach dem Gewehr. Drüben, auf der anderen Seite, war eine Bewegung zu erkennen. Die Hitze brachte die Luft zum Flimmern, sodass man nur verschwommene Schemen erkennen konnte.

»He, wach auf!«

Melvyn Parker war unter einem benachbarten Feigenbaum eingenickt. Die vielen frischen Feigen und das monotone Zirpen der Grillen hatten ihn schläfrig werden lassen, doch als er die Stimme seines Freundes hörte, schoss er bolzengerade in die Höhe.

»Was?«

»Wir bekommen Besuch. Da drüben, auf der anderen Seite.«

»Kannst du erkennen, wie viele es sind?«

Bascombe kniff die Augen zusammen. Die Helligkeit stach ihm in die hintersten Hirnwindungen. Verdammte afrikanische Sonne. »Schwer zu sagen. Zwei, drei, vielleicht mehr.«

»Es sind zwei«, sagte Parker. »Ein großer und ein kleinerer. Sie sind schon auf der Brücke.« Mit einem Klicken entsicherte er seine Waffe. Bascombe tat es ihm gleich.

Der Platz, von dem aus sie die Felsenbrücke überwachten, war ideal gewählt. Leicht erhöht und unter den schattigen Zweigen des Feigenbaums gelegen, bot er ideale Voraussetzungen. Nicht mal ein Kaninchen wäre ungesehen an ihnen vorbeigekommen.

»Seltsam«, sagte Parker, nachdem die Fremden ein Stück näher gekommen waren. »Die sehen nicht aus wie Afrikaner.«

Bascombe musste seinem Freund in Gedanken recht geben. Hätte er es nicht besser gewusst, er hätte vermutet, die beiden gehörten zu ihrem Trupp. Der eine hatte trotz der Hitze einen langen Mantel an und trug einen Gehstock. Der andere trug Hosenträger und eine Mütze auf dem Kopf. Beide hatten helle Haut. Der Kleine war eindeutig ein Junge. Vielleicht sechzehn, siebzehn Jahre alt. Sein rechter Arm steckte in einer Schlinge und seine Haut wirkte unnatürlich blass. Beide schienen unbewaffnet zu sein, hatten aber einen entschlossenen Ausdruck im Gesicht. Als sie nur noch fünf Meter entfernt waren, stand Bascombe auf. »Halt. Keinen Schritt weiter. Wer seid ihr und was wollt ihr hier?«

46

Max Pepper blickte ehrfürchtig auf die alte Stadt. Die Häuser sahen aus, als hätten hier bis vor Kurzem noch Menschen gelebt. In den Wohnräumen standen Tische und Stühle, die Schlafzimmer waren mit Strohmatten ausgelegt. Irdene Töpfe, Krüge und Teller standen in den Regalen, ganz zu schweigen von den ganzen Waffen, dem Schmuck und den Spielzeugen. Es war, als hätten sich die Bewohner einfach in Luft aufgelöst.

Das beeindruckendste Gebäude war der zentrale Tempel im Herzen der Stadt. Weder Max noch Harry hatten je so ein Bauwerk gesehen. Seltsamerweise passte es nicht zum Baustil der anderen Häuser. Es sah so aus, als wäre es von einer anderen Kultur erbaut worden, von anderen Menschen. Ein Umstand, der Sir Wilson nicht zu wundern schien.

In Max begannen wieder die alten Zweifel zu nagen. Hatte Wilson ihnen wirklich alles erzählt, was es zu wissen gab? War er rundum ehrlich zu ihnen? Und warum diese Härte gegenüber den Dogon? Gewiss, er war ehrgeizig und skrupellos, aber bestimmt hätte sich das Problem mit ein paar Geschenken aus der Welt räumen lassen.

Harry hatte seit diesem Vorfall kaum noch ein Wort mit Max gesprochen. Er mied seine Nähe und trieb sich lieber allein herum. Das Schweigen, das zwischen ihnen herrschte, bedrückte Max. Sie waren seit Jahren befreundet, aber einen solchen Streit hatten sie noch nie gehabt.

Er wollte sich gerade aufmachen, um ihn zu suchen, als er Jonathan Archer auf sich zukommen sah.

»He, Max, kommen Sie mal her! Wir haben etwas entdeckt, das Sie interessieren dürfte.«

Max war einen Moment lang unschlüssig, dann verwarf er seinen Plan. Harry würde wahrscheinlich sowieso nicht mit ihm sprechen wollen. Er ließ seine Taschen fallen und folgte dem drahtigen Mann zum Haupteingang des Tempels.

Sir Wilson hatte das Gebäude weiträumig absperren lassen. Offenbar wollte er die Geheimnisse des Tempels ganz für sich allein haben. Max spürte die neidischen Blicke der Männer, als er die Gartenmauer durchquerte und die Treppen zum Eingang des Tempels hinaufschritt.

Sir Wilson erwartete ihn auf der obersten Treppenstufe.

»Da sind Sie ja. Ich hoffe, Sie haben sich etwas von der Auseinandersetzung mit den Dogon erholt. Wehrhaftes kleines Völkchen, nicht wahr?«

»Ja, Sir.«

»Ihren Freund Harry scheint unsere Unternehmung ziemlich mitgenommen zu haben. Meinen Sie, er ist immer noch ausreichend motiviert, um bei uns mitzumachen?«

»Ich denke schon, ja. Der Angriff war wohl etwas zu viel für ihn. Er ist ein gutmütiger Kerl.«

»Das sind wir doch alle«, grinste Wilson. »Aber manchmal geht es eben nicht ohne. Im Falle der Dogon hieß es *wir oder sie*.«

»Ja, Sir.« Max fragte sich, worauf der Meteoritenjäger wohl hinauswollte. Jabez Wilson klopfte ihm auf den Rücken. »Na schön. Sie fragen sich sicher, warum ich Sie habe rufen lassen. Nun, ich habe eine Überraschung für Sie.«

»Für mich, Sir?«

»Jawohl. Und zwar als besonderen Dank dafür, dass Sie uns vor den Berbern gerettet haben.«

»Das war doch eine Selbstverständlichkeit.«

»Für meine Männer mag das gelten, aber Sie sind ein Außenstehender. *Wir* hätten eigentlich *Sie* beschützen sollen, nicht umgekehrt. Deshalb habe ich mir überlegt, dass es an der Zeit ist, Ihnen eine kleine Freude zu bereiten. Ich glaube, ich habe endlich das Passende für Sie gefunden.«

»Wie gesagt, Sir, das ist nicht nötig.«

»Doch, doch, mein Lieber. Nur nicht so bescheiden. Schauen Sie mal dort hinein. Was sehen Sie?«

Max' Augen benötigten eine Weile, um sich an das Dämmerlicht im Inneren des Tempels zu gewöhnen. Dann sah er die grünliche Erhebung in der Mitte.

»Was ist das?«, fragte er verwundert.

»Das, mein lieber Freund, ist der Grund, warum wir hier sind. Der sagenumwobene Stein der Tellem, *Der gläserne Fluch*.«

Max blickte genauer hin. Mit der Zeit wurden mehr

Details sichtbar. Der Stein war ziemlich groß. Mindestens so groß wie eine Abrissbirne. Er schien in den Boden des Tempels eingelassen zu sein und war dort mit einer Fassung aus Onyx und Gold verankert. Er leuchtete von innen heraus mit dem Feuer eines riesigen Smaragds. Ein magischer Anblick.

»Faszinierend, nicht wahr?«, fragte Wilson.

»Schöner, als ich ihn mir in meinen kühnsten Träumen vorgestellt habe«, erwiderte Max. »Ein einzigartiger Fund.«

»Ihnen gebührt die Ehre, ihn in den Besitz der Krone von England bringen zu dürfen.«

Max schaute den Meteoritenjäger mit großen Augen an. Er hatte Schwierigkeiten, dem Mann zu folgen. »Mir, Sir?«

Wilson zog ein Dokument heraus, auf dem fein säuberlich die Besitzansprüche des englischen Königshauses festgehalten waren. Darunter waren die Unterschriften des Premierministers und – Max blieb fast das Herz stehen – Königin Victorias zu sehen. Ein Platz war noch frei.

»Ohne Sie wären wir nie so weit gekommen.« Wilson zog einen kleinen Metallgegenstand aus seiner Tasche. »Alles, was Sie zu tun haben, ist mit diesem Zeremonienhammer auf den Stein zu klopfen und Ihre Unterschrift unter das Dokument zu setzen. Eine alte Tradition, die in unserem Land hohes Ansehen genießt. Sie werden dann als offizieller Finder dieses Steins in den Geschichtsbüchern verewigt werden.« Er warf Max einen forschenden Blick zu. »Na, wie klingt das?«

»Ich weiß nicht, was ich sagen soll ...«

»Sie brauchen nichts zu sagen. Genießen Sie und schweigen. Es dürfte einer der bedeutendsten Momente Ihres Lebens sein.«

Max war ganz benommen. Es war kaum abzuschätzen, welche Überwindung es Sir Wilson gekostet haben mochte, ihm, einem Außenstehenden – einem Yankee –, den Vortritt zu lassen.

»Danke, Sir«, sagte er. »Ich bin überwältigt.«

Wilson tauschte einen kurzen Blick mit Archer, dann hielt er ihm den Hammer hin. »Auf geht's, Pepper! Schreiben Sie Geschichte.«

Max griff nach dem Zeremonienhammer und wollte gerade seinen Fuß in den Tempel setzen, als von links jemand angerannt kam. Es war einer der beiden Posten, die Wilson mit der Bewachung des Übergangs beauftragt hatte, Horace Bascombe. Sein Kopf war rot und sein Hemd triefte vor Schweiß.

»Sir«, keuchte er, »Neuigkeiten von der Brücke.«

Wilson ging zu Bascombe runter und die beiden steckten ihre Köpfe zusammen. Max sah, das Wilsons Mund vor Verwunderung aufklappte. »Im Ernst?«, hörte er ihn sagen. »Kein Zweifel?«

Bascombe schüttelte den Kopf.

Wilson stemmte die Hände in die Hüften. »Na, das dürfte interessant werden. Führen Sie die beiden her.«

»Jawohl, Sir.« Bascombe spurtete davon und Wilson kam zu ihnen zurück. Sein Ausdruck wirkte nachdenklich. »Wer hätte das gedacht?«, murmelte er.

»Irgendein Problem, Sir?«

»Nein, kein Problem.« Ein Lächeln breitete sich auf Wilsons Gesicht aus. »Pepper, ich fürchte, Ihr großer Augenblick muss noch etwas warten. Wir bekommen Besuch.«

»Besuch, Sir?«

»Allerdings. Und zwar von jemandem, den ich schon seit langer Zeit einmal kennenlernen wollte.«

47

Argwöhnisch schaute Oskar auf die Gewehrläufe der beiden Wachen, die sie hinunter ins Stadtzentrum führten. Großkalibrige Flinten, die mit Sicherheit ein riesiges Loch in seiner Brust hinterlassen würden. Humboldt hatte ihm den Ausdruck *Söldner* zugeraunt, doch Oskar spürte auch so, dass mit den beiden Kerlen nicht gut Kirschen essen war. Sie sahen aus, als habe man sie aus den untersten Abflussrinnen der britischen Kanalisation gefischt. Groß, tätowiert und augenscheinlich dumm wie Stroh. Kampfhunde, so wie der Pfandleiher Behringer daheim in Berlin. Sie sprachen Cockney, ein Dialekt, der laut Humboldts Auskunft nur in London gesprochen wurde. Ein Glück, dass der Forscher sprachlich so bewandert war, dass er sich mit ihnen verständigen konnte. Oskars Englischkenntnisse reichten nicht aus, um dieses Kauderwelsch zu verstehen.

Nur gut, dass Charlotte, Eliza und Wilma bei den Dogon geblieben waren. Sie waren wenigstens in Sicherheit, sollten die Dinge hier schlecht laufen.

Die beiden Wachen führten Oskar und Humboldt in Richtung des Tempels. Der Rest der Truppe hatte sein Lager rund um den Prachtbau und im Schatten der ausladenden Granatapfelbäume aufgeschlagen. Die Söldner waren allesamt große, brutal aussehende Kerle, denen anzusehen war, dass sie schon so manche Schlacht geschlagen hatten. Manche lagen ausgestreckt auf ihren Decken, andere hockten zusammen und unterhielten sich leise. Der Geruch von gebratenem Fleisch hing in der Luft. Oskar erblickte Holzkisten, aus denen die Läufe von Gewehren ragten, und rechts von ihnen standen einige Pferde, die Wasser aus einer steinernen Rinne schlürften.

Kein Zweifel, die Expedition war gut ausgerüstet. Weitaus besser als ihre eigene.

Als die Männer Humboldt und Oskar näher kommen sahen, verstummten sie. Unfreundliche Blicke verfolgten sie, während sie weiter auf den Tempel zugingen

»Nur Mut, mein Junge.« Der Forscher nahm seine Hand und drückte sie. »Es wird schon alles gut werden.«

Oskar schwieg. Ob sein Vater recht hatte, würde sich erst noch erweisen müssen.

Als sie die Umgrenzungsmauer des Tempels umrundet hatten, traten ihnen zwei Männer in den Weg. Der eine war ein hochgewachsener Bursche mit etlichen Narben im Gesicht, der andere war kleiner, dafür aber umso bulliger. Unter der breiten Stirn mit den vorgewölbten Brauen funkelten zwei Augen, wie sie unterschiedlicher nicht sein konnten. Das eine braun, das andere strahlend silbern.

Humboldt zögerte nicht lange. Er ging direkt auf den Mann zu und streckte seine Hand aus. »*Sir Wilson, I presume?*«

Ein Lächeln huschte über das breite Gesicht. »*That's

right, Mr Humboldt. Welch unerwartetes Vergnügen. Ich bin überrascht, Sie hier zu sehen.« Wilsons Deutsch klang etwas holprig, war aber gut zu verstehen.

»Meine Überraschung könnte kaum größer sein.« Humboldt zögerte kurz, dann sagte er: »Darf ich Ihnen meinen Sohn und Assistenten vorstellen? Oskar Wegener.«

Oskar streckte seine Hand aus. Er war verwundert über den locker leichten Tonfall, den Humboldt anschlug. Er hatte damit gerechnet, dass gleich die Fetzen fliegen würden. Doch sein Vater schien andere Pläne zu haben.

»Sehr erfreut.« Der Mann streckte seine Pranke aus und ließ Oskars Hand darin verschwinden. »Jabez Wilson. Dies ist mein Adjutant und meine rechte Hand, Jonathan Archer. Ein verdienter Afghanistanveteran.«

Humboldt nickte. »*Nice to meet you.*«

Die Männer schüttelten sich die Hände.

»Sprechen Sie auch Deutsch?«, fragte Humboldt.

»*I beg your pardon?*«

Wilson lächelte. »Er kann Sie leider nicht verstehen. Ich fürchte, ich bin der Einzige in unserem Team, der Ihre Sprache spricht.«

»Das macht nichts«, sagte Humboldt. »Dann wechseln wir eben zu Englisch. Mein Junge spricht zwar noch nicht gut, aber er sollte in der Lage sein, alles zu verstehen. Ich habe ihn selbst unterrichtet.«

»Meine Hochachtung.« Wilson setzte gerade zu einer längeren Ausführung an, als von links ein Ruf ertönte. Die Stimme kam Oskar irgendwie bekannt vor.

»*Carl Friedrich!*«

Oskar blinzelte gegen die Sonne. Er musste zweimal hinschauen, um sicherzugehen, dass er sich nicht täuschte. Der da auf sie zurannte, war niemand anderes als ... *Harry Boswell.*

»Das ist doch ...« Humboldt eilte auf den Reporter zu und die beiden fielen sich in die Arme. Dann umarmte Harry auch Oskar. Es war ein herzliches Wiedersehen.

»Immer, wenn man meint, man hätte mal etwas Ungewöhnliches entdeckt, kreuzt ihr auf«, grinste Harry. »Gibt es denn überhaupt keinen Ort, der vor euch sicher ist?«

»Nicht, wenn es um seltene Fundstücke geht«, erwiderte Humboldt. »Freut mich auch, dich wiederzusehen, altes Haus.«

»Lasst euch ansehen.« Harry lief ein paar Schritte um sie herum. »Meine Güte, ihr habt euch überhaupt nicht verändert. Außer, dass Oskar ein Stück gewachsen ist.« Er klopfte ihm auf die Schulter. »Was machen die beiden Damen, Charlotte und die bezaubernde Eliza? Sind sie auch wieder mit dabei?«

Humboldt nickte. »Drüben auf der anderen Seite.«

»Ihr steckt immer noch eure Nase in Angelegenheiten, die euch nichts angehen, oder?« Harry lachte.

Oskar hatte das Gefühl, es war ein Lachen der Erleichterung. Wäre interessant zu erfahren, was er mit Wilson zu schaffen hatte und was sie hier wollten. Aber dafür war später noch Zeit. Erst mal war er froh, ein bekanntes Gesicht wiederzusehen.

»Wie geht es dir, mein Junge? Alles klar?«

»Alles bestens.« Oskar musste lächeln. Er mochte Harry. Sie hatten schon die unmöglichsten Abenteuer erlebt, damals in der Stadt der Regenfresser.

»Was ist mit deiner Hand?«

»Ach, geht schon«, erwiderte Oskar. »Kratzer.«

»Ich habe ja mit einigem gerechnet, nicht aber, dich hier anzutreffen«, sagte Humboldt, der offenbar genauso überrascht war wie Oskar. »Was machst du hier?«

»Arbeiten, und du?«

»Ich auch, aber wer … ich meine, wie …?«

Harry winkte ab. »Vanderbilt. Er hat mich beauftragt, Sir Wilson bei seiner Expedition zu begleiten und Fotos zu schießen. Max schreibt die Texte. Es soll ein Buch werden, weißt du?«

»Max ist auch hier?«

»Aber natürlich, da drüben kommt er schon.« Von der Rückseite des Tempels kam ein schmächtiger Mann mit Schnurrbart auf sie zu. Oskar erkannte ihn sofort. Es war der Redakteur des *Global Explorer*.

Sir Wilson blickte zwischen den Männern hin und her. »Die Herren kennen sich?«

»In der Tat ein unerhörter Zufall.« Humboldt nickte. »Es sind Freunde aus vergangenen Tagen. Wir haben schon eine Menge zusammen erlebt.«

»So eine Überraschung …« Wilson überlegte kurz, dann sagte er: »Jonathan, bereiten Sie ein Essen für unsere Gäste vor. Und holen Sie den Wein aus meiner Kiste. Den 58er Chateau Petrus. Wir haben etwas zu feiern.«

48

Das Essen dauerte eine knappe Stunde, doch irgendwann war alles erzählt und alles gegessen. Sir Wilson hatte die meiste Zeit geschwiegen und stattdessen aufmerksam gelauscht. Er wirkte wie eine lauernde Katze, kurz bevor sie zuschlug. »Wirklich eine sehr unterhaltsame Geschichte, Herr Humboldt«, sagte er. »Was mich interessieren würde: Warum haben Sie den weiten Weg nach Französisch-Sudan auf sich genommen? War es nur, weil Sie den Stein finden wollten, oder gab es da noch mehr?«

Humboldt hielt dem Blick des silbrigen Auges stand. »Sie sind ein aufmerksamer Zuhörer, Sir Wilson. Natürlich ist da noch mehr. Viel mehr. Ist Ihnen der Name Richard Bellheim ein Begriff?«

»Der berühmte Völkerkundler?«

»Genau der. Bellheim war ein guter Freund von mir.«

»War? Ist ihm etwas zugestoßen?«

»Könnte man so sagen, ja.« Humboldt erzählte von der ersten Begegnung mit seinem Freund bis hin zu dessen seltsamer Verwandlung am Silvesterabend. Wilson lauschte aufmerksam, sagte aber kein Wort. Oskar konnte sich des Eindrucks nicht erwehren, dass Wilson wusste, wovon Humboldt sprach. Ganz im Gegensatz zu Harry und Max, die mit jeder Minute blasser wurden. Die Episode am Silvesterabend schien sie besonders zu erschrecken. Max musste sich noch einmal Wein nachschenken. Als Humboldt von ihrer Besteigung des Bergs, dem Fund im Tempel und den anschließenden Ereignissen bei den Missionaren erzählte, war es vollends um seine Beherrschung geschehen. Er rang mit seiner Fassung. »Du meine Güte«, stammelte er. »Und ich Idiot wäre um ein Haar in diesen verfluchten Tempel gegangen. Haben Sie davon gewusst, Wilson?«

Der Meteoritenjäger schob sein Kinn vor. »Natürlich nicht. Wie hätte ich? Ich bin genauso schockiert wie Sie.«

Oskar zog seine Brauen zusammen. Er spürte, wenn jemand log, und dieser Wilson log, dass sich die Balken bogen. Sein Adjutant, Jonathan Archer, war auch nicht besser. Oskar hätte schwören können, dass die beiden bei der Geschichte mit der Maus und den Missionaren sogar leise gelächelt hatten.

Er musste seinem Vater zustimmen. Diese Männer waren gefährlich. Sehr sogar.

Max musste auf den Schrecken noch ein Glas Wein trinken. Es war jetzt schon das dritte oder vierte und er schwankte bereits leicht von einer Seite zur anderen. »Um ein Haar wäre ich von diesem Scheißding gefressen worden«, lallte er. »Himmel, und ich dachte, es wäre nur ein einfacher Meteorit.«

»Es war niemals nur *ein einfacher Meteorit*.« Wilson blähte seinen Brustkorb auf. »Mir war von Anfang an klar, dass es sich um einen Stein mit außergewöhnlichen Fähigkeiten handelt. Die Erzählungen über ihn sind beinahe so geheimnisvoll wie die Legende vom Heiligen Gral. Ich wusste allerdings nicht, wie sich seine besonderen Eigenschaften manifestieren würden.«

»Und deshalb wollten Sie mich da reinschicken, damit ich für Sie das Versuchskaninchen spiele, was?« Auf Max' Lippen bildeten sich kleine Speichelbläschen. »Sie wollten zusehen, was passiert, habe ich recht?«

»Unsinn!«, polterte Wilson, doch Oskar fand, dass es zu übertrieben wirkte. »Ich wollte Ihnen eine Freude machen, das ist alles. Abgesehen davon: Ein bisschen Risikobereitschaft gehört schon dazu, wenn man von der Königin einen Auftrag bekommt. Wer keine Hitze verträgt, gehört nicht in die Küche.«

»Sie sind ein skrupelloser Mann, Sir Wilson.«

»Ich glaube, Sie haben etwas viel getrunken.« Wilson stand auf und klopfte Max auf die Schulter. »Ich würde Ihnen vorschlagen, Sie gehen jetzt rüber zu den Schlafstätten und schlafen Ihren Rausch aus. Danach geht es Ihnen bestimmt besser. Wir anderen werden in der Zwischenzeit zum Tempel hinübergehen.«

Max schüttelte Wilsons Pranke ab. »Hören Sie auf, mich wie ein kleines Kind zu behandeln. Ich will mitkommen. Ich will wissen, was mich da um ein Haar gefressen hätte.«

»Nicht gefressen«, sagte Humboldt. »*Assimiliert*. Du hattest ein Riesenglück, dass du nicht in den Tempel gegangen bist.«

»Könnte es sein, dass Sie ein wenig übertreiben, Herr Humboldt?«, sagte Wilson. »Sie tun ja fast so, als handle es sich um ein Lebewesen. Ich weiß ja auch, dass der Stein besondere Fähigkeiten besitzt, aber das geht doch wohl ein bisschen zu weit.«

»Glauben Sie?« Humboldts Lächeln erinnerte Oskar an ein frisch geschärftes Rasiermesser. Wilson fiel in kurzes Schweigen, dann gab er ein schnaubendes Geräusch von sich. »Na schön, Pepper. Wenn Sie unbedingt wollen, schauen wir uns den Meteoriten eben gemeinsam an. Aber dass Sie mir keinen Unsinn anstellen.«

Als die Gruppe Richtung Tempel aufbrach, gesellte sich ihnen ein weiterer Mann hinzu. Ein rotschöpfiger Ire mit fröhlichen Augen und einer offenen, herzlichen Ausstrahlung. Er stellte sich als Patrick O'Neill vor und schüttelte ihnen allen die Hand. Oskar fand, dass er recht nett wirkte. Sympathischer jedenfalls als der Rest der Bande.

»Sagen Sie mir eins, Sir Wilson«, sagte Humboldt. »Wir kommen gerade aus der Stadt der Dogon. Dort gibt es zahlreiche Tote und Verletzte. Können Sie mir erklären, was dort vorgefallen ist?«

»Ach das.« Wilson nahm sein Silberauge aus dem Schädel und begann, es mit einem Stofftuch zu polieren. »Diese Hottentotten wollten uns nicht durchlassen. Da haben wir uns den Weg eben freigeschossen.« Er setzte die Kugel zurück an ihren Platz. »Ich glaube, mittlerweile haben sie eingesehen, dass es ein Fehler war, sich uns in den Weg zu stellen.«

»Es war ihr Stammesgebiet, durch das Sie marschiert sind.«

»Papperlapapp, *Stammesgebiet*. Afrika ist ein einziges

Stammesgebiet. Wenn es danach ginge, dürfte man ja nirgendwohin. Von solchen Kleinigkeiten lassen wir uns doch nicht aufhalten. Wir sind Wissenschaftler, keine Diplomaten. Ach, übrigens, wie sind *Sie* eigentlich an ihnen vorbeigekommen?«

»Ich habe ihr Vertrauen gewonnen. Die Dogon sind unsere Freunde.«

Wilson zog eine Braue hoch. »So? Na, dann tut es mir herzlich leid. Wie gesagt, *sie* waren es, die angefangen haben. Ich habe mich bemüht, den Schaden so gering wie möglich zu halten, sagen Sie das Ihren Freunden.«

»Ich werde es ihnen mitteilen, sobald sie ihre Toten begraben haben.«

Der Rest des Weges verlief schweigend. Auch dem Letzten war jetzt klar geworden, dass die Fronten abgesteckt und die Gräben unüberwindlich waren.

Als sie die Treppen zum Tempel hinaufstiegen, ergriff Humboldt erneut das Wort. »Wussten Sie übrigens, dass die Dogon mit unserer Ankunft gerechnet haben?«

Der Meteoritenjäger hielt auf der obersten Treppenstufe an. »Gerechnet? Wie meinen Sie das?«

»Es gibt eine Prophezeiung in ihrer Stammeslegende. Sie handelt von vier Halbgöttern, die auf einem geflügelten Tier angereist kommen. Es markiert eine Zeitenwende. Der alte Zyklus ist zu Ende und ein neuer kann beginnen. Sie sind sicher mit dem Siriusrätsel vertraut?«

»Selbstverständlich.« Wilson reckte sein Kinn vor. »Jeder, der dieses Land bereist, kennt die Geschichte. Dass die Dogon einen Stern anbeten, der den hellen Sirius in einem Zeitraum von fünfzig Jahren umkreist, dass dieser Stern erst in unserem Jahrhundert mit modernen astronomischen Werkzeugen gefunden wurde, dass die Dogon ihn aber schon seit vielen Hundert Jahren kennen – all das ist mir bekannt. Ich verstehe nur nicht, was das mit uns zu tun hat.«

»Wussten Sie auch, dass es einen übergeordneten Zyklus gibt? Den Angaben ihres Astronomen zufolge tritt nach der dreizehnten Umkreisung eine Zeitenwende ein. Die Dreizehn ist eine Unglückszahl bei den Dogon. Dreizehn mal fünfzig Jahre, das entspricht sechshundertfünfzig Jahren – der Beginn der Zeitenrechnung der Dogon. Auch sie jährt sich heute. Laut Prophezeiung soll das Land an diesem Tag von einer unaussprechlichen Plage heimgesucht werden. Einer Plage, die im Gefolge einer Armee des Bösen über das Land hereinbricht. Tausend Jahre Dunkelheit werden über das Land gehen, ehe es wieder gereinigt ist und der Zyklus des Lebens von Neuem beginnen kann.«

»Und?«

Humboldt blickte sein Gegenüber ratlos an. »Und? Wie können Sie das fragen? Mit Ihrem grausamen Eroberungsfeldzug haben Sie alle Weissagungen der Dogon erfüllt. Ist Ihnen das nicht bewusst?«

Sir Wilson schwieg einige Sekunden lang mit versteinerter Miene, dann brach er in schallendes Gelächter aus.

49

Er lachte, dass es von der Tempelfassade widerhallte. Archer und seine Spießgesellen stimmten mit ein. Im Angesicht des mächtigen Bauwerks wirkte ihr Gelächter seltsam fehl am Platz. Es dauerte eine ganze Weile, ehe die Männer wieder zur Ruhe kamen. »Also wirklich, Herr Humboldt.« Wilson wischte eine Träne aus seinem Augenwinkel. »Ihr Deutschen habt doch einen besonderen Sinn für Humor. Ganz ausgezeichnet.«

Humboldt hob sein Kinn. »Ich habe die Geschichte nicht zu Ihrer Belustigung erzählt.«

»Dann meinen Sie das also ernst?« Wilson kräuselte amüsiert die Lippen.

»Vollkommen ernst.«

»Dann sind Sie kein bisschen anders als diese Eingeborenen. *Tausend Jahre Dunkelheit.* Was für eine Geschichte.«

Der Forscher verschränkte die Arme vor der Brust. »Dann leugnen Sie also die Fakten?«

»Welche Fakten, Herr Humboldt? Wir reden von Mythen und Legenden. Von Märchen, um genau zu sein.« Wilson schüttelte den Kopf in gespielter Enttäuschung. »Wenn Sie wüssten, was ich mir in all den Jahren schon für Geschichten und Prophezeiungen anhören musste. Kometen und Meteoriten sind seit Menschengedenken Vorboten des Unglücks und der Pestilenz. Selbst im alten

China war das schon bekannt. Es gibt wohl keine Sternschnuppe, bei der nicht ein paar Menschen irgendwo auf der Welt ein Kreuz geschlagen und ein schnelles Vaterunser gesprochen haben. Aberglaube und Hokuspokus gehören für mich zum täglichen Brot. Hätte ich jedes Mal auf das Geschwätz der Leute gehört, dann wäre ich heute noch ein kleiner Sachbearbeiter irgendwo in den ehrwürdigen Hallen der Londoner Universität. Nicht der kleinste Krümel Iridium läge in meinem Safe. Ganz zu schweigen von diesem hübschen Stück hier.« Er tippte mit dem Fingernagel gegen die Silberkugel in seiner Augenhöhle.

Oskar schauderte, als er das klirrende Geräusch hörte.

»Dann sind Sie also immer noch entschlossen, den Stein von hier zu entwenden?«, fragte Humboldt.

»Mehr denn je. Was Sie mir erzählt haben, war sehr aufschlussreich. Ich glaube, ich muss meine Strategie neu überdenken. Statt mittels Holzplanken einen Weg durch das Innere des Tempels zu bahnen, werde ich vermutlich besser von oben einsteigen. Dieses Fenster aus Kristall sieht so aus, als könne man es relativ leicht zerstören. Sehen Sie?« Er deutete unter die Kuppel. »Wir werden einen einfachen Hebekran konstruieren und den Meteoriten nach oben aus seiner Halterung heben. Was halten Sie davon?«

Der Forscher trat einen Schritt zurück. »Das kann ich nicht zulassen und das wissen Sie.« Seine Hand wanderte zu seinem Gehstock, doch Jabez Wilson war vorbereitet. Blitzschnell fuhr sein Degen empor. Die beiden Waffen kreuzten sich mit einem klirrenden Geräusch. Im selben

Augenblick spürte Oskar kalten Stahl an seiner Schläfe. Jonathan Archer war hinter ihn getreten und hielt ihm seine Pistole an den Kopf. Ein Raunen ging durch die Kehlen der Männer.

»Na, na, mein lieber Humboldt. Sie wollen es tatsächlich auf einen Kampf ankommen lassen?« Wilson nickte in Oskars Richtung. »Das würde ich mir an Ihrer Stelle noch einmal überlegen.«

Der Forscher sah hinüber. Als er die Pistole sah, wurden seine Augen kalt wie Stahl. »Sie feiger ...«

Wilson nutzte den Moment der Ablenkung und schlug dem Forscher die Waffe aus der Hand. »Verlieren Sie jetzt bitte nicht Ihre Contenance, werter Kollege. Es gibt keinen Grund, ausfällig zu werden. Dies hier ist nichts Persönliches, es geht nur ums Geschäft.«

»Wenn Sie sich da mal nicht täuschen«, knurrte Humboldt. »Wer meinem Sohn eine Waffe an die Stirn hält, sollte nicht verwundert sein, wenn ich das persönlich nehme.«

»Dann bleibt mir wohl nichts anderes übrig, als Sie in Sicherheitsverwahrung zu nehmen. Patrick, sperren Sie die Bande drüben in eines der Lehmhäuser. Vielleicht kommen sie dort wieder zur Besinnung.«

»Dann können Sie mich auch gleich mit einsperren.« Harry Boswell verschränkte die Arme vor der Brust und trat vor. »Ich bin nicht länger gewillt, Ihren kriminellen Handlungen tatenlos zuzuschauen. Ich habe das lange genug getan.« Seine Brille zitterte.

Wilson lief rot an. »Sie haben einen Auftrag, Sie verdammter Duckmäuser! Stellen Sie sich zurück in die Reihe und erledigen Sie Ihre Arbeit!«

Harry schüttelte den Kopf. »Finden Sie doch einen anderen Idioten, der Ihre Schurkenstreiche fotografiert. Ich kündige. Und du solltest das auch tun, Max.«

Oskars Blick wanderte zu dem kleinen Mann mit dem gestutzten Schnurrbart. Der Redakteur des *Global Explorer* wirkte völlig verdattert. Er öffnete den Mund, um etwas zu sagen, schloss ihn aber gleich wieder. Schließlich brachte er doch noch ein paar Worte heraus: »Wie wär's, wenn sich alle erst mal wieder beruhigen würden?« Er hob beschwichtigend die Hände. »Ich komme mir vor wie auf dem Schulhof. Bestimmt gibt es einen Weg, wie wir den Konflikt friedlich beilegen können.«

»Ach Max, du bist viel zu gutmütig für diese Welt.« Harry sah seinen Freund mitleidig an. »Darf ich dich daran erinnern, was in dem Telegramm gestanden hat? Damals hast du noch klargesehen.«

»Was denn für ein Telegramm?«, hakte Humboldt gleich nach.

»Das Telegramm, das wir in Dakar von einem britischen Journalisten erhielten und aus dem hervorgeht, dass Sir Wilson den Astronomen François Lacombe aus dem Weg geräumt hat, um an den Bericht der französischen Landvermesser zu gelangen ...«

»Alles haltlose Spekulationen!«, polterte der Meteoritenjäger.

»... und in dem zu lesen stand, dass seine Freunde in der Londoner Kriminalbehörde den Fall unter ›Majestätsbeleidigung‹ abgelegt haben. Ein klarer Fall von Rechtsbeugung, wenn Sie mich fragen.«

»Aber Sir Wilson hat mir das Leben gerettet ...« Max wirkte auf einmal schrecklich hilflos.

»Und du ihm. Für mich sieht das aus, als wärt ihr quitt.«

»Und was war bei dem Angriff der Dogon?«, fragte Max. »Wenn nicht einer seiner Männer auf der Hut gewesen wäre, läge ich jetzt mit gespaltenem Schädel in irgendeinem Erdloch. Das war schon das zweite Mal, dass er mir das Leben gerettet hat.«

»Das war ich, du Idiot«, sagte Harry und um seinen Mund spielte ein trauriges Lächeln.

Max klimperte ein paarmal mit den Augen. »Was sagst du da?«

»*Ich* habe den Angreifer niedergeschossen.« Harry blickte seinen Freund mitfühlend an. »Deinetwegen habe ich einen Menschen umgebracht. Es war das allererste Mal und ich würde es gern ungeschehen machen. Aber du bist mein Freund. Ich konnte doch nicht zusehen, wie du getötet wirst.«

Max Pepper war wie vom Donner gerührt. Oskar konnte ihm ansehen, wie die Selbstbeherrschung von ihm abfiel. Eine Zeit lang blickte er betreten zu Boden, dann hob er den Kopf. Tränen glitzerten in seinen Augenwinkeln. »Das habe ich nicht gewusst.«

»Wie hättest du auch? Eigentlich wollte ich es dir nicht sagen, aber die Situation hat sich geändert. Wir brauchen dich jetzt auf unserer Seite.«

Max überlegte einen Augenblick, dann sagte er: »Sir Wilson, ich fürchte, ich muss meinen Dienst quittieren. Bitte haben Sie Verständnis, dass ich unter diesen Umständen nicht länger für Sie arbeiten kann. Wenn Sie möchten, werde ich Mister Vanderbilt persönlich in Kenntnis setzen, dass die Kündigung ausschließlich auf meinen Wunsch hin erfolgt ist. Ihnen wird kein finanzieller Schaden entstehen.«

Er wartete einen Moment, doch als Wilson nichts sagte, ging Max mit langsamen Schritten zu seinen Freunden und stellte sich demonstrativ neben sie.

Alle Augen waren auf Sir Wilson gerichtet. Der Kopf des Meteoritenjägers war von Minute zu Minute röter geworden. Der Zorn sprühte aus jedem Knopfloch. Oskar konnte nicht sagen, wem sein größter Hass galt: Humboldt, Harry oder Max. Endlich stieß er hervor: »Was für eine rührende Familienveranstaltung. Mir kommen gleich die Tränen. Um diesen Humboldt und seine Bande tut es mir nicht leid, aber Ihnen, Pepper, hätte ich mehr zugetraut. Nach Ihrem mutigen Eingreifen bei den Berbern dachte ich, dass aus Ihnen doch noch mal ein richtiger Kerl werden könnte. Ich habe mich wohl gründlich geirrt.«

»Es tut mir leid, Sie zu enttäuschen.«

Wilson trat vor und schlug Max mit der offenen Hand ins Gesicht. Es klatschte und der Redakteur fiel zu Boden wie ein Sack Kartoffeln. »Patrick, schaffen Sie dieses Pack aus meinen Augen und sperren Sie es in eines der Lehmhäuser. Ich will Bewachung rund um die Uhr. Sie haften mir mit Ihrem Kopf für sie. Ich habe jetzt Wichtigeres zu tun, als mich um diesen Kindergarten zu kümmern. Sobald ich den Meteoriten habe, werde ich mich um sie kümmern. Das schwöre ich, bei allem, was mir heilig ist.«

50

Yatimè stieß einen leisen Schrei aus und presste ihre Hand an die Wange. Charlotte, die gerade einem ihrer Patienten eine Kalebasse mit Wasser reichte, blickte verwundert zu ihr hinüber – und erschrak.

Yatimès linke Gesichtshälfte glühte wie Feuer.

Charlotte ließ sofort alles stehen und liegen und eilte zu dem Mädchen hinüber. »Was ist mit dir?«, fragte sie, als sie den Arm um sie legte. »Was ist geschehen?«

Yatimè schwieg. Tränen rannen ihr über die Wangen. Jabo gab leise winselnde Töne von sich und auch Wilma schaute betroffen.

»Lass mich mal sehen. Mein Gott. Das sieht fast aus, als wärst du geschlagen worden.«

Yatimè wischte eine Träne aus ihrem Auge.

»Aber von wem?« Charlotte blickte verwundert in die Runde. Es war niemand in der Nähe. Sie und Eliza waren seit Stunden damit beschäftigt, die Verletzten zu versorgen, ihnen Wasser zu bringen und die Wunden zu verbinden. Yatimè hatte die ganze Zeit gedankenversunken unter dem Feigenbaum gesessen. Charlotte wusste keinen Rat. »Eliza!«

Humboldts dunkelhäutige Gefährtin war einige Meter entfernt damit beschäftigt, einem Verletzten einen Verband anzulegen. Jetzt drehte sie sich um. »Was gibt es denn?«

»Ich weiß auch nicht. Das solltest du dir mal ansehen.«
Eliza entschuldigte sich und kam zu ihr herüber.

»Was ist denn los?«

Charlotte deutete auf die gerötete Wange. »Sieht fast aus, als wäre sie geschlagen worden, findest du nicht?«

Eliza nickte. »Allerdings. Es sind sogar die Abdrücke der einzelnen Finger zu sehen.« Sie deutete auf die Striemen.

»Wer hat das getan?«

Yatimè schüttelte den Kopf. Ihre Lippen waren bleich und zusammengepresst.

»Jemand, den wir kennen?«

»Weißt du, das ist ja das Komische«, sagte Charlotte. »Sie war die ganze Zeit allein.«

Eliza hielt den Kopf schief, wie sie es immer tat, wenn sie nachdachte. Dann sagte sie: »Wie es scheint, will sie nicht reden. Aber vielleicht gibt es noch eine andere Möglichkeit.«

Sie legte ihre Hände an Yatimès Schläfen und schloss die Augen. Plötzlich riss sie sie wieder auf.

»Allmächtige Mambo …«

»Was ist denn los?«

»Komm mit«, sagte Eliza und sprang auf. Sie eilte in Richtung der Toguna und zu Ubirè, der mit einigen der Ältesten sprach.

»Was ist denn los?«, fragte sie noch einmal. Sie stand auf und lief ihr hinterher. »Was hast du gesehen?«

Eliza drehte den Kopf und rief über ihre Schulter: »Ärger, Charlotte! Riesenärger!«

»Pfoten weg!« Max starrte Jonathan Archer wütend an. »Ich habe gesagt, ich mag es nicht, angefasst zu werden. Schon gar nicht von Ihnen.«

»Als ob mich interessiert, was du magst und was nicht.« Archer spuckte ihm vor die Füße. »Ich habe dir von Anfang an misstraut. Keine Ahnung, warum der Alte so einen Narren an dir gefressen hat, dreckiger Yankee.«

Max' Gesicht glühte immer noch von der Ohrfeige, die Wilson ihm verpasst hatte. »Vielleicht, weil ich euch allen den Arsch gerettet habe, *Tommy*«, stieß er aus. »Vielleicht, weil ihr ohne mich nie so weit gekommen wärt. Ich könnte mich im Nachhinein verfluchen, dass ich euch geholfen habe. Ihr seid nichts weiter als ein erbärmlicher Haufen von Schatzgräbern und Plünderern.«

Jonathan Archer hielt Max den Lauf seiner Waffe unter die Nase. Seine Augen sprühten vor Zorn.

Humboldt zog Max von Archer fort. »Das bringt nichts«, flüsterte er auf Deutsch, damit Archer es nicht verstand. »Sie sind im Vorteil. Aber uns wird schon was einfallen, verlassen Sie sich darauf.«

»Ich hoffe, Sie haben recht«, flüsterte Max. »Ich kann es kaum abwarten, es diesen Kerlen heimzuzahlen.« Er knabberte auf seiner Unterlippe herum. »Wie konnte ich nur so dumm sein? Wie konnte ich Wilson nur vertrauen? Er hat uns alle angelogen. Um ein Haar hätte er mich sogar an den Meteoriten verfüttert.«

»Da sind Sie nicht der Einzige«, sagte der Forscher.

»Leute wie er haben die unangenehme Eigenschaft, höchst überzeugend zu wirken. Sie haben Charme und Überzeugungskraft und sie sind Meister der Manipulation. Aber kaum haben sie einen eingewickelt – zack! –, präsentieren sie einem die Rechnung. Ich kenne diesen Menschenschlag. Sie sitzen in den Universitäten, der Politik, in den Banken und Vorständen der großen Wirtschaftsunternehmen. Männer, denen es nur um eines geht: *Macht*. Machen Sie nie den Fehler, sie zu unterschätzen.«

Archer und O'Neill trieben die vier Männer vor eine Lehmhütte, die mit einer massiven Holztür versperrt war. Innen drin war es heiß und stickig. Es gab keine Stühle, keinen Tisch und keine Betten. Nur ein Loch im Boden, das vielleicht mal ein Plumpsklo gewesen war.

Archer wedelte mit der Waffe. »Los. Da rein … und dass ihr mir keine Dummheiten anstellt. Sollte einer von euch den Versuch machen zu fliehen, bekommt er eine Kugel verpasst, verstanden?«

»Aber da drin ist es heiß wie in einem Backofen«, sagte Harry. »Lassen Sie uns wenigstens etwas Wasser da.«

Archer schnallte seine Feldflasche ab und warf sie in den hinteren Teil des Raums. »Und jetzt rein mit euch!«

Max stolperte in die muffige Zelle. Humboldt, Harry und Oskar folgten ihm. Dann wurde die schwere Holztür wieder an ihre ursprüngliche Position geschoben.

Sie waren gefangen.

Max sah sich um. Das einzige Licht stammte von einer zwanzig auf zwanzig Zentimeter messenden Öffnung am rückwärtigen Teil der Hütte. Sie war knapp unterhalb des Dachs angebracht und diente offenbar zu Belüftungszwecken. Dass sie nicht wirklich gut funktionierte, merkte man daran, dass die vier Gefangenen binnen kurzer Zeit schweißgebadet waren. Es musste hier drin um die fünfzig Grad heiß sein. Max schnappte sich die Feldflasche und schüttelte sie. »Kaum noch etwas drin«, bemerkte er. »Dieser Archer hat uns reingelegt.«

»Wundert mich nicht. Er ist genauso skrupellos wie sein Herr. Wenn nicht noch schlimmer.« Humboldt spähte in alle Ecken. Das Gebäude hatte keinerlei Fenster oder Schlupflöcher. Das Dach bestand aus eng verfugten Holzbalken, die auf Druck keinen Millimeter nachgaben. Auch die Lehmwände waren stabiler, als es den Eindruck hatte.

»Wie sollen wir denn jetzt hier rauskommen?« Oskar war im Halbdunkel nur als Schatten zu erkennen.

»Keine Ahnung«, erwiderte Humboldt. »Aber irgendetwas muss uns einfallen, denn wenn nicht, wird es zur Katastrophe kommen, das spüre ich bis in meine Knochen.«

51

Charlotte blickte besorgt zwischen Ubirè und Eliza hin und her. Der Wortwechsel zwischen den beiden war kurz gewesen, aber er hatte ausgereicht, den alten Stammesführer mächtig in Aufregung zu versetzen. Immer mehr Bewohner scharten sich um die beiden. Als Ubirè ihnen von den Neuigkeiten berichtete, hallten laute Flüche und Verwünschungen durch das Dorf. Die Stimmung war aufgeladen. Yatimès Vater, der Schmied, kam mit einem Karren frisch geschärfter Waffen zu ihnen herüber. Das Metall glänzte schwarz in der Sonne.

Dann ging alles sehr schnell. Ubirè gab einen Befehl, woraufhin die Krieger ihre Waffen und Schilde schnappten und in Richtung der Brücke rannten. Charlotte und Eliza schlossen sich ihnen an, genau wie Yatimè, Jabo und Wilma. Das halbe Dorf war auf dem Weg zu der Schlucht.

»Was ist denn los?«, keuchte Charlotte, die mit den anderen kaum Schritt halten konnte. »Was ist passiert?«

»Humboldt und die anderen wurden gefangen genommen. Yatimè hat es gesehen und ich spüre es auch.«

»Gefangen genommen? Aber warum?«

»Die Prophezeiung!«, stieß Eliza aus. »Alles entwickelt sich so, wie Ubirè es vorausgesehen hat. Die Krieger wollen noch einen letzten Versuch wagen, die Angreifer von ihrem Plan abzubringen.«

»Plan? Was für ein Plan?«

»Die Eindringlinge haben vor, den Stein von hier wegzubringen.«

»Ist das dein Ernst? Aber das ist doch Wahnsinn!«

»Genau deswegen müssen sie aufgehalten werden.«

Ein kalter Wind strich über Charlottes Haut. Sie blickte nach oben. Der blaue Himmel war verschwunden und stattdessen waren von Westen dunkle Wolken herangerückt. Es war absehbar, dass es irgendwann zu regnen anfangen würde.

Die Krieger stimmten ein Lied an. Sie sangen.

Es war eine seltsame Melodie. Eine einfache Folge von fünf Tönen, die melodisch an- und abschwoll. Ein Schauer lief ihr über den Rücken.

Die ersten Männer hatten den Felsenbogen bereits erreicht. Schüsse ertönten, dann spritzte Sand auf. Sofort gingen sie zwischen den Felsen in Deckung. Zwischen den Spitzen zweier Steine hindurch konnte Charlotte die Köpfe der Männer auf der anderen Seite sehen. Die Halunken schienen mit ihnen gerechnet zu haben und hatten sich auf der anderen Seite verschanzt.

Weitere Schüsse fielen.

Die Dogon schleuderten Speere, leider ohne Erfolg. Die Männer waren viel zu gut versteckt, niemand würde dort lebendig rüberkommen. Trotzdem versuchten es einige. Sie wurden getroffen und stürzten in den Abgrund. Charlotte blickte den tapferen Männern hinterher, wie sie tiefer und tiefer fielen, dann schloss sie die Augen und sprach ein stilles Gebet.

»Los, los, beeilt euch mal ein bisschen mit den Baumstämmen.«

Jabez Wilson stand breitbeinig vor dem Haupteingang des Tempels und koordinierte den Bau des Hebekrans. Es war eine einfache Konstruktion, die nur aus ein paar Seilen und Holzstämmen bestand, wie sie überall in der Stadt zu finden waren. Mit seiner Hilfe würden sie den Stein durch das zerbrochene Dachfenster herausheben und in einer der ausgepolsterten Holzkisten verstauen. Wenn es doch nur endlich schon so weit wäre. Durch das geöffnete Tempelportal konnte er den Meteoriten sehen. Er wirkte so nahe, dass man nur die Hand auszustrecken brauchte, um ihn zu berühren. Wilson blickte auf den Sand, der ihn umgab. Ob es wohl stimmte, was Humboldt gesagt hatte? Dass sich darin Abkömmlinge des Hauptkristalls befanden, die jeden sofort angriffen, der sich zu weit hineinwagte? Er streckte den Fuß aus. Nichts geschah. Vielleicht musste man weiter rein. Er sah sich um. Direkt neben der Tür lag ein abgebrochener Zweig. Er hob ihn auf, bearbeitete ihn, bis er kleiner war, und stocherte dann damit im Sand herum. Immer noch nichts.

Entnervt schleuderte er den Ast ins Innere. Beinahe augenblicklich hörte er das Rauschen. Der Ast bewegte sich. Die Blätter raschelten, dann sackte der Zweig ein klein wenig ein. Unwillkürlich trat Wilson einen Schritt zurück. Wie es schien, hatte Humboldt doch nicht übertrieben.

Jonathan Archer kam zurück. Sein Gesichtsausdruck wirkte zufrieden.

»Und, wie geht es unseren Gästen?«

Archer grinste. »Sehr gut. Es hat natürlich ein paar Beschwerden gegeben, aber das war nicht anders zu erwarten. Patrick wird nicht viel Arbeit haben. Die Hütte ist gut gesichert.«

»Hm.« Wilson strich über sein Kinn.

»Was ist? Soll ich die Wache verstärken?«

»Nein, nein, nicht nötig. Ich musste nur eben daran denken, dass unser Gefangener nicht irgendjemand ist. Ich habe schon viel über diesen Humboldt gehört. Ein gefährlicher Mann.«

»Wenn Sie möchten, übernehme ich die Wache auch selbst ...«

»Lassen Sie nur, Jonathan. Vermutlich bin ich nur ein bisschen paranoid. Wenden wir uns lieber unserem Schmuckstück zu. Was denken Sie, wie viel wird es wiegen?«

»Schwer zu sagen. Fünfhundert bis achthundert Kilo. Er scheint in eine Art Obsidianring mit Goldapplikationen eingefasst zu sein. Wenn ich das richtig sehe, endet die Umfassung in etlichen spitzen Zacken, ähnlich wie bei einem Stern. Ideal, um die Seile daran festzumachen.«

Wilson nickte. »Ich möchte, dass Sie jemand hinunterlassen, der die Schlaufen daran festmacht. Dann heben wir das ganze Ding einfach hoch.«

»Es wäre mir eine Ehre, dies selbst tun zu dürfen.«

Wilson hob die Brauen. »Sie?«

»Jawohl, Sir.«

»Es ist nicht ganz ungefährlich, das wissen Sie. Sie haben ja gehört, was Humboldt uns darüber erzählt hat. Wollen Sie es trotzdem riskieren?«

»Gerade deshalb. Ich werde dem Sand nicht zu nahe kommen, versprochen. Ich mag als mutig gelten, lebensmüde bin ich nicht.«

Wilson wiegte den Kopf. »Ich weiß nicht …«

»*Bitte*. Es wäre mir eine besondere Ehre, den sagenumwobenen Stein selbst bergen zu dürfen.« Er räusperte sich. »Ich habe mitangehört, was Sie Pepper vorhin angeboten haben. Wenn er nicht mehr zur Verfügung steht, würde der Platz auf der Urkunde frei bleiben. Ein Jammer, wie ich finde.«

»Sie wollen den Stein für die Krone in Empfang nehmen?«

»Es wäre mir ein große Ehre, Sir.«

Wilson überlegte noch einen Moment, dann sagte er: »Na gut, dann rauf mit Ihnen!« Er gab seinem Adjutanten einen Klaps auf die Schulter. »Sie sind nicht umsonst mein bester Mann. Ich bin stolz auf Sie.«

52

Jonathan Archer ergriff Ruperts Hand und ließ sich von ihm auf das Dach helfen. Der ehemalige Dockarbeiter war ein Bär von einem Mann. Seine Verletzung im Kampf gegen die Berber war schon wieder verheilt und er hatte bei der Errichtung des Krans tüchtig mitgeholfen.

»Danke«, sagte Archer, als er oben war. »Was macht die Hebevorrichtung?«

»Ist fertig und funktioniert. Wir müssen nur noch die Winde schmieren, dann kann's losgehen.« Er zögerte kurz, dann fragte er: »Wer soll denn runter in die Höhle des Löwen? Ich hoffe, Sie haben nicht mich dafür auserkoren.« Er lachte verlegen.

»Keine Sorge, Sie brauche ich, um den Flaschenzug zu bedienen. Nein, ich werde selbst hinuntersteigen.«

»Sie, Sir?«

»Ich würde nichts von meinen Männern verlangen, was ich nicht selbst zu tun bereit wäre«, erwiderte Archer.

»Verstehe, Sir.«

»Außerdem habe ich mir schon immer gewünscht, mal etwas anderes zu tun, als Feinden die Rübe abzuhauen.« Er lachte. »Ich brauche Sie hier oben. Wenn etwas da unten nicht koscher ist, weiß ich, dass Sie mich schnell wieder hochziehen werden.«

»So schnell, dass Sie glauben, mit einem Aufzug unterwegs zu sein. Versprochen, Sir.«

»Gut. Dann wollen wir keine Zeit verschwenden.«

Archer trat auf die Spitze der Kuppel und blickte in das dunkle Loch. Die Vorarbeiter hatten das Glasdach zerschlagen und die scharfkantigen Ränder geglättet. Der Boden rings um den Meteoriten war mit Glassplittern übersät. Der Stein selbst glühte in allen möglichen Grüntönen. Er sah tatsächlich aus wie ein Stern. Archer hätte lügen müssen, wenn er behauptet hätte, ihm wäre in diesem Moment nicht mulmig zumute gewesen. Er hielt sich selbst für ziemlich abgebrüht, aber mittlerweile hatte er so viele Geschichten über diesen Brocken gehört, dass er bereit war, alles zu glauben.

Er borgte sich Ruperts dicke Lederhandschuhe und umwickelte seine Arme bis hoch zum Ellenbogen mit Stoffbandagen. Auch seine Stiefel und Waden präparierte er auf diese Weise. Er hatte keine Lust, dass eines dieser kleinen grünen Dinger in seine Haut sauste. Die Vorstellung, von innen aufgefressen zu werden, war mit das Schrecklichste, was er sich vorstellen konnte. Er zog seine Lederjacke an und ließ sich von Rupert das Seil um den Bauch binden.

Es war so weit. Er ergriff ein weiteres Seil mit vier Schlaufen, trat an den Rand des Lochs und nickte dem Dockarbeiter zu.

»Kann losgehen.«

Rupert drehte an der Winde und das Seil wurde schlaffer. Archer ließ sich nach vorn kippen und schwebte irgendwann frei in der Luft. Stück für Stück sank er tiefer. Das Objekt warf ein geheimnisvolle Licht in den Raum.

Er war einfach wunderschön. Wie eine grüne Oase inmitten einer kargen Wüste. Der pechschwarze Obsidian mit den fein gearbeiteten Goldapplikationen ließ die Farben noch deutlicher hervortreten. Es war eine Farbe, in der man sich verlieren konnte. Jonathan schaute eine ganze Weile auf den Stein, als er plötzlich ein scharfes Rucken an seinem Gürtel bemerkte.

»He, Archer, sind Sie eingeschlafen?« Wilsons Stimme schien von weit her zu kommen.

»Was … ?« Er riss die Augen auf.

Der Umriss des Dockarbeiters war als schwarzer Schemen in der Deckenöffnung zu sehen. Rupert verfolgte den Abstieg mit vollster Konzentration. »Sie haben seit zwei Minuten keinen Mucks von sich gegeben.«

»Ich hab *was*?« Archer blinzelte heftig.

»Sie hingen da, als hätte ihnen jemand einen über den Schädel gezogen. Dachte, ich frag mal, was los ist.«

Archer schüttelte den Kopf. Was war nur geschehen? Eben noch hellwach, fehlte ihm plötzlich ein Stück seines Lebens. Als ob jemand – zack! – einen Schalter betätigt hätte.

»Ist schon in Ordnung, Sir!«, rief er. »War nur kurz in Gedanken.«

In Gedanken? Eine glatte Lüge. Weggetreten war er, aber das konnte er natürlich nicht sagen. Dieser verdammte Stein. Er erinnerte sich, wie er in diese grüne Unendlichkeit geblickt hatte, und dann …

»Na, dann machen Sie mal weiter.«

»Jawohl, Sir.«

Er rieb seine Augen. Der Stein war jetzt ganz nah. Er konnte die Spitzen der Umfassung bereits erkennen. Nur noch schnell die Enden verknoten und dann nichts wie weg von hier. Der Gedanke an die Urkunde trieb ihn vorwärts. Die Königin persönlich würde sie ihm überreichen. Nur noch drei Meter … zwei. Der Kristall strahlte direkt unter ihm. Mann, war das ein Riesenbrocken! Ob der Hebekran wirklich ausreichen würde, um ihn zu bergen? Da waren auch die Zacken. Wie schwarze Speere ragten sie in die Luft. Er pendelte leicht vor und zurück, um sie besser zu erreichen, und machte die Schlinge bereit. Er wollte sie gerade über die erste Spitze werfen, als es passierte. Der Meteorit begann heller zu werden. Das Grün wurde zu einem Rot, dann zu einem Gelb. Mit einem furchtbaren Knistern schoss ein helles Licht aus dem Zentrum des Steins direkt auf ihn zu. Der Lichtstrahl traf ihn in der Stirn und ließ ihn aufzucken. Für den Bruchteil einer Sekunde sah Archer Planeten, Sterne und Galaxien, dann wurde es schlagartig dunkel um ihn.

Oskar fummelte an seinem Verband herum. Er musste sehen, was mit seinem Arm los war. Die Schmerzen hatten während der letzten halben Stunde immer mehr zugenommen.

Etwas war in ihm. Etwas Fremdes. Und es wollte raus. Fast so wie damals, als seine Muskeln größer und stärker wurden und überall an seinem Körper Haare gewachsen waren. So ähnlich fühlte es sich jetzt auch an. Nur noch viel schlimmer.

Die Schmerzen strahlten mittlerweile auf seine gesamte linke Körperhälfte und beeinträchtigten jetzt sogar schon sein Bein. Es fühlte sich ganz taub an und zuckte manchmal merkwürdig. Er hatte das Gefühl, dass er es keine fünf Minuten länger unter diesem Verband aushielt.

Die Männer saßen im anderen Teil der Hütte und unterhielten sich leise. Vermutlich brachte Humboldt seine Freunde gerade auf den neuesten Stand, vielleicht unterhielten sie sich aber auch über ihn. Hin und wieder traf ihn ein versteckter Blick. Er musste also vorsichtig sein.

Plötzlich waren von draußen seltsame Geräusche zu hören. Ein Knall, gefolgt von einem Schrei. Die Männer waren sofort auf den Beinen und spähten zwischen den Ritzen in der Holztür nach draußen. Die Gelegenheit für Oskar, den Verband endlich loszuwerden.

Er löste die beiden Klammern, mit denen das Mulltuch festgesteckt war, dann zog er mit den Zähnen das lose Ende heraus. Hastig wickelte er den Verband ab. Er tat es schnell und geschickt und ohne Aufmerksamkeit zu erregen.

Immer mehr von dem Verband landete leise neben ihm auf dem Boden. Die Missionare hatten wirklich gute Arbeit geleistet. Die Menge an Stoff hätte gereicht, um einen ganzen Menschen darin einzuwickeln. Abgesehen davon war die Wickeltechnik furchtbar kompliziert und umständlich. Immer wieder musste er verschlungene Enden auseinanderknoten und die Wickelrichtung ändern. Hatten die Brüder nicht gewusst, was sie da taten, oder wollten sie etwas verbergen? Oskar musste an das höhnische Grinsen des Priors denken. Es hatte ihn bis in seine Träume hinein verfolgt. Er konnte nur hoffen, dass das kein böses Omen war.

Verbissen wickelte er weiter. Endlich war das Ende in Sicht. Noch eine Stoffbahn, dann war es geschafft. Er riss den Verband runter und spürte die warme Luft auf seiner Haut. Der Geruch war weniger angenehm. Es stank wie in einer Kloake.

Oskar holte ein paarmal tief Luft, dann wagte er einen Blick nach unten. Die Haut war dunkel verfärbt und glänzte seltsam. Ob das eine Folge des Schwitzens war, konnte er nicht genau sagen, dafür war das Licht zu schlecht. Unter der kleinen Deckenöffnung war es besser. Der schmale Streifen Tageslicht musste ausreichen.

Er streckte seinen Arm aus und hielt ihn ins Licht.

Was er sah, ließ ihn vor Entsetzen aufschreien.

Sir Wilson taumelte zurück. Die elektrische Entladung tanzte als dunkler Schatten vor seinem Auge. Ein blauweißer Fühler war emporgezuckt und hatte Archer mitten in die Stirn getroffen. Ein Knistern war zu hören gewesen, dann bäumte sich der Körper seines Adjutanten auf. Das Licht floss durch ihn hindurch und trat an den Schuhen wieder aus. Blaue Flammen zuckten über seinen Körper, sausten an dem Seil empor und entluden sich mit einem mörderischen Knall. Funken regneten herab. Das Seil schmorte durch und ließ den schlaffen Körper seines Freundes und Weggefährten mit dumpfem Geräusch zu Boden fallen. Dann brach der Kran entzwei. Rund um Archer prasselten die Überreste in den Sand.

Sir Wilson sah all das mit fassungslosem Grauen. Aus einem Reflex heraus wollte er in den Tempel rennen, um Archer zu helfen, doch dann fiel ihm ein, dass dies ein tödlicher Fehler sein konnte. Schnell zog er seinen Fuß zurück. Keinen Moment zu früh. Schon liefen Wellen über die Oberfläche, die aussahen, als habe man einen Stein ins Wasser geworfen. Sein Freund lag unter den Trümmern des Krans im Sand, während rund um ihn herum alles in Bewegung geriet. Wellen feinster Kristalle schlugen hoch und begruben die Winde, die Holzteile und auch den Körper Jonathan Archers unter sich. Es zischte und rauschte wie bei einem Wasserfall. Unheimliche Mengen von Sand bäumten sich auf, so als wäre darunter ein riesiges Bassin, das bis zum Rand gefüllt war. Die Luft wurde trüb wie bei einem Sandsturm, dann stieg ein beißender Gestank empor. Wilson musste seine Nase zuhalten, doch es roch so intensiv, dass ihm die Tränen in die Augen schossen.

Die Angst packte Wilson. Dieser verdammte Stein! Er hätte auf seinen Instinkt hören und den Job von einem Gefangenen erledigen lassen sollen. Doch dafür war es jetzt zu spät.

Der Spuk dauerte keine dreißig Sekunden, dann war alles vorbei. Der Sand wurde wieder glatt, die Wellen verebbten und der Nebel verschwand. Ein feiner Geruch nach Schwefel und Elektrizität hing in der Luft, das war alles. Keine Spur von dem Kran oder seinem Freund. Verschwunden, wie von Geisterhand.

Der Meteoritenjäger fühlte, wie seine Beine zitterten.

53

Humboldt spähte durch einen schmalen Spalt in der Tür. Irgendetwas Merkwürdiges ging da drüben beim Tempel vor. Es hatte Lichterscheinungen im Inneren gegeben, dann war ein Knistern zu hören gewesen. Für einen Moment hatte der Boden gezittert, doch jetzt war alles wieder ruhig. Humboldt sah Wilson, wie er die Treppe heruntertaumelte. Der Mann sah aus, als wäre er von einem Boxhieb ausgeknockt worden. Seine Männer liefen ihm entgegen und stützten ihn. Es dauerte jedoch nicht lange, da erlangte er die Kontrolle zurück und brüllte Befehle. Er gestikulierte wild in Richtung des Tempeldachs. Was war da drüben nur los?

Wo war Archer? Humboldt fiel auf, dass er den Adjutanten schon länger nicht gesehen hatte. Er begann sich gerade zu fragen, was wohl aus dem eisenharten Veteranen geworden war, als plötzlich aus dem hinteren Teil der Hütte ein Schrei ertönte.

Der Forscher wirbelte herum.

Der Junge hatte sich das Hemd heruntergerissen und zitterte am ganzen Leib. Sein bleicher Oberkörper glänzte im schwachen Deckenlicht. Neben ihm lag ein Haufen Verbandszeug achtlos zusammengeworfen in der Ecke.

»Schaut euch das an!« Max deutete auf Oskars Arm.

Humboldt fühlte einen kalten Schauer, als er den Oberkörper des Jungen erblickte. Die Haut sah an einigen

Stellen aus, als wäre sie verhornt, so wie bei einer Schlange. Nur dass es keine Schuppen, sondern eine Schicht feinen Glases war, die das Licht in vielfältiger Weise reflektierte. Die Veränderung begann knapp oberhalb des Handgelenks und breitete sich über den Ellenbogen und den Oberarm bis weit über die Schulter hinweg aus. Selbst Teile des Halses und der Brust waren schon befallen. Erschrocken blickte er den Jungen an.

»Großer Gott, Oskar. Was ist mit dir?«

»Ich ... weiß ... nicht. Es ... begann ... in ... Berlin.« Oskars Stimme war kaum noch wiederzuerkennen. »Der Kampf ... die Infektion.«

Humboldt riss die Augen auf. »Bellheim?«

Der Junge nickte. Jede Bewegung schien ihm Schmerzen zu bereiten. »Es ... war ... ein ... Splitter.«

»Aber warum hast du uns denn nichts erzählt?«

Oskar blickte zu Boden. »Ich ... ich habe ... mich geschämt.«

Humboldt spürte, wie eine Woge von Angst und schlechtem Gewissen über ihm zusammenschlug. Er ergriff Oskars Hand und hielt den Arm gegen das Licht. Der Arm des Jungen war halb durchsichtig, so wie die Körper bestimmter Fischarten Südostasiens. An manchen Stellen konnte man sogar die Knochen und Blutgefäße sehen. Es war furchtbar, wie weit die Krankheit sich schon ausgebreitet hatte.

»Ich verstehe das nicht«, flüsterte er. »Die Missionare müssen das doch gesehen haben. Sie haben dich untersucht.«

»Sie ... haben ... es ... gesehen«, erwiderte Oskar. »Das war ... der Grund ... warum sie ... nichts gesagt haben.«

Humboldt schluckte den Kloß in seinem Hals hinunter. Eines war mal sicher: Als Vater hatte er noch viel zu lernen.

Er nahm Oskar in den Arm und wiegte ihn sanft hin und her. »Es wird alles gut werden, mein Junge.«

Harry war zur Tür geeilt und polterte laut dagegen.

»O'Neill, machen Sie die Tür auf, schnell! Ein Notfall! Der Junge braucht Hilfe. Kommen Sie schon, öffnen Sie die Tür!«

Nichts geschah.

Patrick O'Neill warf sorgenvolle Blicke in Richtung Tempel. Soweit er von hier aus sehen konnte, schienen die Dinge schlecht zu laufen. Der Kran war zusammengebrochen und von Archer fehlte jede Spur. Alle schwärmten durcheinander wie in einem Ameisenhaufen, in den man einen Stock geworfen hatte. Er hätte zu gern erfahren, was da vor sich ging, aber ihn schien man vergessen zu haben. Als Laufbursche und Gefangenenwärter war er gut genug, aber wenn es um die wirklich wichtigen Dinge ging, ließ man ihn außen vor.

Dabei hatte er so gehofft, dass Sir Wilson ihn auf dieser Reise mal mit wichtigen Aufgaben betrauen würde. Aber er war wieder nur der Handlanger.

Fairerweise musste Patrick zugeben, dass seine Loyalität seinem Herrn gegenüber in letzter Zeit erheblich gelitten hatte. Sir Wilson hatte Dreck am Stecken, so viel war klar. Er hatte gelogen, betrogen und seine Macht gnadenlos gegen andere eingesetzt. Immer mit dem Argument, es geschehe ja ausschließlich zum Wohl der Wissenschaft. Doch mittlerweile hatte Patrick daran seine Zweifel. Der Angriff auf die Dogon war ein Akt barbarischer und willkürlicher Gewalt und durch nichts zu entschuldigen. Auch die Art, wie Wilson die Dokumente erhalten hatte, war höchst dubios. Hatte er den französischen Astronomen wirklich in Notwehr erschlagen?

In diesem Moment rumpelte und klopfte es von hinten.

»O'Neill, machen Sie die Tür auf, schnell! Ein Notfall! Der Junge braucht Hilfe.«

Es war Harry Boswell, der Fotograf. Erst als es zum zweiten Mal rumpelte und polterte, stand Patrick auf.

»Was ist denn los? Was soll das Geschrei?«

»Sie müssen uns rauslassen«, drängelte Boswell. »Dem Jungen geht es schlecht.«

»Was ist denn mit ihm?«

»Das wissen wir nicht genau. Irgendetwas mit seinem Arm. Wir brauchen Hilfe. Sofort!«

Patrick zögerte. Das roch förmlich nach einer Falle.

Er schüttelte den Kopf. »Sorry, das kann ich nicht tun«, sagte er. »Ich bin hier ganz allein. Ohne zusätzlichen Wachschutz darf ich die Tür nicht öffnen.«

»Dann holen Sie jemanden, in Gottes Namen. Holen Sie, so viel Sie brauchen, aber beeilen Sie sich!«

Irgendetwas in der Stimme des Fotografen sagte Patrick, dass es ernst war. Er zögerte. »Na gut«, sagte er. »Ich werde Verstärkung holen. Aber bitte versprechen Sie mir, dass Sie solange keine Dummheiten machen. Wilson wird Sie sofort erschießen lassen, sollten Sie fliehen.«

»Ja, ja, versprochen«, erklang es von drinnen. »Allein bekommen wir die Tür sowieso nicht auf. Und jetzt beeilen Sie sich, um Gottes willen!«

»Hoffentlich werde ich das nicht wieder bereuen«, murmelte Patrick, als er in Richtung Tempel rannte.

54

Sir Jabez Wilson tobte vor Zorn. Acher – tot. Sein Kran – zerstört. Sein ganzer Plan hatte sich in Luft aufgelöst. Und alles, weil dieses Ding aus einer anderen Welt offenbar nicht damit einverstanden war, aus seinem Bett im Zentrum dieses Tempels herausgeholt zu werden. Als ob es in dieser Angelegenheit irgendein Mitspracherecht hätte. Aber da hatte es sich geschnitten. Jabez Wilson duldete keinen Widerstand.

Bisher war der Meteoritenjäger ruhig und besonnen gewesen, aber jetzt fing er an, die Dinge persönlich zu nehmen.

Noch nie in seinem Leben war er einer Auseinandersetzung aus dem Weg gegangen und er würde jetzt nicht damit anfangen – mochte dieser Stein auch noch so seltsame Eigenschaften haben. Dieser Brocken aus dem Weltall war ein Immigrant, ein *Einwanderer*. Es gab Regeln und Gesetze auf diesem Planeten. Hier konnte nicht einfach jeder tun und lassen, was er wollte, schon gar nicht ein Fremdling.

»Holt mir die Kiste mit dem Dynamit«, stieß Wilson aus.

Rupert blickte erschrocken. »Das Dynamit, Sir?«

»Ja, verdammt noch mal, bist du schwerhörig? Ich werde diesen verflixten Brocken in tausend Stücke sprengen, und wenn es das Letzte ist, was ich tue.«

»Sie wollen den Stein zerstören?« Rupert schien immer noch nicht zu begreifen. Wirklich ein selten dämlicher Holzkopf.

»Nicht zerstören, du Idiot. *Zerlegen*. Ich bin sicher, er wird immer noch dieselben Eigenschaften aufweisen, nur eben in gefahrloserer Form. Um Untersuchungen an ihm anzustellen, reicht ein faustgroßes Stück. Den Rest werden wir zu Geld machen. Ich bin sicher, Museen und Forschungseinrichtungen rund um die Welt werden uns die Stücke abkaufen – zu jedem Preis. Eure Belohnung wird eure Fantasie weit übersteigen. Wir werden reich, Männer!«

Der Ausdruck in Ruperts Gesicht wandelte sich von erschrocken zu erfreut. Endlich war die Münze gefallen. Auch bei den anderen Männern blieb die Erkenntnis nicht ohne Wirkung. Die Männer schwärmten aus, um die hochexplosive Kiste mit den Dynamitstangen zu holen.

Wilson schien der Einzige zu sein, bei dem noch ein Funke von Skepsis übrig geblieben war. Er wusste um das Risiko. Dieses Dynamit war noch nicht lange auf dem Markt. Es hatte schon etliche Unfälle damit gegeben, meist mit katastrophalen Folgen. Ganze Fabrikhallen waren in die Luft geflogen, weil irgendein Idiot unsachgemäß damit umgegangen war. Nur ein starker Zünder war in der Lage, den Sprengsatz kontrolliert auszulösen. Aber natürlich gab es immer wieder Idioten, die sich nicht an die Anweisungen hielten. Wer die Stangen runterfallen ließ oder schwere Dinge darauf abstellte, der lebte nicht lange. Nicht mal lange genug, um sich über den Knall und die Stichflamme zu wundern. Was von ihm übrig blieb, war klein genug, dass man es in einer Tabaksdose mit sich herumtragen konnte.

Jabez Wilson hatte lange überlegt, ob er dieses Teufelszeug wirklich mit auf Reisen nehmen sollte, war dann aber zu dem Entschluss gekommen, dass man besser gut vorbereitet war. Wer konnte schon ahnen, wann man es noch mal brauchen würde? Und siehe da, jetzt war schon die zweite Gelegenheit.

»Hierher!«, rief er. Er wedelte mit dem Arm. »Schön vorsichtig. Lasst sie unter keinen Umständen fallen.«

Als die Männer bei Wilson eintrafen, waren sie schweißgebadet.

»Gut so«, sagte er. »Hier die Treppe hoch und oben abstellen.« Er dirigierte seine Leute an die richtige Stelle. Jetzt kam auch Rupert hinzu. In seinen Augen schimmerte Furcht. Dabei wirkte die kleine Holzkiste mit dem Brandzeichen »Nobels Extradynamit« so unscheinbar wie eine Kiste mit Whisky.

Als Wilson den Deckel hob, stieg ihm der starke süßliche Geruch von Nitroglyzerin in die Nase. Die braunen Stangen waren in etliche Lagen Packpapier gewickelt und zusätzlich mit Kieselerde umgeben. Sollte eine der Stangen einmal undicht werden, würde das Papier das Sprengöl sofort aufsaugen. Die Stangen waren in tadellosem Zustand. Nirgends ein Fleck oder ein Zeichen austretender Flüssigkeit. Wilson nahm eine Dynamitstange heraus und hielt sie prüfend in die Höhe. Dann nahm er eine zweite, dritte und vierte. Vier sollten eigentlich genügen. Die

Zünder lagen gleich nebenan. Holzstopfen, in denen sich eine Schwarzpulverkammer befand und die wiederum in eine Zündschnur mündete. Einmal den Zünder auf den Sprengkörper gesteckt, war die Ladung scharf.

Erste Regentropfen fielen vom Himmel. Wilson war so beschäftigt gewesen, dass er gar nicht mitbekommen hatte, wie sich der Himmel verdüstert hatte. Er musste sich beeilen. Rasch setzte er die restlichen Zünder auf die Stäbe, dann signalisierte er den Männern, die Kiste mit den übrig gebliebenen Stangen in sichere Entfernung zu bringen.

55

»Du kannst hier nicht durch. Der Chef will gerade sprengen.« Die drei Männer mit einer Holzkiste versperrten ihm den Weg.

»Er will *was*?« Patricks Blick wanderte von dem Brandzeichen mit der Aufschrift »Nobels Extradynamit« über die Gesichter der besorgt dreinblickenden Männer bis hin zum obersten Treppenabsatz des Tempels. Sir Wilson stand vor der Tür, in der Hand etwas, das wie eine überdimensionierte Angelrute aussah. Wo war Archer? Was war mit dem Kran geschehen?

»Ich muss mit ihm reden, unbedingt.«

Er duckte sich unter Ruperts gewaltigen Armen durch und lief los. »Es geht um die Gefangenen!«, rief er über die Schulter zurück.

»He, halt!« Der Vorarbeiter stapfte hinter ihm her, aber er war zu langsam. Patrick war bereits auf dem obersten Absatz angekommen, als Wilson sich umdrehte.

»Sorry, Chef!«, rief Rupert von unten herauf. »Ich habe ihm gesagt, Sie wollten nicht gestört werden, aber er wollte einfach nicht hören.«

»Schon gut, Rupert«, sagte Wilson. »Gehen Sie ruhig zu den anderen zurück, ich regle das hier. Was gibt es, Patrick?«

»Die Gefangenen, Sir …« Patrick keuchte wie ein Blasebalg. »Boswell behauptet, dem Jungen gehe es sehr schlecht. Ich wollte Sie fragen, ob ich mir ein paar Männer schnappen und nachsehen darf.«

Wilson blickte skeptisch. »Glaubst du ihnen?«

»Ja, Sir. Er klang sehr überzeugend. Der Junge sah tatsächlich nicht so gut aus, als wir ihn einsperrten.«

Wilson versank einen Moment in Gedanken, dann schüttelte er den Kopf. »Vielleicht nachher. Jetzt haben wir Dringenderes zu erledigen. Es ist übrigens gut, dass du hier bist. Du kannst mir helfen.«

Patrick zog seine Brauen zusammen. »Was haben Sie vor, Sir? Wo ist Archer?«

»Archer? Dann weißt du es noch gar nicht?« Wilsons Auge schimmerte Unheil verkündend. »Jonathan ist tot. Er starb, als er den Kristall bergen wollte. Hier, halt mal.« Er drückte Patrick seine Umhängetasche in die Hand.

»Tot?« Die Nachricht traf ihn wie ein Schock. »Aber ... wie ... wie konnte das geschehen?«

»Keine Zeit für Erklärungen.« Wilson deutete nach oben. »Wir müssen sprengen, ehe der Regen einsetzt. Ich werde dir nachher alles erzählen.« Er zündete sein Patentfeuerzeug und hielt die Flamme an die Lunte. Es gab ein Sprühen und Zischen, dann brannte die Zündschnur. Weißer Qualm stieg auf. Wilson nahm den Stab, trat an die geöffnete Tür und hielt ihn hinein. »Komm hinter mich und fass mit an. Das Ding ist ziemlich schwer.« Wilsons Gesicht zeigte einen Ausdruck höchster Konzentration. Er nahm Maß, schätzte die Entfernung ab und ließ den Stab im richtigen Moment los. Das Dynamit kam genau auf dem Meteoriten zum Liegen. Patrick schaute wie gebannt zu, als Wilson das Seil losließ und den Stab herauszog. Die Lunten brannten immer noch.

»Jetzt nichts wie weg!«, sagte Wilson. Er klopfte Patrick auf den Rücken und eilte die Treppen hinunter. Patrick blieb noch einen Augenblick stehen. Der Sand rund um den Meteoriten war in Bewegung geraten. Wellen und Wogen waren zu sehen, als ob sich etwas Lebendiges darunterbefände. Irrte er sich oder kamen da gläserne Hände aus den Tiefen?

»O'Neill!«

Patrick riss sich von dem Anblick los und rannte hinter seinem Herrn her. Etwa fünfzig Meter vom Tempel entfernt ragte ein mächtiger Findling in die Höhe. Auf ihm wuchs ein schmächtiger Baum, der trotz der anhaltenden Trockenheit eine Menge grüner Blätter trug. Dort verschanzten sich die beiden Männer und warteten auf die Explosion.

Ein ohrenbetäubender Knall zerriss die Stille. Ein Krachen und Donnern wie von tausend Blitzschlägen. Oskar spürte, wie die Hütte unter dem Schlag erbebte. Staub rieselte vom Dach. Ein furchtbarer Wind drückte gegen die Tür, pfiff durch die Ritzen und wehte Sand herein, sodass Oskar seinen Ärmel vor die Nase halten musste. Humboldt sprang auf und eilte zur Tür. Sein Auge an die Ritze gepresst, blickte er nach draußen.

»Beim Jupiter«, murmelte er, nachdem sich der Staub

gelegt hatte. »Sind diese Idioten noch ganz dicht? Sie haben den Tempel gesprengt. Das ganze Gebäude ist in die Luft geflogen. Kommt her und seht euch das an.«

Alle stürmten nach vorn. Alle, bis auf Oskar. Er blickte nach oben. Auf dem Dach trommelte der Regen.

Von der Oberseite der Felswand prasselten Steine in die Tiefe.

Der Baum über Patricks Kopf wurde von einer stürmischen Böe erfasst und bog sich unter der Druckwelle. Blätter und Zweige wurden davongerissen. Eine Woge heißer Luft schlug über ihn hinweg, fegte Sand in die Höhe und ließ ihn halb erstickt nach Atem ringen. Dann regnete es Geschosse vom Himmel. Patrick presste seinen Körper noch dichter an die Felswand, als die Einschläge rings um ihn herum zu Boden gingen. Die Brocken waren teilweise faustgroß. Sie hätten ihm locker das Lebenslicht ausgepustet, wenn sie ihn am Kopf getroffen hätten. Ein paar Sekunden lang hielt das Inferno noch an, dann wurde es ruhig. Stille senkte sich über die Stadt. Nur das leise Rauschen des Regens war zu horen. Patrick sah sich um. Einer nach dem anderen wagten sich die Männer aus ihren Verstecken. Patrick spürte, wie seine Beine zitterten. Sein Hemd war nass geschwitzt, oder war das der Regen? Er ging ein paar Meter und schaute in Richtung Tempel. Was er sah, verschlug ihm den Atem. Er musste ein paarmal blinzeln, um sich zu vergewissern, dass er keinem Irrtum unterlag.

Das Gebäude war verschwunden. Weg, futsch, ausradiert, als hätte dort nie etwas gestanden. Stattdessen stieg eine Rauchwolke in den Himmel. Vor dem Hintergrund der Gewitterwolken wirkte sie dunkel und Unheil verkündend. Der Boden rund um den Stufenhügel war übersät mit Gesteinsbrocken und Holzstücken. Ein paar Meter weiter lagen entwurzelte Bäume, deren Rinde schwarz angelaufen war. Der Geruch von Staub und Feuer hing in der Luft.

Jabez Wilson schien selbst überrascht von der Wucht der Explosion. Ein Ausdruck ungläubigen Staunens zeichnete sich in seinem Gesicht ab, dann schritt er die Stätte der Verwüstung ab. »Meine Güte«, sagte er, als er zwischen den Trümmern umherging. »Das war aber ein mächtiger Rums. Hätte ich gewusst, wie effektiv diese Stangen sind, hätte ich vielleicht weniger davon genommen. Andererseits …«, er blickte zufrieden in die Runde, »… ist genau das geschehen, was ich gehofft hatte. Seht her.« Er deutete auf ein Bruchstück des seltsamen Meteoriten.

Zögernd setzte Patrick seinen Fuß in das Trümmerfeld. Ihm war nicht wohl bei dem Gedanken, dass hier überall Stücke des Meteoriten herumlagen. Er blieb stehen. Da war noch eines. Etwa so groß wie eine Zündholzschachtel lag es da und schimmerte in matten Grüntönen. Plötzlich sah er sie überall. Wilson schaute zu ihm hinüber und lächelte. »Was ist los, Patrick? Schiss?«

»Um ehrlich zu sein: ja. Hier ist noch eines.«

Wilson nahm seine Handschuhe aus der Tasche, streifte

sie über und holte dann sein Zigarrenetui heraus. Er beugte sich vor und griff nach dem Splitter.

Patrick war wie versteinert. »Sind ... sind Sie sicher, dass das Ding ungefährlich ist?«

»*Sicher* ist das falsche Wort. Aber ich erinnere mich an das, was der deutsche Forscher gesagt hat: Metall können die Dinger nichts anhaben.« Er klappte den Deckel zu. Das Schloss rastete mit einem gut hörbaren Klicken ein. »Sehen Sie? Jetzt ist er hinter Schloss und Riegel.« Er steckte die Dose in seine Tasche und blickte seine Männer an, die völlig verdutzt um ihn herumstanden. »Was ist los, Leute? Holt alle verschließbaren Metallschachteln, die ihr auftreibt. Pistolenkoffer, Munitionsschachteln, Zigarettenetuis, Butterbrotdosen und Feldflaschen – was ihr findet. Und dann sammelt die Bruchstücke ein. Seid vorsichtig, zieht Handschuhe an und achtet darauf, dass ihr sie nicht mit bloßer Haut berührt. Die Explosion hat den Stein zwar geschwächt, ungefährlich ist er deswegen noch lange nicht.«

56

»Großer Gott, seht euch den Jungen an.«

Humboldt fuhr herum. Oskars Körper wurde von Krämpfen geschüttelt. Sein Gesicht war aschfahl. Arme und Beine sahen aus wie bei einer Wachsfigur, die zu nah am Feuer stand. Sie veränderten sich, *schmolzen*. Seine Haut wellte und kräuselte sich, als bestünde sie aus Wasser. Schultern, Arme, Hände schienen in ihren Proportionen zu schrumpfen, während die Beine immer länger wurden. Schon waren die Hosen viel zur kurz. Die Schuhe fielen ab wie reife Äpfel.

Humboldt überlegte kurz, ob er die Veränderung irgendwie aufhalten könne, verwarf den Gedanken aber sofort wieder. Die Transformation war schon viel zu weit fortgeschritten.

Sie waren während der letzten Minuten alle abgelenkt gewesen. Seit der Explosion und der darauffolgenden Aufregung unten im Lager hatte niemand mehr auf Oskar geachtet. Der fremde Organismus musste mit ungeheurer Schnelligkeit von seinem Körper Besitz ergriffen haben.

Oskar veränderte sich immer mehr. Er war jetzt beinahe zwei Meter groß und dünn wie eine Bohnenstange. Seine Gliedmaßen waren vollkommen durchsichtig, als würden sie aus flüssigem Glas bestehen. Ehe noch jemand ein Wort sagen konnte, griff Oskar mit seinen Armen nach oben in die Belüftungsöffnung und zog sich daran hoch. Humboldt sah mit fassungslosem Staunen, wie erst der Kopf, dann Schultern und Oberkörper in dem Loch verschwanden. Der Anblick war gleichsam grauenvoll wie faszinierend. Der Junge sah aus, als bestünde er aus Kautschuk. Immer größere Teile seines Körpers verschwanden in der Öffnung. Gegen Ende gab es ein ploppendes Geräusch, dann war Oskar verschwunden.

»Ich will verdammt sein …« Humboldt eilte unter das Fenster und schrie hinaus: »Oskar, bleib bei uns! Geh nicht weg, vielleicht können wir dir noch helfen!«

Keine Antwort.

»Du darfst jetzt nicht aufgeben, Oskar! Bitte bleib!«

Stille.

Er blickte noch eine Weile durch das schmale Fenster, dann sackte er in sich zusammen. Trauer und Hilflosigkeit überwältigten ihn. Er verbarg seinen Kopf zwischen den Händen.

In diesem Moment erklang von der Tür ein scharrendes Geräusch. Es kratzte und rumpelte, dann war ein schmaler Lichtstreifen zu sehen.

Max tippte ihm auf die Schulter. »Herr Humboldt.«

Der Forscher hob den Kopf. »Was ist?«

»Sehen Sie sich das an.«

Die Tür war schon mehrere Zentimeter weit geöffnet.

Max und Harry eilten zur Tür und erweiterten den Spalt.

»Helfen Sie uns schieben.«

Humboldt stand auf. Gemeinsam gelang es ihnen, die

schwere Tür zu öffnen. Der Himmel draußen war wolkenverhangen. Feine Regentropfen rieselten herab, benetzten Haut und Haare. Vor ihnen stand Oskar. Einmal abgesehen von seiner hellen, beinah transparenten Haut und der Tatsache, dass er weder Hemd noch Schuhe trug, sah er ganz normal aus. Nur die Augen waren anders. Sie leuchteten in einem satten Grün.

Humboldt überlegte, ob er Oskar berühren sollte, entschied sich dann aber dagegen.

»Bist du es, Oskar?«

Der Junge schwieg. Er hielt seinen Kopf in einer leicht geneigten Position, so als wüsste er nicht, mit wem er gerade sprach. Sein Mund war zu einem irritierenden Lächeln geformt. »Es hat begonnen«, sagte er.

Patrick wusste nicht, was erschütternder war. Der Anblick des zerstörten Tempels oder die Tatsache, dass der Meteorit in Hunderte Einzelteile zerborsten war. Beides waren Fundstücke ersten Ranges und von unschätzbarem Wert für die Forschung. Dass sie hier zu Staub zerfallen vor seinen Füßen lagen, war für Patrick der letzte Beweis, dass sein Boss wahnsinnig geworden sein musste. Dieser Mann war nicht mehr zurechnungsfähig. Er würde alles und jeden opfern, wenn es seinen eigenen ehrgeizigen Plänen diente.

Sie würden sterben, ehe sie auch nur ein müdes Pfund in der Tasche hatten. Das Bild der in die Höhe gereckten gläsernen Hände wollte ihm einfach nicht aus dem Kopf gehen.

»Mach mal ein bisschen voran.« Wilsons Stimme riss ihn aus seinen Gedanken. »Wir haben nicht den ganzen Tag Zeit. Da liegen noch zwei Splitter, direkt vor deinen Füßen.« Der Meteoritenjäger warf ihm einen vorwurfsvollen Blick zu. Widerstrebend öffnete Patrick die metallene Butterbrotdose und zog die Patronenzange aus seiner Tasche. Er war vorsichtig genug, die Bruchstücke nicht mit bloßen Händen zu berühren.

Er beugte sich vor und wollte den ersten Splitter einsammeln, als er verblüfft innehielt. Der Stein bewegte sich.

Patrick ging näher ran und kniff die Augen zusammen. Kein Zweifel: Der Stein wuchs. Durch die vor Feuchtigkeit glänzende Oberfläche liefen Risse, die den Kristall in zwei Hälften spalteten. Als sie auseinanderbrachen, lag zwischen ihnen eine zweite, größere Version des Steins. Der Vorgang wiederholte sich, wieder mit demselben Ergebnis. Es war fast, als sähe man einer Pflanze beim Wachsen zu.

Patrick hob den Kopf. »Sir Wilson?« Seine Stimme klang dünn und zittrig. Dann noch einmal: »Sir Wilson?« Doch der Meteoritenjäger reagierte nicht. Sein Blick war auf den Boden geheftet, seine Augen weit aufgerissen. Irgendetwas schien seine Aufmerksamkeit zu beanspruchen. Und er war nicht der Einzige. Von überall her erschallten auf einmal Ausrufe des Erstaunens. Sie reichten von Belustigung bis hin zu purem Entsetzen. Patrick gehörte zu Letzteren. Was er sah und, vor allem, was er *hörte*, ließ ihm das Blut in den Adern gefrieren. Über das Rauschen des Regens hinweg war ein seltsames Klirren zu vernehmen, so als würde man gegen eine Vitrine voller Geschirr stoßen. Die grünen Kristalle wuchsen und wuchsen. Manche waren bereits so groß wie Fußbälle, andere noch größer. Überall schossen die grünen Splitter aus dem Boden. Hunderte und Aberhunderte glitzernder und schimmernder Kristalle bedeckten den Tempelbezirk. Der Meteorit musste in sehr viel mehr Splitter zerbrochen sein, als ursprünglich angenommen. Patrick kam sich vor wie ein Zwerg im Kressebeet. Als einer der Kristalle direkt unter seinem Fuß zu wachsen begann, drehte er panisch um und rannte in östliche Richtung. Die Gefangenenbaracke lag etwas oberhalb des Stadtzentrums und außerhalb der Gefahrenzone. Er wusste selbst nicht, warum er ausgerechnet diesen Weg wählte. Es war, als würden ihn seine Füße von allein dorthin führen.

Als er etwa hundert Meter weit gekommen war, blieb er keuchend stehen. Vier Personen kamen ihm entgegen, eine von ihnen ein hoch aufragender Mann mit scharfen Gesichtszügen.

»Humboldt«, entfuhr es ihm. Er griff nach seinem Messer.

»Wie konnten Sie sich aus Ihrem Gefängnis befreien?«

»Ist das so wichtig?«

»Aber ... aber Sie haben mir versprochen drinzubleiben.«

»Sollen wir wieder umkehren?«

»Ich … nein.« Er ließ den Griff des Messers wieder los. »Wir haben gerade dringendere Probleme.«

»Das denke ich auch.« Der Forscher richtete seinen Blick auf den Tempelbezirk. »Es ist der Regen, nicht wahr?«

Patrick nickte. »Er lässt die Kristalle wachsen. Als hätte man sie mit irgendeinem Superdünger behandelt. Ich habe so etwas überhaupt noch nicht gesehen.«

»Das wundert mich nicht. Es ist eine Pflanze, wenn auch von einem fernen Planeten. Mit ihrer Zerstörung haben Sie den Wachstumsprozess erst richtig in Gang gesetzt. Jeder Splitter reagiert wie ein einzelnes Samenkorn, das wiederum eine neue Pflanze hervorbringt. Ich habe Ihnen doch beschrieben, wie es funktioniert. Haben Sie denn nicht zugehört?«

»Sir Wilson dachte wohl …«

»Wilson ist ein Idiot. Und dabei rücksichtslos und brutal. Eine höchst gefährliche Mischung.«

Patrick wollte protestieren, doch stattdessen senkte er den Kopf und sagte: »Da gebe ich Ihnen recht.«

Humboldt wirkte zuerst erstaunt, dann spielte ein Lächeln um seinen Mund. »Das freut mich zu hören.«

»Ich habe meine Meinung über ihn geändert«, fuhr Patrick fort. »Ich wünschte, ich könnte ungeschehen machen, was er angerichtet hat.«

»Ich fürchte, dafür ist es jetzt zu spät. Das Unheil nimmt seinen Lauf. Genau wie die Dogon es vorausgesagt haben. Im Moment sehe ich keine andere Möglichkeit, als schnellstens von hier zu verschwinden.«

»Dann ... dann glauben Sie nicht, dass wir den Kristall noch stoppen können?«

Humboldt schüttelte den Kopf. »Wie sollten wir? Alles, was dieses Wesen zum Leben braucht, ist Wasser, Wärme und Silizium. Alle drei Komponenten sind momentan in Hülle und Fülle vorhanden. Solange es wie aus Gießkannen schüttet, wird es noch eine Weile so weitergehen. Die Kristalle werden wachsen. So lange, bis hier kein Leben mehr möglich ist. Tut mir leid, dass ich Ihnen keine besseren Nachrichten geben kann.«

Patricks Blick fiel auf den Jungen. Blass und zitternd stand er an der Seite und suchte die Nähe seines Vaters.

»Was ist mit Ihrem Sohn? Er sieht krank aus. Gibt es etwas, das ich für ihn tun kann?«

Humboldt presste die Lippen aufeinander. »Vielen Dank, aber ich fürchte, es ist zu spät. Es gibt nichts, was wir tun können. Wie gesagt: Wir müssen weg hier, und zwar schnell.«

Aus der Mitte der Stadt ertönten Schreie. Das Klirren und Bersten war lauter geworden.

57

Jabez Wilson sah seinen Traum zu Staub zerrinnen. Das Wachstum der Kristalle war unkontrollierbar geworden. Überall schossen neue Spitzen in die Höhe, manche von ihnen mehrere Meter hoch. Ein ganzer Wald von grünen Splittern überwucherte den Tempelbezirk und wurde mit jeder Minute größer. Dieser verfluchte Forscher hatte tatsächlich recht gehabt. Ärgerlich. Umso ärgerlicher, als Wilson das Gefühl hatte, dass es ein Fehler war, die Warnung nicht ernst genommen zu haben. Aber wer war er, dass er sich von einem Deutschen belehren ließ? Nun, wenigstens würde dieser arrogante Kerl für seine Rechthaberei bezahlen müssen. Die Kristalle breiteten sich mit unvorstellbarer Geschwindigkeit aus und würden binnen weniger Minuten auch die Hütte erreichen, in die er Humboldt und seine Gefährten hatte einsperren lassen. Es bedurfte keiner großen Fantasie, um sich auszumalen, was dann mit den Gefangenen geschehen würde. Sie würden wahrscheinlich von den fürchterlichen Kristallspitzen durchbohrt werden, ehe sie noch begriffen hatten, was los war.

Problem eins gelöst.

Problem zwei waren die Dogon. Würden sie versuchen, sie aufzuhalten, wenn er mit seinen Männern den Rückzug über die Felsbrücke antrat? Schwer zu sagen. Das hing davon ab, wie sehr sie sich von dem letzten Schlag erholt hatten. Aber seine Männer würden ihnen schon Beine machen, Waffen waren schließlich genug vorhanden.

Das brachte ihn direkt zu Problem drei. Was sollte danach aus seinem Team werden? Archer war tot, O'Neill war ein Schlappschwanz und der Rest seiner Männer billiges Kanonenfutter. Austauschbare Söldner. Gerade mal gut genug, um den Kopf für ihn hinzuhalten und ihn vor den Speeren der Dogon zu schützen. Danach brauchte er sie nicht mehr. Der Splitter des Meteoriten lag gut verstaut in seinem Zigarrenetui. War er erst wohlbehalten zurück in London, würde er unter Zugabe von Silizium und Wasser so viel davon züchten können, wie er wollte. Die Frage war nur: Würde er es bis dorthin schaffen? Seine Chancen standen sehr viel günstiger, wenn er versuchte, allein durchzukommen. Ein Großteil des Proviants war von den Kristallen zerstört worden und der Rest würde kaum für alle reichen. Wenn er sich also großzügig eindeckte und unbemerkt türmte, hatte er gute Chancen, bis Timbuktu zu kommen und von Dakar aus einzuschiffen. Er hob den Kopf.

Mit entschlossenem Blick eilte er in Richtung der Pferde.

Die Tiere waren in heller Aufregung. Schnaubend und mit Schaum vor dem Maul zerrten sie an ihren Leinen. Das Einzige, das halbwegs ruhig blieb, war sein prächtiger Apfelschimmel. Wilson vergewisserte sich, dass er nicht beobachtet wurde, dann löste er die Leinen. Alle. Nur die des Mulis mit dem Proviant band er an den Sattel seines Pferdes. Dann lud er noch ein paar Gewehre samt Munition auf und verschwand ungesehen zwischen den nahe gelegenen Gebäuden.

Charlotte saß hinter dem Felsen und lauschte den seltsamen Geräuschen, die von der anderen Seite der Schlucht zu ihnen drangen. Da drüben ging eindeutig etwas vor. Angefangen hatte es mit dieser Explosion, die von einer aufsteigenden Rauchwolke begleitet wurde. Die beiden Wachen, die die Schlucht verteidigten, waren plötzlich verschwunden. Trotzdem blieben die Dogon noch eine Weile in ihren Verstecken. Erst als der Regen einsetzte, wagten sie es, ihre Deckung zu verlassen.

Yatimè stand als Erste auf. Jabo und Wilma, die beide auf ihrem Schoß gehockt hatten, hüpften von ihr hinunter. Nichts regte sich auf der anderen Seite.

»Was war das?«, fragte Charlotte. »Klang, als wäre etwas in die Luft geflogen.«

Eliza blickte besorgt. »Kein natürliches Geräusch, so viel ist mal sicher. Klang so ähnlich wie neulich auf dem Berg. Kannst du irgendetwas sehen, Yatimè?«

Das Mädchen schloss die Augen. Als sie sie wieder öffnete, wurde ihr Gesicht von einem Ausdruck der Ratlosigkeit beherrscht. »Kann nicht sagen«, flüsterte sie. »Zu viele Dinge, zu viele Bilder. Alles geschieht gleichzeitig. Ich sehe Furcht, ich sehe Angst. Die Männer sind in Panik. Aber da ist noch etwas anderes. Eine Stimme. Sie spricht mit gläsernen Worten, aber ich kann sie nicht verstehen.«

»Eine Stimme? Was für eine Stimme?«

»Ich habe sie schon einmal gehört. Vor einigen Tagen, in der Nähe des Tempels, aber viel leiser. Die Männer da drüben befinden sich in großer Gefahr.«

Eliza presste die Lippen aufeinander. »Dann sollten wir keine Zeit verlieren. Ubirè, bringen Sie uns auf die andere Seite.«

Die Brauen des Stammesführers hüpften nach oben. »Du willst da rüber? Hast du nicht gehört, was Yatimè gesagt hat? Etwas Fremdes ist da drüben und es will uns alle vernichten.«

»Aber unsere Freunde sind in Gefahr. Wir müssen ihnen helfen.«

Der Alte überlegte kurz, dann ging er zu seinen Kriegern hinüber und besprach sich mit ihnen. Nach einer Weile kam er zurück. »Na gut«, sagte er. »Wir werden euch ein Stück begleiten. Ihr habt uns bewiesen, dass ihr gute Freunde seid, und gute Freunde helfen einander.«

»Danke, Ubirè.«

Vorsichtig traten sie auf die Brücke. Sie hatten etwa die Mitte des Abgrunds überquert, als sie ein tiefes Rumpeln vernahmen. Ein Rumpeln, das von einem gläsernen Klirren und Bersten überschattet wurde. Der ganze Berg schien zu vibrieren. Die Brücke unter ihren Füßen erzitterte. Charlotte wollte schon weiterlaufen, doch Ubirè hielt sie an ihrem Arm.

»Hörst du das?«

Charlotte nickte. »Was ist das?«

»Ich habe dieses Geräusch schon einmal gehört, in meinen Träumen. So klingt das Ende der Welt.«

Urplötzlich stimmten die Krieger ihre Gesänge wieder an. Jeder Krieger sang für sich, trotzdem ergänzten sich die Melodien wie bei einem Kanon. Die Krieger schienen genau zu wissen, welche Melodiebögen sie singen mussten, um das Lied kraftvoll und stark werden zu lassen. Ihre Stimmen bildeten einen merkwürdigen Gegensatz zu dem Klirren und Dröhnen, das von der Ferne zu ihnen herüberdrang. Ja, es klang fast so, als gehörten die beiden Klänge zusammen. Eliza, die direkt hinter Charlotte stand, lauschte nachdenklich in den Regen hinaus. Eigenartig«, sagte sie. »Es steckt eine ungewöhnliche Kraft in diesem Lied, findest du nicht?«

»Doch«, entgegnete Charlotte. »Ich frage mich, ob das ein Zufall ist ...«

58

Im Tempelbezirk war das nackte Chaos ausgebrochen. Die Söldner liefen zwischen den emporschießenden Kristallen herum und versuchten, die panisch herumspringenden Pferde und Maultiere einzufangen, die irgendein Idiot von der Leine gelassen hatte. Die Tiere waren in ihrer Angst genau ins Zentrum der größten Aktivität gerannt und sahen sich nun von Mauern grüner Kristalle umringt.

Max beobachtete, wie ein Pferd, beim Versuch zu flüchten, einen Söldner zu Boden stieß und ihn blutend und um Hilfe schreiend im Staub liegen ließ. Seine Kollegen hatten alle Hände voll zu tun, ihn aus der Gefahrenzone zu schleppen, ehe das Tier ein weiteres Mal über ihn hinwegtrampelte. Humboldt war der Einzige, der Ruhe bewahrte. Mit weit ausgebreiteten Armen stellte er sich vor die Tiere. »Ho! Wollt ihr euch wohl wieder beruhigen! Ganz ruhig jetzt. Ich führe euch hier heraus, vertraut mir.« Das Leittier, eine stolze braune Stute, die ursprünglich Archer gehört hatte, riss den Kopf hoch und stieg auf ihre Hinterläufe. Sie scheute, doch sie krümmte dem Forscher kein Haar. Als sie wieder herunterkam und den Kopf senkte, packte Humboldt sie am Zügel und streichelte ihr beruhigend über den Hals. »Ho, meine Schöne! Siehst du, es gibt keinen Grund, sich zu fürchten. Ich bringe euch jetzt raus hier. Folge mir einfach.«

Doch sie hatten nicht mit den Söldnern gerechnet. Kaum, dass sie das Gelände verlassen wollten, trat ihnen Melvyn Parker in den Weg, das Gewehr im Anschlag. »He, Leute, kommt schnell her!«, schrie er. »Die Gefangenen haben sich befreit!«

»Nimm deine Waffe runter!« Patrick riss ihm zornerfüllt das Gewehr weg. »Wir lassen hier niemanden zurück. Wo ist Wilson?«

Der Söldner war einen Moment lang verwirrt, dann schüttelte er den Kopf. »Keine Ahnung. Wir haben ihn seit geraumer Zeit nicht mehr gesehen. Sein Pferd, ein Maultier und ein Großteil unseres Proviants sind auch verschwunden.«

»Ich habe gesehen, wie er einen der Meteoritensplitter eingesteckt hat und getürmt ist!«, rief einer der Männer.

»Er hat uns sitzen lassen, dieses feige Schwein«, sagte Patrick. »Das hatte ich fast erwartet.«

»Es ist Sir Wilson, von dem Sie da reden.« Melvyn Parker war sichtlich irritiert. »Ein Mann von Anstand und Ehre. Die Königin persönlich hat ihn zum Ritter geschlagen.«

»Was beweist, dass selbst unsere Monarchin nicht vor Irrtümern gefeit ist.« Patrick schüttelte den Kopf. »Wahrscheinlich befindet er sich bereits auf dem Weg nach Hause, zusammen mit dem Meteoritensplitter und unserem Proviant.«

»Aber ... aber was sollen wir denn jetzt tun?«

Aus den skrupellosen, abgebrühten Halunken war plötzlich ein Haufen führungsloser, ängstlicher Kinder geworden. Nur Patrick schien die Kontrolle zu behalten. »Beruhigt euch!«, rief er und hob beide Arme. »Ich übernehme die Führung. Ihr werdet tun, was ich euch sage. Zuerst mal müssen wir von hier verschwinden. Lauft zurück zum Lager, schnappt euch alles, was nicht niet- und nagelfest ist, und dann nichts wie zurück zur Brücke. Wir treffen uns dort.« Niemand schien Einwände zu haben. Die Männer nickten und machten sich auf den Weg.

»Und Sie?«, fragte Parker.

»Ich helfe Humboldt, die Pferde und Maultiere zusammenzutreiben. Wir kommen dann ebenfalls dorthin. Also los jetzt!«

Wäre die Situation nicht so dramatisch gewesen, Max hätte vielleicht laut gelacht. Aus Patrick war ein richtiger Anführer geworden. So viel Energie hätte er dem kleinen Wuschelkopf gar nicht zugetraut, aber man wusste ja nie, mit was für einem Menschen man es zu tun hatte, bis man ihn in einer Extremsituation erlebt hatte.

Humboldt führte Archers Stute am Zaumzeug durch das Labyrinth aus Kristallen hinaus zum Ausgang. Die anderen Tiere folgten ihm bereitwillig. Die grünen Glassäulen waren mittlerweile so hoch, dass sie selbst das wenige Tageslicht zu schlucken schienen. Während die Abenteurer sich ihren Weg bahnten, prasselten von oben immer wieder Brocken und Splitter von grünem Kristall auf sie herab. Sie hatten alle Mühe, nicht getroffen zu werden.

Wie durch ein Wunder erreichten sie unbeschadet den Rand des kristallenen Waldes.

»Und was jetzt?«, keuchte Patrick.

»Über die Brücke und zurück zu den Dogon«, sagte Humboldt. »Das ist unsere einzige Chance.« Patrick zog die Brauen zusammen. »Sie wollen, dass wir uns in die Hände des Feindes begeben?«

»Die Dogon sind nicht unsere Feinde.« Humboldt deutete auf die Kristalle. »Das da ist unser Feind. Wenn überhaupt eine Chance besteht, ihn zu besiegen, dann nur mit Hilfe der Dogon. Sie haben dieses Wesen schon einmal besiegt. Wilson hat das nicht verstanden, und nun sehen Sie, was für einen Schlamassel er angerichtet hat.«

Patrick nickte. »Einverstanden. Dann also auf zu den Dogon. Hoffen wir, dass sie mit sich reden lassen.«

Sie hatten die Brücke beinahe erreicht, als aufgeregte Stimmen von vorn zu hören waren. Schreie ertönten, dann fiel ein Schuss. »Was in Gottes Namen …« Max sah die Söldner umringt von etwa dreißig oder vierzig Dogonkriegern. Sie trugen Masken und ihre Speere sahen scharf und gefährlich aus. Die Söldner hatten ihre Gewehre gezogen und richteten sie auf die Krieger.

»Halt!« Humboldt erhob seine Stimme. »Sofort aufhören! Patrick, befehlen Sie Ihren Männern, sie sollen ihre Waffen niederlegen.«

»Aber …«

»Kein Aber. Tun Sie es, oder es gibt eine Katastrophe.«

»In Ordnung …« Patrick eilte zu seinen Leuten hinüber und redete mit ihnen. Er brauchte eine Weile, um ihnen die Situation klarzumachen, doch dann hatte er Erfolg.

Die Männer legten ihre Waffen ab und ergaben sich den Dogon. In diesem Moment trat ein alter Mann nach vorn. Er war in ein braunes Stofftuch gehüllt und stützte sich auf einen gewundenen Stab. Als er den Forscher sah, hellte sich seine Mine auf.

»Humboldt.«

»*Ubirè*!« Humboldt drückte Max die Zügel in die Hand und eilte auf den Mann zu. »Wie schön, Sie bei guter Gesundheit zu sehen.«

Der Alte wirkte sichtlich erfreut. »Als wir das große Donnern hörten, befürchteten wir das Schlimmste.«

»Um ein Haar hätten wir es nicht geschafft. Es ist weitaus schlimmer, als ich mir das vorgestellt habe, sehen Sie?« Er deutete über die Wipfel der Bäume, wo jetzt die Spitzen der Kristalle zu sehen waren. »Das Böse ist im Anmarsch, genau wie Sie prophezeit haben.«

Max wollte noch hören, was der Alte zu sagen hatte, doch in diesem Augenblick wurde seine Aufmerksamkeit von etwas anderem abgelenkt. Hinter den Schilden einiger Krieger entstand Bewegung. Zwei Frauen drängten sich nach vorn.

»Siehst du das auch, Harry?« Er knuffte seinen Freund in die Seite. »Es sind Charlotte und Eliza! Komm, lass sie uns begrüßen.« Die beiden Männer drängelten sich durch die Söldner.

Es war ein herzliches Wiedersehen. Max hatte den Eindruck, dass Charlotte in dem Jahr noch mal ein Stück gewachsen und Eliza noch schöner geworden war. Selbst Wilma war wieder mit dabei. Es hätte ein glücklicher

Augenblick werden können, wenn die Situation eine andere gewesen wäre. Doch das Rumpeln der Kristalle erinnerte sie daran, dass sie noch lange nicht außer Gefahr waren.

»Keine Zeit für Wiedersehensfreude«, sagte Humboldt. »Wir müssen zusehen, dass wir hier wegkommen. Patrick, führen Sie Ihre Männer über die Brücke. Außerdem müssen wir herausfinden, was aus Wilson geworden ist. Hat einer von euch ihn gesehen?«

»Ich glaube ja.« Charlotte nickte. »Kaum waren wir über die Brücke, als ein Mann angeritten kam. Er ritt wie der Teufel. An der Felskante vorbei und hinter unserem Rücken über die Brücke. Es gab nichts, was wir hätten tun können.«

Humboldt ballte die Fäuste. »Dann haben wir jetzt ein Problem mehr. Er trägt einen der Splitter des Kristalls bei sich. Wenn er es damit schafft, zurück nach England zu kommen, dann gute Nacht.«

»Überlassen Sie das mir, Sir«, sagte Patrick. »Ich bin ein guter Reiter. Außerdem kenne ich Wilson recht gut. Ich weiß, wie er tickt. Geben Sie mir ein Gewehr, dann werde ich ihn zurückbringen.«

»Sie können dabei auf mich zählen«, sagte Harry. »Ich habe mit dem Kerl noch ein Hühnchen zu rupfen.«

»Und ich auch«, sagte Max, der nicht vergessen hatte, dass Wilson ihn beinahe ans Messer geliefert hätte. »Zu dritt sind unsere Chancen deutlich besser.«

Humboldt nickte. »Dann soll es so sein. Schnappen Sie sich ein paar Pferde und Gewehre, und dann los. Er dürfte einen beträchtlichen Vorsprung haben. Und passen Sie auf sich auf.«

»Keine Sorge«, sagte Max. »Wir schaffen das schon. Und Sie kümmern sich erst mal um Ihren Jungen. Apropos: Wo ist er denn eigentlich?«

Alle drehten sich um.

Oskar war verschwunden.

59

Als Oskar sah, wie sein Vater und die anderen an der Brücke eintrafen, kehrte er um. Niemand bemerkte sein Verschwinden. Warum er zurückging, konnte er selbst nicht sagen. Er spürte, dass es richtig war. Es war diese Stimme, die ihn rief. Eine Stimme, zu mächtig, um sie zu ignorieren.

Der Tempelbezirk war inzwischen vollkommen von Kristallen überwuchert worden. Der Regen glänzte auf den spiegelnden Oberflächen und erzeugte ein verwirrendes Muster aus Licht und Schatten. Immer wieder barsten einzelne der gläsernen Säulen, zerbrachen, splitterten und wuchsen erneut gen Himmel. Jedes Mal ein wenig größer, jedes Mal ein wenig machtvoller. Der Boden vibrierte unter den Füßen und die Luft war erfüllt vom Singen und Summen fremden Lebens. Auch ihm selbst war nach Singen zumute. Sein ganzer Körper schwang wie eine straff gespannte Saite. Das Gefühl war berauschend. Er spürte seine Arme und Beine kaum noch und sein Kopf war wie eine helle, weiße Wolke, die körperlos über den Boden schwebte. In seinen Gedanken gab es keine Worte und keine Ängste. Nur Klänge und Bilder. Visionen von fremden Welten, von Sternen und Planeten und der unendlichen Einsamkeit dazwischen. Er spürte das Wesen, sein Bedürfnis nach Harmonie und Gemeinschaft. Es suchte Nähe – nein, mehr als das: Es wollte mit ihm verschmel-

zen. So viele Tausend Jahre hatte es in völliger Einsamkeit verbracht, nur beherrscht von einem Gedanken: Nie wieder allein sein. Aus unendlicher Ferne war es gekommen. Unendlich lange hatte es gewartet.
»Hallo, Oskar.«
Die Stimme klang mächtiger als jemals zuvor. Es war die Stimme, die ihn vor den Hunden gerettet hatte.
»Endlich hast du den Weg zu mir gefunden. Was ist geschehen, warum hat es so lange gedauert?«
»Ich konnte nicht einfach alles stehen und liegen lassen«, erwiderte Oskar. »Ich war gebunden. Ich habe eine Familie.«
»Eine Familie.« Das Wesen stieß eine Folge überirdisch schöner Laute aus. *»Wie schön das klingt. Wer eine Familie hat, ist nie allein.«*
»Ja, das ist wahr. Aber eine Familie macht auch Probleme. Man kann nicht mehr tun und lassen, was man will. Es gibt Gesetze, Regeln. Immer muss man Rücksicht nehmen. Man könnte die anderen ja verletzen.«
»Wie wahr, wie wahr. Eine schwere Bürde. Aber darüber brauchst du dir fortan keine Gedanken mehr zu machen. Ich bin jetzt deine Familie und mich kann man nicht verletzen.«
Oskar trat an den mächtigsten der grünen Kristalle und legte seine Hände auf die Oberfläche. Obwohl das Glas hart und spröde war, versank er bis zu den Ellenbogen in der fremden Materie.
»Spürst du die Gemeinschaft?«
Oskar nickte. Plötzlich hatte er das Gefühl, von Men-

schen umringt zu sein. Viele von ihnen hatten schwarze Haut und waren klein. Kleiner noch als er selbst. Sie trugen bunte Hosen und Hemden sowie spitze Kappen, die entfernt an Zipfelmützen erinnerten. Sie umringten ihn und berührten ihn mit ihren Händen. Neugierig sahen sie ihn an. Das müssen die Tellem sein, schoss es ihm durch den Kopf. Das Volk, das den Kristall einst aus der Sahara hierhergebracht hatte. Wie freundlich sie aussehen, fast wie Kinder. Doch Oskar erkannte auch weiße Menschen. Stolze, hochgewachsene Männer und Frauen in hellen Gewändern. Sie trugen Hacken, Schaufeln und Bücher in ihren Händen und unterhielten sich angeregt miteinander. Oskar erkannte den Prior, der ihm freundlich zuwinkte. Dann war da noch ein anderer Mann. Er war braun gebrannt und trug eine sandfarbene Jacke und eine Hose mit vielen Taschen. Ein breitkrempiger Hut saß auf seinem Kopf und auf der Nase hatte er eine Brille, hinter der intelligente und neugierige Augen leuchteten. Wie anders Bellheim damals noch ausgesehen hatte. Gar nicht so kühl und abweisend wie in Berlin. Als er Oskar sah, breitete er die Arme aus und rief: »*Komm zu uns! Werde einer von uns!*«

Etwas abseits von den anderen saß ein Junge. Er war wunderschön, wenn auch etwas blass. Seine Haut hatte eine Farbe irgendwo zwischen Jade und Alabaster. Er hielt einen Stock, mit dem er Formen in den Sand zeichnete. Als er Oskars Blick bemerkte, stand er auf und kam zu ihm herüber. Oskar hielt den Atem an. Der Junge trug keine Kleidung, trotzdem war er nicht nackt. Es war, als würde er von einer Art Energieschleier umhüllt, der den Blick auf bestimmte Bereiche seines Körpers verhüllte. Trotz seines jugendlichen Aussehens war er alt und erfahren, man konnte es an seinen Augen sehen. Es waren die Augen einer Person, die alle Zeitalter der Ewigkeit durchkreuzt hatte. Schlagartig wurde Oskar bewusst, dass er seinem Gastgeber gegenüberstand.

Der Junge kam näher und Oskar wurde klar, dass er sich in Bezug auf die Größe geirrt hatte. Vorhin in der Ferne war er ihm noch klein und zart erschienen, doch als er vor ihm stand, überragte er ihn um mehr als das Doppelte. Fassungslos blickte Oskar zu der wundersamen Erscheinung empor.

»Wer bist du?«, fragte er.

Ein Lächeln erschien auf dem Gesicht. »*Weißt du das denn nicht? Mein Name ist Sigi Polo. Es ist der Name meiner Heimat, weit, weit entfernt.*«

»Du ... du bist ein Junge.«

»*Überrascht?*«

Oskar war wie benebelt. Diese Stimme, diese Erscheinung. Sie war so bezaubernd, dass man sich in ihr verlieren konnte.

»Ist das deine wahre Gestalt?«

»*Meine wahre Gestalt würde dich vermutlich erschrecken, daher habe ich diese Form angenommen. Gefalle ich dir?*«

»Bist du allein?«

»*In deiner Welt – ja. In anderen Welten – nein.*« Der Junge deutete auf den Himmel. »*Ich habe unzählige Ge-*

schwister, die alle das Firmament durchkreuzen. *Wir sind auf der Suche nach Gesellschaft. Nicht viele haben das Glück, auf einer so reich bevölkerten Welt wie dieser zu landen. Ich fühle mich vom Glück bevorzugt.«*

Oskar lächelte. Er musste einfach. Im Angesicht dieses Jungen war die Welt plötzlich von paradiesischer Schönheit. Am liebsten wäre er aufgestanden und mit ihm gegangen, aber dann erinnerte er sich an Charlotte. Was würde sie tun, wenn er nicht mehr da wäre? Würde sie um ihn trauern? Das Bild ihres tränenüberströmten Gesichts holte ihn zurück in die Gegenwart. »Was willst du bei uns?«, fragte er verwirrt.

Der Junge senkte den Kopf und blickte Oskar tief in die Augen. »*Ja weißt du das denn nicht? Ich bin hier, um mich mit dir zu vereinen. Aber nicht nur mit dir, mit allen Wesen dieses Planeten. Ich habe euch so viel zu erzählen. Vom Himmel, vom Kosmos, von anderen Sternen und Planeten, weit draußen im Universum. Von all den Welten, die ich und meine Geschwister während unserer langen Reise besucht haben. Im Moment denkt ihr vielleicht, ihr seid die Einzigen im Universum, aber das stimmt nicht. Es gibt so viele von euch, überall verstreut. Ihr seid wie Lagerfeuer in einer dunklen Nacht. Durch die Verbindung mit mir werdet ihr nie wieder allein sein. Nie wieder, verstehst du?«*

Oskar überkam ein seltsames Gefühl. Er fühlte sich – wie? Schwindelig? Nein, nicht schwindelig, aber weit weg. Als ob ein Teil von ihm aus seinem Körper herausgehoben und davongeweht worden wäre.

»Und wenn wir das nicht wollen?«

Der Junge hob seine perfekt geformten Brauen. »*Wie meinst du das?*«

»Was, wenn wir auf eure Nähe und Gemeinschaft pfeifen? Was, wenn uns die Welt, in der wir leben, so gefällt, wie sie ist?« Er dachte dabei an Charlotte und wie glücklich er in ihrer Gegenwart war.

»*Aber ihr seid unglücklich, das spüre ich. Tief in eurer Seele sehnt ihr euch nach Geborgenheit und Harmonie. Nach einer Familie, einer Mutter.*«

Oskar spürte, wie ihn Wärme durchströmte. Es begann in den Fußspitzen und ging bis hoch zu seinem Scheitel. Eben noch war er ganz weit weg, jetzt fühlte er sich plötzlich wie in einer warmen Höhle. Er erkannte, dass dieser Junge irgendwie seine Gefühle manipulieren konnte. Er konzentrierte sich und schüttelte die Wogen der Behaglichkeit ab.

»Ein Teil von uns sehnt sich danach, das mag stimmen«, sagte er. »Der andere Teil will Freiheit. Um glücklich und zufrieden zu sein, müssen wir von Zeit zu Zeit auch mal einsam und traurig sein. Beides zusammen macht uns zu dem, was wir sind. Uns einen Teil wegzunehmen, hieße, die Hälfte unserer Seele zu rauben. Das eine kann nicht ohne das andere bestehen. Nur wer die Trauer kennt, weiß die Freude zu schätzen.« Großer Gott, was redete er da nur? Solch philosophische Gedanken hätte er sich selbst gar nicht zugetraut. War er das wirklich selbst oder sprach da jemand anders aus ihm? Eliza vielleicht?

Das fremde Wesen war jedenfalls überrascht.

»*Das verstehe ich nicht.*«

»Vielleicht kann ich es anders erklären. Die Dogon sagen: ›Immer nur Sonne macht eine Wüste.‹ Es ist wie mit dem Tod. Erst unsere Vergänglichkeit gibt den Dingen einen Sinn. Wir haben nur eine begrenzte Zeitspanne zur Verfügung, also sollten wir jeden Moment zu etwas Besonderem machen. Wären wir unsterblich, dann wäre alles egal. Das Leben wäre sinnlos.«

Die Augen des Jungen schienen plötzlich groß zu werden wie Untertassen. »*So schwermütige Gedanken hätte ich dir gar nicht zugetraut. Du überraschst mich.*«

Oskar fühlte eine Woge der Unsicherheit über sich hereinbranden. Sie kam von dem wundersamen Geschöpf und traf ihn mit voller Wucht. Er spürte, dass dieser Junge keineswegs so mächtig und unfehlbar war, wie er sich gab. Vielleicht existierte doch noch eine Chance, ihn von seinem Vorhaben abzubringen.

»Weißt du«, sagte er, »ich war früher oft unglücklich. Ich bin allein aufgewachsen, ohne Mutter, ohne Vater. Ich dachte immer, wenn ich nur eine Familie fände, würde mich das automatisch zum glücklichsten Menschen auf der Welt machen. Aber das stimmt nicht. Ich habe diese Familie jetzt gefunden, aber trotzdem habe ich mich nicht verändert. Ich bin immer noch derselbe.«

»*Wieso das?*«

»Ich glaube, es liegt daran, dass jeder Mensch eine festgesetzte Menge an Glück und Unglück in sich trägt. Sie begleitet ihn sein ganzes Leben, egal ob die Welt sich um ihn herum verändert. Selbst wenn du sie mit Gold und

Geschenken lockst, die Menschen werden deswegen nicht glücklicher. Deswegen fürchte ich, dass dein Plan scheitern wird. Überlass uns lieber uns selbst.«

Der Blick das Jungen verdüsterte sich. »*Das kann ich nicht, und das weißt du. Ich bin hierher gekommen, um euch zu vereinen, notfalls gegen euren Willen.*«

»Aber warum?«

»*Weil ihr Menschen unfähig seid, für euch selbst zu entscheiden. Ihr seid Kinder. Man muss euch an die Hand nehmen und euch den Weg zeigen, ihr verirrt euch sonst.*«

»Und was ist mit unserem Recht, eigene Erfahrungen zu sammeln – unserem Recht, Fehler zu begehen und daraus zu lernen? Zählt das etwa nichts?«

»*Pfft!*« Die Gestalt wedelte mit der Hand, als verscheuche sie eine lästige Fliege. »*Die Worte eines Jungen, der noch keine Erfahrung hat. Glaub mir, wenn du erst mal so alt bist wie ich, wirst du anders darüber denken.*«

»Aber du hattest die Freiheit, deine Erfahrungen selbst machen zu dürfen. Uns sprichst du dieses Recht ab. Wo ist da die Logik?«

Der Junge neigte den Kopf. Sein Blick war nun deutlich unfreundlicher. »*Du bist ziemlich widerspenstig, weißt du das?*«

»Das hat mein Vater auch schon gesagt.«

»*Eine unangenehme Eigenschaft. Du bist trotzig und aufwieglerisch. Gewöhn dir das lieber ganz schnell ab.*«

Oskar hob sein Kinn. »Darf ich offen sprechen?«

»*Tust du das nicht schon die ganze Zeit?*«

»Ich glaube, es geht dir gar nicht um uns.«

»*Was sagst du da?*«

»Es geht dir nur um dich. Du erträgst die Einsamkeit nicht, deshalb müssen wir als deine Haustiere herhalten. Unter dem Vorwand, du wolltest uns etwas Gutes tun, sperrst du uns in einen goldenen Käfig, fütterst und versorgst uns, und hin und wieder holst du uns heraus, um uns zu streicheln.«

»*Das ist doch ...*«

»Es geht dir gar nicht um unser Wohlbefinden, es geht dir um Kontrolle. Du willst uns steuern und manipulieren wie Schoßhündchen. Habe ich recht?«

Eine Woge von Wut und Empörung schwappte über Oskar. Die Menschen, die ihn umringten, wandten sich angewidert von ihm ab. Der Junge wirkte nun merklich verärgert. »*Wie kannst du es wagen ...? Du redest wie diese Dogon.*«

»Was haben denn die Dogon damit zu tun?«

»*Sie haben meine geliebten Tellem getötet und mich in diesen Tempel aus Glas und Stein gesperrt. Auch sie haben immer davon geredet, dass sie frei sein wollten. Für den Augenblick mögen sie gesiegt haben, aber am Schluss bekomme ich immer, was ich will. Die Zeit ist mein Verbündeter.*«

Oskar schwieg betroffen. Er hatte geahnt, dass mit diesem Wesen keine Verständigung möglich war, nun hatte er die Gewissheit. »Ich kann das nicht zulassen«, flüsterte er. »Ich kann mich nicht gegen meine Freunde und meine Familie stellen.«

»Ich habe es dir schon einmal gesagt: Ich bin jetzt deine Familie. Wir werden zusammen sein, solange das Universum existiert. Komm. Lass dir von mir die Wunder ferner Galaxien zeigen. Planeten, die nur aus Eis bestehen. Die Waldmonde von Umbra und die violetten Meere von Se'lar. Ich werde mein gesamtes Wissen mit dir teilen. Wir werden tanzen und singen. Du wirst Welten kennenlernen, die deine kühnsten Vorstellungen übersteigen. Alles, was du zu tun brauchst, ist Ja zu sagen.«

Oskar schüttelte den Kopf. »Mir genügt diese Welt. Sie ist groß genug für mich. Wenn du eine Antwort willst, sie lautet *Nein*.«

Mit diesen Worten zog er seine Arme aus dem Kristall.

60

»Ich muss ihm folgen«, stieß Humboldt hervor. »Er ist doch mein Sohn.«

»Aber du kannst ihm nicht helfen«, stieß Charlotte aus. »Nicht so. Du würdest zu einem Glasmenschen werden, wie die anderen. Und dann?« Sie schüttelte den Kopf. »Wir haben einen Riesenfehler gemacht, dass wir uns nicht früher um Oskar gekümmert haben; aber es nützt nichts, wenn wir jetzt blind drauflos rennen. Vielleicht gibt es noch eine Möglichkeit, ihn zu retten.«

»Oskar retten? Wovon redest du?«

»Wusstest du, dass die Dogon den Felsbogen zerstören wollen? Ubirè hat mir gesagt, dass die Vorbereitungen abgeschlossen sind. Sobald wir drüben sind, soll es losgehen.«

Sie sah, dass diese Information für ihren Onkel neu war. Für einen Moment kam er wieder zur Besinnung.

»Sie wollen die Brücke zerstören?«

»Allerdings.«

Er drehte den Kopf und beobachtete, wie die Dogon ihre Gefangenen zurück auf die andere Seite trieben. Die meisten von ihnen waren bereits jenseits des Felsbogens.

»Und wie wollen sie das anstellen? Dazu müssten sie mehrere Tonnen Stein und Geröll in Bewegung setzen.«

»Sie haben einen speziellen Mechanismus mit Seilen und Gewichten konstruiert«, sagte Charlotte. »Einmal in

Gang gesetzt, kann er nicht wieder gestoppt werden. Ich habe die Anlage gesehen. Glaub mir, sie wird funktionieren.«

»Aber warum sollten sie so etwas tun? Sie wären praktisch isoliert.«

»Genau das ist der Plan. Verstehst du denn nicht? Ihr Berg ist ihre Arche Noah. Sie haben Wasser, Felder und Vieh. Sie können völlig unabhängig vom Umland existieren. Selbst wenn sich der Kristall in der Ebene ausbreiten würde, die Dogon wären in Sicherheit. Sie haben bereits damit begonnen, alle Leitern und Brücken zu kappen. Der Felsbogen ist eine der letzten Verbindungen. Wenn sie die zerstören, sind sie praktisch von der Außenwelt abgeschnitten. Oskar wird dann nicht mehr zu uns herüberkommen können.«

»Das dürfen wir auf keinen Fall zulassen.«

»Der Meinung bin ich auch. Deshalb ist es so wichtig, dass du bei uns bleibst. Eliza hat eine Idee, wie man die Kristalle stoppen kann. Vielleicht lassen sie sich damit sogar zerstören. Erzähl's ihm, Eliza.«

Die Zauberkundlerin ergriff Humboldts Hand. »Ich habe mich schon lange gefragt, wie die Dogon damals den Sieg über die Tellem erringen konnten. Wie konnten sie das schaffen, gegen eine Übermacht, die ihnen geistig und körperlich überlegen war? Wenn man der Legende Glauben schenkt, standen doch alle Chancen gegen sie.«

»Laut Ubirè empfing ihr Anführer damals ein Zeichen von den Göttern«, sagte Humboldt.

»Genau.« Eliza nickte. »Aber was war das für ein Zeichen? Etwas Materielles, etwas, dass man berühren und in die Hand nehmen konnte? Eine Waffe? Wohl kaum. Was hat er erfahren, das es ihm und den Dogon ermöglichte, die Tellem zu besiegen?« Sie blickte ernst zu ihm auf. »Ich glaube, ich weiß es. Es waren Klänge. Genauer gesagt *Gesänge*.«

Humboldt zog seine Brauen zusammen. »Gesänge?«

Eliza hakte sich bei ihm unter, während sie zurück über den Felsbogen gingen. »Denk doch mal nach«, fuhr sie fort. »Gesänge sind das Einzige, was aus dieser Zeit überliefert ist. Es gibt keine Aufzeichnungen, keine Niederschriften oder sonstige Überlieferungen. Seltsam, oder? Etwas so Wichtiges wie eine Waffe oder einen Abwehrzauber hätte man doch bestimmt irgendwo erwähnt. Das Einzige, was aus dieser Zeit stammt und was beinahe unverändert weitergegeben wurde, sind ihre Lieder.«

»Dann meinst du, dass dahinter mehr steckt als nur ein ritueller Zauber?«

Sie nickte. »Ich bin überzeugt davon. Erinnere dich an das Erlebnis, das Charlotte und ich mit dem Missionar im Pferdestall hatten. Wilmas Schrei hat ihn glatt aus den Latschen gehoben. Er war unfähig, sich zu rühren oder uns vom Diebstahl der Maultiere abzuhalten. Damals hatte ich zum ersten Mal den Verdacht, dass es Töne sind, auf die der Kristall reagiert.«

»Mein Gott«, flüsterte er. »Du hast recht. Das Läuten. Die Glocken in Bellheims Garten.«

»*Genau.*« Charlotte lächelte. »Es kann kein Zufall sein, dass die Dogon ständig diese Lieder singen. Ich könnte mir vorstellen, dass sie den Kristall damit in Schwingung versetzen und unschädlich machen können. Wie bei einer Opernsängerin, die Glas zersingt.«

Die drei waren am Ende des Felsbogens angekommen. Humboldt drehte sich um. Für einen Moment schien es, als wollte er wieder zurück. Doch dann bemerkte Charlotte eine Veränderung in seinen Augen. Ein kleines helles Licht. Ein Hoffnungsfunke.

»Eine Opernsängerin, sagst du?« Der Forscher lächelte grimmig.

»Wenn das so ist, dann werde ich euch eine geben«, sagte er. »Eine Opernsängerin, wie sie die Welt noch nicht gesehen hat.«

61

Jabez Wilson wischte den Regen aus seinem Gesicht. Der Blick zurück zum Berg war mit Wolken verhangen. Der erste Teil seiner Flucht war geglückt. Zuerst an den feindlichen Kriegern vorbei, dann über die Brücke, quer über das Plateau und durch die Bresche, die seine Männer in den Wall gesprengt hatten. Dann war es den schmalen Pfad hinabgegangen, hinunter in die Ebene. Hier musste er zum ersten Mal absteigen. Das Gefälle war zu steil und der Boden zu rutschig, um das Hindernis auf dem Rücken eines Pferdes zu meistern. Er konnte nicht riskieren, dass eines seiner beiden Tiere sich einen Knöchel brach oder ein Bein verstauchte. Die beiden waren sein ganzes Kapital. Ohne sie würde er niemals bis Timbuktu gelangen.

Er lenkte sein Pferd und sein Maultier in den Schutz eines Affenbrotbaums, dann stieg er ab. Die Wasserflaschen hingen hinten am Proviantbeutel. Er legte den Kopf in den Nacken und ließ das Wasser in seinen Mund laufen. Sein Maultier gab ein unwilliges Schnauben von sich.

»Nein, du bekommst nichts«, sagte Wilson. »Noch nicht. Erst, wenn wir unseren Schlafplatz erreicht haben, verstanden?«

Er hatte etwa dreißig Liter in Wasserschläuchen und zehn in Einzelflaschen. Die musste er einteilen, wenn er heil nach Timbuktu gelangen wollte.

Wieder schnaubte das Maultier. Unwillig stampfte es mit den Hufen. Wilson verstaute seine Flasche, griff nach der Reitgerte und zog dem störrischen Vieh eins über den Rücken. Ein schmerzerfülltes Wiehern war die Antwort.

»Wirst du wohl still sein? Ich habe dir schon einmal gesagt, du bekommst nichts. Wenn du nicht sofort aufhörst, dann gibt es gar nichts, nicht mal heute Abend, verstanden? Dann kannst du aus irgendeinem brackigen Wasserloch trinken.« Doch anstatt sich zu beruhigen, fing jetzt auch noch der Apfelschimmel mit dem Theater an. Unruhig riss das Tier den Kopf in die Höhe, wieherte und rollte die Augen.

Wilson wurde es zu bunt. »Wollt ihr wohl still sein!«, schrie er. »Was ist denn in euch gefahren? Ich glaube, ich muss euch Manieren beibringen.«

In diesem Augenblick gewahrte er eine Bewegung am Rand seines Gesichtsfeldes. Ein kurzes Huschen nur, aber lang genug, um ihn in Alarmbereitschaft zu versetzen. Gelbliches Fell, schwarze Tupfen. Er kniff die Augen zusammen. Er hörte ein Röcheln, als ob jemand eine schwere Erkältung hatte. Plötzlich wehte ihm ein seltsamer Geruch um die Nase. Ein widerwärtiger Gestank nach verfaultem Fleisch. Blitzschnell drehte Wilson sich um. Er wollte gerade nach seinem Gewehr greifen, als das Maultier ausbrach. Mit schreckhaftem Wiehern und mit den Hufen auskeilend, stob es davon. Zusammen mit seinen Waffen, seinem Proviant und dem gesamten Wasser. Sein Schimmel war nicht mehr zu bändigen. Er stieg auf die Hinterläufe und schlug aus. Um ein Haar wäre

Wilson von einem der mächtigen Hufe getroffen worden, doch er konnte sich schnell genug fallen lassen. Das riesige Pferd sprang über ihn hinweg und verschwand ebenfalls im Unterholz. Wilson war allein. Langsam hob er den Kopf. Eine Reihe gnadenloser und pechschwarzer Augen starrten ihn an. *Wildhunde*, schoss es ihm durch den Kopf. *Die wahren Herren der Savanne.*

Max, Harry und Patrick konnten das Jaulen bereits aus weiter Ferne hören. Wind und Regen trugen das Geräusch zu ihnen herüber. Ein Winseln, Jaulen und Kläffen, dass es einem kalt den Rücken runterlaufen konnte.

Max richtete sich in seinem Sattel auf. »Was war das?«

Patrick O'Neill spitzte die Ohren. »Klang wie Wildhunde. Mit denen ist nicht gut Kirschen essen. Wir sollten lieber einen Umweg machen.«

»Wartet.« Harry Boswell hielt den Kopf geneigt und lauschte gespannt in die Ferne. »Ich kenne diese Laute. So winseln sie nur, wenn sie ihr Opfer bereits gefunden haben. Auf einer Reise in Südafrika sind wir mal ein paar von den Viechern begegnet, die gerade eine Antilope gestellt hatten. Der Ruf bedeutet: *Kommt alle her, das Abendbrot ist gerichtet!*«

»Besser, wir machen uns aus dem Staub«, sagte Patrick. »Es könnte leicht sein, dass wir sonst auch noch auf der Speisekarte landen.«

Harry und der Ire waren schon dabei, ihre Pferde zu wenden, als Max etwas hörte, was so gar nicht zu den Geräuschen der Hunde passte. »Wartet mal einen Moment. Ich glaube, ich habe gerade die Stimme eines Menschen gehört. Er rief um Hilfe.«

»Die Stimme eines Menschen?« Die drei Männer sahen sich entgeistert an. »*Wilson!*«

Der Meteoritenjäger steckte in der Klemme. Die Wildhunde wollten ihn nicht gehen lassen. Besonders dieser Leitrüde war ein verdammt zäher Gegner. Wilson hatte ihm schon den einen oder anderen Hieb mit seinem Degen verpasst, aber entweder spürte das Vieh keinen Schmerz oder sein Fell war so dick, dass die Klinge nicht in die Haut drang.

Seit geschlagenen zehn Minuten wehrte er nun schon die Angriffe seiner Gegner ab, aber langsam erlahmten seine Kräfte. Es war die klassische Strategie der Wildhunde: Scheinangriffe führen, bis das Opfer müde wird, dann zustoßen. Was Wilson über diese Tiere gehört hatte, erfüllte ihn nicht gerade mit froher Erwartung. Angeblich mochten sie ihre Beute am liebsten frisch. Damit dieser Zustand möglichst lange erhalten blieb, töteten sie das Opfer nicht gleich, sondern brachten es erst zu Fall und rissen ihm dann die Bauchhöhle auf. Dann fingen sie an, an verschiedenen Stellen des Körpers zu fressen. Wilson wusste, dass ein Mensch mit einer Bauchverletzung ziemlich lange am Leben blieb. Möglicherweise Stunden. Ein äußerst qualvoller Tod.

So weit würde er es nicht kommen lassen. Lieber würde er sich in seinen Degen stürzen. Das ging wenigstens schnell.

Er war schon dabei zu überlegen, wann wohl der geeignete Zeitpunkt dafür gekommen wäre, als von links ein Schuss ertönte. Matsch wirbelte auf, dann fiel einer der Köter um. Noch ein Schuss war zu hören und ein weiterer Hund starb. Die Meute war irritiert. Der Leitrüde versuchte Witterung aufzunehmen, doch der Regen verwischte alle Gerüche. Ein paarmal krachte es noch aus dem Unterholz, dann gaben die Hunde auf. Auf ein Zeichen ihres Anführers hin machten sie kehrt und suchten das Weite.

Schwer atmend stützte sich Wilson auf seinen Degen.

Hinter den Büschen im Schatten eines Affenbrotbaums erschienen drei Reiter. Harry Boswell, Max Pepper und Patrick O'Neill. Letzterer hielt in seiner Armbeuge ein Gewehr, aus dessen Lauf noch immer Pulverdampf aufstieg. Wilson steckte seinen Degen ein und ging auf seine Retter zu.

»Der rechte Mann zur rechten Zeit«, lachte er. »Patrick O'Neill, was bin ich froh, Sie zu sehen. Das war wirklich Rettung in letzter Minute. Diese verdammten Viecher waren drauf und dran, mich zum Abendessen zu verspeisen. Kommen Sie, steigen Sie ab und leisten mir bei einem Drink Gesellschaft. Vorausgesetzt, es gelingt uns, meine Pferde wieder einzufangen.«

»Keinen Schritt weiter.« Der Lauf des Gewehrs schwenkte herum, bis er genau auf Wilsons Brust gerichtet war. Patricks Blick war kalt wie Stahl. »Sir Wilson, hiermit nehme ich Sie fest. Max und Harry, bitte seien Sie so freundlich, Sir Wilson die Hände zu binden und ihn an mein Pferd zu fesseln. Mylord, ich fordere Sie auf, keinen Widerstand zu leisten!«

Sir Wilson glaubte sich verhört zu haben. »Ich soll *was*?«

»Wir werden Sie auf den Tafelberg zurückbringen. Dort wird man entscheiden, was mit Ihnen geschieht.«

Wilson suchte nach einem Anzeichen von verstecktem Humor, aber Patricks Ausdruck war todernst.

»Was soll dieses Geschwafel?«, stieß er hervor. »Seit wann gibst du hier Befehle?«

O'Neill straffte seine Schultern. »Seit ich Befehlshaber der Expedition bin. Nach Archers Tod und Ihrer Desertion bin ich der ranghöchste Offizier.«

»*Desertion?* Bist du vollkommen übergeschnappt?« Wilson wusste immer noch nicht, ob sich der Kerl nicht einen Scherz mit ihm erlaubte. Der irische Humor war ja bekanntlich etwas gewöhnungsbedürftig.

»Lächerlich«, schnaubte er. »Nun komm mal wieder runter von deinem hohen Ross. Wenn du mir jetzt hilfst, meine Pferde zu finden, werde ich über diesen kleinen Zwischenfall hinwegsehen und die Sache als erledigt betrachten. Wenn nicht, dann gnade dir Gott. Ich bin nach wie vor der Befehlshaber dieser Expedition und daran wird sich auch so schnell nichts ändern.«

»Sie sind ein Deserteur«, entgegnete Patrick ungerührt. »Unerlaubtes Entfernen von der Truppe wird mit Verhaftung und Einkerkerung bestraft, das sind Ihre eigenen Worte. Also machen Sie uns keine Scherereien und kommen Sie mit.«

»Den Teufel werde ich tun.« Wilson hob seinen Degen. »Der Erste, der mir zu nahe kommt, den steche ich ab wie ein Spanferkel.«

Ein Schuss ertönte. Seine Hand wurde von einer gewaltigen Kraft gepackt und herumgeschleudert. Der Degen flog in hohem Bogen in die Büsche.

O'Neill senkte sein Gewehr. »Lassen Sie den Unsinn, Sir Wilson. Sie haben immer gesagt, dass ich ein höchst mittelmäßiger Schütze bin. Der nächste Schuss könnte eventuell empfindliche Körperteile treffen. Und jetzt hören Sie auf, sich wie ein Verrückter zu gebärden, und heben Sie Ihre Hände.«

62

Charlotte blickte missmutig auf die Kleinteile in Humboldts Händen. Vor ihm lagen die beiden Linguaphone. Ausgebreitet und zerlegt wie zwei tote Hühner. Die Stirn des Forschers war in Falten gelegt. Seine Zungenspitze schaute zwischen den zusammengepressten Zähnen heraus. Ob er es jemals schaffen würde, die Geräte wieder zusammenzubauen?

Der alles entscheidende Faktor hieß Zeit. Wenn er zu lange brauchte, würden die Kristalle die Brücke erreichen und die Dogon würden sie zerstören. Ein paar kräftige Männer standen schon bereit, um die Halterungen zu lösen, mit denen der schwere Mechanismus aus Gewichten, Rollen und Zugseilen in Bewegung gebracht wurde, der die Brücke zum Einsturz bringen würde. Einmal in Gang gesetzt, war das zerstörerische Werk nicht mehr aufzuhalten.

»Wie lange noch?«, fragte sie nervös. »Ubirè hat gesagt, einige der kleineren Kristalle seien bereits in Wurfweite an die Brücke herangekommen.«

»Nur Geduld. Ich musste noch die Übersetzerspule entfernen und den Rest zusammenbauen. Sie frisst einfach zu viel Strom. Alles, was ich brauche, ist die Aufnahmeeinheit mit den Gesängen der Dogon, den Frequenzierer und den Lautsprecher. Der Rest ist Ballast.«

»Was soll das eigentlich werden, wenn es fertig ist?«

»Du wolltest doch eine Opernsängerin, oder?«

»Ja schon, aber ...«

»Erinnerst du dich an den Stimmverstärker, den ich in der kaiserlichen Akademie zu Berlin eingesetzt habe? Dieses Gerät hier ist ähnlich, nur dass es die Gesänge der Dogon abspielt. Ich bin selbst sehr gespannt, ob es funktioniert. Nur noch die Batterieeinheit einsetzen, den Deckel draufschrauben und ... fertig.« Er hielt den Kasten in die Höhe.

Charlotte blickte skeptisch. das Gerät wirkte ziemlich klein.

»Na gut, dann schalt mal ein«, sagte sie.

Humboldt drückte den roten Knopf und wartete ein paar Sekunden. Charlotte konnte sehen, wie die Elektronenröhre, die der Forscher *magisches Auge* getauft hatte, zu leuchten anfing. Es wurde immer heller, während es sich aufheizte. Irgendwann war ein Knacken im Lautsprecher zu hören.

»So weit, so gut«, sagte Humboldt. »Die Aufwärmphase ist abgeschlossen. Jetzt haltet euch besser die Ohren zu.«

Oskar schrak aus seinem Halbschaf hoch. Er hatte zusammengesunken am Fuße des mächtigen Kristalls gesessen und vor sich hin gedämmert, als ein seltsamer Ton zu ihm herübergeweht kam. Eigentlich war es mehr als nur ein Ton. Es war eine Melodie. Eine Folge auf- und absteigender Töne.

Er hob den Kopf.

Da war es wieder.

Irgendetwas an diesem Lied war seltsam. Er konnte es nicht erklären, aber die Melodie löste eine Sehnsucht und Melancholie in ihm aus, die beinahe schmerzhaft war. Erinnerungen an seine Kindheit blitzten vor seinem geistigen Auge auf und wirbelten durch sein Bewusstsein wie Schneeflocken, die ein eisiger Wind durch die Luft blies. Er sah sich wieder im Klassenzimmer sitzen und Latein lernen. Ein Ziehen und Zerren war in seiner Brust. Wie von einem Raubtier, das hinauswollte.

Tränen schossen ihm in die Augen.

Schwankend stand er auf. Er musste sich abstützen, um nicht umzukippen. Der Kristall unter seinen Fingern summte und vibrierte.

Charlotte löste die Hände von ihren Ohren und blickte ungläubig auf das graue Ding in Humboldts Händen. War das möglich, dass so ein kleiner Kasten solche Laute erzeugen konnte? Es mutete fast wie Zauberei an.

Die Dogon waren ebenfalls schwer beeindruckt. Einige starrten mit großen Augen zu ihnen herüber, andere waren zu Boden gesunken, hielten die Köpfe geneigt und beteten.

»Ich würde sagen, der Test war sehr erfolgreich.« Um Humboldts Mund spielte ein kleines Lächeln. »Zeit, dass wir das Ding in der Praxis erproben.«

»Allerdings«, erwiderte Charlotte. »Ich muss gestehen, es hat mich aus den Socken gehauen. Ich fürchte allerdings, Wilma wird den Rest des Tages nicht mehr aus ihrem Versteck herauskommen.« Sie deutete auf ihre Umhängetasche, in der sich eine dicke Wölbung abzeichnete. Ein schmaler Schnabel lugte aus ihren Tiefen hervor. »Kiwis haben ja bekanntermaßen kein gutes Gehör, aber das war selbst für sie zu viel.«

Humboldt nickte. »Es war die richtige Entscheidung, die Spule zu entfernen. So kommt deutlich mehr Saft auf die Lautsprecher. Aber jetzt müssen wir das Gerät an den Kristallen testen. Ich brauche einen Freiwilligen.«

Charlotte war bereits aufgestanden und hatte den Staub von ihrer Hose geklopft. »Du kannst auf mich zählen, Onkel.«

»Gut, dann lass uns losgehen.« Humboldt trat vor und hauchte Eliza einen Kuss auf die Wange. »Wünsch uns Glück.«

»Das werde ich«, flüsterte sie. »Meine Gebete begleiten euch.«

Wenig später trafen sie an der steinernen Brücke ein. Die grünen Kristalle waren schon sehr dicht an den Abgrund herangekommen. Noch immer fiel Regen und noch immer vermehrten sich die grünen Zacken und Spitzen. Ein andauerndes Rumpeln und Krachen drang zu ihnen herüber.

Humboldt blickte zu dem Wall aus Glas hinüber.

»Wenn wir versagen, dann gibt es kein Zurück«, sagte er und ihm war anzusehen, dass er es ernst meinte. »Erst werden diese Dinger sich in der Ebene ausbreiten und dann vielleicht auf der ganzen Welt.«

»Es wird schon klappen, Onkel. Denk positiv. Oskar zuliebe.«

Humboldt lächelte. »Ich weiß nicht, woher du deinen Optimismus nimmst. Von deiner Mutter jedenfalls nicht. Maria war immer ein sehr negativer Mensch. Sie hat immer und überall nur das Schlechte gesehen. Ich bin froh, dass du bei mir bist.«

Charlotte biss sich auf die Lippen. Musste er ausgerechnet jetzt darauf zu sprechen kommen? Seit sie in Afrika gelandet waren, hatte sie nicht mehr an ihre Mutter und diesen verfluchten Brief gedacht. Ein Brief, der alles infrage stellte, woran sie bisher geglaubt und was sie für selbstverständlich erachtet hatte. Wie würden wohl die anderen reagieren, wenn sie hörten, was Charlotte über sich und ihre Vergangenheit herausgefunden hatte?

Sie schüttelte die düsteren Gedanken ab. »Komm schon«, sagte sie. »Wirf den Kasten an.«

Humboldt stellte den Apparat auf den Boden, steckte den Schalltrichter ein und richtete ihn auf die grüne Front. Die Entfernung zu den Kristallen betrug etwa zehn Meter, näher traute er sich nicht heran. Das fremde Wesen schien jede ihrer Bewegungen zu beobachten. Wer konnte schon sagen, wie es reagieren würde, wenn der Kasten seine Arbeit aufnahm? Dann drückte er auf den Knopf.

63

Fünf Töne waren zu hören. Zuerst ein G, dann ein A, anschließend ein F. Dann folgte eine Oktave tiefer ein weiteres F, dann zum Abschluss ein C.

Glasklar stiegen die Töne gen Himmel, durchdrangen die Regenwolken und prallten gegen die Berghänge. Von dort wurden sie vielfach gebrochen und als Echo zurückgeworfen.

Dann wurde es ruhig. Nur der Regen rauschte.

Charlotte starrte gespannt auf die Kristalle. Eine erwartungsvolle Stille erfasste die Brücke und die darunterliegende Schlucht. Selbst die Kristalle schienen zu lauschen.

»Kannst du irgendetwas erkennen?«

Charlotte wischte über ihre Augen. Das Wasser lief ihr in kleinen Bächen übers Gesicht.

Der Forscher drückte noch einmal auf den Knopf. Charlotte glaubte, die Klänge bis in ihr Innerstes zu spüren. Jetzt ertönte ein Knacken. Ein Geräusch, als würde man einen Kiesel auf eine steinerne Tischplatte fallen lassen. Es knackte noch mal – und noch mal.

»Sieh mal!« Charlotte deutete auf einen kleinen Kristall. Er stand ganz dicht am Abgrund und sah völlig makellos aus. Doch plötzlich erschien ein schmaler Spalt. Er begann unten am Sockel und lief dann hinauf bis in die Spitze. Dann waren es zwei, dann drei. Immer mehr Risse tauchten auf.

Die spiegelnde Oberfläche wurde matt. Das leuchtende Grün nahm an Farbigkeit ab und wich einem stumpfen Grau. Dann zerbröselte der Kristall und fiel in sich zusammen. Wo er gestanden hatte, war nur noch ein kleiner Sandhaufen zu erkennen. Doch auch die anderen Kristalle waren befallen. Charlotte sah, dass sich das Phänomen nach hinten fortsetzte. Wo man nur hinblickte, wurde das Grün von einem stumpfen Grau ersetzt.

Ein Rauschen und Zischen erfüllte die Luft. Es klang, als hätte jemand das Ventil an einem Dampfkessel geöffnet. Ein plötzlicher Wind setzte ein, der einen unangenehmen Geruch mit sich führte. Es roch scharf und schneidend und erinnerte ein wenig an Chlorgas. Charlotte hielt sich ein Taschentuch vor die Nase. »Es klappt«, flüsterte sie. »Ich glaub es ja nicht, aber es klappt. Los!«, stieß sie hinter vorgehaltener Hand hervor. »Noch einmal.«

Oskar spürte, wie etwas in ihm zerbrach. Der Schmerz erinnerte ihn an das Kribbeln, wenn man seine erfrorenen Hände und Füße in einen Bottich mit warmem Wasser tauchte, nur viel stärker. Seine Organe, seine Arme und Beine, sein gesamter Körper waren zu Eis erstarrt.

Und nun tauten sie auf.

Ein Stöhnen kam über seine Lippen. Er ballte die Hände zu Fäusten und presste die Lippen aufeinander. Um ihn herum erbebten die Kristalle. Das fremde Wesen war von einer unbekannten Macht erfasst worden. Die Erschütterungen nahmen im gleichen Verhältnis zu, wie auch das Kribbeln und Brennen in seinem Körper zunahm. Oskar hatte das Gefühl, kochende Luft einzuatmen. Dann hob er seinen Kopf und schrie.

»Hast du das gehört?« Charlotte hielt ihren Kopf in den Wind. Über das Rauschen der berstenden Kristalle hinweg war ein lang gezogener Schrei zu hören gewesen. Er wehte über das Rauschen des Wassers und das Klirren der Kristalle hinweg und verlor sich dann im Regen.

»Das klang ja furchtbar«, sagte sie. »Fast wie der Schmerzensschrei eines sterbenden Tieres.«

»Eines Tieres?« Der Forscher blickte zweifelnd. »Es klang eher wie ein Mensch.«

Charlotte brauchte nicht lange, um die Tragweite dieser Bemerkung zu erfassen. »Mein Gott«, flüsterte sie. »Glaubst du etwa …?«

Der Forscher nickte. »Oskar …«

Die beiden drangen immer tiefer in den feindlichen Wald aus Nadeln und Spitzen ein. Noch einmal drückte Humboldt auf den Knopf. Die Kristalle schmolzen wie Eis in der Wüste. Eine breite Schneise aus hellem Sand entstand vor ihren Füßen. Wo immer der Schall hindrang, zerfielen die grünen Eindringlinge zu harmlosem Staub. Doch was würde geschehen, wenn er auf einen Menschen traf? Charlotte erinnerte sich an Bellheim. Von ihm war nicht mehr als eine Handvoll Sand zurückgeblieben. Sie konnte nur beten, dass die Veränderung bei Oskar noch nicht so weit fortgeschritten war.

In der Ferne war ein besonders großer Kristall zu sehen. Er überragte die anderen um mehr als das Doppelte. Ein gewaltiger Monolith von gut zwanzig Metern Höhe. Er stand genau im Zentrum dessen, was einst der Tempel gewesen sein musste. Ihm zu Füßen kauerte eine kleine Erscheinung, die sich Hilfe suchend an die gläsernen Flanken schmiegte. Die Kleidung hing ihm in Fetzen vom Leib und seine Haut war über und über mit Schürfwunden bedeckt. In seiner Angst und seiner Verzweiflung sah er aus wie ein Schiffbrüchiger, der sich an einer rettenden Planke festklammerte.

»Oskar!«

Charlotte war noch mehr als zwanzig Meter von ihm entfernt. Trotzdem konnte sie das grüne Leuchten in seinen Augen erkennen. Der Ausdruck im Gesicht des Jungen war vollkommen leer. Kein Lächeln, kein Winken, kein Wiedererkennen. Als sie zu ihm hinüberlaufen wollte, wurde sie von Humboldt zurückgehalten.

»Tu's nicht«, sagte er. »Er steht unter dem Bann des Meteoriten.«

»Aber wir müssen ihm helfen. Sieh nur, wie verloren er wirkt. Es bricht mir das Herz, ihn so zu sehen.«

»Glaubst du, mir ginge es anders? Trotzdem müssen wir tun, was richtig ist.«

»Und wenn es schiefgeht?«

Humboldt blickte ernst. »Dann wird er zumindest von seinem Fluch erlöst sein. Bete mit mir, dass es klappt.«

Mit diesen Worten drückte er auf den Knopf.

Die Töne erklangen mit gnadenloser Härte. Sie trafen auf Oskar, prallten von den gläsernen Wänden ab, wurden reflektiert und stützten erneut auf ihn ein. Das Ergebnis war unmittelbar und erschreckend. Sein Körper bäumte sich auf, als würde er von zehntausend Volt durchströmt. Sein Mund öffnete sich zu einem Schrei, doch kein Ton kam über seine Lippen. Er ballte seine Fäuste, bis das Weiße an den Knöcheln hervortrat. Seine Augen weit aufgerissen, starrte er in den Himmel.

Charlotte konnte es nicht mitansehen. »Hör auf!«, schrie sie. »Schalte das Gerät ab, du tötest ihn!«

Doch der Forscher blieb eisern.

Charlotte sah mit Entsetzen, wie sich Oskars Körper veränderte. Er bog und krümmte sich, dann schien er länger zu werden. Er wurde lang und dünn wie ein Gummiband. Als sie dachte, dass es nicht mehr schlimmer kommen könnte, wurde er auf einmal durchsichtig. Seine Haut sah aus, als bestünde sie aus Glas. Für den Bruchteil einer Sekunde waren Oskars innere Organe zu erkennen. Herz, Lunge und Magen, sogar sein Skelett schimmerten auf. Der Augenblick verging, doch was nun folgte, war nicht minder erschreckend. Von einer auf die andere Sekunde war der Junge von einer glänzenden Schicht eingehüllt, die ihn aussehen ließ, als hätte man ihn mit Öl übergossen. Die Glasur schien aus allen Poren zu kommen und bedeckte Gesicht, Brust, Arme und Beine. Er schwitzte das Zeug regelrecht aus. Ehe Charlotte sich noch fragen konnte, was das wohl war, was da aus ihm herauskam, floss die seltsame Substanz ab und versickerte im Boden. Ein dunkler Fleck war alles, was davon zurückblieb. Oskar stand eine Weile völlig verdattert da, dann brach er zusammen.

Humboldt drückte Charlotte den Kasten in die Hand, dann eilte er auf seinen Sohn zu und ging neben ihm in die Hocke.

Langsam und mit wild schlagendem Herzen folgte Charlotte.

»Wie geht es ihm?«

Humboldt fühlte den Puls, dann lauschte er den Atem- und Herzgeräuschen. Auf seinem Gesicht breitete sich Erleichterung aus. »Er lebt«, sagte er. »Seine Haut ist warm und sein Herz schlägt regelmäßig.«

Eine Woge der Erleichterung überrollte Charlotte. »Ist das fremde Wesen aus ihm heraus?«

Humboldt lächelte zaghaft. »Ich kann nichts versprechen, aber mir scheint, dass er wieder ganz der Alte ist.« Er stand auf, hob Oskar hoch und warf ihn sich über die Schulter. In seinen Augen glitzerten Freudentränen. »Lass uns gehen«, sagte er. »Wir werden später wiederkommen und den Rest erledigen. Im Moment zählt nur mein Sohn.«

Charlotte blickte zum Hauptkristall empor. Von der Spitze des riesigen Turms rieselte der Sand herab. In wenigen Minuten würde auch er zu Staub zerfallen sein, genau wie der Großteil der anderen Kristalle.

Das fremde Wesen war besiegt.

Sie schickte einen stillen Dank gen Himmel.

64

»Da kommen sie.« Eliza deutete über die Brücke. Auf der anderen Seite waren undeutlich zwei Gestalten aufgetaucht. Humboldt und Charlotte.

Jabo rannte laut kläffend auf die andere Seite. Auch Wilma war nicht mehr zu bändigen. Kaum hatte sie den Namen ihres Herrchens gehört, hüpfte sie aus ihrer Tasche und folgte ihrem vierbeinigen Freund. Eliza kniff die Augen zusammen. Für einen Moment hatte es so ausgesehen, als ob Carl Friedrich verletzt wäre, doch dann erkannte sie, dass er eine schwere Last über der Schulter trug.

Oskar!

Eliza legte ihre Hände an die Brust und schloss die Augen. Sie brauchte nicht lange, um ihn zu finden. Die Aura des Jungen war zwar schwach, aber trotzdem gut zu erkennen. Die Tage, in denen er nur als Schatten existiert hatte, waren vorüber. Oskar lebte.

Mit Jabo und Wilma im Schlepptau kamen die Abenteurer zurück. Stürmisch wurden sie von den Dogon empfangen. In aller Eile erklärte Humboldt ihnen, was vorgefallen war. Da das Linguaphon nicht mehr funktionstüchtig war, bemühte Eliza sich aus Leibeskräften, alles richtig zu übersetzen. Yatimè half ihr dabei. Humboldt nahm seine Brille ab und polierte die Gläser. »Wir fanden ihn beim Hauptkristall«, erläuterte er. »Ich muss noch mal zurück und den Rest der Kristalle erledigen. Dazu brauche ich ein paar Freiwillige.«

Eliza lächelte. »Dann hat meine Idee also funktioniert?«

»Funktioniert?« Humboldt trat an sie heran und schloss sie in die Arme. »Du bist meine Retterin«, sagte er. »*Unsere* Retterin. Die Töne haben die Kristalle derartig in Schwingung versetzt, dass sie innerlich zerbrachen. Du hättest es sehen sollen: Sie zerfielen einfach zu Staub. Als habe ein Wind sie erfasst und zerblasen.« Er klopfte Ubirè auf den Rücken. »In den Gesängen der Dogon wohnt eine ungeheure Kraft – stärker, als ich es selbst je für möglich gehalten hätte. Und du bist diejenige, die das herausgefunden hat. Ginge es nach mir, würdest du dafür den höchsten Preis der Akademie erhalten.«

Eliza lächelte. »Als ob ich mir etwas aus Auszeichnungen machen würde. Es sind die Menschen, die mir am Herzen liegen. Was geschieht jetzt mit Oskar?«

»Die Dogon sollen ihn in eines ihrer Schlafhäuser bringen und ihn erst mal ausschlafen lassen. Ich werde ihn später untersuchen. Ich denke aber, dass der Kristall vollständig aus seinem Körper verschwunden ist.« Er stieß einen tiefen Seufzer aus. »Es gab einen Moment, an dem ich gezweifelt habe, ob wir ihn je zurückbekommen werden. Ich glaube, wenn ihm etwas zugestoßen wäre, ich hätte mir das nie verziehen. Ich habe gar nicht geahnt, wie sehr ich an ihm hänge.«

»Das geht uns allen so«, sagte Eliza. »Aber jetzt wird alles wieder gut, ich spüre es.«

Humboldt lächelte und stand auf.

In diesem Moment waren vom unteren Teil des Dorfes her aufgeregte Rufe und Hufgetrappel zu hören. Drei Pferde kamen die steile Rampe empor. Max Pepper ritt voran, dann folgten Harry Boswell und als letzter Patrick O'Neill. In seinem Schlepptau lief Sir Wilson. Gefesselt und angebunden wie ein Sträfling.

Humboldts Ausdruck wurde augenblicklich hart wie Stahl. Mit entschlossenen Schritten ging er auf die drei Neuankömmlinge zu. »Glückwunsch, meine Herren! Wie ich sehe, waren sie erfolgreich.«

»Ein Rudel Wildhunde war uns behilflich!«, rief Max. »Sie haben verhindert, dass er davongelaufen ist. Wir kamen gerade rechtzeitig, um zu verhindern, dass unser Gast in mundgerechte Stückchen zerlegt wurde. Hier ist er also, unser verehrter Jabez Wilson.«

»Ich wäre Ihnen sehr verbunden, wenn Sie mich mit meinem Titel anreden würden«, knurrte der Meteoritenjäger. »*Sir* Wilson, so viel Anstand sollte sein.«

»Verzeihen Sie, *Euer Exzellenz*.« Die Ironie in Max' Stimme war nicht zu überhören. »Ich bin mir allerdings nicht sicher, ob Sie Ihren Titel noch lange behalten werden.« Er löste das Seil und trieb Wilson vor sich her.

Der Mann stolperte ein paar Schritte vorwärts, dann blieb er stehen und sandte einen vernichtenden Blick in die Runde. »Wenn ich erst zurück in England bin, werde ich dafür sorgen, dass ihr alle eure verdiente Strafe bekommt«, fauchte er. »Ich habe internationale Kontakte, die sogar in die Vereinigten Staaten und bis nach Deutschland reichen. Ihr werdet euch wünschen, mich niemals kennengelernt zu haben.«

»Das tun wir jetzt schon«, sagte Humboldt. »Was wohl Ihre Kontakte dazu sagen werden, wenn sie erfahren, dass Sie Ihre Männer im Stich gelassen haben und vorhatten, wie ein Strauchdieb zu türmen?«

Wilson spuckte auf den Boden. Sein Gesicht war mit Staub und Schmutz bedeckt, was ihn nur noch unheimlicher aussehen ließ. »Mein Fund wird alle Zweifel bereinigen.«

»Ach ja, Ihr Fund.« Humboldt griff mit einer schnellen Bewegung in die Innentasche seiner Jacke. »Ich fürchte, den werde ich Ihnen abnehmen müssen. Er ist bei Weitem zu gefährlich, um ihn einem skrupellosen Mann wie Ihnen zu überlassen.« Er hielt die Zigarrendose zwischen seinen Fingern und ließ sie aufschnippen. Für jedermann gut zu sehen, lag darin ein Splitter des grünen Kristalls. Humboldt platzierte die Dose auf einem Stein und trat einen Schritt zurück. »Wir werden das Problem gleich an Ort und Stelle lösen.«

Keine dreißig Sekunden später war von dem Kristall nur noch ein qualmendes Häuflein Sand zurückgeblieben. Ein unangenehmer Geruch stieg auf, der vom Wind rasch davongetragen wurde.

Atemlose Stille trat ein. Max konnte kaum fassen, was er da eben gesehen hatte. »Das ist ja ungeheuerlich«, stieß er hervor. »Wie ... ich meine ... wann ...?«

»Ich werde eure Fragen gern zu einem späteren Zeitpunkt beantworten«, sagte der Forscher, »doch ich muss noch einmal zurück, um den Rest dieser widerwärtigen Mineralien zu erledigen. Möchte mich einer der Herren dabei begleiten?«

Ehe jemand antworten konnten, ertönte ein Schrei. Eliza fuhr herum. Was sie sah, ließ ihr das Blut in den Adern gefrieren.

Wilson hatte seine Fesseln zerrissen und war blitzschnell auf Patrick O'Neill zugesprungen. Ehe dieser reagieren konnte, hatte er dessen Messer aus dem Gürtel gezogen, um damit auf den Forscher loszugehen. Im letzten Moment vollführte Humboldt eine Drehung, ohne jedoch zu verhindern, dass der Stahl die Haut oberhalb des rechten Handgelenks ritzte. Blut lief über seine Finger, als er sein Rapier aus dem Spazierstock zog.

Die Klinge des Meteoritenjägers sauste hinab und wäre beinahe in Humboldts Schulter gefahren, hätte dieser den Schlag nicht rechtzeitig pariert.

Eliza schaute fassungslos zu den beiden Kontrahenten hinüber. Die Seile um Wilsons Handgelenke waren einen halben Zentimeter dick gewesen. Welche übermenschlichen Kräfte gehörten dazu, sie zu zerreißen?

Noch einmal sauste Wilsons Klinge auf den Forscher hinab. Das Klirren war ohrenbetäubend. Funken sprühten.

»Sie haben meinen Kristall zerstört!« Die Adern am Hals des Meteoritenjägers schwollen an wie Würgeschlangen. »Dafür werden Sie bezahlen, das schwöre ich Ihnen.«

Eliza sah, dass Humboldt durch seine verletzte Hand behindert wurde. Er musste mehrmals nachfassen, sonst wäre die Waffe seiner Hand entglitten. Sie wusste, dass der Forscher ein guter Kämpfer war, trotzdem wurde er immer weiter in die Defensive gedrängt. Erst, als es ihm gelang, sein Rapier auf die andere Seite zu wechseln und mit links zu kämpfen, ging es besser. Endlich gelangen ihm auch mal ein paar Angriffsmanöver.

»Soso, ein Beidhänder also«, keuchte Wilson. »Das ist mal etwas Neues. Sie haben die Ehre, der erste Beidhänder zu sein, den ich töten werde.«

»So weit sind wir noch nicht«, keuchte Humboldt, während er um den Meteoritenjäger herumtänzelte. »Erklären Sie mir erst mal, was das hier soll.«

»Haben Sie es denn immer noch nicht begriffen?« Wilsons Augen glühten wütend. »Meine Männer sind nicht gewohnt, selbstständig zu denken, ich habe sie so erzogen. Seit Archer weg ist, gibt es nur noch mich, dem sie vertrauen. Wenn Sie erst tot im Staub liegen, werden sie zu mir zurückkommen. Wie verloren gegangene Hunde.« Er grinste. Es war ein böses Grinsen. »Es geht doch nichts über einen schönen, altmodischen Zweikampf. Damit stehe ich vor jedem Gericht der Welt als ehrenwerter Mann da. Nicht wahr, Patrick?«

Der Ire schwieg. Eliza spürte, dass er immer noch im Bann dieses charismatischen Führers stand. Genau wie all die anderen Söldner.

»Sie vergessen die Dogon«, keuchte Humboldt. »Glauben Sie, die würden Sie einfach so gehen lassen?«

»Einfach so? Nein.« Wilsons Gesicht war schweißgebadet. »Aber vielleicht, wenn ich ihren Anführer töte und das Mädchen da als Geisel nehme.« Er zwinkerte zu Yatimè hinüber. »Die Kleine scheint hier besonderes Ansehen zu genießen. Solche Aktionen haben schon in meinen früheren Expeditionen Wunder bewirkt.«

»Kinder und alte Männer, das sieht Ihnen ähnlich.« Humboldt wagte einen Ausfallschritt. Doch der Engländer schien die Aktion vorausgesehen zu haben. Blitzschnell beugte er sich vor, griff eine Handvoll Erde und schleuderte sie dem Forscher ins Gesicht. Derartig geblendet, sah er den Tritt nicht kommen, den Wilson gegen sein Kniegelenk führte. Humboldt sackte zu Boden. Sein Gesicht wurde vor Schmerz ganz grau. Das Rapier entglitt seinen Fingern. Eliza schlug die Hände vor den Mund und stieß einen Schrei aus. Der Forscher wollte nach seiner Waffe greifen, doch Wilson beförderte sie mit einem weiteren Tritt außer Reichweite. Breitbeinig stellte er sich über den Forscher, sein Messer zum Stoß bereit. »Ich habe noch nie einen Kampf verloren«, schnaufte er. »Und wissen Sie, warum?«

»Ich fürchte, Sie werden es mir gleich sagen«, erwiderte Humboldt zwischen zusammengepressten Zähnen.

»Man kann nicht gewinnen, ohne sich von Zeit zu Zeit die Hände schmutzig zu machen. Nehmen Sie diesen Rat mit auf Ihre Reise ins immerwährende Vergessen, *Herr Humboldt*.«

Ein dumpfer Schlag war zu hören. Zuerst glaubte Eliza,

es sei das Geräusch, mit dem das Messer sich in Humboldts Brustkorb gebohrt hatte, doch dann sah sie, wie Wilson taumelte. Langsam, wie ein Schlafwandler, drehte er sich um.

»Was, zum Henker ...«

Patrick O'Neill stand hinter ihm, das Gewehr mit dem Kolben nach vorn. Noch einmal ließ der Ire den Kolben hinuntersausen. Diesmal mitten auf Wilsons Nase. Es gab ein hässliches Knacken, dann kippte der Meteoritenjäger seitlich weg. Wie ein gefällter Baum blieb er mit weit aufgerissenen Augen im Schlamm liegen.

»Sir Wilson, ich verhafte Sie wegen Mordes an François Lacombe von der Akademie der Wissenschaften in Paris und wegen versuchten Mordes an Carl Friedrich von Humboldt. Außerdem werden Ihnen weitere Verbrechen zur Last gelegt, als da sind: Desertion von der eigenen Truppe, Mitschuld am Tod von Mr Jonathan Archer, versuchter Mord an Mr Max Pepper sowie Verbrechen am Volk der Dogon. Sie werden sich vor einem französischen Gericht in der Provinzstadt Timbuktu und später in Dakar verantworten, von wo aus man Sie zur endgültigen Urteilsverkündung nach Paris überführen wird. Damit Sie nicht wieder fliehen, werde ich Sie bis zu unserer Ankunft in Timbuktu in Eisen legen lassen. Max Pepper und Harry Boswell werden mich bis dorthin begleiten. Natürlich nur, wenn Sie damit einverstanden sind, meinen Herren.«

»Mit dem größten Vergnügen.« Harrys Augen funkelten. »Und wenn ich diesen Halunken persönlich in Paris abliefern muss. Noch einmal werde ich nicht riskieren, dass er uns durch die Lappen geht.«

Max nickte. »Je eher wir aufbrechen, desto besser.«

Wilson lag am Boden und hielt seine gebrochene Nase. Er gab ein paar dumpfe Laute von sich, die alles andere als freundlich klangen. Die anderen ignorierten ihn einfach.

»Dann ist es also beschlossene Sache.« Patrick ließ seine Waffe sinken. In seinen Augen war Erleichterung zu sehen. »Ach ja, fast hätte ich noch etwas vergessen.« Er riss sich die Plakette, die alle von Wilsons Leuten am Revers trugen, ab und schleuderte sie dem Meteoritenjäger vor die Füße.

»Und ehe ich es vergesse: Ich kündige.«

Max, der direkt neben Humboldt stand, half ihm wieder auf die Beine. »Alles klar mit Ihnen?«

»Geht schon wieder.« Der Forscher schaute auf seine Hand. »Ist nur ein Kratzer. Die beiden Frauen sollen sich gleich darum kümmern.« Er lächelte Eliza und Charlotte zu. »Und was euch betrifft: Es tut mir in der Seele weh, euch so bald schon wieder entbehren zu müssen. Aber ich glaube tatsächlich, dass es das Beste ist, Wilson von hier wegzuschaffen. Solange er in der Nähe ist, stellt er eine Bedrohung dar. Ich bin sicher, die Dogon werden euch ein ganzes Stück begleiten. Seid ihr erst in Timbuktu, übernehmen dann die französischen Behörden. Seht zu, dass ihr den Militärgouverneur erwischt. Er wird sich sicher freuen.«

»Und ihr?«

Humboldt humpelte ein paar Schritte. »Nun, zuerst mal werden wir das Plateau vollständig von den Kristallen reinigen. Es dürften noch überall in den Ritzen und Spalten Überreste vorhanden sein, die wir systematisch vernichten müssen. Dann ist das Umland an der Reihe. Über die Jahrhunderte hinweg sind immer wieder Insekten oder Vögel in den Tempel gelangt, die von dem Stein verändert wurden. Nicht zu vergessen die Missionare. Auch ihnen werden wir helfen müssen. Es darf nichts übrig bleiben von dieser Kreatur. Die Sache muss hier und jetzt ein Ende haben.«

»Aber wie wollt ihr das schaffen?« Max verstand immer noch nicht. »Das Wesen könnte sich auf einer Fläche von mehreren Quadratkilometern ausgebreitet haben.«

Trotz seiner Schmerzen zwang sich Humboldt ein Lächeln ins Gesicht. »Aus der Luft.«

Einige Tage später …

Die Reparaturen an der *Pachacútec* waren so gut wie abgeschlossen. Die Dogon hatten das Schiff von der Felswand befreit und hinaus auf die Ebene gezogen. Dort war es mit Seilen und Pflöcken in der Erde verankert worden und dümpelte nun träge im Sonnenschein. Der Regen hatte aufgehört und einer leichten Bewölkung Platz gemacht, durch die hie und da bereits die Sonne strahlte. Überall grünte und blühte es.

Wie vereinbart waren Max, Harry, O'Neill und die anderen vor einigen Tagen aufgebrochen, wobei sie von einigen der Dogonkriegern begleitet wurden. Es war ein trauriger Abschied gewesen, doch Oskar glaubte fest daran, dass er den findigen Reporter und den mutigen Fotografen nicht zum letzten Mal gesehen hatte. Sein Blick ruhte auf dem mächtigen Schiff. Die Ballonhülle sah aus wie eine Patchworkdecke, doch die Näherinnen der Dogon hatten saubere Arbeit geleistet. Der Stoff war wieder dicht. Die Bogenbauer hatten die Rahmen für die Ruder- und Steuerflächen neu konstruiert und mit Ziegenhäuten bespannt. Es war ihnen sogar gelungen, sie mit ihren ursprünglichen Markierungen – Schlangen und Drachen – zu verzieren. Überall auf dem Schiff wurde geklopft und gehämmert.

Die Scheu der Dogon vor dem Schiff war verflogen. Selbst die Kinder hatten keine Angst mehr und turnten johlend und lachend auf dem Deck und in der Takelage herum. Die *Pachacútec* war zum Zentrum der dörflichen Aktivitäten geworden – eine Art Rummelplatz für Jung und Alt.

Seit die Sonne wieder schien, strömte das Wasserstoffgas wieder ungehindert aus den Brennstoffzellen in den Ballonkörper und füllte den schlaffen Riesensack mit Leben.

Für Oskar war es die Zeit der Erholung. Während alle anderen an der Instandsetzung mithalfen, durfte er die Tage an der Seite von Charlotte verbringen. Seit man ihn ins Krankenlager gebracht hatte, war sie keine Minute von seiner Seite gewichen.

Das fremde Wesen hatte seinen Körper verlassen. Mit seinem Verschwinden war auch die Lebensfreude zurückgekehrt. Es gruselte Oskar, wenn er daran dachte, wie einsam und verloren er während der letzten Wochen gewesen war. Doch jetzt hatte er endlich Zeit, über das nachzudenken, was ihm wiederfahren war. Dabei ging ihm die Kreatur nicht mehr aus dem Sinn. So viele Hunderttausend Kilometer, so viele Jahre. Und das alles nur auf der Suche nach Gesellschaft. Wie schrecklich es sein musste, niemanden zu haben, bei dem man sich aufgehoben und geborgen fühlte.

Oskar sah zu Charlotte hinüber, die ihre Nase in ein Buch gesteckt hatte und grinste. Sie gehörten zusammen, das war ihm jetzt klar geworden. Er mochte sie und sie mochte ihn. Eine einfache Rechnung, ob seinem Vater das nun passte oder nicht. Er hatte einfach keine Lust mehr, sich über seine Gefühle den Kopf zu zerbrechen. Gewiss, Humboldt hatte ihm von dieser Beziehung abgeraten, aber hielt er selbst sich denn an gesellschaftliche Konventionen? Und was waren schon Konventionen? Nur eine Übereinkunft zwischen Menschen, die ihre Auffassung für die einzig maßgebliche hielten und bei denen es keinen Platz für Außenseiter gab. Aber Außenseiter, das waren sie, alle miteinander, wie sie in Humboldts Haus lebten. Warum sich also noch länger quälen?

Oskar tastete nach Charlottes Hand und drückte sie sanft. Sie erwiderte den Druck und legte das Buch weg. Gemeinsam erwarteten sie das Eintreffen von Ubirè.

Der alte Mann hatte durch Boten ankündigen lassen, dass er mit einer großen Überraschung auf dem Weg zu ihnen war. Doch was das war, wollten sie nicht verraten. Humboldt schien etwas zu ahnen, aber auch er sagte kein Wort. »Dann ist es doch keine Überraschung mehr«, pflegte er bei solchen Situationen immer zu sagen.

Oskar tippte Charlotte an. Von Norden näherte sich eine kleine Gruppe von Dogon. Er sah zwei von Wilsons Maultieren sowie einen hölzernen Wagen. Einige Träger liefen hinterher. Ubirè sowie Yatimès Vater, der Schmied, gingen vorneweg. Über seinen muskulösen Schultern hing ein Leinensack, in dem sich irgendetwas Schweres befand.

»Ohne die Dogon hätten wir es nie geschafft«, sagte Oskar. »Das Schiff ist wieder in einem fabelhaften Zustand. Fragt sich nur, was mit dem Motor geschieht. Ohne ihn ist die *Pachacútec* nicht mehr als ein Heißluftballon.«

»Wart's ab«, lächelte Charlotte. »Ich könnte mir vorstellen, dass den Dogon noch etwas eingefallen ist ...«

Die Träger und der Karren waren am Schiff angekommen. Seile und Strickleitern wurden herabgelassen, an denen einige der Männer emporkletterten. Auf dem Wagen lag etwas, das von braunen Decken verhüllt war. Man befestigte Seile daran, dann zogen die Männer es empor. Wie schwer der Gegenstand sein musste, erkannte Oskar daran, dass das Schiff zur Backbordseite hin absackte. Schwitzend und mit äußerster Mühe wurde das Ding an Bord gehievt und auf die Planken heruntergelassen. Dann kamen Ubirè und der Schmied an Bord. Yatimè hatte Jabo in einer Schultertasche mitgebracht und kletterte hinter den anderen her. Oskar war froh, das Mädchen wiederzusehen. Sie hatte in der letzten Woche enorme Fortschritte gemacht und sprach mittlerweile ganz passabel Deutsch. Charlotte und Oskar gingen zu den anderen, um der feierlichen Enthüllung beizuwohnen. Als alle eingetroffen waren, ergriff Ubirè das schwere Stofftuch und zog es zur Seite. Was darunterlag, ließ Oskars Augen größer werden. Es war eine brandneue, frisch geschmiedete Antriebswelle. Das schwarze Eisen schimmerte in der Sonne und der Geruch nach Öl stach in die Nase. Dann trat der Schmied vor und leerte seinen Sack aus. Fünf blank polierte Zahnräder polterten auf die Planken.

»Unser Geschenk an die Himmelsmenschen«, sagte Yatimè. »Die Teile, die notwendig sind, um euer fliegendes Tier wieder zum Leben zu erwecken.«

Humboldt kniete sich hin und strich mit den Fingern über die Teile. Er nahm eines der Zahnräder in die Hand und hielt es gegen das Licht. Dann lupfte er seine Brille und ging mit seinem Auge ganz dicht heran. »Die sind fabelhaft gearbeitet«, sagte er. »Nicht mal Gusskanten sind zu sehen. Wie ist euch das gelungen?«

»Mein Vater kann nicht nur Speere herstellen.« Yatimè warf dem Mann an ihrer Seite einen stolzen Blick zu. »Er ist der beste Schmied im gesamten Hombori-Gebirge. Das Erz dazu stammt aus unseren Bergbauanlagen.«

»Und die Gussformen?«

»Er hat die Originalteile aus dem Wachs der Wildbienen nachgeformt. Dann hat er sie in Ton eingehüllt und das Wachs herausgeschmolzen. So bekam er die Hohlformen.«

Humboldt nickte. »Sag deinem Vater, er ist ein fantastischer Schmied.« Er verneigte sich. »Ich danke euch. Das ist mehr, als ich zu erhoffen wagte. Mit eurer Hilfe können wir jetzt auch den letzten Rest des fremden Eindringlings aus eurem Land vertreiben.« Er zwinkerte ihr zu. »Wollt ihr mich dabei begleiten?« Die Dogon nickten eifrig, doch es lag auch ein wenig Furcht darin.

»Gut. Dann lade ich euch herzlich dazu ein. Morgen früh, kurz nach Sonnenaufgang, steigen wir auf. Dann könnt ihr es selbst erleben.«

66

Die *Pachacútec* ging in eine gemächliche Rechtskurve und setzte dann zum Anflug auf den Tafelberg an. Yatimè konnte sehen, wie die Dorfbevölkerung zusammenströmte, um dabei zu sein, wenn das riesige fliegende Ungetüm landete. Sie verfolgte die Handgriffe des Forschers mit gespannter Erwartung. Das Ziehen des Schubhebels, das Langsamerwerden der Propeller, das Entweichen überschüssigen Dampfes und das Klirren, als die neu geschmiedete Ankerkette hinuntergelassen wurde. Jabo fest im Arm haltend, beobachtete Yatimè die fröhlichen Gesichter und die winkenden Hände. Mit einem glücklichen Lächeln winkte sie zurück.

Der Flug mit der *Pachacútec* hatte sie verändert. Für einen Augenblick hatte sie die Welt von oben gesehen. Die beiden Tafelberge und die Savanne ringsum. Sie hatte Bäume, Flüsse und Wüsten gesehen. Sie war dabei gewesen, als Humboldt die Missionare geheilt hatte und das Lied der Dogon über den Häusern, den Gärten und der Kirche erklingen ließ. Sie hatte mitgeholfen, das Umland zu beschallen und jedes noch so kleine Überbleibsel des Meteoriten, mochte es nun in einem Sandkorn oder in einem Grashüpfer versteckt sein, zu vernichten. Damit war die Gefahr für immer gebannt. Die Prophezeiung hatte sich nicht erfüllt. Yatimè benötigte eine ganze Weile, bis sie die tiefe Bedeutung dieser Erkenntnis verstand.

Doch als sie es in seiner ganzen Tragweite erfasste, war sie tief bewegt. Die Botschaft lautete, dass nichts vorherbestimmt war. Nichts stand festgeschrieben. Die Zukunft ist in ständigem Wandel begriffen. Man muss die Zeichen der Zeit erkennen und selbst aktiv werden. Nur darauf zu warten, dass etwas geschieht, ist zu wenig. Noch nie hatte sie die Wahrheit hinter diesen Worten so stark gespürt wie jetzt, als sie wie ein Vogel auf die Welt unter ihr hinabblickte.

Sie hob den Kopf und blickte zu Oskar und Charlotte. Die beiden würden ein glückliches Paar werden, das spürte Yatimè. Es galt zwar noch das eine oder andere Hindernis zu überwinden, aber die Zukunft der beiden stand unter einem guten Stern.

»Achtung, alle festhalten, wir setzen zur Landung an!«

Die Stimme des Forscher schallte über das Deck. Es gab einen Ruck, dann sank das Schiff nieder. Yatimè spürte eine Hand auf ihrer Schulter. Ihr Vater. Der schweigsame, große Mann stand neben ihr, ein warmherziges Lächeln auf seinem Gesicht.

»Verzeih mir«, sagte er.

»Verzeihen? Was denn?«

»Dass ich es missbilligt habe, dass du deinen eigenen Weg gegangen bist«, sagte er. »Ich wollte, dass du wie meine anderen Kinder bist: eine gehorsame Tochter und eine folgsame Ehefrau. Ich wollte nicht wahrhaben, welche besondere Gabe in dir schlummert und dass es eine Sünde ist, ein solches Talent verkümmern zu lassen. Ich habe Ubirè mein Einverständnis gegeben.«

Yatimès Augen weiteten sich vor Erstaunen. »Du hast *was?*«

»Deine Ausbildung zur Priesterin wird gleich morgen früh beginnen. Der oberste Sternendeuter hat mir mitgeteilt, dass er dich erwartet. Sei also pünktlich.«

Yatimè griff sich an die Brust. Priesterin zu werden, das war immer ihr größter Wunsch gewesen. Doch sie hätte niemals damit gerechnet, dass ihr Vater dazu sein Einverständnis geben würde. Die Nachricht traf sie völlig überraschend.

Sie sah ihm in die Augen und erwiderte ihren Blick. Der harte Zug um seinen Mund war verschwunden. Seine Augen verrieten, dass ihn der Flug mit der *Pachacútec* ebenfalls tief berührt hatte.

»Danke«, sagte sie und nickte. »Danke für alles.«

Er legte seinen Arm um ihre Schulter und schwieg.

Die *Pachacútec* setzte mit dumpfem Dröhnen auf der Erde auf. Die Halteseile wurden gespannt und im Boden verankert, dann verließen alle das Schiff. Die Dogon blickten gespannt auf den Forscher und seine Begleiter. Viele von ihnen waren in ihren traditionellen Masken erschienen. Gesänge erfüllten die Luft. Der Augenblick des Abschieds war gekommen. Yatimè fühlte ihr Herz schwer werden.

Humboldt schüttelte allen die Hände und dankte ihnen für ihre Hilfe und ihren Mut. Obwohl seine Kenntnisse der Landessprache sehr begrenzt waren und er das eine oder andere Wort seltsam aussprach, verstand jeder, was er sagte. Es wurde gelacht, gesungen und geweint. Dann wurden Geschenke ausgetauscht. So dauerte es eine ganze Weile, bis der hochgewachsene Mann und seine drei Begleiter endlich bei Yatimè und Ubirè eintrafen.

»Meine lieben Freunde«, sagte er. »Ich weiß nicht, was ich sagen soll, deshalb möchte ich mich kurz fassen. Von euch fällt mir der Abschied besonders schwer. Es war mir eine Freude und eine Ehre, euer Gast zu sein, und ich hoffe, dass wir uns eines Tages wiedersehen. Die Gefahr ist gebannt und das fremde Wesen aus eurem Land vertrieben. Doch es liegt noch ein weiter Weg vor euch. Euer Volk muss sich von den Schatten der Vergangenheit lösen und einer hoffnungsvollen und glücklichen Zukunft entgegensehen. Mit euch beiden an der Spitze wird diese Aufgabe gelingen, da bin ich mir sicher. Lebt wohl, meine Freunde, und denkt ab und zu mal an uns.«

»Das werden wir«, sagte Yatimè. »Mehr als das: Ihr werdet ein Teil unserer Legende werden. Die Legende von den Wolkenreitern, die kamen, um uns vor dem *gläsernen Fluch* zu retten. Während wir hier stehen und miteinander reden, wächst die Legende. Lebt wohl und möge *Ama* euch beschützen!«

Humboldt legte die Fingerspitzen aneinander und verbeugte sich. Eliza, Charlotte und Oskar taten es ihm gleich.

»Danke für alles und lebt wohl.« Mit diesen Worten nahm er Wilma auf den Arm und kletterte die Strickleiter empor. Der kleine Vogel strampelte und quietschte. Man sah ihm an, dass er sich nicht von Jabo trennen wollte. Charlotte und Oskar folgten ihm mit traurigen Augen.

Eliza zögerte einen Moment, dann trat sie vor und nahm Yatimè noch einmal herzlich in den Arm. »Leb wohl, meine kleine Priesterin«, sagte sie. »Möge *Damballah* dich immer beschützen.« Sie drückte ihr einen Kuss auf die Wange, dann löste sie sich von ihr. Die Leitern wurden hochgezogen und die Seile gekappt. Das Schiff stieg langsam in die Höhe. Als die Köpfe der vier Abenteurer nur noch kleine Punkte waren, wurden die Motoren angeworfen. Brummend und schnurrend nahm das Himmelsungeheuer Fahrt auf und segelte mit seiner kostbaren Last hinaus in den feurigen Nachmittagshimmel.

67

Berlin im März 1894 ...

Das Haus am Plötzensee wirkte verriegelt und verrammelt. Die Tür war verschlossen und die Fensterläden zugeklappt. Die Bäume und Hecken sahen ungepflegt aus und aus dem Inneren des Gebäudes war nicht das geringste Geräusch zu hören. Während der Kutscher ihr Gepäck ablud, schaute Oskar sich um.

»Was ist denn hier los?«, murmelte er, während er langsam über die kiesbedeckte Auffahrt ging. »Sieht fast aus, als wären alle ausgeflogen.«

»Das Haus wirkt unbewohnt«, ergänzte Charlotte. »Als wäre hier seit Wochen niemand mehr gewesen.«

Eliza strich mit der Hand über den Kies. »Ich spüre, dass jemand da ist. Außerdem: Die Radspuren hier sind nicht älter als zwei Tage.«

Humboldt stemmte die Hände in die Hüften und rief: »Hallo, ist jemand zu Hause? Wir sind's: Carl Friedrich, Eliza, Charlotte und Oskar. Wir sind wieder zurück!«

Alle warteten gespannt auf eine Reaktion. Plötzlich war vom Haupteingang das Klicken eines sich öffnenden Schlosses zu hören. Die Tür ging einen Spalt weit auf und zwei große Augen lugten heraus. Ein junges Gesicht erschien. Sommersprossen, rote Haare, grüne Augen.

»Lena!«, rief Oskar.

Die Tür flog auf. Das Mädchen kam auf ihn zugerannt und hüpfte ihm in die offenen Arme. Wäre er nicht vorbereitet gewesen, er wäre glatt auf dem Hosenboden gelandet.

»Was ist denn los?«, fragte er. »Warum sind die Fensterläden zu? Warum habt ihr euch eingeschlossen?«

»Ach, es ist wegen dieser schrecklichen Frau«, antwortete Lena. »Sie war mindestens vier- oder fünfmal hier. Und jedes Mal ging sie fort und drohte uns, beim nächsten Mal würde sie mit der Polizei wiederkommen.«

»Frau?« Humboldt runzelte die Stirn. »Was für eine Frau?«

Lena blickte argwöhnisch in Charlottes Richtung. »Sie behauptete, deine Mutter zu sein. Sie war echt schrecklich.«

»Meine Mutter?« Charlotte wurde kreideweiß. »Hat sie gesagt, was sie wollte?«

Ein Kopfschütteln war die Antwort. »Nein«, sagte Lena. »Aber sie sagte, sie wolle wiederkommen. Heute Nachmittag um Punkt vier. Und dass sie diesmal einen Gendarmen mitbringen werde.«

Oskar sah verwundert auf Charlotte. Ihre Lippen hatten jegliche Farbe verloren. Sie schaute auf ihre Uhr, dann sagte sie: »Vier Uhr. Dann habe ich noch drei Stunden. Müsste reichen, wenn ich mich beeile.« Sie reckte ihr Kinn in die Höhe. »Macht es dir etwas aus, Onkel, wenn ich mich nicht am Ausräumen der Koffer beteilige?«

»Was hast du denn vor?«

»Ich muss noch einmal zurück in die Stadt. Der Kutscher wird mich fahren.«

»Um was zu tun?«

»Das kann ich dir jetzt noch nicht sagen. Aber es ist wichtig, glaub mir. Bitte, sag nicht Nein.«

Der Forscher zuckte mit den Schultern. »Na schön, wenn es denn sein muss. Wir kommen hier allein klar. Sieh nur zu, dass du rechtzeitig wieder da bist. Du weißt, wie unangenehm deine Mutter werden kann, wenn sie warten muss.«

»Eben deswegen muss ich mich beeilen.« Mit diesen Worten stieg Charlotte wieder in die Kutsche. Oskar legte seine Hand auf die Karosserie. »Brauchst du Gesellschaft? Ich könnte dich begleiten.«

Sie schenkte ihm ein bezauberndes Lächeln. »Nein, lass nur. Es gibt Dinge, die eine Frau allein tun muss. Aber vielleicht komme ich nachher mit einer guten Botschaft zurück. Drückt mir alle die Daumen.«

Mit einem Schnalzen der Peitsche setzten sich die zwei Pferde wieder in Bewegung.

Humboldt blickte ihr hinterher. »Und ich dachte, jetzt würde es ruhiger werden. Sei's drum. Lena, hol deine Freunde. Wir müssen das Gepäck reinbringen, die Fensterläden öffnen, lüften und alles für einen Fünfuhrtee vorbereiten. Zack, zack, es gibt viel zu tun!«

Punkt vier war auf der Hofeinfahrt das Trappeln von Hufen und das Knirschen von Kies zu hören. Ein prächtig herausgeputzter Landauer war vorgefahren, der mit seinen vier Pferden und der offenen Karosse einiges hermachte. Der Tag war herrlich, sodass man bequem offen fahren konnte. Im Inneren saßen ein dicklicher Mann mit breitem Backenbart und Zylinder sowie eine fein herausgeputzte Dame mit violettem Kleid und einem breitkrempigen Hut, auf dem eine Pfauenfeder wippte. Begleitet wurden sie von einem Gendarmen zu Pferd, auf dessen blauer Uniform makellose Messingknöpfe schimmerten.

Humboldt spähte mit zusammengezogenen Brauen durch das Fenster und beobachtete grimmig, wie die Neuankömmlinge anhielten und ihr Fahrzeug verließen. Als es an der Tür klopfte, richtete er sich bolzengerade auf.

»Die Zeit ist gekommen. Auf ins Gefecht!«

Oskar begleitete ihn. Die schwere Pforte schwang auf, und dort stand sie: Maria Riethmüller, Charlottes Mutter. Groß, rotwangig und von beeindruckenden Proportionen. Eine gewaltige Frau. Oskar hatte von ihr bisher nur aus Erzählungen erfahren. Es fiel ihm schwer zu glauben, dass diese Person über eine so schwache Lunge verfügen sollte, dass sie das ganze letzte Jahr im Sanatorium in Heiligendamm verbringen musste. Sein Verdacht verhärtete sich, als die Frau zu sprechen begann.

»Wo ist meine Tochter?«

Kein Hallo, keine Begrüßung, nicht mal eine Vorstellung ihres Begleiters, des Herrn mit dem Zylinder.

»Ich grüße dich auch, Maria«, sagte Humboldt mit einem kühlen Lächeln. »Wie schön zu sehen, dass es dir schon wieder besser geht. Ich hoffe, ihr hattet eine angenehme Anreise.«

»Spar dir die Floskeln, Carl Friedrich«, sagte Maria. »Ich bin hier, um Charlotte zu holen. Wenn es sein muss, mit Gewalt.« Sie deutete auf den Wachmann, der betreten auf seine Stiefelspitzen schaute. Ihm schien die ganze Sache sehr unangenehm zu sein.

»Dies ist jetzt das sechste Mal, dass ich hier antanzen muss, und ich werde nicht eher gehen, als bis ich meine Tochter bei mir habe.«

»Charlotte ist unterwegs«, sagte Humboldt. »Sie hat noch etwas in der Stadt zu erledigen, aber sie hat mir versprochen, dass sie bald zurück sein wird. Wir sind heute erst von einer langen Reise zurückgekehrt. Aber bitte, tretet doch ein. Eliza hat Tee und etwas Gebäck bereitgestellt. Die Einladung gilt natürlich für alle.« Er ging zur Seite und ließ den Besuch das Wohnzimmer betreten. Frau Riethmüller rauschte voran, dicht gefolgt von den beiden Männern, die zumindest den Anstand wahrten und ihre Hüte abnahmen. Der Geruch von frisch gebrühtem Earl Grey und Zimtgebäck erfüllte den Raum. Eliza war dort und begrüßte alle mit einem warmherzigen Lächeln. Oskars Freunde hatte man wohlweislich in die Küche verbannt. Nicht, weil sie unerwünscht waren, der Forscher befürchtete nur, sie könnten durch ihre direkte und ungekünstelte Art den Zorn seiner Schwester auf sich ziehen. Maria Riethmüller bedachte Eliza mit einem abschätzigen Blick, dann ließ sie sich in einen der Sessel fallen. Oskar konnte sich nicht helfen, die Frau erinnerte ihn an ein gewaltiges Huhn. Ihr Begleiter war auch nicht besser. Verlegen hüstelnd und mit dem Ärmel immer wieder den Rand seines Zylinders polierend, sah man ihm an, dass er voll und ganz unter der Knute seiner Begleiterin stand. Einzig der Gendarm wirkte sympathisch. Dankbar nahm er eine Tasse Tee und etwas Gebäck in Empfang und setzte sich damit abseits an einen Tisch.

»Möchtest du mir nicht deinen Begleiter vorstellen?« Humboldt ließ sich von Eliza ebenfalls Tee reichen und nippte an seiner Tasse.

»Das ist Bernhardt Igel, mein Verlobter.«

Humboldt musste einen Hustenanfall unterdrücken. »Du bist verlobt?«

Ihr Mund verzog sich zu einem unterkühlten Lächeln. »Ganz recht. Wir haben uns im Sanatorium kennengelernt. Bernhardt ist Immobilienmakler mit Sitz in Bremen. Wir wollen in einem halben Jahr heiraten.«

»Nun, dabei wünsche ich euch alles Gute.« Humboldt wischte mit der Serviette über seinen Mund. »Bitte verzeih meine Überraschung. Ich war nur nicht darauf vorbereitet, dass du so bald schon wieder in den Hafen der Ehe einlaufen würdest.«

»Spar dir deinen süffisanten Ton.« Sie reckte ihre Nase ein wenig in die Luft. »Ich bin keine Frau, die lange allein sein möchte.« Ihr kühler Blick traf Oskar. »Und wer ist das?«

»Oh, ich vergaß, es zu erwähnen: Dies ist mein Sohn. Oskar Wegener. Ich habe ihn vor einigen Monaten adoptiert. Seitdem lebt er bei mir. Er ist ein ausgezeichneter Assistent geworden.«

Wenn Maria überrascht war, ließ sie es sich nicht anmerken. »Wegener?« Sie spitzte die Lippen. »Doch nicht etwa der Sohn dieser mittellosen Schauspielerin?«

»Doch, genau der.«

Oskar spürte, wie sich seine Fingernägel in seine Handflächen bohrten. Humboldt hingegen tat so, als hätte er die Spitze überhört. »Es hat mich einige Zeit gekostet, ihn ausfindig zu machen. Aber jetzt ist er da und ich bin sehr froh darüber.«

»Eine Schwarze, ein Straßenjunge und ein Kiwi. Eine schöne Gesellschaft für meine Tochter. Ich werde keine Sekunde länger mitansehen, wie du mein Kind verdirbst.« Sie klatschte mit ihren breiten Händen auf ihren Schoß. »Wo ist sie denn nun? Ich will sie sehen, und zwar sofort. Wenn sie nicht binnen fünf Minuten hier eintrifft, werde ich Anzeige wegen Entführung erstatten.«

Humboldt stellte die Tasse ab und blickte zum Fenster hinaus. »Kein Grund, sich aufzuregen. Ich glaube, ich habe sie gerade gehört.«

Oskar konnte sehen, wie die Kutsche vorfuhr und Charlotte ausstieg. Mit schnellen Schritten eilte sie aufs Haus zu.

Die Tür wurde aufgestoßen und Charlotte betrat den Raum. Ihre Wangen glühten und in ihren Augen leuchtete Kampfeswillen.

68

»Charlotte!« Frau Riethmüller schwebte mit ausgebreiteten Armen auf ihre Tochter zu. »Endlich sehen wir uns wieder.«

»Hallo, Mutter.« Charlotte wich den gewaltigen Armen aus und nahm neben dem Forscher Platz. Die schwarze Ledermappe, die sie unter ihrem Arm trug, legte sie auf den Tisch. Eliza reichte ihr etwas Tee und Gebäck. »Konntest du alles erledigen, was du wolltest?«

»Allerdings«, sagte Charlotte.

Maria Riethmüller setzte sich zurück auf ihren Platz. Wenn sie die kühle Begrüßung schockierte, so war sie zu weltgewandt, um sich ihre Bestürzung lange anmerken zu lassen. »Kennst du eigentlich meinen Verlobten, Bernhardt Igel?« Sie ging sofort wieder in den üblichen Plauderton über.

»Nein, woher sollte ich? Ich war viel auf Reisen. Aber ich freue mich, dass du jemanden gefunden hast, der bereit ist, sein Leben mit dir zu teilen. Sehr erfreut, Herr Igel.« Sie reichte ihm die Hand.

Oskar hatte das Gefühl, dass mit Charlotte irgendetwas nicht stimmte. Sie wirkte, als könne sie ihre Wut und Enttäuschung nur mit Mühe unterdrücken.

»Ebenfalls.« Herr Igel wippte kurz hoch, drückte die Hand und ließ sich zurückfallen. Auf seiner Stirn zeichneten sich tiefe Denkerfalten ab. Vermutlich sinnierte er darüber, ob das eben eine Beleidigung gewesen war oder nicht. Doch selbst wenn er sich angegriffen fühlte, so schwieg er. Er schien ohnehin zu der wortkargen Sorte zu gehören. Was blieb ihm auch anderes übrig, an der Seite dieser Frau?

Nach dem Polieren seines Zylinders widmete er sich nun gewissenhaft dem Aufziehen seiner Taschenuhr.

»Hast du denn meinen Brief nicht erhalten, Engel?«, flötete Frau Riethmüller. »Du weißt schon, den, den ich dir im Dezember geschickt habe.«

»Selbstverständlich habe ich ihn erhalten, Mutter.« Sie sprach das Wort mit einem spitzen Unterton aus.

»Und warum hast du nicht geantwortet?« Die dunklen Wimpern klimperten vorwurfsvoll.

»Warum sollte ich? Du hast mir ja keine Frage gestellt. Wenn ich mich recht erinnere, hast du mich aufgefordert, meine Zelte hier abzubrechen und nach Bremen in euer neues Haus zu ziehen. Ich möchte aber nicht nach Bremen.«

»Das ist doch ...« Frau Riethmüller war nun doch um ihre Fassung bemüht. »Du bist meine Tochter. Es ist selbstverständlich, dass du bei uns wohnst. Habe ich recht, Herr Gendarm?«

Der Polizeibeamte räusperte sich verlegen.

Ehe er antworten konnte, fragte Charlotte: »Was macht der Gendarm hier, Mutter? Du hast doch wohl nicht etwa vor, mich mit Gewalt von hier wegzubringen? Ich bin fast siebzehn Jahre alt.«

»Du sagst es: fast. Und solange du nicht einundzwanzig

bist, wirst du tun, was ich dir sage. Komm jetzt, gehen wir. Wir haben ohnehin schon viel zu viel Zeit in diesem Haus verbracht.« Sie schickte sich an zu gehen, doch Charlotte blieb sitzen. Stattdessen griff sie nach der schwarzen Mappe und holte einige Dokumente daraus hervor.

Frau Riethmüller ließ sich in das Polster zurücksinken. Ihre Augen wurden hart wie Kiesel. »Was ist das?«

»Das, liebste Mutter, sind Unterlagen, die erhebliche Zweifel an meiner Herkunft aufkommen lassen.«

In der Stille, die nun folgte, hätte man das Fallen einer Stecknadel hören können. Oskar beobachtete, wie aus dem Gesicht der Frau schlagartig alle Farbe wich.

»Was sagst du da?«

»Ich bin in Großmutters Tagebuch auf einen Eintrag gestoßen, der mich sehr beschäftigt hat«, fuhr Charlotte fort. »Katharina schrieb, dass du im Winter 72 sehr krank warst. Eine Unterleibsentzündung, wenn ich richtig gelesen habe.«

»Großmutters Tagebuch?« Marias Stimme bekam einen hysterischen Klang. »Wieso weiß ich nichts davon?« Sie wandte sich mit vorwurfsvollem Blick an Humboldt. »Wieso hast du mir nie gesagt, dass unsere Mutter Tagebuch geschrieben hat?«

Der Forscher zuckte mit den Schultern. »Ich bewahre das alte Zeug oben in einer Kiste auf. Ich habe mich nie groß damit beschäftigt. Es erschien mir nicht wichtig. Du weißt ja, dass ich in Familiensachen etwas nachlässig bin.«

»Allerdings«, schnaubte Maria.

»Ich habe mich daraufhin in das zuständige Krankenhaus begeben und Einsicht in die Unterlagen gefordert«, fuhr Charlotte mit bebender Stimme fort. »Obwohl ich ja angeblich deine leibliche Tochter bin, war es nicht leicht, an die Informationen zu kommen. Doch ich kann ausgesprochen hartnäckig sein, wenn ich etwas will. Als ich einen Rechtsanwalt auf die Sache ansetzte, gab die Verwaltung endlich nach. Heute Mittag war es dann so weit. Die Dokumente lagen beglaubigt und zur Einsicht bereit. Hier sind die Abschriften. Was dort zu lesen steht, ist ausgesprochen interessant. Lies selbst.« Sie schob die Papiere über den Tisch. Maria Riethmüller würdigte die Dokumente keines Blickes. Kerzengerade saß sie auf ihrem Polster und starrte ihre Tochter an. Herr Igel und der Gendarm interessierten sich umso mehr dafür. Charlotte lehnte sich zurück. »Wenn du möchtest, kann ich für alle Anwesenden eine kurze Zusammenfassung präsentieren. Es lässt sich auf einen Satz reduzieren. Ich bin womöglich gar nicht deine Tochter.«

»Was soll das heißen, du bist nicht Marias Tochter?« Nun sah auch Humboldt besorgt aus. »Würdest du mir bitte erklären, was du damit meinst?«

Charlottes Wangen waren gerötet. Oskar kannte sie gut genug, um zu erkennen, dass sie kurz davor stand zu explodieren. Wie ein Dampfkessel, wenn der Druck zu hoch wurde.

»Das ärztliche Gutachten besagt, dass Maria unfähig ist, Kinder zu bekommen. Eine Unterleibsentzündung, die zu einer Vernarbung des Eileiters geführt hat. Irreparabel, wie mir der Arzt erklärte. Sie kann also auf natürlichem Weg keine Kinder bekommen. Die Frage, die sich jetzt stellt, ist: Woher stamme ich?«

Alle Augen richteten sich auf die große Frau im violetten Kostüm. Maria rang sichtlich um Fassung. Es dauerte eine Weile, doch dann gelang es ihr, sich wieder unter Kontrolle zu bringen. Sie kramte in ihrer Handtasche herum und förderte einen Fächer zutage, mit dem sie sich eifrig Luft zufächelte. »Du wurdest adoptiert«, sagte sie kurz angebunden.

Wieder entstand eine Pause.

»Adoptiert, sagst du?« Charlotte schien diese Erklärung nicht zu genügen. Oskar hatte sogar das Gefühl, als hätte sie genau mit dieser Antwort gerechnet.

»Und warum hast du mir das nie gesagt?«

»Ich hielt es nicht für wichtig.«

»Nicht für wichtig, soso.« Charlottes Stimme zitterte vor Empörung. »Ja, ich dachte mir, dass du dich auf so etwas herausreden würdest, deshalb habe ich mich auch in dieser Richtung schlaugemacht. Und weißt du, was? Auch das stimmt nicht. Es existieren nämlich weder Adoptionspapiere noch eine Geburtsurkunde. Alles, was ich gefunden habe, ist eine Rechnung der zuständigen Hebamme. Eine Hausgeburt, wenn ich das richtig interpretiere. Charlotte stützte sich auf den Tisch und beugte sich in Richtung der Frau. »Ich frage dich, Maria: Hast du irgendeinen Beweis für die Behauptung, dass bei meiner Adoption alles mit rechten Dingen zugegangen ist?«

Die Frau schniefte theatralisch in ihr Taschentuch. »Die Dokumente sind seinerzeit bei einem Umzug verloren gegangen. Dein Vater und ich haben das Haus auf den Kopf gestellt, doch sie sind nicht wieder aufgetaucht.«

»Wie praktisch, nicht wahr?« Charlotte lachte auf. »Aber selbst wenn die Dokumente verschwunden sind, so müssten doch irgendwo Kopien existieren. Bei deinem Hausarzt, beim Standesamt oder bei der Hebamme. Aber dort sind keine Abschriften, ist das nicht seltsam? Überhaupt, diese Hebamme. Ich habe sie nach langer und mühevoller Suche ausfindig gemacht. Eine sehr unsympathische alte Frau, die auf mich den Eindruck machte, als würde sie für Geld alles tun. Ich frage dich: Was stimmt nun? Dass ich deine leibliche Tochter bin oder dass ich rechtmäßig adoptiert wurde? Oder gibt es vielleicht noch eine dritte Möglichkeit?« In ihren Augen glitzerten Tränen.

Maria zog süffisant eine Augenbraue in die Höhe. »Was willst du damit andeuten?«

»Vielleicht, dass ich ...«, hier musste sie schniefen, »... dass die Schwangerschaft nur inszeniert war und ihr mich irgendeiner verarmten Mutter für ein paar Mark abgekauft habt? Derlei Dinge sollen ja in Kreisen mit genügend Geld und Einfluss durchaus üblich sein.« Sie wischte sich über die Augen.

Maria zog die Luft ein. »Das ist ungeheuerlich. Eine solche Anschuldigung muss ich mir nicht bieten lassen. Nicht vor diesem Beamten und nicht vor meinem Bruder mit seinem zusammengewürfelten Hofstaat.« Sie riss ihrem Verlobten die Taschenuhr aus der Hand und stopfte sie zurück in sein Jackett. »Es hat alles seine Richtigkeit, das ist alles, was ich zu diesem Thema zu sagen habe. Eine Frechheit, dass hinter meinem Rücken hinter mir herspioniert wird. Das wird noch Konsequenzen haben, das verspreche ich dir, mein Fräulein. So, und nun pack deine Sachen.«

Charlotte reckte ihr Kinn vor. Die Lippen zusammengepresst und die Tränen mühsam unterdrückend, stieß sie aus: »Ich werde nicht mitkommen.«

Maria stand auf und raschelte mit ihrem Kleid. »Du willst Krieg? Na gut, dann eben auf die harte Tour. Herr Gendarm, wären Sie bitte so gut, meine Tochter zur Kutsche zu begleiten? Ich schicke dann jemanden nach, der das Gepäck abholt.«

Der Polizist setzte seine Kappe auf und strich sich über den Schnurrbart. »Es tut mir leid, Frau Riethmüller. Ich bin kein Richter, aber die Dokumente und der Bericht von Fräulein Charlotte lassen erheblichen Zweifel am Familienstand Ihrer Tochter aufkommen. Ich kann Ihnen nur raten, übergeben Sie die Sache einem Familiengericht und bringen Sie Klarheit in Ihre Verhältnisse. Ich kann hier nichts weiter für Sie tun. Wenn Sie mich jetzt entschuldigen würden, ich werde woanders gebraucht.« Er tippte an die Krempe seiner Mütze und verließ den Raum. Oskar hatte den Eindruck, dass er sehr froh war, endlich von hier wegzudürfen.

Maria starrte wütend hinter dem Polizisten her. Sie wusste, dass sie verloren hatte. Trotzdem drehte sie sich noch einmal um und warf einen letzten Blick auf Charlotte.

»Dann ist das also dein letztes Wort?«

»Das ist es. Ich bleibe hier.«

Maria schlug ihrem Verlobten mit dem Fächer gegen die Schulter. »Komm, Bernhardt.« Mit diesen Worten rauschte sie wie eine Fregatte unter vollen Segeln zur Tür hinaus.

Die vier Abenteurer warteten, bis die Kutsche davongefahren waren, dann drehten sich alle zu Charlotte um. Humboldt wirkte wie vor den Kopf geschlagen. Auch Oskar war völlig verblüfft. Er wusste nicht, was er sagen sollte.

»Ist das wahr?«, fragte der Forscher.

»Wort für Wort«, entgegnete das Mädchen. »Ich wollte es euch eigentlich irgendwann in Ruhe mitteilen, aber dann ist meine ... diese Frau gekommen und zwang mich zu handeln. Tut mir leid, dass ich euch damit jetzt so überfallen habe.«

»Das muss es nicht«, sagte Eliza und nahm Charlotte in den Arm. »Besser so, als wenn du dieses Geheimnis noch länger mit dir herumschleppen müsstest. Mein armes Mädchen. Die ganze lange Reise nach Afrika. Wie schlimm muss es gewesen sein, dich niemandem anvertrauen zu können!«

»Mein Vater ist vor zwei Jahren gestorben«, schluchzte Charlotte, um deren Beherrschung es nun endgültig geschehen war. Oskar tat es in der Seele weh, sie so leiden zu sehen. »Jetzt habe ich nicht mal mehr eine Mutter.

Meine ganze Herkunft, alles erstunken und erlogen. Jetzt stehe ich noch schlechter da als Oskar. Ohne Mutter, ohne Vater, ohne Familie.« Oskar hätte sie gern in die Arme genommen, um sie zu trösten, aber er traute sich nicht.

Humboldt verschränkte die Arme vor seinem mächtigen Körper. »Ohne Mutter und ohne Vater vielleicht«, sagte er, »aber gewiss nicht ohne Familie. *Wir* sind deine Familie und daran kann keine Macht auf Erden etwas ändern.«

Charlotte wischte über ihre Augen. »Dann darf ich also bleiben?«

»Was für eine Frage! Natürlich. Was täten wir denn ohne eine so talentierte Wissenschaftlerin?«

Ein trauriges kleines Lächeln huschte über ihr Gesicht. »Danke.« Sie drückte Humboldt einen Kuss auf die Wange.

»Ist doch selbstverständlich. Einer für alle und alle für einen, heißt es nicht so?« Er räusperte sich verlegen.

»Ich werde die Sache mit Maria aufklären, das verspreche ich. Vielleicht nicht heute oder morgen, aber irgendwann werde ich Klarheit in den ganzen Schlamassel bringen. Bis dahin wäre ich froh, wenn alles so bleibt, wie es ist.« Sie warf Oskar einen verschleierten Blick zu. »Alles, bis auf eines.«

»Was meinst du?«

Oskar fühlte seine Beine kaum noch. Er kam sich vor, als würde er einen Meter über dem Boden schweben.

Charlotte trat auf ihn zu und küsste ihn.

Direkt auf den Mund.

Encyclopedia Humboldica

Bandiagara
Das Bandiagara-Felsmassiv liegt im Süden Malis und hat eine Länge von etwa 170 Kilometer. Das Massiv aus rotem eisenhaltigem Sandstein erreicht eine Höhe von 500 Metern oberhalb der tiefer gelegenen Sandebenen des Südens. Als Zufluchts- und Wohnort des ca. 300 000 Menschen zählenden Volks der Dogon spielt dieses Felsmassiv eine große Rolle. Die Felsen von Bandiagara und etwa 250 umliegende Dörfer wurden 1989 auf die UNESCO-Liste des Weltkulturerbes und Weltnaturerbes gesetzt.

Dakar-Niger-Express
Der Dakar-Niger-Express ist die wichtigste Fernverbindung zwischen den afrikanischen Staaten Senegal und Mali. Die 1230 Kilometer lange Bahnstrecke verbindet Dakar mit Bamako, der Hauptstadt des Nachbarstaats Mali. Wöchentlich gibt es zwei Verbindungen in jeder Richtung. Die restlichen Strecken sind in schlechtem Zustand.

Die Bauarbeiten begannen Ende des 19. Jahrhunderts unter General Gallieni, dem Gouverneur von Französisch-Sudan. Sein Ziel war es, den Fluss Niger mit dem Hafen von Dakar zu verbinden, wodurch der Transport von Rohstoffen erleichtert werden sollte. Um nach Timbuktu zu reisen, musste man zuerst mit der Bahn nach Bamako und von dort aus mit dem Schiff flussaufwärts den Niger hinauf.

Dogon
Die Dogon sind eine afrikanische Volksgruppe, die in Westafrika in Mali lebt und derzeit etwa 300 000 Menschen umfasst.
Ihr Lebensraum erstreckt sich von der steinigen Bandiagara-Hochfläche bis zur gleichnamigen *Falaise*, einer Steilstufe, die auf einer Länge von 200 Kilometern fast senkrecht zur etwa 250 Meter tiefer gelegenen Gondo-Ebene abfällt. Die ältesten Dörfer der Dogon kleben wie Schwalbennester in den Geröllhalden und auf kleinen Felsterrassen der Falaise.
Nach alten Überlieferungen wurden die Vorfahren der Dogon aus dem Westen, von »Dort, wo der König lebt«, vertrieben. In den unwegsamen Felslandschaften von Bandiagara fanden sie Schutz vor ihren Verfolgern. Die Völkerkundler nehmen an, dass die Dogon den Felsabsturz von Bandiagara zwischen dem 10. und 13. Jahrhundert besiedelten. Sie verdrängten hier ein anderes Volk, das vor ihnen hier gelebt hatte, die Tellem.

Dynamit
Im Oktober 1866 erfand Alfred Bernhard Nobel (1833 bis 1896) auf einem Floß in der Elbe in der Nähe Krümmels einen Sprengstoff, der die Welt verändern sollte. Wegen seiner enormen Stärke nannte er ihn nach dem griechischen Wort »dynamis« für Kraft »Dynamit«. Statt zehn Sprenglöchern für Schwarzpulver reichte nun eines, um Erz aus Gestein, Kohle aus Flözen oder Tunnel aus dem Fels zu sprengen. Gebraucht wurde der neue Spreng-

stoff weltweit. Er half, den durch die Industrialisierung ausgelösten enormen Bedarf an Eisenerz und Kohle zu decken, ermöglichte es, Straßen, Kanälen und Gleisen den Weg zu bahnen. Ein Jahr nachdem der schwedische Chemiker und Geschäftsmann in Krümmel seine erste Fabrik gegründet hatte, begannen damit sein Aufstieg und die 80-jährige Geschichte der Sprengstoffindustrie.

Französisch-Westafrika
Französisch-Westafrika (frz. Afrique Occidentale Française oder A.O.F.) war von 1895 bis 1958 die Bezeichnung für die Föderation der französischen Besitzungen in Westafrika. Bis zu neun Territorien gehörten zu diesem Gebiet; dies waren Obersenegal und Niger, Mauretanien, Senegal, Französisch-Sudan (heute Mali), Guinea, Dahomey (heute Benin) sowie die Elfenbeinküste. Von Obersenegal und Niger wurde Niger 1911 ein eigener Militärdistrikt, Obervolta (heute Burkina Faso) 1919 eine eigene Kolonie. Das übrige Territorium kam 1920 zu Französisch-Sudan. Bis 1902 war Saint-Louis Hauptstadt Französisch-Westafrikas, wurde dann aber von Dakar abgelöst. Oberster Verwalter war ein Generalgouverneur. 1958 wurden die Kolonien zu autonomen Republiken, mit Ausnahme Guineas, das sich für die Unabhängigkeit entschied. Zum Zeitpunkt ihrer Gründung hatte die Föderation etwa 10 Millionen Einwohner und bei ihrer Auflösung 25 Millionen. Das Gebiet von Französisch-Westafrika hatte eine Größe von ca. 4,7 Millionen Quadratkilometern.

Imperialismus
Imperialismus bezeichnet die zielstrebige Erweiterung und den systematischen Ausbau des wirtschaftlichen, militärischen, politischen und kulturellen Macht- und Einflussbereichs eines Staates in der Welt. Als Zeitalter des Imperialismus gilt der Zeitraum zwischen 1870 und 1918, in dem die europäischen Mächte (Großbritannien, Frankreich, Belgien, Portugal und Deutschland) Afrika untereinander aufteilten.

Siriusrätsel
Die französischen Ethnologen Marcel Griaule und Germaine Dieterlen fanden 1930 heraus, dass die Dogon ein überraschend ausgefeiltes astronomisches Wissen besitzen. So wissen sie zum Beispiel, dass sie in einem unendlich großen, aber trotzdem messbaren Universum leben, das unzählige spiralförmige Weiten beherbergt. Außerdem pflegen sie eine Religion, die den Stern Sirius als Zentrum der Welt darstellt – allerdings nicht den hellen leuchtkräftigen Hauptstern Sirius A im Sternbild Hund, sondern dessen Begleiter Sirius B. Das ist ein kleiner, leuchtschwacher Weißer Zwerg, den der amerikanische Astronom Alvan Graham Clark erst 1862 entdeckt hatte. Die Dogon erzählen sich, dass dieser Sirius B, den sie *Po Tolo* nennen, innerhalb von 50 Jahren seinen Partner umkreist – die moderne Astronomie hat die Orbitdauer auf 49,9 Jahre berechnet. Skizzen der Dogon zeigen die Umlaufbahn des Siriussystems, die erstaunlich gut mit den tatsächlichen Daten überein-

stimmt. Amerikanische Forscher stellten die Theorie auf, dass dieses Wissen den Dogon durch außerirdische Besucher vermittelt wurde.

Tellem
Die Tellem haben vor den Dogon die Tafelberge von Bandiagara bewohnt. Die Überlieferungen sprechen von einem „zwergenhaften Volk mit rötlicher Hautfarbe", das aus dem Norden gekommen sei. Noch heute kleben ihre Lehmhütten an Felsvorsprüngen, in Felsspalten und Höhlen. Diese ehemaligen Behausungen dienen jetzt den Dogon als Grabstätten und heilige Verstecke. Die Tellem verschwanden auf rätselhafte Weise. Noch heute geht in Mali die Legende, sie wären davongeflogen.

Toguna
Im Herzen einer jeden Dogonsiedlung steht ein Gebäude, das Toguna genannt wird. Es ist der zentrale Treffpunkt für die Männer des Dorfes. Hier werden wichtige Themen diskutiert oder man erzählt sich Geschichten unter dem schattigen Dach. Die geringe Höhe der Toguna soll verhindern, dass sich die Anwesenden im Zorn erheben oder aufspringen. Jeder weiß, es gibt keinen Platz, um aufzustehen und zu streiten.

Weißer Zwerg
Weiße Zwerge sind Überreste ausgebrannter Sterne. Jeder Stern, der bei seiner Geburt weniger als acht Sonnenmassen wiegt, endet als Weißer Zwerg.

Weiße Zwerge sind ausgesprochen klein, etwa erdgroß, die Dichte ist entsprechend hoch, und leuchtschwach sind sie auch. Letzteres ist eine Folge der Kleinheit ihrer strahlenden Oberfläche. Als tote Sterne verfügen sie über keinerlei thermonukleare Energiequellen. Was sie in den Weltenraum abstrahlen, ist im Wesentlichen die Restwärme des ehemaligen heißen Sternenkerns. Der erste Weiße Zwerg, der als solcher erkannt wurde, ist der Siriusbegleiter.

Kaiser Wilhelm II.
Kaiser Friedrich Wilhelm II. wurde als erstes Kind des Prinzen Friedrich Wilhelm von Preußen, dem späteren Kaiser Friedrich III., und seiner Frau Victoria Adelaide Mary Louisa of Great Britain and Ireland im Kronprinzenpalais in Berlin geboren. Durch den Einsatz einer Geburtszange wurde sein linker Arm verkrüppelt. Er wurde immer wieder Torturen ausgesetzt, um seine Behinderung zu lindern. Massagen, Elektroschocks, Armschienen, Klammern, das Tragen orthopädischer Schuhe waren noch harmlose Therapien; schlimmer war ein Korsett, bestehend aus Stangen, Schienen und Gurten, das die Nackenmuskulatur strecken sollte. Wilhelm erwies sich jedoch von erstaunlicher Energie, überwand alle Handicaps, lernte es, mit einem Arm das Gewehr zu halten, das Segel, das Ruder, das Tennisracket – und die Zügel. Die Kunst des Reitens allerdings erwarb er sich unter Qualen. Wilhelm wurde gemeinsam mit seinem Bruder Heinrich von dem strengen und puritanischen Georg Hinzpeter erzogen.

Wilhelm II., mit vollem Namen Friedrich Wilhelm Viktor Albert von Preußen (geb. 27. Januar 1859 in Berlin; gest. 4. Juni 1941 in Doorn, Niederlande), entstammte der Dynastie der Hohenzollern und war von 1888 bis 1918 letzter Deutscher Kaiser und König von Preußen.

Dank

Wie immer an dieser Stelle ein herzliches DANKESCHÖN an alle Freunde, Kollegen, Verwandten und Familienmitglieder, die mir geholfen haben, das Buch zu dem zu machen, was es jetzt ist: ein dicker und hoffentlich unterhaltsamer Block fein ausgewalzten Holzes. Sollten sich trotz allen Bemühungen doch noch Fehler eingeschlichen haben, so gehen sie allein auf mein Konto. Lassen Sie Ihren Zorn also an mir aus, die anderen tragen dafür keine Verantwortung.

Einen ganz herzlichen Dank an meine Frau Bruni, an meine Lektorin Susanne Bertels, an Dietmar „James Bond" Wunder, der es sich (hoffentlich) auch diesmal wieder nicht nehmen lässt, dieses Buch mit seiner unnachahmlichen Stimme einzulesen, an meine Testleser Johanna Honemann, Leonard und Maximilian Thiemeyer und natürlich an all die treuen Fans da draußen, für die ich mich tagtäglich an den Computer schleppe und mir die Seele aus dem Leib schreibe. Ich hoffe, dieses Buch bereitet euch genauso viel Vergnügen wie mir. Lasst mal von euch hören. Ihr erreicht mich über meine Website: www.thiemeyer.de, oder über Facebook.

Chroniken der Weltensucher

Dies ist die Geschichte des Carl Friedrich Donhauser, der sich selbst Humboldt nannte. Zusammen mit seinen Gefährten bereiste er die letzten noch nicht erforschten Orte der Erde. Er entdeckte vergessene Völker, hob unvorstellbare Schätze und erlebte die haarsträubendsten Abenteuer. Viele seiner Entdeckungen und Erfindungen gehören noch heute zu unserem täglichen Leben. Warum er aber selbst in Vergessenheit geriet, das wird wohl immer ein Geheimnis bleiben.

Thomas Thiemeyer verwebt atemraubende Schauplätze und verwegene Charaktere zu einer klassischen Abenteuergeschichte, die den Leser von der ersten bis zur letzten Seite fesseln wird.

SFAX.

für die Öffentlichkeit freigegeben.
Hauptvermessungsabteilung III.

Verbotene Stadt

Verborgener Aufstieg

Tafelberge von Bandiagara